Scénariste et producteur de films, Max Seeck est aussi auteur de thrillers. *Chasseurs de sorcières*, phénomène d'édition international traduit dans plus de 38 langues, est son premier roman publié en français. La suite très attendue des enquêtes de Jessica Niemi est paru chez Michel Lafon.

Chasseurs de sorcières

MAX SEECK

Chasseurs de sorcières

Traduit du finnois
par Martin Carayol

J'AI LU

TITRE ORIGINAL
Uskollinen lukija.

ÉDITEUR ORIGINAL
Tammi publishers, 2019
L'édition française est publiée en accord
avec Elina Ahlback Literary Agency,
Helsinki, Finlande.

Pour William,

Il s'écoulera de nombreuses années avant que je te laisse lire ce livre. Et tu te souviendras alors que ton père n'est (n'était) pas aussi fou que le texte le laisse entendre.

1

Le vent a forci et les angles de la grande maison de verre et de béton crépi sifflent, inquiets. Le martèlement qui provient du toit a peu à peu gagné en intensité, les craquements assourdis évoquent une flamme crépitante. La couche de neige qui disparaît à une vitesse stupéfiante des dunes blanches accumulées sur le patio en dit long sur la puissance des rafales. Maria Koponen resserre la ceinture de son cardigan et fixe les ténèbres derrière les grandes fenêtres du salon. Elle regarde la mer gelée – qui en cette saison ressemble étonnamment à un vaste champ plat –, puis le sentier qui mène au ponton, éclairé par les luminaires à hauteur de genou.

Maria recroqueville ses orteils sur le tapis qui couvre presque tout le sol de la pièce. La maison est chaude et accueillante, mais elle n'est pas tranquille ; les moindres imperfections l'agacent plus que de coutume. Notamment ces satanées lumières de jardin qui, malgré leur prix, s'obstinent à ne pas fonctionner. Elle n'est tirée de ses pensées que quand elle s'avise que la musique a pris fin. Elle passe devant le foyer, va vers l'immense bibliothèque où les quelque quatre cents disques vinyles qui constituent la collection de son mari sont rangés en cinq lignes bien nettes.

Au fil des années, Maria a dû s'habituer à ce que, dans cette maison, la musique ne sorte jamais d'un smartphone. *Le son est vachement mieux en vinyle*. C'est ce que Roger a déclaré il y a des années, alors que Maria se tenait pour la première fois devant la collection. À l'époque, il y en avait plus de trois cents. Presque cent de moins que maintenant. Le fait que le nombre de disques ait relativement peu augmenté pendant leur période commune rappelle à Maria que Roger a eu une vie avant elle. Une vie sans elle. Elle, avant Roger, n'a connu qu'un homme : une relation née sur les bancs du lycée qui a abouti à un mariage précoce et a pris fin avec la rencontre du célèbre écrivain. À l'inverse de Roger, Maria n'a jamais eu l'occasion de goûter à la vie de célibataire. Parfois, elle regrette de n'avoir pas connu également les errances un peu louches, la recherche de soi, les amours éphémères. La liberté. Maria n'a aucun problème avec le fait que Roger ait seize ans de plus qu'elle. Ce qui la mine, c'est l'idée qu'elle puisse un jour éprouver soudain cette agitation qui ne nous lâche que lorsqu'on a eu suffisamment d'occasions de plonger dans l'inconnu. Roger, quant à lui, a connu cela dans sa vie d'avant. En ce soir de février brusquement tempétueux, tandis qu'elle erre seule dans leur grande maison en bord de mer, Maria voit tout cela pour la première fois comme une menace. Un déséquilibre qui risque de trop secouer le navire si jamais leur relation se retrouve dans l'œil d'un véritable cyclone.

Maria soulève l'aiguille de la platine, saisit entre les doigts *Blonde on Blonde* de Bob Dylan et le range prudemment dans son étui cartonné, sur la pochette duquel le jeune artiste, habillé d'un blouson en daim brun et d'une écharpe à carreaux noire et blanche, jette au photographe un regard renfrogné plein d'assurance. Maria remet le disque à sa place et en choisit un autre au hasard, tout au bout de la collection rangée par ordre alphabétique. Après un léger craquement, les haut-parleurs diffusent la voix bienveillante et suave de Stevie Wonder.

C'est là que ça le refait. Maria s'en rend compte du coin de l'œil, cette fois : le luminaire le plus proche de la plage défaille brièvement. Puis se rallume.

Comme l'instant d'avant, il ne s'éteint qu'une seconde. Maria sait que les tubes fluorescents à l'intérieur des luminaires ont été changés avant Noël. Elle se le rappelle bien car elle a payé elle-même la facture désagréablement salée de l'électricien. Raison pour laquelle cet événement futile l'exaspère.

Elle prend le téléphone et envoie un texto à Roger. Elle ignore pourquoi elle veut déranger son mari pour si peu, alors qu'elle sait bien qu'il est en pleine rencontre avec ses lecteurs. Peut-être à cause de ce brusque accès de solitude, auquel se mêle une pincée de manque d'assurance et de jalousie injustifiée. Elle fixe un instant le message, elle attend que les petites croix deviennent bleues, mais rien ne se passe. Roger ne surveille pas son téléphone.

Au même moment, le disque se bloque. *What I'm about to. What I'm about to. What I'm…* La voix de Stevie Wonder semble hésitante, avec cette phrase coupée en plein milieu de son beau refrain. Certains disques de Roger sont dans un si piètre état que les garder ne rime plus à grand-chose. *Bon sang, mais rien ne marche ou quoi dans cette maison ?* Une vague de froid transperce Maria, et avant même de se rendre compte de ce qu'elle ressent, elle voit derrière les portes de verre quelque chose qui n'a rien à faire là. Au début, les contours de la silhouette se confondent avec le reflet de Maria dans la vitre, mais ensuite la silhouette bouge et acquiert sa propre identité.

2

Roger Koponen s'assied sur une chaise dont l'assise est couverte de ce genre de tissu rêche qui fait copieusement transpirer, puis il plisse les yeux. Les spots suspendus au haut plafond de l'auditorium principal du centre de conférences éclairent pile le visage des intervenants. L'espace d'un instant, il ne voit qu'une lumière vive et oublie que devant lui et son collègue écrivain sont assis quelque quatre cents lecteurs curieux qui se sont pressés dans l'auditorium pour écouter ce que leurs poivrots préférés s'apprêtent à dire de leurs derniers livres. Roger a bien compris que l'événement était important pour sa notoriété et pour le succès de son roman. Il sait pourquoi il se donne le mal de faire quatre cents kilomètres dans une épaisse tempête de neige et de dormir dans un hôtel minable situé sur le côté de la place centrale, certes parfaitement propre en apparence, doté au rez-de-chaussée d'un resto rapide qui tente de camoufler sa médiocrité sous des nappes et un service de salle.

Ce que Roger ne comprend pas, c'est pourquoi les habitants de Savonlinna se fatiguent à venir un tel soir. Bien que ses livres se soient vendus à des dizaines de millions d'exemplaires dans le monde, il ne sera jamais une idole entourée de fans criaillant. Peu de gens s'avisent que musiciens et écrivains font un travail très similaire – la même merde emballée différemment –, bien que seuls les premiers se retrouvent face à des femmes d'âge mûr qui leur jettent leur culotte sur la scène. Mais les gens viennent quand même. La plupart d'entre eux sont des vieux qui penchent lentement la tête d'un côté et de l'autre. Ne sont-ils donc pas lassés des évidences mille fois rebattues et des analyses superficielles que les écrivains débitent au kilomètre sur leurs œuvres ? Apparemment non, car la salle semble pleine jusqu'au dernier strapontin.

Le thriller psychologique que Roger a publié au printemps dernier est le troisième et dernier tome de sa trilogie à succès *Chasse aux sorcières*. Ses livres se sont toujours plutôt bien vendus, mais cette série a fait sauter la banque. Personne ne s'attendait à un succès aussi énorme, surtout son agent qui, à l'époque, avait trouvé le sujet un peu douteux, ou bien son ancien éditeur, que Roger avait quitté à cause de son manque de foi avant la parution du premier tome. Les droits de traduction de la trilogie ont été vendus en quelques années dans presque trente pays, et ce n'est pas fini. Même avant, ils se débrouillaient bien, avec Maria, mais désormais ils peuvent se payer tout ce qu'ils veulent. Tous les luxes, tous les plaisirs sont désormais à leur portée.

La rencontre avance comme sur des rails. Roger a déjà entendu des centaines de fois les mêmes questions lors de ses tournées et y a répondu dans quatre langues, en faisant varier de temps à autre son débit de parole, les accents et tel ou tel petit détail, dans le seul but de rester éveillé dans la brume des lumières éblouissantes et des éclats de rire.

« Vos livres sont franchement violents », dit une voix, mais Roger garde les yeux fixés sur la carafe d'eau tout en se versant un troisième ou quatrième verre.

Il l'entend souvent celle-là, et elle a de fait un fond de vérité – meurtres sanglants, torture sadique, violence sexuelle faite à des femmes, plongées cauchemardesques dans les abîmes d'un esprit malade sont décrits avec un luxe de détails dans ses livres.

« Ça fait penser à Bret Easton Ellis, qui a expliqué qu'il évacuait son anxiété en décrivant la violence de façon détaillée », poursuit la même voix.

Roger pose les yeux sur un homme assis au milieu de la salle et qui tient le micro dans sa main. Roger porte le verre à ses lèvres, attendant la question, mais un long instant gênant s'écoule avant que le lecteur réussisse à formuler sa pensée.

« Est-ce que vous avez peur ? Est-ce pour cela que vous écrivez ? », interroge-t-il enfin d'une voix faible et monotone.

Roger pose son verre et regarde l'homme, un maigre au crâne dégarni. Question étonnante, intéressante. Presque impertinente. Celle-là, il ne l'avait jamais entendue.

« Si j'ai peur ? », réplique Roger en avançant la bouche vers le microphone installé sur la table.

Pour une raison quelconque, il sent soudain son bas-ventre tenaillé par la faim.

« Avez-vous mis vos peurs dans vos livres ? » insiste l'homme avant de reposer le micro sur ses genoux.

L'assurance de sa voix a quelque chose d'énervant. Pas trace de ce tact inquiet auquel Roger est habitué, de cette crainte respectueuse qu'inspirent les célébrités.

« Exactement » acquiesce Roger en souriant d'un air pensif.

Il oublie un instant celui qui pose la question et laisse son regard parcourir la mer de visages.

« Je crois que le papier saisit toujours quelque chose de l'écrivain. On écrit forcément sur ce qu'on connaît ou qu'on croit connaître. Les peurs, les espoirs, les traumatismes, les choses qu'on n'a pas faites ou celles qu'on a faites pour les mauvaises raisons…

— Vous ne répondez pas à la question. »

L'homme maigre a à nouveau porté le micro à ses lèvres. Roger sent l'étonnement puis l'agacement l'étreindre. *C'est quoi cet interrogatoire à la flan ? Aucune circonstance ne peut justifier qu'on doive écouter ces conneries.*

« Pourriez-vous préciser votre question ? »

Pave Koskinen, critique littéraire de longue date, organisateur et modérateur de la rencontre, intervient. Il pense manifestement s'acquitter de sa mission avec classe, sans ménager ses efforts, et il craint sans doute que son invité d'honneur, auteur de thrillers en vogue qui vient de signer trois best-sellers internationaux, n'exprime son mécontentement. Mais Roger lève la main d'un air conciliant et sourit avec assurance.

« Désolé. Il se peut tout à fait que je n'aie pas bien compris la question. Est-ce que j'écris sur ce dont j'ai le plus peur ?

— Non. Dans l'autre sens », répond l'homme sur un ton inhabituellement sombre.

Au premier rang, quelqu'un tousse beaucoup trop fort.

« L'autre sens ? demande Roger en déguisant son étonnement sous un sourire idiot.

— Oui, monsieur Roger Koponen », poursuit l'homme sur un ton mécanique.

La façon dont il prononce le nom de Roger n'est pas seulement sarcastique, elle a aussi quelque chose de glaçant.

« Avez-vous peur de ce que vous écrivez ?

— Pourquoi aurais-je peur de mes propres fictions ?

— Parce que la réalité dépasse la fiction », réplique l'homme au visage maigre en se rasseyant.

Un silence nerveux s'installe dans la salle.

Dix minutes plus tard, Roger s'assoit à une longue table couverte d'une nappe blanche dans le foyer qui grouille de gens et de murmures. Parmi les candidats à un autographe, le premier de la file est tout naturellement Pave Koskinen.

« Merci, Roger. Merci. Et désolé pour l'autre énergumène. Tu t'en es très bien tiré. Malheureusement, le savoir-vivre n'est pas donné à tout le monde.

— Pas de problème, Pave. Il y a toujours des oiseaux rares. Dans ce monde, chacun n'est responsable que de ses propres actes. »

Roger sourit et constate que Pave a posé devant lui les trois tomes de la trilogie à signer. Tout en griffonnant sur la page de garde un message faussement individualisé en plus de sa signature, Roger jette un coup d'œil dans la file qui serpente devant lui, et constate que le taré au visage maigre a disparu. Tant mieux. En face à face, il n'arriverait pas forcément à faire preuve d'autant de diplomatie vis-à-vis d'un provocateur.

« Merci, Roger. Merci. On a une réservation au restaurant de l'hôtel à vingt et une heures. Ils font un rôti d'agneau exceptionnel », sourit Koskinen, debout devant lui, ses livres pressés contre la poitrine comme une écolière exaltée.

Roger acquiesce lentement et baisse les yeux sur la table, comme un accusé face à un juge rendant son verdict. Koskinen ne devrait pas avoir de mal à se rendre compte que Roger préférerait regagner sa chambre. Avec le temps, il s'est mis à détester ces futiles mondanités, ces lampées obligées de vin rouge, qui n'ont évidemment aucun effet sur les chiffres de vente de ses livres. Il pourrait aussi bien refuser et se laisser affubler d'une étiquette de connard asocial.

« Ça me va », dit-il enfin d'un air fatigué, en affichant une grimace presque crédible.

Pave Koskinen opine de la tête, satisfait, en montrant ses dents, qui ont l'air à peu près blanches avec leurs nouvelles facettes. Il paraît hésitant. Puis il s'écarte de la table pour laisser s'avancer le mille-pattes composé de gens serrant chacun son exemplaire.

3

La capitaine Jessica Niemi réunit en queue-de-cheval ses cheveux noirs lui tombant aux épaules, enfile ses gants de cuir. La voiture émet un son clair quand elle ouvre la portière côté passager alors que le moteur tourne encore.

« Merci de m'avoir déposée, dit-elle à l'homme au volant.

— Il vaut sans doute mieux que personne ne sache qui t'a déposée », précise-t-il en bâillant.

Ils se regardent un moment comme s'ils s'attendaient tous deux à recevoir un baiser. Mais aucun des deux ne prend l'initiative.

« C'était une sacrée connerie. »

Jessica sort de la voiture et plisse les yeux : un vent glacé lèche son visage. Il est tombé beaucoup de neige et les chasse-neige qui se sont activés à grand bruit du côté de l'école n'ont pas eu le temps d'arriver jusqu'à la plage. Jessica referme la portière et aperçoit devant elle une grande maison moderne, un jardin étroit, une haie de thuyas qui arrivent à hauteur des yeux et un portail en fer forgé. Deux voitures de police sont garées dans la rue devant la maison, et le son d'une sirène indique que d'autres sont en chemin.

« Salut. »

Surgissant de l'autre côté d'une camionnette, un homme vêtu d'une épaisse combinaison bleue s'approche de Jessica.

« Brigadier Koivuaho.

— Jessica Niemi », annonce-t-elle en montrant son insigne.

Ses collègues en tenue de service l'ont déjà reconnue. Comme dit le dicton, tout le monde connaît le singe mais lui ne connaît personne. Elle a entendu quelques sobriquets en passant. *Capitaine Balai-dans-l'-cul. Lara Croft. La PILF.*

« Qu'est-ce qui s'est passé ? interroge Jessica.

— Bah putain… »

Koivuaho enlève son bonnet bleu marine et frotte son crâne chauve. Jessica attend patiemment qu'il rassemble ses esprits. Elle jette un coup d'œil à la porte de la maison et constate qu'elle est entrouverte.

« On a reçu l'alerte à dix heures dix. On était dans le coin avec Taskinen, première patrouille sur place, déclare Koivuaho en faisant signe à Jessica de le suivre dans le jardin.

— Quelle indication a donnée le centre d'appels ? demande Jessica en saluant d'un léger signe de tête les agents de service à côté de la voiture.

— On nous a dit que quelqu'un allait se suicider. Dans cette maison », raconte Koivuaho tandis qu'ils font halte sur le perron.

Une flaque de neige fondue s'est formée sur le sol de pierre de l'entrée. Le vent faiblit brièvement, Koivuaho poursuit :

« La porte était ouverte, alors on est entrés. »

Sous la brillante lampe du plafond, Jessica comprend à quel point cet homme pourtant costaud a l'air effrayé. Jessica replie ses doigts endoloris et essaie de se faire une idée de la situation, sur la base du peu de choses qu'on lui a expliquées au téléphone un instant plus tôt.

« Personne d'autre dans la maison, donc ? » s'enquiert-elle alors qu'elle sait que la réponse est négative.

Il secoue la tête, l'air sérieux, et remet son bonnet.

« On a vérifié les deux étages. Je dois dire que j'ai jamais eu le cœur qui battait aussi fort. Et puis cette putain de musique qui sortait des haut-parleurs.

— De la musique ?

— Oui, elle collait pas à la situation… Trop paisible.

— Où est le corps ? » demande Jessica tandis que Koivuaho lui tend l'équipement de protection de base pour une scène de crime : gants, masque et surchaussures.

Elle se penche et dispose les protections bleues autour de ses tennis noires. Son holster pend légèrement vers le sol.

« On a essayé de ne rien saloper », précise Koivuaho en toussant dans son poing.

Jessica balaie une mèche de cheveux moites sur son front et se dirige vers les grandes fenêtres donnant sur la mer. Elle passe devant les toilettes et la cuisine, puis pénètre dans le vaste salon dont les parois sont entièrement vitrés. Les lumières des gyrophares qui se reflètent dans les immenses baies donnent aux meubles des éclats bleus réguliers, comme un rythme cardiaque. La pièce ressemble beaucoup trop à un aquarium pour être accueillante, mais quand Jessica voit la silhouette assise au bout de la table à manger, elle cesse immédiatement d'évaluer les mérites esthétiques de la pièce.

Elle s'arrête un instant et essaie de comprendre pourquoi le maintien presque strict de la femme assise sur la chaise paraît si peu naturel. Puis elle s'approche de quelques pas et sent un spasme dans son ventre.

« Vous avez déjà vu un truc aussi immonde ? » demande Koivuaho, quelque part derrière elle, mais elle ne l'entend pas.

Les traits de la morte sont tordus par une grimace presque hystérique. Ses yeux semblent rire. L'expression est en complète contradiction avec le fait que la femme vient de perdre la vie. Elle porte une robe de soirée noire ornée d'un décolleté ouvert. Ses bras reposent sur la table, croisés. La table est vide. Pas de téléphone, pas d'arme. Rien.

« J'ai vérifié le pouls. Autrement j'ai touché à rien », reprend Koivuaho.

Jessica se place avec précaution à côté de la femme et se penche pour examiner ses traits grimaçants, contre-nature.

« C'est quoi ce bordel… », murmure-t-elle, si bas que seule la femme pourrait l'entendre, si elle était en vie.

D'un rapide coup d'œil, Jessica se rend compte que les jambes nues sont croisées sous la chaise et que les escarpins Jimmy Choo à haut talon, noir mat, sont disposés proprement à côté de la chaise. Un vernis noir brillant couvre les ongles des doigts et des orteils.

« Koivuaho ? appelle-t-elle en reportant son regard vers le visage artificiellement euphorique de la femme.

— Oui ?

— Vous avez immédiatement signalé qu'il s'agissait d'un meurtre. C'est sûr que ça ne ressemble pas trop à un suicide classique.

— Ah putain », articule Koivuaho en avalant sa salive, avant de faire quelques pas vers la table.

La sueur perle sur sa tempe noueuse, lui coule derrière l'oreille et tombe entre sa nuque robuste et le col de sa combinaison. Semblant esquiver le regard du corps inanimé, il reprend, incertain :

« Personne vous a encore expliqué que... ce coup de fil au centre d'appels...

— Quoi ? coupe Jessica avec impatience quand Koivuaho s'interrompt un instant.

— Ce n'est pas cette femme qui a appelé. »

Il prend plusieurs secondes pour humidifier de la langue ses lèvres desséchées. Jessica sait comment il va poursuivre sa phrase, mais l'entendre ne l'effraie pas moins.

« C'est un homme. »

4

Roger Koponen se verse le restant de calvados, le laisse soigneusement couler en bouche, mais ne perçoit pas la moindre note de pomme ou de poire. *De la piquette*. En soi, le dîner a tout de même été une bonne surprise, le mérite n'en revenant absolument pas aux organisateurs de la rencontre mais à Alisa, une trentenaire qui travaille comme responsable d'une librairie de Savonlinna. Plutôt douée, la petite : elle a bien entretenu son beau visage et son rire clair en maintenant son corps en particulièrement bon état. *Crossfit*. C'est ce qu'elle a évoqué un peu plus tôt quand elle expliquait que les clés de son ex étaient restées au deuxième étage et qu'ils avaient tant bien que mal réussi à grimper jusqu'à l'appartement en utilisant des outils de jardin et… bla-bla-bla. On s'en fout. Au lieu de s'intéresser aux détails de l'histoire, Roger regarde les lèvres former des mots, humidifiées par un rouge à lèvres discret. L'essentiel est que le *copain* qui figurait dans l'histoire méritait depuis quelques mois la dénomination d'*ex*, à la suite d'une décision personnelle ou commune.

Alisa le regarde comme les femmes célibataires dans la trentaine, qui jonglent entre jeunesse éternelle et besoin naissant de se reproduire, le regardent dans le meilleur des cas. Roger jouit de l'intérêt qu'il suscite. Quand il était jeune, il n'avait guère de succès, c'est le moins qu'on puisse dire. Dès sa prime adolescence, les interactions avec le sexe opposé avaient échoué et il avait fallu près de deux décennies pour compenser ces premières déceptions. Jeune homme, Roger était trop bizarre et différent pour ses contemporaines, et ce n'est qu'aux environs de la quarantaine qu'il avait vraiment commencé à croire en son apparence et en sa force de séduction. Désormais, il accepte volontiers que ce soit bien lui que la femme en face regarde en papillonnant des yeux, et non pas un jeune serveur ressemblant à cet enfoiré de Shia LaBeouf et qui se tient derrière lui en train de remplir un nouveau verre d'un médiocre vin de pomme.

Avec l'âge sont arrivés le succès, l'argent, la confiance en soi et surtout ce genre de charisme qui ne s'acquiert pas avec un simple bronzage artificiel, des abdos qu'on devine derrière la chemise, ou une mèche de cheveux denses. Les femmes le veulent. Comme pas mal de séducteurs invétérés, il a trouvé son segment, le genre de femme avec qui ça marche à tous les coups. C'est cet heureux cercle que Maria a rejoint elle aussi. Et la petite libraire Alisa ne va pas tarder à s'y inscrire.

« Suis-je la seule à n'avoir pas encore lu *Chasse aux sorcières* ? », s'enquiert Alisa en riant.

Les flagorneurs réunis autour de la table expriment une ironique désapprobation et rient à leur tour. Alisa goûte son vin et regarde Roger d'un air taquin derrière son verre, hausse les épaules comme pour se réconcilier après lui avoir jeté une boule de neige sur l'occiput. Du flirt provocateur, tout ce qu'il y a de plus sexy, selon Roger. Il sent un début d'érection et réfléchit à la possibilité de se lever de table pour faire un passage aux toilettes ; Alisa le suivrait, aucun doute là-dessus. Il pourrait lui faire son affaire sans avoir besoin ensuite de la regarder allongée à côté de lui sur le lit de la petite chambre d'hôtel ; sans se fatiguer à chercher des paroles profondes à lui chuchoter alors qu'il n'y aurait plus aucune raison de faire la conversation.

« Tu fais partie d'une minorité, Alisa », constate en souriant Pave Koskinen assis à côté d'elle.

Il racle un peu de glace fondue dans sa petite assiette et reprend :

« J'ai l'impression que tout le monde l'a lu. Même ceux qui ne lisent jamais de polars. »

Roger repose son verre, sourit à Koskinen tout en étant sûr que sa grimace ne réussira pas à dissimuler son dégoût. Ce vieil imbécile achève de perdre sa dignité, avec ses flatteries et sa manière de sauver sa tête d'affiche d'une petite pique dont, par manque de clairvoyance, il ne comprend pas qu'elle s'inscrit dans une parade nuptiale.

« Je vais me laver les mains » lance Alisa.

Elle s'essuie les lèvres sur sa serviette, comme si cela faisait partie des bonnes manières, puis elle se lève. Elle est à un pas de lui. Il la suit du regard tandis qu'elle fait le tour de la table sur ses talons hauts ; quand elle passe à côté de lui, elle lui frôle imperceptiblement le dos. Geste inutile : dans tous les cas, la manœuvre est transparente. Pendant un instant, Roger regarde les dinosaures assis autour de la table et remarque que seul Pave Koskinen a levé son regard pétri de manque d'assurance vers le dos d'Alisa qui s'éloigne. *Tiens donc Pave, toi aussi tu as une petite envie*. Roger caresse du doigt le pied du verre à calvados en réfléchissant à la suite du programme. La dernière fois remonte à plus de six mois déjà. Ensuite, il s'est promis maintes et maintes fois qu'il ne ferait plus de bêtises derrière le dos de Maria. En tout cas, pas dans des circonstances où les risques de se faire pincer sont plus grands que la tentation. Là, c'est un cas limite. Le désir brûlant dans les yeux de la jeune femme la rend particulièrement intéressante, même si le dîner a révélé qu'il était inutile d'en attendre une liaison sérieuse. Zip, paf, et boum. En quelques minutes, ce sera réglé.

Roger repousse sa chaise, soupire d'un air presque tendu, et se lève. Il vérifie l'heure sur son téléphone et remarque qu'il a reçu trois nouveaux appels d'un numéro inconnu. Et un message de Maria sur WhatsApp. Il y a deux heures. *Les nouveaux luminaires hyperchers ne marchent pas !* En dessous, un smiley qui pleure et un smiley furieux.

Roger sent un élancement dans son ventre. Le fait d'avoir mauvaise conscience de son comportement ne le fait pas se sentir moins salaud. Il comprend soudain que c'était mal de s'engager pour l'unique raison qu'il voulait que personne d'autre ne puisse partager sa proie. Il sait que n'importe quel homme d'âge mûr donnerait son testicule droit pour pouvoir vieillir aux côtés d'une femme comme Maria. Et pourtant, il court après une petite libraire.

T'inquiète. Je m'en occupe demain. Il attend un instant que Maria lise le message, mais, voyant que cela n'arrive pas, il remet le téléphone dans la poche de son pantalon.

« Excusez-moi un instant », dit-il sans fournir d'alibi avant de se mettre en route.

Une fois sorti du salon privé, il entend les mouches qui reprennent leur bourdonnement. Elles sont ravies que la soirée ait été si plaisante et se disent certaines que Roger Koponen considère l'événement comme une réussite. Il n'y a personne d'autre que leur petit groupe dans le restaurant de l'hôtel. Il traverse la salle vide vers les toilettes. Il dépasse la réception, salue de la tête une employée qui vient de répondre au téléphone derrière le comptoir, et avise la porte des toilettes pour femmes, laissée entrebâillée. Son cœur bat de plus en plus fort et il s'imagine déjà soulever jusqu'à la ceinture la robe à rayures noires et blanches, déplacer la culotte et s'enfoncer dans la jeune femme, presser la main contre sa bouche pour l'empêcher d'éveiller l'intérêt des autres clients. Pile au moment où il saisit la poignée des toilettes pour femmes, il entend une voix derrière lui et se fige. Comme un adolescent qui s'apprête à partir subrepticement de chez lui pour se rendre à une soirée et qui entend soudain la voix furieuse de sa mère. La voix ne prend cependant pas un ton de réprimande, plutôt un ton contrit. C'est la voix de la réceptionniste.

« Pardon, vous êtes bien Roger Koponen ? demande-t-elle à bonne distance.

— Oui, réplique Roger en se demandant s'il a une chance de lui faire croire que le symbole représentant une bergère sur la porte l'a induit en erreur.

— Vous avez un appel », ajoute la jeune femme.

Roger remarque qu'elle paraît soucieuse. *Un appel ? Merde, sacré timing.*

« C'est la police, continue-t-elle sans laisser le temps à Roger de poser une question.

— Hein ? » lance-t-il brutalement.

Il est à la fois surpris et déçu. Dans les toilettes, les talons hauts claquent contre le carrelage.

« La police, au téléphone. Apparemment quelqu'un de chez eux est en route.

— Pourquoi ?

— Votre femme. C'est à propos de votre femme. »

5

Jessica Niemi a remplacé ses gants de cuir noir par des gants en caoutchouc fin. Tout en en lissant les plis, elle repense aux paroles de son supérieur, Erne. *Les gants protègent les pièces à conviction des enquêteurs, mais protègent aussi les enquêteurs des pièces à conviction.* En l'occurrence, c'est particulièrement juste. Quand on regarde le corps, il est impossible de dire de quoi la femme est morte. Pas de plaies sanglantes, pas de traces de strangulation, aucun indice quant à la cause de la mort. Il y a peut-être sur la table – ou plutôt dans toute la pièce – quelque chose de toxique et d'impossible à distinguer à l'œil nu.

« La technique est là. »

C'est la voix de Jusuf Pepple, brigadier du groupe d'enquête. Jessica se tourne vers l'homme noir, qui fait un signe de tête en direction de la porte d'entrée. Jessica ne voit pas la rue, mais entend un moteur au point mort, puis la porte coulissante de la camionnette qui se referme. Jusuf a deux ans de moins que Jessica, c'est un homme au physique sportif, avec un beau visage et de grands yeux ; il est originaire d'Éthiopie. Il n'a jamais vu l'Éthiopie, il est né et a grandi à Sipoo, dans l'agglomération de Söderkulla, et il a l'air d'un paysan presque trop sympathique.

« On a pu joindre le mari ? », interroge Jessica en fermant les yeux.

La grande maison s'anime sous l'effet du vent, c'est comme si elle essayait de raconter sa propre version des faits.

« On l'a trouvé. Un collègue de Savonlinna est en route vers l'hôtel où... », commence Jusuf, mais ils entendent une sonnerie de téléphone portable.

Jessica ouvre grand les yeux et regarde autour d'elle.

« C'est où que ça sonne ?, marmonne-t-elle avant de voir Jusuf s'avancer vers les canapés de l'autre côté de la pièce.

— Ici, près de la télécommande, il était tombé entre les coussins.

— Attends », ordonne Jessica d'un ton sec, sans faire exprès, puis elle rejoint Jusuf d'un pas décidé.

La photo d'un homme clignote sur l'écran de l'iPhone, qui joue sur le canapé une mélodie vaguement familière. *Roudjère <3*.

« Roudjère ?

— Roger. Roger Koponen, précise Jessica en se penchant sur le téléphone.

— J'ai carrément l'impression de l'avoir déjà vu.

— La lecture, c'est pas trop ton truc ? » s'enquiert laconiquement Jessica en jetant un coup d'œil sur le sol.

Jusuf regarde brièvement l'homme d'âge mûr qui sourit sur l'écran, puis un éclair de compréhension illumine son visage. Jessica entrouvre son masque, enlève le gant de sa main droite et répond à l'appel avec la phalange médiane de son index. Puis elle active le haut-parleur.

« Allô ?

— Maria ? s'enquiert après un court silence une voix d'homme décidée mais effrayée.

— Roger Koponen ? demande Jessica en rapprochant son visage de l'écouteur.

— Qui est à l'appareil ?

— Je suis la capitaine Jessica Niemi, du commissariat de police d'Helsinki », répond-elle, puis elle reprend haleine pendant quelques secondes.

L'homme au bout du fil ne dit rien. Mais Jessica a compris à sa voix hésitante qu'on lui avait déjà fait part de la mauvaise nouvelle.

« Je suis vraiment désolée.

— Mais… qu'est-ce qui s'est passé ? »

La voix de Roger Koponen ne se brise pas, mais elle cherche la bonne note.

« Je suis désolée. Il vaut mieux que vous rentriez chez vous », poursuit Jessica en sentant un élan d'empathie l'étouffer.

Sa carrière ne l'a pas encore amenée à avoir beaucoup de conversations de ce genre. La responsabilité d'annoncer un décès aux proches ne lui est échue que quelques fois jusqu'ici. Néanmoins, nombre de ses collègues lui ont expliqué que la répétition de l'événement ne rendait pas la chose plus aisée. Comment prononcer les paroles que tout le monde craint d'entendre plus que tout ? Jessica se demande comment et dans la bouche de qui elle les a elle-même entendues jadis pour la première fois. C'était peut-être un des médecins des soins intensifs ? L'assistante sociale ? Sa tante Tina ?

Jessica déglutit pour assouplir sa gorge sèche, et elle s'apprête à parler quand Roger Koponen raccroche. Le vent cesse de hululer, comme par un fait exprès, et pendant un instant ils entendent clairement la discussion des experts scientifiques devant la maison.

« Tu m'as dit qu'il était à Savonlinna, c'est ça ? », se renseigne Jessica sans regarder Jusuf.

L'écran du téléphone devient noir. Elle essaie de le déverrouiller, mais il faut un code d'accès. L'appareil n'est soudain plus qu'un inutile morceau de métal noir.

« C'est ce qu'ils m'ont dit.

— Eh merde », marmonne à nouveau Jessica, ce qui attire l'attention d'un policier qui se trouve un peu plus loin.

Une sacrée affaire. La femme de Roger Koponen, auteur de thrillers et actuel produit phare des exportations finlandaises, est morte, et dans des circonstances obscures, c'est le moins qu'on puisse dire. Le mari est de l'autre côté de la Finlande, comme de bien entendu, ce qui exclut la possibilité statistiquement la plus vraisemblable. Ils ont sous le nez un téléphone portable dont l'homme qui a assassiné Maria Koponen s'est manifestement servi pour appeler le centre de secours un instant auparavant. Avant de partir dans la nuit de tempête. *Le coupable ne peut pas être loin.* Mais au même moment, Jessica comprend qu'elle est allée trop vite en besogne.

« Le centre de secours a été appelé depuis ce numéro ? » demande-t-elle.

Elle ressent un besoin irrépressible de regarder de l'autre côté du canapé, vers l'endroit où Maria Koponen rit hystériquement. Enfin, c'est l'impression que ça donnerait en photo. Un accès de joie surjouée. Mais ce n'est pas une photo. Dans la pièce, tout le reste vit en cet instant. Les lumières bleues, le vent, Jusuf et les arbres nus qui dansent dehors. Mais Maria Koponen est aussi morte qu'une pierre.

« Je ne sais pas. »

Jusuf fait glisser la fermeture Éclair de son manteau. La porte ouverte fait s'immiscer dans la pièce un air glacé, mais malgré cela il fait chaud.

« Tu peux vérifier ? Tout de suite », lui demande Jessica au moment où trois silhouettes en combinaison blanche pénètrent lentement dans le salon.

Elles semblent essayer de ne pas réveiller la princesse qui dort d'un sommeil éternel au bout de la table.

Jessica regarde les experts scientifiques faire leur travail. Ils l'exécutent de façon si routinière qu'il pourrait aussi bien s'agir d'une tâche quotidienne, comme vider le lave-vaisselle. Ces wraps humains enveloppés dans leurs tenues de protection ont vu beaucoup de choses, cela ne fait pas l'ombre d'un doute, et il leur en faut pas mal pour les impressionner. Mais Jessica ne peut s'empêcher de constater que chacun d'eux s'arrête pour considérer le cadavre, et ce beau visage dont la position rappelle surtout le Joker joué par Jack Nicholson.

« La première, c'est fait », chuchote un des experts derrière sa capuche et son masque.

D'après les bruits de pas qui ont retenti dans le couloir, il vient de l'étage ; il se tient à présent devant Jessica, les bras ballants, et examine la pièce du regard. Les trois autres travaillent autour du corps, concentrés. Jessica se tourne vers celui qui vient de parler et plisse les yeux pour indiquer qu'elle ne comprend pas ce qu'il veut dire. Elle fait confiance à cent pour cent à la compétence professionnelle de ces gens. De toute sa carrière, elle n'a jamais eu besoin jusqu'ici d'intervenir dans les procédures sur une scène de crime.

« Qu'est-ce qui est fait ? », demande-t-elle tout de même, mais il lui tourne déjà le dos et repart dans le couloir.

Jessica passe devant la table et se dirige vers la bibliothèque aux étagères remplies de disques vinyles. Elle en parcourt une longue rangée et laisse le bout de ses doigts gantés sautiller sur les fines tranches des pochettes d'albums. Des dizaines et des dizaines de 45 tours. Le couple doit vraiment adorer la musique sous forme analogique. *Une bibliothèque d'écrivain, pleine de musique.* Jessica s'arrête devant le tourne-disque et constate que l'appareil est flambant neuf, et manifestement associé au système d'enceintes sans fil de la maison. L'aiguille est relevée, un disque en chlorure de polyvinyle repose immobile sur son support trop gros. Un sept-pouces. Un *single.* Sur la tablette de bois, à côté de la platine, se trouve une pochette sur laquelle John Lennon, en noir et blanc, tourne vers l'appareil photo son regard voilé par des lunettes de soleil rondes. « Imagine ». *Released as a single for the first time in the UK.* Jessica attrape la pochette et la retourne. Deux faces. Deux morceaux. Un par face. « Imagine ». Jessica sent un frisson secouer son corps quand elle se rappelle ce que Koivuaho a dit juste avant. *Putain de musique.* Si le morceau résonnait à l'arrivée de la patrouille, quelqu'un a dû mettre l'aiguille en position juste avant que les agents entrent dans la maison.

Jessica referme le couvercle de la platine et passe la main sur le bord de son manteau avant de se rendre compte de l'importance de ce qu'elle vient de comprendre. Elle presse la main sur la crosse de son Glock et se tourne pour regarder les anges blancs qui se démènent autour du corps. Il y a trois experts scientifiques. Ils ont toujours été trois, et à aucun moment l'un d'eux n'est monté à l'étage.

6

Jessica traverse rapidement le petit couloir jusqu'à la porte d'entrée. Elle fait sauter la languette de l'étui du pistolet et tourne légèrement l'arme vers elle pour la déverrouiller. Elle sent le sang dans ses tempes tambouriner, les battements de son cœur qui vont s'accélérant la font se sentir vivante, comme une créature soutenue par des fonctions automatiques. Une fois parvenue à la porte, Jessica voit trois policiers en tenue, deux voitures de police, la camionnette de la technique et le corbillard qui vient d'arriver dans la cour. Une ambulance inutilement appelée sur place est en train de partir. Les gyrophares rouges et bleus des véhicules d'intervention dominent le tableau coloré de la scène nocturne, ils lèchent les terrains et bâtiments voisins ; de plus en plus de fenêtres se sont allumées sous l'effet de la curiosité.

Les agents constatent qu'il y a quelque chose qui cloche avant que Jessica ait le temps d'ouvrir la bouche.

« Tout va bien ?

— Il est parti où ? s'écrie Jessica d'un ton pressant.

— Qui ça ?

— L'expert !

— Ah lui… répond un agent en indiquant du pouce une rue descendante. C'est par là qu'il…

— En courant ?

— En marchant.

— L'un d'entre vous m'accompagne ! », ordonne Jessica tout en faisant quelques pas en arrière vers la rue.

Les lampadaires oscillent dans le vent, éclairant la route.

« Mais c'était… ?

— Et toi, préviens le central que l'assassin vient de partir à pied de la scène de crime. On a besoin de renforts, et tout de suite ! », insiste Jessica en sortant son arme de service.

Geste dramatique qui fait sursauter un agent barbu, comme s'il comprenait seulement maintenant qu'elle parle sérieusement.

Ils descendent la rue couverte de neige dont les profondes traces de pneus donnent l'impression qu'elles pourraient être celles d'un tramway. Sur le trottoir, on distingue aisément une ligne compacte d'empreintes de pas toutes fraîches. L'homme en combinaison a effectivement continué son chemin en marchant : s'il avait couru, les traces seraient plus éloignées les unes des autres. Ils vont le rattraper, pour peu qu'il ne s'attende pas à ce qu'ils se mettent si vite à sa recherche. Pourtant, pendant les courtes secondes où ils foncent vers le croisement en suivant les empreintes, la perplexité saisit Jessica. L'assassin sait qu'ils vont courir après lui. C'est clairement ce qu'il veut : un instant plus tôt, il est passé devant Jessica et lui a parlé alors qu'il aurait très bien pu sortir sans rien dire. Si Jessica avait compris d'emblée que cet homme n'était pas un des experts… Elle en a la chair de poule. Elle a regardé dans les yeux le connard qui a tué Maria

Koponen. Et maintenant cet enfoiré est là, dehors, libre et triomphant.

« Il ne doit pas être loin », dit l'agent à la silhouette robuste.

Jessica prend son pistolet à deux mains quand ils approchent du croisement, où la visibilité sur la rue perpendiculaire est entravée par une grande haie de sapins couverte de neige. Elle ralentit le pas, puis jette un coup d'œil éloquent à l'agent qui avance à côté d'elle et dont les gestes sont comme un reflet des siens. Jessica examine de l'autre côté des arbustes et voit la rue vide, des files de voitures garées de chaque côté.

« Putain… », marmonne-t-elle en regardant partout à la recherche de traces de pas. Rien. Les chasse-neige viennent de passer et le fugitif a pu continuer sa route sur la chaussée sans laisser d'empreintes bien visibles. Jessica entend les sirènes des patrouilles qui approchent. Le bruit métallique d'un chasse-neige lui parvient faiblement, de loin.

« Il peut se cacher derrière les voitures. Ou en dessous, chuchote l'agent avec assurance, en avançant tranquillement vers les premiers véhicules.

— Il ne ferait ça que s'il était pressé de se cacher, rétorque Jessica de sa voix presque habituelle.

— Bah, c'est pas le cas ? »

La capitaine ne répond pas. Elle maudit en silence les longues secondes qu'il lui a fallu pour comprendre que l'assassin était tranquillement sorti à pied de la scène de crime scellée par la police.

« Il avait peut-être une voiture garée ici », propose l'agent.

L'hypothèse n'est pas farfelue. Mais *a priori*, on ne voit pas en bord de route de rectangle fondu par la chaleur de la voiture ni de traces de pneus obliquant sur la chaussée.

« C'est quoi ton nom ?, demande Jessica pendant qu'ils avancent prudemment d'une voiture à l'autre.

— Hallvik. Lasse Hallvik. Brigadier.

— OK, Lasse. Vérifie les bagnoles. Reste sur tes gardes. Les renforts arrivent, assure Jessica avant de partir à vive allure le long de la route bien éclairée.

— Tu vas quand même pas y aller seule ? »

Elle ne fait pas mine de lui répondre : elle prend son téléphone dans sa poche et le porte à son oreille, le pistolet dans l'autre main. Puis court au milieu de la rue entre les voitures, consciente que Hallvik la couvre. Tout du moins sur ce segment de route.

« Allô ? »

La voix concentrée qui répond au téléphone est celle du supérieur de Jessica, le commissaire divisionnaire Erne Mikson, qui depuis une demi-heure est responsable de l'enquête.

« Je ne sais pas si le central a fait passer le message, mais il faut que nous fermions les embranchements qui mènent aux ponts de Kulosaari. Immédiatement, annonce Jessica en s'avisant de l'inquiétude qui perce dans sa voix.

— Il se passe quoi là-bas ?

— Je poursuis l'assassin à pied.

— Avec qui ?

— Seule.

— Jessica !

— Il vient de partir. Il faut que je voie… Ah putain, attends. »

Jessica glisse le téléphone dans sa poche de manteau et saisit à nouveau son Glock à deux mains. L'espace d'un instant, elle est persuadée de voir un homme au sol. Mais la combinaison blanche qui s'agite au milieu de la rue est vide, comme un bonhomme Michelin qui aurait été percé par une dague. Une des jambes oscille dans le vent, semblant montrer la direction dans laquelle son propriétaire a très probablement continué son chemin. Jessica jette un coup d'œil derrière elle, voit Hallvik courbé entre les voitures, à cent mètres de là. Elle met les doigts dans la bouche et siffle pour attirer son attention.

« Lasse ! Fais gaffe à ce que personne ne roule là-dessus ! » hurle-t-elle sans être sûre qu'il l'entende contre le vent.

Hallvik se lève et court vers elle. Jessica continue d'avancer et réfléchit à la suite quand elle se rend compte que le volume sonore des sirènes augmente. Un vague instinct la fait s'arrêter et lui chuchote la triste vérité : elle ne va pas l'attraper. Pas cette nuit. Elle soupire longuement, ses poumons lui brûlent. Puis elle glisse la main dans la poche de son manteau et lève à nouveau le téléphone à son oreille.

« Erne ?

— Bordel, Jessica ! J'ai cru que…

— J'ai déconné sur ce coup-là, Erne. »

Elle entend la voix de son supérieur, mais son esprit a déjà sauté dans un carrousel en mouvement, le genre de carrousel où il n'y a plus de place pour la moindre idée nouvelle une fois que la machine est lancée. L'homme qui a dessiné un sourire sur les traits inanimés de Maria Koponen est peut-être en train de les regarder, du plus profond des ténèbres. Il n'est nulle part. Et pourtant il est partout.

7

Cela fait déjà trois semaines que le commissaire divisionnaire Erne Mikson souffre d'une grippe carabinée, mais l'odeur si particulière de l'habitacle de sa voiture, étrange mélange de massepain, de vieux cuir usé et d'embrayage brûlé, pénètre dans ses narines bouchées. Il entend un faible bip et prend sous son aisselle le thermomètre numérique. 37,4. *Ah putain...* C'est 0,3 degré de plus que quand il a pris sa voiture à Pasila. Il jette un œil à sa montre, cherche son carnet dans sa poche de poitrine et note la mesure dans le rectangle blanc suivant. Cet épais cahier qui lui sert depuis plusieurs années est en train de vivre ses derniers instants.

Erne sursaute quand la portière avant de la vieille série 3 s'ouvre et laisse entrer une femme brune de trente-trois ans dont les traits agréables ont un côté anguleux, renforcé par son air sévère et l'éclairage sombre. Pendant un instant, ils regardent chacun devant soi : une dizaine de voitures sont garées devant une maison à cent mètres de là. Plus près d'eux, une voiture de police est disposée en travers de la route, son message souligné par un cordon de sécurité bleu et blanc.

« Le cirque est arrivé à Kulosaari », dit enfin Erne Mikson en remettant le cahier dans sa poche de poitrine et en fourrant dans sa bouche un morceau de chewing-gum à la nicotine. L'effet apaisant de la cigarette grillée dix minutes plus tôt par la fenêtre entrouverte. Sans compter qu'il est plus que temps de réduire. Ou d'arrêter. Quant à savoir si ça en vaut encore la peine, on verra bien quand le médecin l'appellera pour lui parler des résultats des analyses.

« Tu ne viens pas voir à l'intérieur ?, interroge doucement Jessica en se calant contre l'appuie-tête.

— Non. Y a pas d'obligation », répond Erne.

Ses yeux semblent bâiller. Puis il entrouvre la fenêtre et reprend :

« Un homme, la quarantaine, corpulence normale, épaules relativement larges, un mètre quatre-vingts, les yeux bleus et… vêtu légèrement pour la saison ?

— Je pense qu'il ne pouvait pas avoir de manteau épais sous sa combinaison.

— On a six mecs qui collent à la description, mais tous portaient un gros manteau. Un dans la rue, trois au bar du centre commercial. Et deux à l'arrêt de bus Itäväylä. On les a chopés dans un rayon établi en fonction de la distance qu'aurait pu parcourir un mec en courant. Cinq minutes de plus et il aurait fallu ratisser aussi Herttoniemenranta. Et là on n'aurait vite plus eu les moyens, détaille Erne avant de se tourner vers Jessica et de conclure : Jessi, tu as tout fait comme il fallait. »

Jessica toussote ironiquement ; les paroles de son chef ne la consolent pas. Il lui parle comme un entraîneur parle à un jeune espoir du foot qu'il a fait venir sur le banc après la première mi-temps.

La note empathique ne retire en rien le fait que, sur le terrain, tout ne s'est pas franchement bien passé.

« Dis-moi, Erne, commence Jessica, qui déglutit, puis reprend : Ça fait combien de temps que tu es dans l'unité ? Et combien de fois, au cours de ce millier d'années, un enquêteur a discuté avec l'assassin sur le lieu du crime avant de le laisser partir ?

— Tu peux voir les choses comme ça si tu veux te faire du mal.

— Mais bon sang, est-ce qu'il y a une autre façon de voir les choses ?

— Ben, par exemple, ce type aurait pu sortir son flingue et tous vous buter. Si tu avais commencé à soupçonner quelque chose et essayé de le choper. Peut-être que personne n'aurait eu le temps de réagir », la rassure Erne.

Il baisse la radio. L'expression de Jessica est éloquente : Erne parle d'or. Ils se croyaient en sécurité et l'homme aurait facilement pu blesser quiconque se trouvait dans la maison. D'autres personnes que Maria Koponen.

« Six suspects ?, ajoute enfin Jessica en baissant la fermeture Éclair de son manteau.

— On va comparer leur ADN aux fibres de la combinaison.

— Et le masque ?

— On l'a pas trouvé. Sûrement dans une poubelle quelque part. Ou il l'a gardé.

— Ça ne rime à rien, confie Jessica à voix basse.

— Parce qu'il a laissé la combinaison dans la rue ?

— Oui.

— Écoute, Jessi… » l'interrompt Erne d'une voix rauque pour couper court à de vaines spéculations.

Il concentre son attention sur un homme franchissant le portail de la maison d'en face et auquel

Jusuf fait signe de se tenir à l'écart. Les voisins curieux ont senti la charogne.

« Tu penses que tu reconnaîtrais la voix du mec ? demande-t-il, tandis qu'un des enquêteurs commence à recueillir la déclaration d'un homme vêtu d'un épais manteau, d'un pyjama et de bottes à tige.

— Évidemment. Mais je parie que le coupable ne fait pas partie de ceux que vous avez filmés.

— L'espoir fait vivre, soupire Erne, puis il tend le bras pour attraper une serviette sur la banquette arrière d'où il tire une tablette électronique qu'il tend à Jessica. Six vidéos. Six fois la même phrase », annonce-t-il.

La première, c'est fait. Jessica regarde les vidéos, écoute les voix et scrute les yeux des suspects, elle veut croire qu'elle va pouvoir identifier le coupable. Le taré qui se trouvait devant elle à peine trois quarts d'heure plus tôt, chez Maria et Roger Koponen, devant l'étagère de disques. Deux des participants à cette séance d'identification numérique sont manifestement saouls, ce qui a été confirmé à l'éthylotest, si l'on en croit le commentaire inscrit en sous-titre. Un autre est étrangement calme, mais ça ne le rend pas suspect pour autant, et les trois derniers ont l'air excédés. Ça n'a rien d'étonnant, ça ferait chier n'importe quel citoyen de se tenir sous des lumières brillantes pour répéter une phrase dictée par les flics, sans la moindre idée du pourquoi ni du comment. Il y a quelqu'un qui en a plus qu'une idée. Mais comme Jessica l'avait deviné, il ne fait pas partie des hommes sur les vidéos.

« Non, dit-elle en rendant la tablette à Erne.

— Tu es sûre ? » insiste-t-il tout en sachant que la question ne mérite nulle réponse.

Après un moment de silence, il ramène ses épais cheveux gris vers son front et s'éclaircit la gorge. Mais cela n'a aucun effet sur sa voix rocailleuse.

« Tiens. Rasmus a recueilli l'essentiel en ce qui concerne Maria Koponen », poursuit Erne en tendant une feuille imprimée à Jessica.

Le CV de la défunte, les informations de base sur sa vie interrompue. Jessica l'attrape et commence à lire ligne à ligne.

« Âge : trente-sept ans… Formation : docteur en pharmacie… Profession : directrice du développement de produits, Neurofarm Oy…

— Je sais pas s'il y a quoi que ce soit d'utile là-dedans.

— Faut voir. »

Jessica range le document plié dans la poche de son manteau. Un lièvre blanc traverse la route. Lui aussi, il faudrait peut-être l'interroger.

« Bon, ben, faut que j'aille à Pasila m'occuper de la conférence de presse, reprend Erne.

— Je ne t'envie pas.

— La situation est assez inhabituelle. Il faut avertir les gens.

— Les avertir de quoi ? Qu'il ne faut pas ouvrir la porte aux experts de la police scientifique ? », marmonne Jessica en se massant les articulations des doigts.

Erne rit sans joie. L'humour noir fait partie du boulot, mais Jessica a l'art et la manière de pousser à l'extrême limite. Ils restent assis à réfléchir un moment sans rien dire.

« Il faut élargir les recherches. Et puis il y aura l'audition de Roger Koponen », conclut Erne.

Il referme la fenêtre et continue :

« Je m'en occupe. Toi, tu t'occupes de faire la lumière sur ce qui s'est passé dans cette maison. Visiblement, ils en sont à interroger les voisins. Peut-être que quelqu'un a vu quelque chose.

— OK, dit Jessica en ouvrant la portière. Essaie de ne pas nous faire une attaque, Ser Davos.

— Si je fais une attaque, ce sera ta faute, Arya[1]. »

1. Ser Davos et Arya sont des personnages de la série de romans *Le Trône de fer* de George R.R. Martin.

8

Roger Koponen est assis à la table, les doigts autour d'un verre d'eau vide, il fixe le front de la femme assise devant lui. L'assistant social qui vient de quitter la pièce a expliqué qu'il attendrait à côté, au cas où Roger voudrait discuter de ce qui s'est passé. La commissaire Sanna Porkka attrape une carafe décorée d'une bulle d'air et verse encore de l'eau à Roger. Porkka est une femme de quarante-deux ans, sans famille, qui a passé toute sa vie à Savonlinna et dont l'existence, en plus de son travail dans la police, tourne autour de la chasse, des courses d'orientation et de trois vieilles chiennes courantes finlandaises.

« Va sûrement falloir que je rentre à Helsinki, annonce Roger sans détacher du plafond son regard vitreux.

— Je comprends, acquiesce Porkka en se renfonçant tranquillement dans sa chaise. Mais il faudrait quand même souffler dans l'éthylotest. Vous avez sans doute bu un peu d'alcool à votre dîner…

— Ah putain, ajoute Koponen d'un air incrédule.

— À vrai dire, nous préférerions que vous restiez à Savonlinna pour la nuit, comme vous aviez prévu.

— Pourquoi ?

— Ce genre de nouvelle est un choc pour n'importe qui. Ça vous fait un long trajet sur de mauvaises routes, et il n'y a rien à Helsinki qui nécessite que vous y soyez dès cette nuit.

— C'est vrai. Il est sans doute trop tard pour ça », approuve Roger Koponen dans un quasi-chuchotement, puis il fait un petit bruit ironique avec la bouche.

Mais ses traits expriment une vive douleur. Porkka sait que le comportement des proches est souvent bizarre, illogique. Leurs réactions permettent rarement de déduire quoi que ce soit d'utile. Son regard brillant et fixe, sa peau pâle et sa respiration rapide indiquent tout de même un choc bien réel.

« Ils ont trouvé le mec ? », demande Roger Koponen d'un ton un peu plus ferme qu'auparavant, en portant son verre à ses lèvres d'une main tremblante.

Sanna Porkka jette un bref coup d'œil à ses notes pour voir quels éléments ont été divulgués au mari de la victime à ce stade. Manifestement, il a uniquement été informé du fait que son épouse était décédée à leur domicile de l'île de Kulosaari, à Helsinki, et que la police avait une bonne raison de soupçonner un homicide. Puis les pensées de Porkka se reconcentrent sur la question de Roger.

« Excusez-moi, mais avez-vous une raison de supposer que l'auteur du crime est un homme ? », s'enquiert Porkka en essayant autant que faire se peut d'éviter d'employer un ton d'interrogatoire.

La police n'a à ce stade aucun élément indiquant que Roger Koponen pourrait être impliqué dans la mort de son épouse, mais l'hypothèse sera difficile à exclure définitivement si des fautes d'inattention stupides sont commises lors de son audition. À vrai dire, Sanna Porkka ne joue aucun rôle dans l'enquête, sa mission est simplement de veiller brièvement sur cet écrivain star qui vient de perdre sa femme. Mais la tentation de lui poser certaines questions fondamentales est trop grande.

« Je ne sais pas. C'est assez probable, non ? », reprend lentement Roger Koponen en posant son verre sur la table.

Son regard s'éclaircit un peu, comme s'il était fier de son observation. Porkka serre les lèvres et acquiesce. Il a raison, si l'on se fonde sur les statistiques. En Finlande, le meurtrier est un homme dans neuf cas sur dix. Le chiffre est encore plus grand lorsque l'auteur et la victime ne se connaissaient pas avant.

« Le seul objectif est d'attraper le coupable. Et à Helsinki, on pense que c'est devant un ordinateur que vous êtes actuellement le plus utile. Ici, au commissariat de Savonlinna, où nous mettons à votre disposition tout ce que vous voulez. Pas dans votre voiture, où vous mettriez en péril votre propre sécurité et peut-être celle d'autres usagers de la route, étant donné votre fatigue et le choc subi », dit Porkka avant de serrer les lèvres.

Elle espère avoir laissé une impression suffisamment empathique. Puis elle saisit le mot de passe de son ordinateur portable.

« Pourquoi donc suis-je plus utile devant un ordinateur ?, demande Roger Koponen en plissant le front.

— Erne Mikson, responsable de l'enquête à Helsinki, aimerait discuter avec vous en visio », répond calmement Porkka en croisant les bras sur la table.

Roger Koponen cligne des yeux plusieurs fois, comme si la proposition était complètement absurde.

Son langage corporel n'exprime cependant pas une opposition frontale.

« Par vidéo ? marmonne Roger, songeur à cette idée.

— Comme je disais, le seul but est d'attraper…

— Vous avez dit l'objectif.

— Pardon ?

— Vous avez dit que le seul objectif était d'attraper le meurtrier de ma femme. Pas le but », précise Koponen en se grattant les sourcils avec un ongle.

Un fragment de peau morte tombe sur la table, à côté du verre.

« Ah oui. C'est bien possible », admet Porkka en essayant d'afficher un sourire compréhensif.

Elle se demande un instant s'il ne faudrait pas laisser Koponen seul pour qu'il se calme. Mais il n'y a pas le temps. Une demi-heure plus tôt, elle a reçu un rapport indiquant que le suspect était toujours en fuite. L'aiguille des minutes de l'horloge carrée sursaute sur le douze.

« Excusez-moi, je reviens tout de suite », interrompt Porkka.

Koponen hoche la tête, marquant son accord, avec un délai de plusieurs secondes.

Sanna Porkka ferme la porte derrière elle et fait signe à l'agent de garde de surveiller Koponen. Elle jette un œil à l'assistant social plutôt jeune qui se tient devant un distributeur de boissons en train de moudre à grand bruit des grains de café, puis se dirige vers son bureau.

« Koponen est prêt ? », demande la voix fatiguée d'Erne Mikson au bout du fil.

Dans le fond, on entend le bourdonnement du moteur d'une voiture.

« Il est franchement perturbé.

— Il faut quand même qu'on l'interroge.

— Bien sûr », admet Porkka en marchant jusqu'à la fenêtre.

Les bouleaux sans feuilles qui guettent dans l'obscurité agitent leurs maigres branches vers l'intérieur, vers la chaleur.

« Ce serait évidemment plus commode en face à face », commence Erne.

Sanna Porkka entend le frottement d'une feuille de papier. Il s'arrête de parler, ses mâchoires s'appliquent un instant à mâcher son chewing-gum.

Enfin, il reprend de sa voix rauque :

« Ça ne paraît pas très respectueux d'interroger un jeune veuf par écran interposé, mais il faut vraiment que nous ayons tout de suite autant d'informations que possible.

— Ça marche », confirme Porkka.

Elle sent qu'elle s'exprime comme une ado maladroite qui comprend la langue des adultes, mais ne sait pas la parler.

« Quinze minutes. Puis je serai devant l'ordi. En attendant, prends bien soin de lui.

— Ah, et pardon, mais… » Porkka se dépêche-t-elle de dire avant que le commissaire divisionnaire ne raccroche.

— Oui ?

— Roger Koponen… Il aimerait vraiment voir sa femme. Ou juste une photo du lieu du crime.

— Bien sûr », acquiesce Erne après un court silence.

Le bruit de la voiture s'arrête et Sanna Porkka pense entendre un homme cracher. La portière claque, l'allume-cigare fait un léger clic et Erne prend une grande respiration pour remplir ses poumons de fumée.

« Tu m'étonnes qu'il veuille la voir. Mais fais-moi confiance, il vaut mieux patienter encore un peu. »

9

Jessica Niemi enfile de nouvelles surchaussures et met une combinaison blanche, des gants et un masque. Se mouvoir dans la maison semble soudain dangereux, même si depuis le dernier incident elle a enfin été fouillée de fond en comble. Jessica entre à nouveau dans le salon et constate que les experts ont élargi leur zone de ratissage autour de la table. Maria Koponen est sagement assise à sa place, le même sourire follement triomphant sur son visage. C'est comme si la maîtresse de maison était la seule à ne pas avoir reçu le dossier du meurtre.

Normalement, à ce stade, le cadavre aurait déjà dû être enfermé dans un sac et retiré de la scène de crime, mais visiblement trop de questions demeurent en suspens. Des interrogations qui peuvent être nettement plus difficiles à satisfaire si le corps de la femme est déplacé.

« Est-ce qu'on a la moindre idée de ce qui s'est passé ici ? », interroge Jessica.

Elle arrête d'un geste rapide de la main le responsable de l'enquête sur le lieu du crime ; celui-là, elle est certaine qu'il fait partie de l'équipe, cette fois. L'assassin déguisé l'a mise sur ses gardes.

C'est un bel homme du nom de Harju ; il fixe Jessica de son regard brun apaisant.

« Une idée pas bien claire, soupire Harju en retirant son masque.

— Donc rien ?

— La seule certitude, c'est que personne n'est entré par effraction. L'auteur est passé par la porte coulissante du salon, puis il a fermé derrière lui. Elle n'était pas verrouillée. D'ailleurs, elle est toujours ouverte.

— Pas verrouillée... murmure Jessica.

— Ou alors la victime et l'auteur se connaissaient et la victime l'a...

— C'est un peu difficile à croire. L'auteur était équipé d'une combinaison blanche et... » rétorque Jessica, puis elle passe devant Harju et reprend : « ... du truc dont il s'est servi pour réaliser cette œuvre d'art. »

— Son visage est dur comme de la pierre.

— Hein ?

— Il a été mis de force dans cette position. Difficile de dire si...

— On lui a injecté quelque chose ? », s'enquiert Jessica.

Elle plisse les yeux et remarque à présent que la tête de Maria Koponen est légèrement inclinée. Elle a sans doute toujours été comme ça.

« J'imagine. Mais on ne le saura qu'à l'autopsie.

— Préviens-moi tout de suite s'il y a quelque chose d'étonnant.

— Bien sûr.

— Merci. »

Jessica tourne les talons. Au bout du couloir, la porte d'entrée, gorgée de lumière et de son, est toujours ouverte, et la maison est gelée. Les tableaux blancs stylisés à légers coups de pinceau, suspendus aux murs blancs, n'apportent pas de chaleur, eux non plus, ils soulignent au contraire l'atmosphère glaciale. Jessica passe encore une fois devant l'étagère de disques pour aller dans le couloir, et entre pour la première fois dans la cuisine spacieuse. Entre les éléments muraux aux tiroirs noirs se trouve un immense plan de travail en marbre d'un seul tenant. Jessica pose un doigt recouvert de caoutchouc sur la pierre froide. Tout est propre et brillant. Poggenpohl. Le puzzle de marbre, de bois précieux, d'électroménager, de vis et de boulons qui constitue le cœur de cette maison a coûté le double du salaire annuel d'un flic moyen. Jessica le sait car la cuisine de son appartement est presque la même. C'est la prunelle de ses yeux et une des dizaines de raisons pour lesquelles elle ne pourrait jamais inviter ses collègues chez elle. Là où elle habite pour de vrai.

Elle laisse son regard flotter lentement des fenêtres qui donnent à l'ouest vers la cuisinière, puis vers l'étagère, qui abrite un nombre considérable d'histoires et de pensées reliées entre deux couvertures. Le choix de livres semble soudain d'une monotonie saisissante : c'est le nom du même homme qui figure au dos de chacun. Les ouvrages se différencient les uns des autres par la taille et la couleur, mais ils sont tous écrits par une seule et même personne. *Roger Koponen.* En s'approchant, Jessica remarque qu'il ne s'agit pas de productivité, mais plutôt d'extensibilité : la plupart des livres sont des traductions. *The Witch Hunter, Häxjakt, Hexenjagd, Caccia alle streghe.* Elle sait que ces thrillers ont trouvé leurs lecteurs dans le monde entier. C'est ce qui a permis aux Koponen de s'offrir tout cela, une maison sublime en bord de mer et tout le confort moderne, y compris une cuisine qui coûte aussi cher qu'une voiture familiale de marque allemande. Jessica sent un élancement dans sa tempe, comme un rappel que son travail ne consiste pas à se demander ce qui a bâti la vie commune du couple, mais plutôt ce qui vient de la faire voler en éclats.

Le réfrigérateur fait un léger « clac » lorsque son compresseur se déclenche automatiquement. Un vrombissement grave emplit la cuisine. Jessica attrape un volume en anglais à hauteur de ses yeux et en étudie la couverture. La femme attachée à un poteau, debout au milieu des flammes, et les lettres gothiques du titre *The Witch Hunter* évoquent une affiche d'un groupe de heavy metal. Jessica jette un coup d'œil à la quatrième de couverture. *Over 2 million copies sold worldwide.* Elle repense au livre de poche en finnois qui traîne sur sa commode. Un ami le lui a offert il y a des années mais elle ne l'a jamais lu, non seulement par manque de temps et par paresse, mais également parce qu'elle a une sorte de préjugé à propos de la fiction, une idée fermement ancrée selon laquelle la lecture devrait toujours nous apprendre quelque chose de nouveau et d'utile. Et selon laquelle des contes jaillis de l'imagination d'autrui ne sont dans ce monde chaotique qu'une perte de temps.

Le bout de ses doigts transpire sous les gants de caoutchouc. *Serial killer… going after witches.* Elle ne comprend pas bien pourquoi ses pensées restent bloquées sur la quatrième de couverture et le résumé de l'intrigue. Puis elle retourne le livre et fixe l'illustration. L'ouvrage tombe par terre. Elle ne le lâche pas exprès, il lui échappe tout bonnement pendant qu'elle entreprend d'examiner les autres éditions. Japonais, polonais, en alphabet cyrillique. On dirait bien que l'éditeur de chaque pays a choisi à chaque fois une illustration différente. Presque toutes représentent cependant une sorcière à l'agonie. La seule exception, ce sont les quelques éditions figurant des paysages marins en hiver, presque identiques, avec un golfe de Finlande tout blanc, pris par les glaces. *Nordic noir.* Mais la plupart contiennent bien un bûcher. Des flammes. Une femme plutôt jeune, dans les affres, vêtue de noir. La couverture du *Hexenjagd* allemand représente une espèce de table de torture à laquelle la victime est attachée par les chevilles et les poignets. Dans une ambiance solennelle. Et lorsque Jessica regarde de plus près la femme sur la couverture, elle constate que ce qu'elle a tout d'abord pris pour de la souffrance est en réalité une grimace assez grotesque. Le sourire de la sorcière évoque la folie, avec une sorte de bienveillance forcée. Jessica sent dans ses oreilles le battement de son cœur, le bruissement de son sang. Erne Mikson répond au téléphone : Jessica met un instant à comprendre que pendant ces quelques secondes, elle a instinctivement composé le numéro de son supérieur.

« Allô ? Jessica ? Il y a déjà du…

— Attends. Tu as lu les livres de Koponen ? » l'interrompt-elle.

Elle entend l'essoufflement dans sa voix.

« Bah non, je t'avoue…

— Putain, Erne. On dirait bien que l'assassin les a lus. »

10

Roger Koponen se tient devant la fenêtre et regarde les ténèbres. Le store vénitien devant les vitres est presque fermé, mais Roger ne se donne pas la peine de l'ouvrir avec la longue télécommande qui repose contre le cadre.

« Ça va être maintenant », annonce la commissaire Sanna Porkka pour tâter le terrain, en lui versant de l'eau minérale.

La boisson est à température ambiante, un imbécile a dû laisser le paquet de bouteilles sur le sol de la salle d'attente au lieu de les mettre dans le réfrigérateur. Roger ne détache pas son regard de la fenêtre.

« Excusez-moi, nous avons le responsable de l'enquête en ligne, réessaie Porkka, et Roger jette un coup d'œil paresseux derrière son épaule.

— Dans ce cas, autant y aller », murmure Roger en jetant un œil vers les frondaisons poudrées de neige. Il a les mains derrière le dos, le regard dans le vide, où son esprit bouleversé tente peut-être de trouver un sens caché derrière sa souffrance poignante. L'attitude de Roger Koponen évoque à la commissaire un dictateur méditant son prochain coup, dans un bunker secret. Au bout d'un moment, il se retourne et se dirige à pas lents vers la table, d'un air douloureux, méditatif, comme s'il venait de décider d'appuyer sur le bouton rouge et d'actionner l'arme nucléaire.

« Le responsable de l'enquête ? » demande-t-il.

Pour la première fois, une nuance d'agacement dans la voix. Le garder sur place risque de devenir de plus en plus compliqué d'heure en heure.

« C'est cela. Il s'appelle Erne Mikson », confirme Porkka en lançant l'appel vidéo par quelques clics de souris.

Manifestement, ce nom jure aux oreilles de Koponen car il fronce les sourcils d'un air sceptique. L'instant suivant, il entend également l'accent estonien de Mikson, le genre d'accent qui rappelle vaguement les traversées vers Tallinn et le duty free du ferry. Porkka retourne l'ordinateur portable et se lève de sa chaise pour vérifier que les deux interlocuteurs se voient.

« Roger Koponen. »

Le visage d'Erne apparaît à l'écran, d'abord flou puis suffisamment net. Le son est en retard de quelques dixièmes de seconde par rapport à l'image.

« Tout d'abord, je tiens à vous présenter mes sincères condoléances pour la disparition de votre épouse.

— Merci, grommelle Roger Koponen laconiquement, même si le terme de *disparition* par lequel le responsable de l'enquête fait allusion à la mort de sa femme paraît forcément absurde.

— Je suis le commissaire divisionnaire Erne Mikson et je dirige l'enquête.

— C'est ce qu'on m'a dit », réplique Roger Koponen en goûtant l'eau minérale au goût framboise.

Apparemment, la température de l'eau n'a aucune importance pour Koponen : Sanna Porkka soupire de soulagement.

« Malheureusement, il n'y a aucun moyen de rendre la situation plus simple. Nous devons nous montrer directs et nous assurer d'appréhender l'auteur des faits.

— De quelle manière ? » demande Koponen, puis il semble que sa langue se bloque brièvement dans sa gorge.

Il avale de façon bien audible et poursuit :

« Qu'est-il arrivé à Maria ?

— Vous allez pouvoir consulter le rapport de police dans un instant. La cause de la mort sera élucidée lors de l'autopsie qui va être réalisée incessamment.

— Mais merde ! », rugit alors Roger Koponen.

Il n'a fallu que quelques secondes au petit renne paralysé par les lumières pour se muer en un prédateur qui montre les dents.

« Vous avez bien vu le corps de Maria, non ?

— Oui, mais...

— Alors, dites-moi ce qui lui est arrivé.

— Nous ignorons pour l'instant...

— Ah putain, dites-moi quelque chose avec vos propres mots ! Il lui a tiré dessus ? Il l'a étranglée ? Il l'a... Il l'a violée ? »

La voix de Koponen vacille, ses doigts tremblent, il ferme les poings.

« Comme je vous l'ai dit, la cause de la mort n'est pas encore connue. Rien n'indique pour l'instant qu'un acte sexuel ait été perpétré. Mais notre enquêtrice sur le lieu du crime a trouvé que le mode opératoire présentait des similitudes...

— Des similitudes avec quoi ?

— Avec votre trilogie *Chasse aux sorcières* », ajoute Erne avant de se taire pour laisser à son interlocuteur la possibilité de réagir à cette nouvelle inattendue. « Ou avec d'autres de vos livres. Je l'ignore car malheureusement… »

— Mais quelles similitudes, putain ? » riposte vivement Koponen.

Sanna Porkka, assise de l'autre côté de la table, comprend aisément son accès de rage. Le commissaire divisionnaire parle par énigmes, alors que Koponen mérite d'entendre des réponses directes.

« Je vous envoie une photo, Roger. Je sais bien qu'elle est… qu'elle est horrible à regarder. Mais nous avons des raisons de soupçonner que l'auteur a eu l'idée en… qu'il a copié le mode opératoire dans votre livre », révèle Erne à l'écran tout en baissant le regard vers son clavier.

Roger Koponen ne répond pas. Il respire difficilement, attend. Peu après, un court signal résonne. Sanna Porkka s'apprête à se lever de sa chaise pour vérifier que Koponen arrive à ouvrir le fichier envoyé par Erne Mikson, mais au même moment Koponen met sa main devant sa bouche d'une façon qui montre bien que ce n'est plus la peine.

« C'est quoi ce bordel ? »

Koponen ouvre des yeux grands comme des soucoupes. Sa main quitte sa bouche, passe devant le nez et termine en pressant les rides de son front. Sanna Porkka n'a pas vu la photo et il ne lui semble pas indiqué, malgré sa curiosité brûlante, de faire le tour de la table pour aller voir ce que la femme a subi. De toute façon, elle ne tardera pas à le savoir.

« Je suis désolé de devoir vous montrer cela. Mais pourriez-vous me confirmer que vous avez décrit une victime exactement de cette façon dans la première partie de votre trilogie *Chasse aux sorcières* ?

— Est-ce que Maria... Est-ce qu'elle porte une robe noire ? », demande Koponen, redevenu en un instant cet homme prudent, peureux, qui peu auparavant contemplait par la fenêtre les ténèbres désespérées de cette nuit de février.

— Oui, répond Erne.

— Ses ongles sont peints en noir ? », poursuit Roger, sa voix donnant à présent l'impression qu'il a décidé de tenir le coup.

Son regard reste cependant cloué à la photo prise sur le lieu du crime de sa défunte épouse.

« Oui.

— Eh merde », chuchote Roger en se prenant la tête.

Il la laisse s'incliner en arrière, comme si quelqu'un le tirait par les cheveux. Puis il se redresse et prend à deux mains l'écran de l'ordinateur. Sa pomme d'Adam joue sous son menton.

« Vous êtes... Vous êtes allés sur la plage ? interroge-t-il, plus pâle qu'auparavant.

— Sur la plage ?

— Oui. Sur la plage ! Est-ce que vous...

— Nos experts ont trouvé des traces et nous avons des raisons de penser que l'auteur des faits est entré dans la parcelle en passant par la glace.

— Putain, mais y a personne chez vous qui a lu mon bouquin ? »

Il s'écoule de longues secondes sans que quiconque réagisse.

« Qu'y a-t-il sur la plage, Roger ? s'enquiert Erne Mikson.

— Si un putain de malade a voulu reconstruire la scène exactement comme elle est dans le livre, alors Maria n'est pas la seule…

— Que voulez-vous dire ? Comment ça, pas la seule ?

— Parce qu'il y a toujours eu deux sorcières. La seconde est enterrée sous la glace. »

11

I'm sorry for your loss. Les mots résonnent dans la tête de Jessica, si vivants qu'elle a presque l'impression de les avoir prononcés à voix haute. Elle passe devant la silhouette musclée à la peau couleur olive, à genoux, dont le regard brisé par le chagrin est fixé sur un nom gravé dans la pierre blanche. L'homme se prend la tête en sanglotant doucement et frotte ses yeux mouillés de larmes avec la base de son pouce. Sa nuque tatouée apparaît vaguement sous ses cheveux noirs en queue-de-cheval. Une large encolure dévoile des épaules musclées et bronzées. Puis le regard de l'homme se relève vers la tombe, ses doigts touchent le panneau fleuri derrière lequel gît le défunt incinéré. Jessica a remarqué l'homme alors qu'elle marchait le long du chemin dallé bordé de tombes, mais c'est seulement une fois qu'elle s'est rapprochée qu'elle constate à quel point il est beau.

I'm sorry. Les mots se bloquent à nouveau dans sa gorge, et elle passe devant lui sans qu'il la remarque ou tourne le regard. Elle jette un nouveau coup d'œil par-dessus son épaule et se sent soulagée de n'avoir pas cédé au caprice d'un moment en fourrant son nez dans ce qui ne la regarde pas. Ça n'aurait pas été approprié. Elle se rend bien compte, cela dit, que quelque chose lui manque. Les yeux de l'homme. Aussi beau et racé qu'ait été son profil, elle n'a pas vu ses yeux. Ils sont sûrement bruns et tristes.

L'air est étouffant, chargé d'une électricité qui donne une impression d'humidité sur la peau. Les nuages noirs comme du charbon qu'on aperçoit au loin laissent présager un orage. Vingt minutes plus tôt, Jessica était penchée sur le bastingage du vaporetto, regardait le ciel s'assombrir à l'horizon, et se disait que la pluie rendrait encore plus accueillante cette ville étendue sur plus de cent îles.

Le voyage de Murano au centre historique de Venise a pris fin au moment où le vaporetto s'est arrêté sur l'île funéraire de San Michele, entourée de cyprès et d'un haut mur rouge, et une brusque impulsion l'a fait descendre sur l'embarcadère.

Jessica marche à pas tranquilles entre d'immenses parois blanches et s'étonne de ce qu'elle voit. À San Michele, les morts gisent les uns sur les autres dans des catacombes terrestres, parfois sur neuf étages, comme les habitants d'un grand immeuble. L'ensemble est pourtant extrêmement beau, presque chaque panneau est orné de bouquets de fleurs et d'une photo du défunt incrustée dans la pierre. Sur les photos, beaucoup ont un air sévère ; les photos en noir et blanc, en particulier, expriment une forme d'austérité, même si l'on trouve aussi nombre de visages souriants. Parfois, la photo choisie paraît forcée, mièvre, ce qui d'une certaine façon rend le lieu du dernier repos un peu embarrassant, presque triste. Les proches choisissent sans doute comme souvenir de leur cher disparu une photo qui montre le défunt tel qu'ils souhaitent se le rappeler. Ou peut-être qu'il n'y a pas assez de photos de tous les défunts, tout simplement.

Le tonnerre gronde une première fois et Jessica sent sur son visage un souffle d'air chaud. Elle monte un court escalier vers un chemin sablonneux entouré d'une rangée de caveaux en demi-cercle et regarde les arbres qui s'élèvent au milieu, avec leurs feuilles qui dansent au rythme des rafales de vent. Elle adore les cyprès, les pins, et surtout les palmiers, avec leurs grandes feuilles qui pointent, ces palmiers qui lui rappellent son père, sa mère et son petit frère.

Les gravillons crissent sous ses tennis, mais quand Jessica fait halte, un silence absolu tombe sur la place. Même un pigeon qui roucoulait à l'abri des regards il y a un instant s'est tu.

Jessica repense aux panneaux d'interdiction à l'entrée du cimetière. *Vietato fotografare, bere et mangiare.* Elle regarde autour d'elle, il n'y a pas âme qui vive. Elle ne mangera les provisions qu'elle a mises dans son sac en bandoulière qu'une fois dans le vaporetto qui l'amènera à Venise, mais elle souhaite enregistrer un souvenir de cette île qui sort de l'ordinaire. Elle soulève l'appareil photo qui pend à son cou et prend quelques clichés de cette place ravissante et des caveaux qui l'entourent. Puis elle laisse pendre l'appareil à la lanière, fait le tour du bâtiment courbe et jette un coup d'œil dans le caveau ouvert. Tout y est élégant et soigné, joliment patiné par le temps.

Jessica se place dans l'encadrement de la porte ; son regard croise une silhouette féminine grandeur nature dont les mains pressées contre sa poitrine surplombent une couronne d'épines. Le regard mélancolique de la sculpture est dirigé vers le bas, comme si elle méditait la réponse à une question difficile, et ses yeux blancs ont quelque chose d'irrésistible. Jessica brûle du désir de s'avancer dans le tombeau, de toucher la joue de la Vierge Marie pour ressentir le contraste entre la chaleur de l'idée et la froideur de la réalité. Elle entre prudemment et remarque qu'à l'ombre des épais murs de pierre l'air est plus frais qu'à l'extérieur. Elle resserre son mince manteau et s'approche du mur de marbre blanc sur lequel les noms des défunts sont gravés en lettres d'or. Certaines dates de décès sont récentes, d'autres ne sont pas encore inscrites. Les gens ont réservé une place auprès de ceux qu'ils aimaient. L'idée paraît à la fois belle et affreuse.

Jessica tend le bras et laisse le bout de ses doigts se poser sur les articulations de la statue de la Sainte Vierge, avec précaution, pour que ses ongles vernis n'éraflent pas malencontreusement sa peau blanche. Pendant un bref instant, elle ressent une sorte de proximité, comme si deux mondes et deux époques complètement différents étaient reliés les uns aux autres, et une consolation que seul un chagrin partagé peut susciter. Jessica presse ses doigts autour de ceux de la statue, les doigts de marbre ne sont pas froids, ils sont exactement tels qu'elle les souhaitait. Le soutien qu'ils offrent est franc et sans fard. Ce moment d'intimité avec Marie est comme un *shoot* de drogue, il frappe sa conscience de plein fouet comme l'éclair d'un orage grondant au loin. Personne ne peut comprendre cette sensation. Personne ne peut la consoler. Tout est ici et maintenant.

Jessica soupire profondément, se détache peu à peu des doigts de Marie et caresse du dos de la main sa joue lisse. *Merci. Et désolée d'avoir été indiscrète.*

Au même moment, un bruit de mauvais augure résonne à l'extérieur. Jessica sort rapidement, mais ne voit personne. On entend des mots d'italien, des propos chevrotants et hostiles. Elle essaie de voir d'où ça vient. On dirait que ça vient de partout. *Les haut-parleurs du cimetière*, comprend-elle. L'annonce a quelque chose d'effrayant. Elle rappelle les films sur la Seconde Guerre mondiale, des soldats qui marchent en formation et des bras qui font le salut nazi. Apeurée, Jessica regarde alentour, elle a peut-être enfreint les règles en entrant dans le caveau. Après avoir écouté un instant, elle comprend que ce message assourdissant est en réalité une annonce enregistrée ; le cimetière va fermer. Le prochain vaporetto est sans doute le dernier.

12

Jessica se dépêche de franchir le portail pour rejoindre l'embarcadère. Elle a remarqué à quel point les nuages noirs se sont rapprochés au sud ; tout en avançant, elle fourre l'appareil photo dans son sac. Elle aperçoit le vaporetto qui fend les vagues, formant des moutons devant l'île de Murano. Elle ralentit le pas. Le vent chaud fait danser ses cheveux devant ses yeux. Elle les ramène sur le côté et sent en même temps une étrange douleur dans son ventre. L'homme se tient sous l'auvent de l'arrêt. Seul. Ce beau profil qu'elle avait réussi à bannir de son esprit est de nouveau là. Une attente et une tension lancinantes s'emparent d'elle. Jessica n'est pas du genre à tomber facilement amoureuse, mais l'homme a quelque chose de fascinant, peut-être est-ce la fragilité du deuil.

L'homme se retourne, révélant pour la première fois son menton robuste et ses yeux bruns, rougis d'avoir pleuré. Ils sont aussi sympathiques et mélancoliques que Jessica les avait imaginés.

« *Buona sera* », dit l'homme après l'avoir fixée un moment, puis il s'essuie les yeux comme pour s'assurer qu'aucune larme n'a été oubliée.

Sa voix est étonnamment jeune mais agréablement basse.

Jessica répond d'un sourire prudent et vient s'abriter sous l'auvent. L'homme se retourne vers la mer, les mains à la ceinture. Pendant un moment, ils restent l'un près de l'autre sans dire un mot. Jessica a honte d'être venue dans le cimetière par simple curiosité, pour chercher de quoi enrichir son album souvenir. L'homme, quant à lui, est venu pour pleurer quelqu'un qu'il a aimé. Heureusement, l'appareil photo est dans le sac, se dit-elle en apercevant un anneau à son annulaire gauche. À l'horizon, le vaporetto met le cap sur San Michele. L'homme regarde à nouveau Jessica.

« *Sta per piovere* », dit-il en souriant.

Il va bientôt pleuvoir. Son expression traduit de l'empathie, comme s'ils étaient tous les deux dans la même galère. Et d'ici peu ils le seront bel et bien.

Jessica corrige la position de son sac à dos.

« *Sì purtroppo* », confirme-t-elle en ayant conscience que son accent vient de la trahir.

Sa tenue de style sud-européen, ses cheveux noirs et ses yeux vert clair pourraient facilement être ceux d'une autochtone. Son enthousiasme pour la langue italienne, né sur les bancs du lycée, l'a rendue à l'aise à l'oral, mais pas irréprochable. L'homme a l'air surpris, il hoche la tête, mais cette fois son regard ne se tourne plus vers la mer. Il observe Jessica de la tête aux pieds, comme pour obtenir d'avance des réponses aux questions qu'il n'a pas encore posées. L'examen prudent auquel se livrent ses yeux tristes ne paraît pourtant pas intrusif à Jessica. Elle se sent plutôt mise en valeur.

« C'est un bel endroit », continue-t-elle en italien pour briser le silence.

Il hoche à nouveau la tête et ramène ses cheveux en arrière des deux mains. Ses tendons et ses veines épaisses se voient sous la peau bronzée du dos de ses mains. Ses biceps sont tendus contre le tissu de son T-shirt blanc et ses manches révèlent un peu l'encre tatouée sur sa peau.

« C'est vrai », dit-il en baissant les yeux sur le bout de ses chaussures.

La balle est dans son camp. Autrement, leur dialogue n'aura plus rien de naturel. Pourtant, il ne parle pas. Le deuil est toujours sur sa figure, et il semble qu'il doive lutter contre la douleur, encore et encore.

À nouveau le silence, Jessica voit le vaporetto à l'approche, son arrivée à l'arrêt est à la fois contrariante et libératrice. Le chauffeur actionne la marche arrière pour ralentir l'allure du bateau, et le grondement du moteur couvre temporairement le bruit déchirant de l'orage. Les bords du vaporetto heurtent l'embarcadère quand il accoste maladroitement. Une jeune matelote vêtue d'une chemise en piqué turquoise attrape le bollard avec l'amarre et rapproche le navire dans le prolongement de l'embarcadère. *Benvenuti*. Les moteurs clapotent comme une casserole de bouillie. Une forte odeur de diesel flotte dans l'air.

Le bout des doigts de l'homme frôle subrepticement l'épaule de Jessica et la pousse prudemment vers le pont.

« *After you* », dit-il calmement.

Au moment de monter sur le bateau, Jessica sent des papillons dans son ventre, les articulations des mains blanches de la Vierge Marie sur sa peau, et l'air toujours plus électrique.

13

« De quel pays venez-vous ? demande l'homme, en anglais à présent.

— Finlande.

— Ah, *Finlandia*. Mika Salo, Mika Häkkinen », fait-il avec légèreté tandis qu'ils trouvent des places assises sur les banquettes en plastique.

Le vaporetto est presque vide et l'homme choisit sa place de façon à laisser le corridor entre eux. Se retrouver assis l'un à côté de l'autre aurait effectivement paru bizarre.

« Colombano, lance-t-il en essuyant une goutte de sueur sur sa tempe.

— Pardon ?

— C'est mon nom. »

Il lui tend la main. Jessica jette un coup d'œil aux articulations fendillées sur lesquelles sont tatouées des lettres. Elle saisit cette grande main et prononce son nom à l'anglaise, comme elle a pris l'habitude de le faire dans l'enfance.

« *Zesika.* C'est beau.

— Merci.

— Première fois à Venise ? » demande-t-il.

Elle acquiesce et tourne le regard vers la mer. Le bateau s'éloigne de l'embarcadère, sa proue pointe vers Venise.

Jessica se tripote le lobe de l'oreille. Pour une raison quelconque, la compagnie de Colombano l'intimide. Son apparence est fort différente de celle des post-adolescents gauches qu'elle rencontre généralement aux soirées estivales du club Kaivohuone.

Les voilà assis, deux adultes qui ne se connaissent pas le moins du monde, et dont l'un semble franchement plus mûr que l'autre. Et c'est bien le cas : Colombano doit avoir dix ans de plus qu'elle, voire davantage.

« Vous voyagez seule ? » reprend-il, brisant le silence.

Un moment péniblement long s'écoule avant que Jessica ouvre la bouche pour répondre. Les mots se bloquent dans sa gorge. Est-il raisonnable de dire la vérité à quelqu'un qu'on n'a rencontré que quelques minutes plus tôt ? Le fait de voyager seule en Europe est-il le signe d'une nature introvertie ? Ou bien est-ce courageux, pittoresque peut-être ? Et pourquoi tout cela a-t-il la moindre importance ?

« Non, dit Jessica, et son mensonge lui donne la chair de poule. Mes amis sont à Murano. Ils étaient trop fatigués...

— Pour venir avec vous au cimetière ? La jeunesse est étrange », s'étonne Colombano en affichant un petit sourire aux dents blanches.

En le voyant sourire, Jessica regrette d'avoir menti. Puis soudain, le vide semble s'abattre sur le visage de Colombano, sans doute pas à cause de Jessica mais parce que le train de ses sentiments en montagnes russes vient encore une fois d'entrer dans un tunnel sombre.

De qui portez-vous le deuil, Colombano ?, se demande Jessica tandis qu'elle reçoit sur son visage de petites gouttes d'eau par la fenêtre ouverte. Elle ouvre la fermeture Éclair de son sac en bandoulière, en ressort un guide de poche de la ville, qu'elle feuillette pour laisser à l'homme le temps de reprendre ses esprits.

En quittant son hôtel à Murano une heure plus tôt, elle a décidé de faire le tour de toutes les attractions : le palais des Doges, la basilique Saint-Marc, le Grand Canal et le pont du Rialto. Peut-être savourer un déjeuner sans se presser sur la terrasse du Caffè Chioggia et s'arrêter dans quelques magasins de marque. Mais la visite impromptue à San Michele a franchement bouleversé son projet. Le vaporetto suit le trajet marqué par les pilotis qui apparaissent dans la lagune. Enfin Jessica sent la banquette trembler quand le capitaine relâche les gaz. Elle replace le livre dans son sac.

« C'est votre arrêt ?, l'interroge Colombano.

— Oui. Enfin je crois », balbutie-t-elle.

Elle se mord la lèvre.

« Vous croyez ?

— Eh bien c'est que… Je ne connais pas bien la ville.

— Je comprends. Moi je la connais vraiment bien et pourtant je ne suis pas sûr.

— Sûr de quoi ?

— Que ce soit mon arrêt, dit-il en riant avant de lâcher un long soupir.

— Alors ? », renchérit Jessica.

Elle sent un pincement à la plante du pied. Elle glisse le sac sur son épaule et se lève.

« C'est le vôtre ? »

Difficile de dire ce qui est en train de se passer. La question donne l'impression qu'elle flirte, alors que ce n'était pas son intention. Ou peut-être que si ? Jessica espère que la chaleur qu'elle sent soudain lui monter au visage ne l'a pas fait rougir.

« Non, finit-il par dire presque froidement. Je vais continuer. »

La gorge de Jessica se serre. Comme si la terre s'ouvrait sous ses pieds. Elle l'observe, elle ne sait pas comment terminer la conversation. L'embarcadère apparaît derrière les fenêtres. Le moteur vrombit à nouveau et le vaporetto oscille quand il heurte le ponton.

« *Arriverderci, allora* », souffle-t-elle négligemment en se tournant vers l'escalier qui monte vers le pont supérieur.

Qu'est-ce qu'elle s'est imaginée ? Colombano est soit marié soit veuf de fraîche date. Quoi qu'elle ait pu...

« *Zesika ?* »

Elle entend la voix derrière elle et s'arrête. Il l'a suivie. Quand elle se retourne, elle sent encore une fois son puissant après-rasage.

« Je ne sais pas si vous aimez la musique classique, vous et vos amis, commence-t-il en lui tendant un prospectus. Les *Quatre Saisons* de Vivaldi. Je me produis ce soir », explique-t-il.

Jessica regarde le tract, étonnée. La photo représente un quintette à cordes. Au milieu, un bel homme dont les avant-bras puissants portent un violon.

« Je... Je leur demanderai.

— Je peux vous procurer deux entrées gratuites. Les autres devront payer.

— Merci », sourit Jessica en pliant le prospectus.

Puis elle tourne sur les talons et descend à terre. L'air est moite et son T-shirt est collé à son dos en sueur. Pourtant, elle se sent plus légère que depuis longtemps.

14

Les cônes de lumière des lampes torches lèchent la cour tandis que les policiers se précipitent vers la grève. Plus loin, au-dessus de la mer, deux hélicoptères tournent à la recherche de traces dans la glace.

« Avancez en file indienne et regardez où vous mettez les pieds ! » s'écrie Jessica, regardant droit devant elle.

Ils marchent à grands pas le long du bord gauche du terrain, en empruntant le sillon que les experts et la patrouille ont déjà suivi jusqu'à la plage. Les empreintes de chaussures qui ont été photographiées et reproduites pour les analyses sont situées au centre de la grande cour, là où se trouve le sentier.

Jessica arrête les autres en levant le poing et ralentit ses propres pas lorsqu'ils atteignent le bord gelé. La plage est couverte d'empreintes brouillées par la neige, sans doute celles du suspect. D'après le rapport de l'expert scientifique, elles mènent à une piste damée destinée au patinage de randonnée, à deux cents mètres de la plage des Koponen.

« Il y a quelque part par ici un échafaudage qui le maintient en place », explique Jessica en faisant halte au bord de la glace.

Le brigadier Lasse Hallvik s'arrête à côté d'elle. Son visage est calme, comme s'il avait acquis la certitude que son travail ne risquait pas de devenir encore plus bizarre.

« Un échafaudage ? demande-t-il en plaçant l'extrémité de sa longue lampe de poche sur son épaule.

— C'est ce qu'a dit Koponen. Autrement il sera impossible de le trouver.

— Quoi donc ?

— L'autre cadavre », dit Jessica en inspirant à pleins poumons l'air froid piquant.

Ses yeux parcourent la plage, au milieu de laquelle se trouve un ponton en bois. À quelques mètres de là, deux bouées rouges couronnées de neige, figées dans la glace. Les empreintes du suspect arrivent tout droit du sud, passent devant le ponton, le longent puis rejoignent la plage. Ensuite, elles font des va-et-vient sur un rayon de dix mètres à proximité immédiate du bord de l'eau.

« Attendez ici », commande Jessica avant de marcher sur la glace.

À trois mètres de la plage, il y a une zone d'un mètre carré dont la couche de neige a été remuée.

« Ah putain », chuchote-t-elle en s'approchant prudemment de quelque chose qui a tout l'air d'un piège.

Un trou dans la glace, que quelqu'un s'est échiné à recouvrir. *Dans le livre de Koponen, la sorcière est ancrée dans la glace.* Les mots d'Erne résonnent à ses oreilles.

« Hallvik », murmure Jessica en se penchant sur la neige humide.

Le trou scié est à peine plus gros qu'un ballon de plage. Jessica entend s'approcher le brigadier, mais n'a pas la patience d'attendre sans rien faire.

Elle essaie de soulever le bloc de glace qui couvre le trou, mais l'eau a déjà eu le temps de geler.

« On va essayer avec ça », propose Hallvik en prenant à sa ceinture d'équipement un outil multifonction qui, dans ses mains expertes, devient rapidement un gros couteau.

Il se met à genoux à côté de Jessica, frappe quelques coups rapides : un instant plus tard, le bloc est extrait, comme le couvercle d'un puits.

« Oh merde », s'exclame-t-il.

L'incrédulité mêlée d'effroi se peint sur son visage.

Jessica déglutit et sent des frissons monter le long de son échine. Le brigadier regarde l'enchevêtrement à l'intérieur du bloc de glace qu'il tient dans ses mains : un morceau de plastique autour duquel a été attachée une épaisse ficelle. Jessica est prise de nausée.

« Demande aux autres de t'aider, dit-elle doucement. Il faut qu'on la tire de là. »

Hallvik remet l'outil à sa ceinture tout en maintenant fermement la cordelette entre ses doigts. Puis il se lève et la tend à Jessica.

« Faut quelqu'un pour m'aider », l'entend-elle appeler.

La corde est humide et glacée. Elle l'enroule autour de son poing ganté et regarde le trou dans la glace : l'eau est noire. Comme si l'obscurité avait pris une consistance liquide. Quelque part par là, dans les abîmes de l'eau glacée gît très probablement un cadavre. Entre lui et Jessica, il n'y a que cette corde. Un pont entre la vie et la mort. Bien que vêtue d'une doudoune, elle remarque soudain qu'elle a froid.

« Alors, tu me la donnes ? », lance Hallvik en tirant Jessica de ses pensées.

Elle lui passe la cordelette, qui se tend funestement. Il y a bel et bien un cadavre. Elle se lève et sent à quel point la glace a déjà ankylosé ses genoux à travers son jean mince. Hallvik et un autre agent en uniforme tirent la corde hors de l'eau. Les lampes de poche éclairent l'opération dans toutes les directions. Leurs gestes rappellent des pêcheurs qui retirent une nasse plongée dans un lac. Un mètre de corde, puis deux sont remontés. Enfin, une chose sombre et couverte d'algues s'élève vers la surface. Les cheveux de la femme sont noir de jais, comme ceux de Maria Koponen.

15

Un vent fort fait tourbillonner la neige gelée à la surface de la glace. Jessica regarde le corps de la femme empaqueté dans une housse mortuaire et transporté sur une civière dans le corbillard. Elle ferme brièvement ses yeux fatigués et voit sur sa rétine les yeux marron et la peau livide.

« Quelle soirée », murmure Jusuf derrière Jessica en allumant une cigarette.

Jusuf joue en division 2 de floorball, et de ce fait il fume rarement, uniquement quand il est extrêmement stressé.

« File-m'en une », réclame Jessica.

Mais Jusuf secoue la tête, clope au bec, et fait un signe en direction des agents qui fument à côté de leur voiture. Puis il tire une bouffée de sa cigarette et la lui propose.

« Bah, laisse tomber, soupire Jessica en plongeant les mains dans les poches de sa doudoune.

— Des nouvelles d'Erne ? interroge Jusuf en expirant la fumée en brefs chuintements.

— Il fait causer Roger Koponen. Ils font le tour des meurtres qui apparaissent dans sa série de bouquins. Les modes opératoires, les lieux…

— *Shiiit*. Y en a combien ? Des meurtres, je veux dire.

— Je sais pas. Ces deux-là étaient dans la première partie du premier tome.

— Nom de Dieu, s'exclame Jusuf en remontant sa fermeture Éclair. Et la suite ?

— Erne va appeler d'un instant à l'autre. »

Jessica lui fait signe de venir un peu à l'écart. De l'autre côté du ruban de signalisation, il y a déjà des badauds, en plus des journalistes, bien qu'il soit plus de minuit. Une demi-douzaine de policiers surveillent la rue et la cour pour éviter toute intrusion sur la scène du crime. L'atmosphère est tendue. Les rebondissements de la soirée ont éveillé la méfiance de chacune des personnes présentes.

« Là, pour l'instant, il n'y a pas grand-chose qu'on puisse faire, constate doucement Jessica en s'arrêtant près de la haie du terrain des Koponen. On sait seulement que l'auteur des faits est venu par la piste de patinage de randonnée.

— Donc impossible de savoir d'où il est arrivé.

— Peut-être pas impossible, mais foutrement difficile. Il a neigé toute la soirée. Les techniciens passent la piste au peigne fin.

— Les infirmiers ont dit si elle s'était noyée ou… ?

— On va bientôt le savoir. »

Jessica regarde la fumée de cigarette qui sort des narines de Jusuf pour rejoindre le froid mordant.

« Personne n'est porté disparu, indique Jusuf en jetant discrètement un coup d'œil à son téléphone.

— Pour l'instant. Mais la victime a été choisie soigneusement. Au niveau de son apparence, elle aurait pu être la sœur jumelle de Maria Koponen.

— Elle en a une ? demande Jusuf, soudain aux aguets, en jetant son mégot par terre.

— Hein ? Une sœur ? Non. »

Les pales du rotor de l'hélicoptère vrombissent désormais plus proches. Jessica regarde le côté de la luxueuse bâtisse et soupire. Elle sait ce que c'est de grandir dans une maison où il y a tellement de chambres qu'on pourrait en faire un petit hôtel. Elle se rappelle soudain l'odeur du cuir de la banquette arrière de la voiture noire, la haute haie métallique et le salut débonnaire du gros homme en tenue de policier alors qu'il travaille pour une entreprise de sécurité. En Finlande, on ne trouve pas ce genre de barrières, de haies ni de gardiens, ici aucune zone résidentielle n'est clôturée. Ici, n'importe qui peut sonner à n'importe quelle porte sans craindre quoi que ce soit. La plage de Kulosaari est une des zones résidentielles les plus chères du pays, et pourtant quelqu'un est entré dans la maison sans que quiconque s'en avise et a assassiné Maria Koponen.

« Jessica ? »

Jusuf l'a tirée de ses pensées. Il lui désigne de la tête un policier qui leur fait des gestes de l'autre côté de la rue : une vieille femme vêtue d'un gros anorak se tient à côté de lui.

Ils se rendent rapidement auprès d'eux.

« Capitaine Niemi », annonce Jessica en tendant la main à la vieille femme.

Elle sent ses doigts osseux et fragiles dans sa main. Son visage ridé est couvert de taches de vieillesse, elle a une voix traînante mais un regard acéré.

Jessica remarque que ses petits yeux se fixent sur Jusuf avec une expression soupçonneuse.

« Désolée de ne sortir qu'à cette heure, bredouille la femme d'une petite voix, en observant l'air inquiet la maison des Koponen. Mais il faut dire que je dors comme une souche alors…

— Ce n'est pas un problème, madame », la rassure Jessica.

Elle jette un coup d'œil au portail métallique peint en vert, à la voie raide d'accès, et se demande l'espace d'un instant comment la vieille femme a réussi à se dandiner jusqu'à la rue sans glisser. Elle la laisse reprendre tranquillement ses esprits. Elle lance un regard à Jusuf, qui paraît un peu déçu. Et sans doute à raison : cette retraitée qui dormait encore profondément quelques minutes plus tôt n'a sans doute rien vu ni entendu de notable au moment de l'assassinat.

« Il y a quelque chose de très bizarre », dit-elle enfin, en haussant les épaules sous son épais blouson.

Jessica croit voir une tortue enrhumée. Ses yeux paraissent soudain effrayés.

« Quoi donc ?, l'interroge Jessica en s'approchant d'un pas.

— Il faut que vous veniez avec moi. Je ne me rappelle plus bien… » dit-elle en faisant signe aux policiers de la suivre.

Jessica et Jusuf se regardent, médusés, mais suivent la vieille femme qui regagne sa cour à pas comptés. Jusuf somme un agent en uniforme de rester dans la rue.

« Elle a peut-être un évier bouché ou…

— Chuuut. »

Jessica étouffe le chuchotement de Jusuf tandis que tous deux gravissent lentement le chemin pentu. Au sommet du vaste terrain se trouve une maison en bois décorative, dont la fenêtre du dernier étage est éclairée par une lumière. Malgré le gel intense et les événements peu rassurants de la soirée, la vieille femme a laissé sa porte d'entrée entrebâillée.

« Il faut que vous montiez là-haut », explique-t-elle tandis qu'ils entrent. Elle suspend son anorak et leur indique qu'il est inutile qu'ils retirent leurs chaussures pleines de neige. Le plancher laqué grince sous les pieds. L'entrée sent la vieille poutre et un début d'humidité.

« Qu'y a-t-il là-haut ? », s'impatiente Jessica, quand la vieille femme foule la première marche de l'escalier.

Elle énumère intérieurement diverses possibilités mais ne voit pas ce qui pourrait se trouver à l'étage d'utile du point de vue de l'enquête.

« Il faut que vous voyiez vous-mêmes », bredouille la vieille dame en reprenant son ascension, lentement mais sûrement.

Jessica jette un nouveau coup d'œil à Jusuf qui hausse les épaules.

Au sommet des marches se trouve un couloir aux murs duquel sont suspendus des dizaines de clichés en noir et blanc. La plupart sont des photos de groupe où une femme assez jeune et une douzaine d'enfants et d'adolescents fixent l'objectif. Peut-être leur hôtesse a-t-elle jadis été enseignante.

Au bout du couloir, de la lumière émane d'une porte ouverte. Ils avancent, guidés par la vieille femme.

« Voilà ma chambre à coucher. Désolée, je n'ai pas eu le temps de faire le lit », annonce-t-elle lorsqu'ils en franchissent le seuil.

Jessica toussote d'un air compréhensif et observe la pièce. Un lit, un miroir, un bureau, une chaise, un fauteuil. Un tapis persan, un petit lustre. Tout bien rangé. La vieillarde va vers la fenêtre et se tient là, dos à eux. Jessica consulte discrètement sa montre. Jusuf avait sans doute raison, le grand âge a dû brouiller le sens des réalités de cette femme.

« Vous vouliez nous montrer quelque chose, madame, dit Jessica en écartant de son front des cheveux mouillés par la neige.

— *Malleus Maleficarum* », répond-elle en se retournant lentement.

Sa voix est froidement mécanique.

« Pardon ? » dit Jessica en plissant le front et en s'avançant d'un pas.

La vieille femme répète les mêmes mots, on dirait du latin. L'atmosphère est soudain glaçante. Les mots jaillissent de la bouche de la vieille comme si les lèvres qui les prononçaient étaient possédées. Elle a l'air à la fois perplexe et effrayée. Les doigts de Jessica se tendent instinctivement vers l'étui de son arme de service. Corps immédiatement en alerte.

« À mon âge, la mémoire n'est plus ce qu'elle était, explique doucement la femme. Mais les yeux marchent encore », poursuit-elle en indiquant la fenêtre.

Jessica et Jusuf s'avancent prudemment. Ils se trouvent au dernier étage d'une maison à trois niveaux érigée au sommet d'une colline, bien plus haut que les maisons construites vers la plage. C'est alors que Jessica comprend que la femme désigne quelque chose qu'ils ne pouvaient pas voir depuis la rue.

« C'est quoi ce bordel ! »

MALLEUS MALEFICARUM. Les mots apparaissent en majuscules sur le toit couvert de neige de la maison des Koponen. Jessica prend son téléphone et jette un coup d'œil à Jusuf. L'ironie sur le visage de ce dernier n'est plus qu'un lointain souvenir : on dirait qu'il a vu un fantôme.

16

Le commissaire Erne Mikson se renfonce dans sa chaise et se masse les poignets. La table est pleine de papiers qu'il a imprimés au hasard. Des extraits de textes et des illustrations, trouvés sur le web à l'aide d'un moteur de recherche. *Malleus Maleficarum*. Ce couple de mots renvoie à un groupe de black metal français, mais également à un ouvrage du XVe siècle traitant des persécutions contre les sorcières, *Le Marteau des sorcières*. D'après Wikipédia, ce texte compilé par l'inquisiteur Heinrich Kramer qui s'est acquis une réputation suspecte donne des instructions détaillées sur la façon dont les femmes soupçonnées de sorcellerie doivent être interrogées, torturées et punies. Après une rapide recherche, il s'avère qu'il en existe une traduction finnoise ; elle est sur le point d'être apportée au commissariat.

Un instant auparavant, Erne a raccroché après que son supérieur a promis des ressources supplémentaires pour l'enquête dès le lendemain matin. Les mots écrits sur le toit n'ont fait que renforcer le mystère du double assassinat, d'autant plus que ce n'est pas du tout mentionné dans les livres de Roger Koponen. Le meurtre des deux femmes a été perpétré en reproduisant fidèlement la fiction concoctée par Koponen, alors que le texte tracé sur le toit de la maison qui a servi de lieu du crime a tout d'une blague faite de manière impulsive.

Erne entend le discret signal et jette un coup d'œil au thermomètre. *37,7. Putain c'est pas possible.* En général, la hausse de la température se manifeste par des bouffées de chaleur et par un étourdissement. Cette fois, Erne n'a ressenti ni les unes ni l'autre. Il se tâte le front, excédé, puis replace le thermomètre sous son aisselle pour une mesure de contrôle. Puis il se fourre un morceau de chewing-gum à la nicotine dans la bouche. Le goût fruité disparaît rapidement et la sensation brûlante se répand dans le pharynx. Dehors, le vent puissant qui a soufflé toute la soirée est retombé. Un lourd silence règne dans tout l'étage.

« Jessi, appelle Erne en déglutissant pour faire disparaître la sensation piquante.

— Il y a du nouveau ? »

La voix de femme qui sort de l'écouteur est fatiguée mais résolue.

« Je vais bientôt rediscuter avec Koponen. On a abouti à la conclusion qu'il ferait mieux de venir à Helsinki. Quelqu'un va le conduire depuis Savonlinna.

— Je vois.

— On va avoir des renforts dès demain », indique Erne en devinant l'impatience de la jeune capitaine.

Il a agi contrairement à ses principes, a téléphoné à une subordonnée bien qu'il n'ait aucun élément nouveau à évoquer.

« Tant mieux.

— Rentre chez toi. Je vais avoir besoin de toi tôt dans la matinée. Cette nuit, on va juste essayer de pister le suspect avec des patrouilles et des chiens. On va l'attraper, cet enfoiré.

— Tu crois ?

— Bien sûr », assure Erne en saisissant un des dessins qu'il a imprimés.

Un dessin de style manifestement médiéval, qui représente des gens ordinaires en train de s'entretenir avec des êtres cornus. Des diables, peut-être des démons. L'illustration suivante est plus réaliste, on y voit une femme suspendue par les bras, chevilles liées. Des hommes en noir au regard sévère l'interrogent. Il s'agit de toute évidence d'un procès arbitraire. Ou d'une séance de torture. En tout cas, la femme a l'air épouvantée.

« Bon, si tu le dis. »

La voix de Jessica le surprend au milieu de visions de cauchemar.

« Comment ?

— Je vais aller dormir un peu.

— On se voit demain », conclut Erne d'un air absent.

Il entend Jessica couper la communication. Il affiche sur son ordinateur les photos de Maria Koponen et de la femme à laquelle les experts scientifiques ont donné le sobriquet macabre mais judicieux de *princesse des glaces*. Une femme splendide au visage blanc, paisible, comme si elle dormait d'un sommeil de cent ans dont elle devait un jour se réveiller.

Il place devant lui plusieurs dessins du Moyen Âge figurant un bûcher. Des femmes attachées à un poteau. Une foule qui exulte. Des flammes. La souffrance. Tout cela paraît familier ; on trouve la même imagerie sur les couvertures des livres de Roger Koponen.

Tous ces crimes ont jadis été commis par l'Inquisition, un organe de l'Église catholique qui combattait l'hérésie. Erne frissonne. Il n'y a jamais eu de sorcières, mais tout cela s'est bel et bien produit. Des femmes innocentes ont été assassinées par l'Inquisition. Et voilà que quelqu'un a entrepris de copier ces crimes immondes. S'agit-il d'un sadique qui a trouvé un thème approprié dans un ouvrage médiéval et dans la série de livres de Roger Koponen pour son parcours d'assassin ? Ou bien l'auteur des faits est-il assez perturbé pour s'imaginer faire le bien en tuant des sorcières ?

Erne pousse un profond soupir et ferme les yeux. Le thermomètre émet son signal. *37,7.* Cette simple information fait monter une sueur froide à ses tempes. Cela fait des années qu'il mesure presque obsessionnellement sa température corporelle. Aux pires moments, Erne enfonçait le thermomètre sous son aisselle deux à quatre fois par heure, inscrivant dans son cahier plus de cinquante chiffres par jour. Rétrospectivement, c'était parfaitement vain. Il sait à présent que ça n'a servi à rien. Le médecin lui a promis de lui donner les résultats des derniers tests demain par téléphone. Il peut appeler dans la fourchette horaire qui correspond à sa journée de travail, comme s'il était impossible de convenir d'un horaire plus précis pour quelque chose d'aussi important. *Putain de blouses blanches qui pètent plus haut que leur cul.*

17

Jusuf arrête la voiture à l'angle des rues Töölönkatu et Museokatu. La tourelle du Musée national paraît presque irréelle dans le ciel noir éclairé par la lune et par les lumières de la ville, on dirait un gratte-ciel de Gotham City. Les flocons de neige qui flottent dans l'air sont si petits qu'ils sont comme un filtre absorbant les couleurs d'une photo.

« Rappelle-moi que quelqu'un doit interroger les collègues et le chef de Maria Koponen dès le matin », dit Jessica.

Jusuf acquiesce.

« Je passe te chercher demain ? » la questionne-t-il.

La climatisation de la voiture souffle un air brûlant dans l'habitacle.

« Pas la peine, merci. Je viendrai moi-même. Dors aussi longtemps que tu pourras. Ça va encore être une longue journée », indique Jessica en jetant un coup d'œil à l'horloge sur le tableau de bord de la voiture.

Il est deux heures treize du matin. Elle ouvre la portière, une bise glacée pénètre dans la voiture chaude.

« On se voit au boulot.

— Huit heures. Merci de m'avoir déposée ! »

Jessica remonte la fermeture Éclair de sa doudoune et sort de la voiture. À la borne juste à côté, un taxi attend, quoique l'arrivée d'un client à cette heure-ci, un mardi de février, soit particulièrement peu probable.

Jessica regarde la Volkswagen Golf de Jusuf tourner dans la rue Mannerheimintie et disparaître. Elle sort son téléphone. Fubu est peut-être toujours debout ? Jessica est épuisée, mais elle sait qu'elle ne s'endormira pas tout de suite. Son esprit est fixé sur Maria Koponen et sur la femme toujours pas identifiée découverte dans la glace. Deux meurtres complètement différents. Deux belles brunes. Jessica sent la chaleur se répandre dans ses doigts. Le sang circule dans ses veines, elle entend son bruissement dans ses oreilles. La féminité puissante et déclarée des victimes l'a impressionnée ; penser à ces femmes inanimées mais toujours belles la fait se sentir à son tour comme un être sexué.

« Jessi ?, dit presque aussitôt une voix masculine épuisée.

— Tu es… Tu dors ?

— Si je dors ? Que dalle. Je suis tout à toi.

— Je… » soupire Jessica avant de traverser le passage clouté, téléphone à l'oreille.

Le vent balance les lampes pendues aux câbles au-dessus de la rue.

« Tout va bien ? »

L'homme paraît déjà plus sérieux. Il a manifestement entendu à la voix de Jessica qu'il ne s'agissait pas d'un coup de téléphone ordinaire.

« Soirée de malade.

— Tu veux en parler ?

— Je peux pas, même si j'ai bien envie », souffle Jessica en prenant la clé de chez elle dans sa poche de manteau.

Elle entend la lunette des toilettes retomber à l'autre bout du fil. Elle imagine le désordre dans la chambre de vieux garçon de Fubu, elle sent les draps sales de la chambre, leur odeur de renfermé, de sexe et de parfum. Pas uniquement le sien, celui de quelqu'un d'autre aussi. Jessica a envie de sentir le corps de Fubu contre le sien. De le sentir en elle. Aussi dur, aussi longtemps qu'elle en aura la force, jusqu'à ce qu'elle soit si fatiguée que le sommeil viendra de lui-même. Elle veut se réveiller au matin et repartir en sachant qu'elle ne reviendra peut-être jamais dans cet appartement.

« Tu veux venir ? demande Fubu après un instant de silence.

— Peut-être. Mais il faut que je me lève dans cinq heures.

— Pas besoin si tu passes une nuit blanche », assure-t-il.

Jessica l'entend tirer la chasse. Elle pense à Fubu qui s'assied sur son lit en caleçon. L'image est rassurante, il en émane une agréable impression de sécurité. Mais ensuite, ses pensées reviennent au visage figé de Maria Koponen, son maquillage parfait, sa tenue de soirée et ses ongles peints. Le froid envahit son corps.

« Peut-être demain. Merci de m'avoir répondu, murmure Jessica en ouvrant la porte de l'escalier C.

— *Anytime*, fliquesse. »

18

Jessica sort de l'ascenseur au quatrième étage et referme la grille. Elle glisse la clé dans la serrure, au-dessus de laquelle une plaque dorée indique son nom : Niemi.

Elle entre et allume les lampes du studio, dont les fenêtres donnent sur la cour intérieure. Elle enlève ses chaussures, suspend sa doudoune au portemanteau de l'entrée et ramasse les publicités glissées dans la fente par le facteur. Debout au milieu de la pièce, les papiers dans la main, elle regarde autour d'elle.

Certains soirs, surtout quand elle est très fatiguée, elle reste dormir au studio. C'est une sorte de jeu de rôle, comme une tente dressée dans le jardin d'une maison, où l'on peut l'espace d'un instant oublier tout le confort, sans risque réel. Cela fait tout de même deux semaines qu'elle n'y a pas dormi. La dernière fois, Fubu lui avait téléphoné dans les dernières heures de la nuit, complètement bourré – mais toujours aussi charmant –, et voulait selon ses mots lui offrir *le meilleur coup de sa vie*. Malgré ces belles promesses, la performance de Fubu avait été peu concluante, et Jessica avait dû se contenter de border dans son lit cet invité comateux et de nettoyer mollement les dégâts causés par un verre de vin renversé.

Jessica pose le courrier sur la table et tâte son porte-clés. Sur le mur de droite quand on regarde depuis la porte, juste à côté de l'alcôve, il y a une seconde porte d'entrée. La présence de deux portes dans un si petit appartement a toujours déclenché l'hilarité des invités de passage.

Jessica l'ouvre et sort en chaussettes sur le second palier. Pas d'ascenseur de ce côté, uniquement un escalier qui mène aux étages inférieurs et à un balcon collectif, mais également à une réserve au grenier. Il n'y a que deux portes à l'étage, et sur la seconde il n'y a aucune plaque. Jessica n'allume pas la lumière. La clé marquée d'un anneau vert s'enfonce dans le barillet. La lumière jaillit de la porte dans la cage d'escalier sombre.

Jessica saisit le code de l'alarme, puis traverse avec assurance un long couloir jusqu'à une grande pièce dont un oriel donne accès à une vue sur toute la baie de Töölö derrière le Parc national, vers le Parlement, puis la rue Mannerheimintie vivement éclairée. La décoration du salon est un mélange des tendances les plus récentes et de vieux meubles, une forme d'art à la fois ancien et moderne. Derrière les deux canapés, un long mur s'orne d'une demi-douzaine de peintures aux cadres décoratifs. Malgré la diversité de leurs styles, les tableaux de Munsterhjelm, Schjerfbeck et Edelfelt forment une parfaite harmonie.

Jessica traverse le salon, passe devant l'escalier en colimaçon qui mène à l'étage et entre dans la spacieuse cuisine. Elle met en marche la bouilloire, tend le bras dans le placard pour prendre un mug blanc qu'elle pose sur la table, puis s'installe sur le plan de travail. Poggenpohl. La cuisine est exactement la même que chez les Koponen, hormis la couleur des éléments. Il y a trois ans, elle lui a coûté soixante-trois mille euros, appareils et installation compris.

L'eau commence à frémir dans la bouilloire en chrome. Jessica ouvre son ordinateur sur le plan de travail, saisit son mot de passe et tape dans le moteur de recherche *Malleus Maleficarum*. Encore une heure auparavant, *Le Marteau des sorcières* n'aurait rien évoqué pour elle. Après avoir vu les deux mots écrits sur le toit de la maison des Koponen, elle n'a pas pu s'empêcher de les « googler ». Étudier l'œuvre de l'écrivain et son histoire n'est cependant pas de sa responsabilité : Erne a aussitôt mis les fins limiers de l'unité sur le coup. Nina et Mikael sont en train d'éplucher non seulement les romans de Roger Koponen, mais également toutes les informations qu'ils peuvent trouver au beau milieu de la nuit sur *Le Marteau des sorcières*. Nina et Mikael, le duo de choc du service, ont un œil infaillible pour les détails qui seront précieux pour l'enquête. Jessica sait bien qu'ils se fréquentent aussi en dehors du boulot, même s'ils ne l'avouent à personne. Jessica sent un pincement au cœur. Nina mériterait un meilleur mec – et une meilleure amie.

Jessica ouvre l'article de Wikipédia en anglais. Il est bien plus complet que la version finnoise et contient des dessins médiévaux où les divers modes d'exécution sont décrits en détail. Elle lit le texte de A à Z et certaines phrases lui font battre le cœur : *Il était permis de torturer les supposées sorcières jusqu'à ce qu'elles reconnussent leur état de sorcière.* Elle sait bien que la violence psychique et physique pour extorquer des aveux n'a rien d'une rareté – cela se produit encore aujourd'hui dans de nombreux États totalitaires –, mais la sorcellerie en tant que qualification pénale est absurde. Combien d'innocents ont dû connaître d'horribles souffrances uniquement parce que l'Église catholique les jugeait hérétiques ? Un mot qui nous échappe, une rumeur malintentionnée, une prédiction météorologique qui se révèle juste, et n'importe qui pouvait se retrouver jeté dans les flammes, au milieu des cris de triomphe d'une foule assoiffée de sang.

Jessica ouvre le document envoyé par Erne. Elle tape dans le moteur de recherche le nom de l'employeur de Maria Koponen et parcourt les pages cliniques de l'entreprise Neurofarm. *Fabricant de médicaments neuroleptiques sous contrat*. Peu importe ce que cela veut dire, elle pourra refiler le boulot à Rasmus, l'intello de l'équipe.

L'eau bout. Jessica lève les yeux de son écran, met un sachet de thé dans le mug qu'elle immerge dans l'eau bouillante. Le mug est brûlant, ses doigts s'engourdissent. Fut un temps où Jessica voulait engourdir non seulement ses doigts, mais la moindre cellule de son corps.

Elle ferme son ordinateur et se frotte les yeux. Elle meurt d'envie de se plonger dans le sujet, mais son cerveau a besoin de faire une pause. Elle passe au salon, le thé fumant à la main. C'est comme un musée qu'elle rajeunit d'année en année. Elle s'est débarrassée du vieux piano à queue ainsi que de la table basse et du mobilier, qui étaient dans sa famille depuis un siècle. Le papier peint couleur lis a fait place à une peinture gris clair. L'appartement paraît toutefois un peu schizophrène. Comme si sa propriétaire n'arrivait pas à décider si elle avait trente ou quatre-vingts ans. Le neuf et le vieux ne vont pas ensemble. Pour une raison quelconque, ces derniers temps, cela tracasse Jessica.

Elle a froid, comme si le vent qui hurle dehors était resté en elle. Elle s'aperçoit qu'elle regrette de ne pas être allée chez Fubu. Elle a toujours eu un sentiment de sécurité dans cet appartement, dans lequel elle est née. Il ne lui a jamais semblé trop grand, sinistre ou isolé. Mais cette nuit, Jessica est sûre qu'elle n'y trouvera pas le sommeil.

19

Murmure. Pas tout près... Trop loin pour être réel. Et c'est justement pour cela qu'il est si bizarre. Jessica ouvre les yeux. Il fait noir dans le salon, le programmateur a éteint la télévision. L'horloge de la box indique trois heures et demie. Le vent hulule dehors et fait grincer les fenêtres. Mais il fait une chaleur étouffante à l'intérieur.

Murmure. Jessica se lève. *Qui est là ?* Elle le dit *in petto*, alors qu'elle sait que c'est la voix de sa mère qui était jadis la plus belle voix au monde. Elle se rappelle avoir senti ce murmure à son oreille quand les rayons du soleil se frayaient un chemin à travers ses paupières fermées. Elle se rappelle les mains fines qui la portent entre ses bras. Leurs nez qui se touchent en un baiser d'esquimau.

Murmure. Maman doit savoir que Jessica est réveillée. Alors, pourquoi chuchote-t-elle ? *Qu'est-ce qu'il y a, maman ?* Mais maman ne répond pas, elle est juste assise dans le salon, au bout de la longue table, dos tourné. *Je suis arrivée en retard au petit déjeuner ? Tu es fâchée ? Ne sois pas fâchée, maman.*

Murmure. Jessica se lève lentement. Ses jambes lui paraissent légères comme une plume. Ses genoux sont plus solides qu'ils ne le sont généralement au matin. Elle n'a mal nulle part. Elle se déplace sans problème vers la table de la cuisine.

« Maman ? » appelle Jessica.

Elle reconnaît à peine sa voix. Ce n'est pas une voix d'enfant, mais d'adulte. Maman ne se retourne pas. Ses cheveux noirs reposent sur ses épaules nues. On dirait qu'elle s'apprête à aller à une fête. Ses belles chaussures à talon aiguille sont sous la chaise, à côté de ses pieds nus. Elle a mis sa robe de soirée noire, celle qu'elle a utilisée pour sa première remise de prix.

Murmure. Jessica sourit lorsqu'elle comprend que sa mère parle une langue étrangère. Jessica parle anglais avec ses amis, suédois avec sa mère à la maison, finnois avec son père. Mais elle ne reconnaît pas la langue dans laquelle sa mère murmure ce matin. Elle ne comprend pas le sens des mots, mais la manière dont sa mère s'exprime a quelque chose de mécanique et d'inquiétant. C'est comme si elle lisait sur un bout de papier quelque chose qu'elle ne comprend pas elle-même. Soudain, une idée horrible s'immisce dans l'esprit de Jessica. Et si la silhouette qui lui tourne le dos n'était pas sa mère, mais quelqu'un, dont la voix est semblabe à la sienne ? Elle ne voit pas encore son visage. Les épaules sont livides. La lumière de la lune par la fenêtre forme un pont vers la chaise sur laquelle sa mère est assise.

« Maman ? » répète doucement Jessica en marchant vers la longue table.

Elle veut que sa mère se retourne et dévoile son beau sourire. La prenne dans ses bras. Elle veut se sentir enfant. Elle veut que le monde ressemble à ce qu'il était quand elle avait six ans.

Les enceintes diffusent « Imagine » de John Lennon. Il y a dans la pièce une odeur acide, sans doute l'espèce de bouillie que papa verse parfois dans l'évier. Mais ce matin, papa n'est pas là.

Murmure. Les mots sifflent comme s'ils étaient prononcés entre les dents, on y entend comme une agressivité étouffée. Jessica est derrière sa mère maintenant, elle touche son épaule nue. Maman tourne lentement les yeux. C'est vraiment elle. Mais le sourire n'est pas ce que Jessica espérait, ce n'est pas celui avec lequel maman l'a si souvent réveillée. C'est un sourire qui n'a rien de joyeux.

Jessica sent la peur envahir son corps, elle n'arrive pas à bouger, elle essaie de crier, mais ne produit qu'un soupir. Maman se lève lentement de sa chaise, ses gestes sont raides et contre-nature, comme si quelqu'un avait broyé chacun des os de son corps avant de les réassembler au petit bonheur la chance. Jessica essaie de faire un pas en arrière, mais la plante de ses pieds est fixée au plancher. Elle est comme scotchée sur place.

« Regarde le miroir », chuchote maman en faisant un pas vers elle, les bras tendus, les doigts recroquevillés comme les serres d'un vautour, prêts à lui attraper les cheveux.

Jessica se sent tomber. Ses doigts sont agrippés au plaid, le tissu du canapé est trempé de sueur. Il fait noir dans le salon, le programmateur a éteint la télévision. L'horloge de la box indique trois heures et demie. Le vent hulule et fait grincer les fenêtres.

20

Derrière la table, une femme d'âge moyen aux pommettes saillantes regarde Jessica d'un air critique. Jessica vient d'expliquer que c'était Colombano qui l'avait invitée.

« Vous avez deux billets réservés, dit la femme en italien.

— Je… Je suis seule.

— Évidemment, répond la femme avec un sourire feint. Bienvenue. »

Jessica fourre le billet et le programme dans son sac à main, entre en passant devant l'ouvreuse, dont elle sent le regard sur sa nuque.

Il fait agréablement frais à l'intérieur. Le lieu est bien décoré, rappelle un peu une église, mais sans trace des peintures ni de tout l'attirail religieux. Les gens arrivent de plus en plus nombreux dans la petite salle de concert, certains en chemise de coton et en short, d'autres habillés comme s'il s'agissait de la première d'un grand festival d'opéra. Une symphonie de propos en diverses langues résonne sous le plafond. La plupart des spectateurs sont de toute évidence des touristes. D'après un panneau installé dans la rue, la place de concert ne coûte que quelques dizaines d'euros, donc il ne peut guère s'agir d'un spectacle de première classe.

Jessica est vêtue d'une robe bleu foncé et de talons aiguilles. Elle a conscience d'être belle mais ne sait pas trop si elle s'est apprêtée pour l'événement lui-même ou uniquement pour Colombano.

Après avoir mis du mascara dans sa chambre d'hôtel, elle a senti un brusque manque d'assurance l'envahir. Elle a repensé à Colombano en larmes et à l'anneau métallique à son annulaire gauche. Le fait qu'il ait réservé deux billets pour elle signifie sans doute qu'il n'a besoin de personne. Ne trouvera-t-il pas étrange qu'elle vienne seule ? Ou bien cela révélera-t-il surtout qu'elle a menti en parlant de ses amis ? Colombano la reconnaîtra-t-il dans le public ? La saluera-t-il ? Auront-ils l'occasion d'échanger quelques mots après le concert ?

Jessica ressort son billet et y jette un coup d'œil. Les places ne sont pas numérotées. Les premières rangées sont déjà remplies. La plupart des spectateurs sont apparemment des personnes âgées, mais on trouve également quelques jeunes couples. Jessica s'assoit côté couloir, vers le milieu de la salle, et pose son sac sur ses genoux. Il y a quatre instruments à cordes sur scène : une contrebasse et un violoncelle sont adossés à un support, deux violons reposent sur une chaise.

Jessica sent un goût acide dans sa bouche. Avant d'entrer dans la salle, elle est allée dans un café et a commandé une bouteille de prosecco, en a dégusté deux verres avant d'abandonner la bouteille presque pleine au crépuscule de Venise. Le vin lui donne chaud au ventre et l'apaise, comme la main d'un ami sur son épaule.

Il s'écoule encore quinze minutes avant que les derniers spectateurs ne trouvent leur place. Le concert n'est manifestement pas complet, il y a encore des chaises libres çà et là. Un signal sonore retentit dans les haut-parleurs. L'éclairage se tamise et le flot de paroles s'interrompt, comme si quelqu'un l'avait éteint. Puis des pas résonnent au fond de la salle et le public commence à applaudir. Les musiciens, hommes et femmes d'âges divers, en tenue noire solennelle, passent devant Jessica et se dirigent vers la scène. Ils prennent chacun sa place, d'un air déterminé, et saisissent leurs instruments aux reflets rouges. Ils s'accordent dans la salle silencieuse. Mais Colombano n'est pas sur scène. Jessica jette un coup d'œil à la porte en fond de salle : après tout, son nom était sur la liste. Et il a bien dit qu'il allait se produire.

Jessica prend le programme dans son sac à main. La salle de concert est bien celle de l'illustration. La composition de l'orchestre semble être au moins en partie la même que sur la photo. Pourquoi n'est-il pas là ? Il s'est passé quelque chose ?

Les mains se saisissent fermement des instruments. Les archets se lèvent. Les instrumentistes se font un signe de tête. Puis les archets commencent à lécher les cordes tendues, en va-et-vient maîtrisés, et émettent une sonorité si claire que Jessica en a la chair de poule. Elle baisse le regard sur le livret. *J.-S. Bach – Air sur la corde de sol.* Elle sent sa respiration se figer. La mélodie est incroyablement belle. Elle ferme les yeux et se remémore le tertre funéraire fleuri, se revoit au bord de la tombe, devine des gens debout autour d'elle, sent sur son épaule la main de sa tante Tina. Les larmes coulent le long de ses joues. Les bouquets de fleurs sont blancs. La couleur préférée de sa mère.

Le morceau dure à peine quelques minutes, mais pour Jessica c'est un voyage dans le passé, comme une éternité qui passe trop vite.

C'est terminé. Les spectateurs applaudissent à nouveau, mais Jessica met un instant à reprendre ses esprits et à se joindre à eux. Ils commencent à se calmer, puis reprennent rapidement : tout sourire, un homme passe à côté d'elle et rejoint la scène, violon à la main. Colombano. C'est le soliste. C'est lui la tête d'affiche.

Jessica croise les jambes et tire le bord de sa robe vers le bas. Elle se sent d'humeur enjouée. Elle pose les mains sur ses genoux et regarde Colombano monter sur scène, placer le violon sous son menton et sourire au public. Mais c'est surtout à elle qu'il sourit.

21

Sanna Porkka presse les doigts sur le volant et observe la scène hypnotique qui s'ouvre devant elle. Les tourbillons de neige qui volettent dansent dans la lueur des feux. Le cône de lumière éclaire la neige déblayée au bord de la route ainsi que les troncs nus des arbres, qui dissimulent d'infinies ténèbres. Cela fait une heure qu'ils progressent dans la tempête, mais il reste plus de trois heures de trajet sans halte pour rejoindre Helsinki. Erne Mikson a insisté au téléphone sur le fait qu'il n'y avait pas urgence. L'essentiel est de ramener Koponen à Helsinki, en toute sécurité, afin qu'ils puissent étudier tranquillement les choses le matin venu.

Porkka jette un coup d'œil au GPS du tableau de bord. Après Juva, elle est censée prendre la Nationale 5 vers Mikkeli, avant de continuer le voyage vers Helsinki *via* Lahti. La nationale ne devient autoroute qu'au niveau de Heinola. Conduire fatiguée sur des routes étroites est stressant, même si la circulation est pour ainsi dire inexistante. Ils n'ont croisé qu'une poignée de camions, et Porkka n'a même pas eu besoin d'effectuer de dépassement.

« Vous me dites si vous avez besoin de vous arrêter », indique Porkka en regardant dans le rétroviseur.

Ils n'ont pas dit un mot de tout le trajet. Sur la banquette arrière de l'Audi, Roger Koponen est tellement silencieux que Porkka a soupçonné deux fois qu'il s'était endormi. Mais en réalité il n'a pas fermé l'œil, son regard vide est resté dirigé vers le paysage forestier évoquant une bande vidéo rébarbative. Il a pris quelques mignonnettes, souvenirs du minibar de l'hôtel.

« M'arrêter ? » bredouille Koponen en tournant son regard vers la banquette avant.

Porkka sent le whisky dans son haleine.

« Oui. Si jamais…

— Il est une heure et demie du matin. Où on s'arrêterait, bordel ? », reprend-il doucement en frottant les rides de son front.

Sanna Porkka réfléchit brièvement mais décide de ne rien rétorquer. C'est déjà bien qu'il essaie plus ou moins d'être amical. On ne peut sans doute pas attendre un comportement normal d'une personne qui se trouve dans une telle situation. Il est forcément sous le choc, il veut sans doute juste rentrer chez lui, s'asseoir à côté de sa femme sur le canapé et lui raconter à quel point tout le monde est taré. Mais Maria Koponen est morte. Sanna Porkka sait désormais de quoi tout le monde parle, elle a jeté un coup d'œil au dossier envoyé par Erne Mikson. Le visage figé en une grimace euphorique est imprimé sur sa rétine. Elle le voit encore parmi les flocons de neige étincelants dans les phares du véhicule.

« Excusez-moi », soupire Koponen.

Il dévisse une capsule, la bouteille s'ouvre avec un craquement. Porkka revient à la réalité.

Le compteur de vitesse de la voiture équipée de pneus d'hiver indique un peu plus de cent, ce qui est au-delà de la limitation et de toute façon excessif au vu des conditions météorologiques.

« Je ne voulais pas être grossier », poursuit-il d'une voix fatiguée en levant la bouteille à ses lèvres.

Porkka ne sait pas si laisser Roger Koponen se saouler est bien raisonnable : en un sens, ça peut le faire rester tranquille, voire l'aider à s'endormir un peu. Les instructions données par Mikson sont vagues : amener Koponen à Pasila dans sa voiture.

« Pas de souci. »

Porkka jette un coup d'œil derrière son épaule. Elle n'a pas le temps de voir le visage de Koponen dans la pénombre de la banquette arrière, mais elle suppose qu'il a pris un air conciliant.

Elle lève le pied de l'accélérateur. Le V6 qui ronronne sous le capot baisse en régime. Les doigts de Porkka caressent le cuir du volant. Un beau joujou. Peut-être pourra-t-elle un jour, elle aussi, se payer une voiture dont elle a envie, pas juste une voiture dont elle a besoin.

« Nous serons à Helsinki au plus tôt à quatre heures et demie », annonce Porkka en glissant avec sa langue une dose de tabac à priser sous sa lèvre supérieure.

Koponen ne répond pas, mais Porkka remarque qu'il pose la tête contre l'appuie-tête.

Cela fait une éternité que Sanna Porkka n'est pas allée à Helsinki, et encore aujourd'hui elle n'a pas l'intention de rester à Pasila plus longtemps que nécessaire. De toute façon, elle était censée être de garde, peu importe où elle passe son temps de travail, au commissariat de Savonlinna ou sur la route pour conduire un veuf auteur de best-sellers. En plus, ce n'est pas tous les jours qu'on se retrouve au volant d'une voiture de luxe flambant neuve.

« Vous avez lu mes livres ?

— Non », répond rapidement Sanna.

Épiloguer sur le sujet serait bizarre.

Koponen pousse un profond soupir.

« On y trouve des trucs plutôt moches... Si tout ça se... Oh non, bordel.

— Vous en discuterez à Pasila », dit tranquillement Porkka.

Quelques instants s'écoulent en silence. Puis elle l'entend sangloter sur la banquette arrière. Elle ignore si cette soudaine crise est due au fait que la mort de son épouse a fini par se concrétiser dans son esprit ou s'il énumère toutes les horreurs auxquelles son imagination a donné naissance au fil des pages de ses romans. Des délires effroyables qui ont incité un taré à tuer sa femme. Porkka voudrait dire quelque chose de réconfortant, mais rien ne paraît approprié. Tout a déjà été dit. La distance jusqu'à la banquette arrière est encore plus longue qu'une année-lumière.

Un camion-remorque passe en sifflant. L'appel d'air du véhicule lourd fait tanguer l'Audi. La neige s'enroule sur l'asphalte et forme de violents tourbillons. Au même moment, Sanna voit surgir une lumière brillante dans le rétroviseur.

22

Le whisky lui brûle la gorge, mais ne l'étourdit pas. Pas suffisamment. La policière qui conduit a le regard fixé sur la route. Roger Koponen sent son sang couler dans ses veines, chaud, bouillant, puis fuir soudain et laisser ses doigts glacés. Le paysage monotone de forêt qui file derrière la vitre, cet ennui absolu de conifères enneigés, le font se sentir mal. Il meurt d'envie de prendre la policière au mot et de lui demander de s'arrêter sur le bas-côté. Il voudrait se ruer vers la forêt, se précipiter entre les arbres comme un oiseau aquatique qui se précipite dans une mare eutrophisée. Il voudrait se perdre dans ce marécage insignifiant, se presser contre la terre, s'enterrer dans la neige. Il voudrait hiberner comme un ours, sans avoir à se soucier du printemps prochain.

C'est sa faute. Il a assassiné Maria. Cette pensée libère quelque chose en lui. Il sent les larmes couler sur ses joues et sa bouche se tordre en un sanglot inconsolable. Il a eu tout ce qu'il désirait, le succès littéraire et une belle femme qui l'attend dans une grande maison en bord de mer. Mais à présent tout semble définitif, comme s'il avait vécu et écrit uniquement pour Maria, au travers de ses réactions à elle, dans sa perspective à elle. Comme s'il s'était admiré depuis un point de vue qui était chaque fois celui de Maria. Et maintenant Maria n'est plus là. C'est terminé.

L'a-t-il aimée ? Peut-être. À sa manière, en tout cas. Il avait fait en sorte que Maria ne manque de rien. Était-ce de l'amour, ou une manière de garder l'aquarium bien propre, le poisson bien nourri ? Il ne connaît pas la réponse, et cela lui inspire une mortelle culpabilité. C'est trop tard pour réfléchir à présent, le bonheur perdu fera partie de ses souvenirs à jamais.

Un grand camion arrive en face. La voiture tremble. Les essuie-glaces automatiques s'actionnent brièvement, tels les bras du public à un concert. La voiture n'a que six semaines. Quasi neuve. Chaque détail, depuis les équipements en option jusqu'au cuir du garnissage, a été choisi soigneusement l'an dernier. Pourtant, la voiture n'a plus l'odeur du neuf. Elle pue la mort. Elle est comme un corbillard tracté par trois cent quarante chevaux.

« Feux de route, quel connard !

— Quoi ? » demande Roger en sanglotant avant de lever la bouteille à ses lèvres.

Elle regarde dans le rétroviseur. La lumière brillante se reflète dans la vitre arrière.

« Le type derrière, il a ses feux de route », répète-t-elle en faisant pivoter le rétroviseur.

Roger s'essuie le coin de l'œil sur sa manche, jette un coup d'œil par-dessus son épaule et est immédiatement aveuglé.

« Quel connard... », bredouille-t-il en détournant rapidement le regard.

Mais il a eu le temps de voir que la voiture se trouve à peine à dix mètres derrière eux.

Peu après, il passe en feux de croisement.

« Il va dépasser », murmure la policière.

Ses deux mains sont serrées sur le volant.

Roger regarde la voiture qui glisse à côté d'eux. La policière a décéléré à quatre-vingts, mais l'autre ne dépasse pas. Roger voit le capot du SUV avancer à la hauteur de la vitre arrière de l'Audi.

« Putain, qu'est-ce qu'il fout ? »

La policière tourne son regard sévère vers la vitre. Sur la banquette avant repose le gyrophare bleu de la voiture, qu'elle a pris à tout hasard.

Il est branché. Si elle le mettait en marche, le petit jeu de la voiture s'arrêterait tout de suite.

Un coup d'œil au tableau de bord indique à Roger qu'ils avancent maintenant à soixante-dix. La voiture est comme une ombre, elle reste à niveau, comme un side-car. La ligne droite qui s'ouvre devant eux est déserte.

Les doigts de la policière cherchent le gyrophare. Elle le pose sur le tableau de bord et l'allume. Le cône de lumière bleue lèche les vitres de leur opiniâtre voisine. La vitre arrière s'ouvre. Le cognac ouvert s'échappe des mains de Roger. Il reconnaît le visage maigre qui le regarde fixement à l'intérieur du SUV, et se rappelle la question formée par la bouche noire qui s'ouvre au centre de ce visage. *Avez-vous peur de ce que vous écrivez ?*

23

Les vibrations du téléphone s'invitent dans son rêve. Il faut un moment à Erne Mikson pour se réveiller sur le canapé en cuir usé, puis pour s'asseoir. La climatisation souffle de l'air froid sur son visage, et sa nuque lui fait mal. La fièvre a sans doute continué de grimper. Le numéro de Sanna Porkka s'affiche sur l'écran du téléphone. Il est trois heures quinze. L'open space est désert.

« Allô ? »

Il a sa voix du matin, au bord de la toux.

« *Respice in speculo resplendent* », dit une voix de femme.

On dirait la voix de Sanna Porkka, mais épaisse et tremblante.

« Pardon ? »

Puis c'est le silence. On entend un souffle dans le fond. Une femme sanglote. L'esprit encore ensommeillé, Erne essaie de traiter l'information entendue.

« Porkka ?

— *Respice in speculo resplendent*.

— Je ne comprends pas », bafouille-t-il en se levant.

Il est trop dans le gaz pour appréhender la situation.

« Qu'est-ce qui se passe ? demande-t-il en serrant le téléphone toujours plus fort. Où est Koponen ? »

C'est là qu'il entend le cri. Puis la ligne est coupée. Il regarde un instant l'écran du téléphone, puis va chercher le numéro de Sanna Porkka dans les appels reçus.

La ligne de votre correspondant est actuellement occupée.

Eh merde. Deux heures auparavant, Erne a également enregistré dans son appareil le numéro de Roger Koponen, mais celui-ci aussi est occupé. Quelque chose ne tourne pas rond. Il se frotte vivement le visage et rejoint son bureau. Il cherche un autre numéro dans le répertoire et appuie sur le bouton d'appel.

« Commissariat de Savonlinna, répond une voix d'homme, étonnamment énergique eu égard à l'heure indue.

— Mikson, police judiciaire d'Helsinki. À quelle heure Porkka et Koponen ont-ils quitté Savonlinna ?

— Un instant…

— À quelle heure ont-ils commencé leur trajet vers Helsinki ? » insiste-t-il.

Il entend un bruit de doigts tapant sur un clavier. Dix secondes pénibles s'écoulent.

« D'après le registre du commissariat, ils sont partis d'ici à une heure trois. Mais ils ont pris la voiture de l'écrivain, non ?

— Oui. Pourquoi ?

— On m'a dit qu'il fallait d'abord aller la chercher sur le parking de l'hôtel, donc ça a pris un peu de temps avant qu'ils ne commencent le trajet », précise l'agent de garde avant de se taire.

Erne s'assied devant son ordinateur et prend son pouls.

« Sanna ne répond pas au téléphone ? s'étonne l'agent de garde.

— Non.

— Ah bon, mais... si quelque chose était arrivé en chemin on aurait forcément eu...

— En cas d'accident, oui.

— Qu'est-ce qui...

— Prévenez-moi si vous entendez quelque chose », dit Erne avant de raccrocher.

Le sang bourdonne dans ses oreilles. Les branches nues du bouleau grattent à la fenêtre.

Erne ouvre une application de cartographie. Porkka et Koponen sont-ils vraiment partis ? *Une heure trois... Plus vingt minutes... Ils ont conduit deux heures maximum...* Erne dessine au curseur un itinéraire depuis l'hôtel Sokos de Savonlinna et l'arrête entre Mikkeli et Heinola.

« Merde. Merde. Merde », murmure-t-il en cherchant le numéro de contact des opérateurs téléphoniques.

Il porte une nouvelle fois le téléphone à son oreille tout en essayant de se rappeler ce que Sanna Porkka lui a dit à l'instant au téléphone. *Respis... putain.* De toute manière, ces mots ne voulaient rien dire pour lui.

Un employé de nuit de l'opérateur répond, mais Erne lui parle en bredouillant. Une vague de froid le traverse. Porkka parlait en latin.

24

Jessica assise sur le canapé observe la table éclairée par un candélabre : l'obscurité est la piste de décollage de l'imagination.

Jessica ne se rappelle pas avoir jamais éprouvé quoi que ce soit de semblable. Jamais ses rêves n'ont paru aussi réels.

Cette affaire a quelque chose d'exceptionnel. Peut-être est-ce le mode opératoire malsain des crimes, peut-être a-t-elle été effrayée par le fait d'avoir rencontré l'assassin la veille sur le lieu du crime. Ou bien les deux.

Elle déplie ses genoux et se lève. Elle a mal aux articulations et sa cheville l'élance péniblement. Parfois, elle se demande s'il serait encore possible de faire quelque chose pour ses douleurs, mais elles sont rarement suffisamment fortes pour qu'elle prenne la peine de les évoquer lors d'une consultation. La douleur suit Jessica depuis si longtemps qu'elle est devenue partie intégrante d'elle-même. C'est la mémoire de son corps, et elle ne veut pas l'en priver. Cela fait longtemps que son esprit a digéré ce qui s'était passé, mais elle compte donner à son corps autant de temps qu'il en aura besoin. Elle le lui doit.

Elle passe devant la chaise sur laquelle sa mère était assise dans son rêve. Elle la regarde du coin de l'œil et se retrouve brièvement au cœur de son cauchemar, focalisé sur cette femme qui ressemblait tant à sa mère mais qui n'était pas elle. *Regarde dans le miroir.*

Le parquet grince sous ses pas. Elle s'arrête à la porte de la cuisine et sent une crampe dans son ventre. *Qu'est-ce que…* Son corps se gorge instantanément d'adrénaline. Un peignoir noir pend du dossier du haut tabouret de bar de l'îlot central. Pile là où elle l'a laissé après avoir pris sa douche. Personne dans la cuisine. Uniquement son peignoir, qui dans le noir forme une illusion d'optique étonnamment pertinente au vu des circonstances. Jessica le roule en boule et le pose sur la table. Elle entend sa forte respiration.

La bouilloire se met en route. La radio indique trois heures quarante-six. Il faut qu'elle dorme encore un peu, sinon le jour qui commence va être beaucoup trop long.

Elle regarde par la fenêtre, aperçoit le reflet de la cuisine qui baigne dans la lumière des lampes, se voit au milieu, en jogging et T-shirt. Ses cheveux noirs sont attachés en queue-de-cheval. Il est difficile de distinguer ses traits. *Regarde dans le miroir.*

Dans son rêve, Maria Koponen était assise dans la cuisine de Jessica exactement dans la même position et les mêmes vêtements que sur le lieu du crime. Mais le visage était celui de sa mère. Jessica n'a jamais pris la peine d'interpréter ses rêves, même s'il lui est arrivé de les évoquer en thérapie. Cela étant, elle ne peut s'empêcher de penser que les paroles prononcées par sa mère signifiaient quelque chose.

Son ventre gargouille. Elle n'a rien mangé depuis le déjeuner tardif de la veille. Elle prend un sachet de pain dans la huche, dispose deux tranches sur le gril à pleine puissance, n'ayant pas la force d'attendre une seconde de plus que nécessaire. L'eau bout dans la bouilloire. L'ordinateur est toujours sur le plan de travail. Jessica prend une tasse propre dans le buffet et verse l'eau du thé. Son téléphone vibre dans sa poche de jogging. Elle sent son rythme cardiaque s'accélérer. Erne n'appellerait pas en pleine nuit si ce n'était pas extrêmement urgent.

« Allô ?

— Tu es réveillée.

— Ouaip.

— Désolé. Je pensais vraiment ce que j'ai dit tout à l'heure. Que vous pourriez vous reposer...

— Qu'est-ce qui s'est passé ?

— On a deux cadavres de plus.

— OK », répond Jessica, concentrée, tout en comprenant que les nouvelles qu'il lui apporte, dans toute leur horreur, ne la surprennent pas.

Elle s'attendait à quelque chose de ce genre. Elle attend un moment et donne à Erne le temps de choisir ses mots. Pendant un long temps, on n'entend dans l'appareil qu'une lourde respiration.

« Appelle Jusuf, qu'il passe te chercher », finit par dire Erne.

Jessica se dirige vers la fenêtre de la cuisine. Pas après pas, son reflet devient de plus en plus net et familier. Jessica ressent un étrange soulagement, comme si elle avait craint que la fenêtre ne révèle quelque chose qu'elle ne souhaite pas voir.

« Erne ? Qu'est-ce qui s'est passé ?

— Les corps ont été trouvés dans la forêt, à Juva, près du lac Salajärvi. Soixante kilomètres à l'ouest de Savonlinna.

— De Savonlinna », répète Jessica tout bas en posant les doigts sur la vitre.

Le verre est froid, comme si une bise glacée soufflait à travers son corps. Elle écoute Erne en silence même si elle sait déjà ce qu'il s'apprête à dire. *L'Audi abandonnée de Koponen. Le téléphone portable du commissaire, un appel étrange*. Enfin, Erne soupire d'un air dramatique :

« Nous avons toutes les raisons de supposer que les corps sont ceux de...

— Supposer ? Mais...

— Jessica. Les cadavres ne sont pas faciles à identifier. Ils ont été brûlés.

— Ah, bordel de m... »

Au même moment, dans la cuisine retentit un clac cinglant et le cœur de Jessica fait un bond dans sa poitrine. Le téléphone tombe sur le sol de pierre.

La cuisine sent le brûlé. Jessica toise le grille-pain, qui vient de recracher deux tranches noirâtres.

25

La salle de réunion pue le tabac froid, alors même que la dernière fois qu'il a été permis d'y fumer remonte au début du millénaire. En ce début de la matinée, le vent s'est calmé, mais il fait toujours aussi sombre dehors. La fenêtre donne sur le chantier gigantesque qui s'étend autour des voies de chemin de fer, fortement éclairé mais désert. Les hautes grues s'élèvent vers le ciel comme des dinosaures qui dorment debout.

Jessica croise les doigts autour de sa tasse de thé et la porte à ses lèvres. Toute l'équipe est présente, hormis Erne : Jusuf, Nina, Mikael et Rasmus qui, comme d'habitude, dégage une odeur de sueur. Une blague circule au commissariat qui prétend que le déodorant de Rasmus est le pire salaud qui ait jamais existé : chaque jour il le trahit. Il paraît inconcevable que ce brocard ait pu échapper au principal intéressé ; mais s'il était au courant, il ferait certainement quelque chose pour y remédier. Rasmus Susikoski a le même âge que Jessica, quasiment au jour près, une formation de juriste et n'a jamais fait la moindre mission sur le terrain. Malgré cela, il s'est révélé être une vraie pépite dans plusieurs enquêtes, grâce à ses observations pertinentes et à sa large culture générale.

Nina Ruska tapote les touches de son téléphone, comme si elle attendait d'envoyer son message pour retourner à la sinistre salle de réunion de l'hôtel de police de Pasila, à la réalité pire encore que n'importe quel mythe. Elle a la quarantaine, des traits remarquables et plein de taches de rousseur ; elle est toujours splendide, bien qu'elle s'habille presque sans exception en jean et en sweat à capuche. À côté d'elle, Mikael Kaariniemi mâche un chewing-gum avec ardeur. Micke a le même âge, déjà chauve, il vient de perdre son combat contre la calvitie et ses chemises sont toujours étonnamment repassées. Il regarde Jessica et lève les sourcils, mais Jessica détourne rapidement les yeux.

« Bonjour », lance Erne en fermant la porte derrière lui.

Les cinq autres marmonnent une vague réponse.

« La conférence de presse commence à huit heures. D'ici là, nous devons au moins esquisser un début de piste », reprend-il en allumant le projecteur avec la télécommande.

La pièce se remplit du discret ronflement de l'appareil suspendu au plafond.

« À toi l'honneur, Rasse », poursuit Erne en s'appuyant sur la table.

L'homme qui sent la sueur se racle la gorge et, de son index, recale ses lunettes sur son nez. Puis il jette un coup d'œil aux autres et commence, en butant un peu sur les mots :

« Nous avons lu l'ensemble de la trilogie de Koponen et commencé une deuxième lecture, au cas où certains détails nous auraient échappé la première fois. Nous avons trouvé en tout huit homicides, dont sept peuvent être considérés comme des meurtres rituels. Chaque homicide lié à l'enquête a un équivalent dans le texte de Koponen. »

Ses paroles dissipent la tension qui n'avait cessé de grandir dans la pièce et confirment ce que chacun savait en son for intérieur.

« Les crimes des livres se déroulent-ils dans le même ordre ? », interroge Erne d'une voix étonnamment calme avant de croiser les bras.

Jessica jette un coup d'œil à son supérieur, puis se retourne vers Rasmus assis à côté d'elle.

« Non, reprend ce dernier en tripotant nerveusement les branches de ses lunettes. Les meurtres n'ont pas été commis dans le même ordre que dans le texte. Enfin, les deux premiers oui, mais si on veut considérer les assassinats de ce matin comme des crémations sur un bûcher… Voilà une copie pour chacun d'entre vous… »

Il dépose au milieu de la table une fine liasse de photocopies ; chacun prend son exemplaire. Jessica regarde la liste et fronce les sourcils.

Meurtres apparaissant dans la trilogie Chasse aux sorcières, *de Roger Koponen :*

Tome I

Femme noyée (sous la glace)

Femme empoisonnée (disposée dans le livre exactement comme le corps de Maria Koponen)

Homme lapidé

Tome II

Homme poignardé

Homme brûlé sur un bûcher

Tome III

Femme écrasée (petit à petit, avec des blocs de pierre)
Femme brûlée sur un bûcher

« Attendez, le coupe Erne en levant les yeux. Sommes-nous sûrs que la cause de la mort de Maria Koponen soit un empoisonnement ?

— Pas à ma connaissance, répond rapidement Rasmus d'une voix hésitante. Mais pour le reste, le mode opératoire correspond à la description du livre. Et les victimes sont exactement comme les personnages du livre... Brunes, belles.

— D'accord, dit Erne en rapprochant la photocopie de ses yeux.

— Et ces deux crémations sur un *bûcher...* » commence Jusuf.

Erne hoche la tête de façon éloquente. La pièce reste silencieuse un moment, chacun semble lire et relire le résumé. Jessica boit son thé au cynorhodon. Il a un goût de fer.

« Si l'on suppose que l'auteur ou les auteurs ont l'intention de se faire toute la liste, on peut encore s'attendre à trois nouveaux meurtres.

— Les auteurs ? », interroge Nina tout en notant quelque chose en haut de la photocopie.

Mikael la regarde puis jette un coup d'œil à ce qu'elle a griffonné. Jessica les observe et se demande brièvement si Nina a écrit une note à son propre usage ou un message pour Micke. Quoi qu'il en soit, ils sont attentifs.

« Il est probable que le tueur de Juva ne soit pas celui qui s'est enfui de chez les Koponen, ajoute Erne en évitant le mètre carré de lumière bleue due au projecteur. Mais rien n'est sûr. Le type de Kulosaari a mis les bouts à vingt-trois heures quatre.

Sanna Porkka m'a appelé à trois heures quinze. Si le type a immédiatement sauté dans sa voiture à Kulosaari pour prendre la direction de Savonlinna, il a pu, malgré les conditions météorologiques défavorables de la nuit, arriver près de Juva pour guetter la voiture de Koponen.

— D'ailleurs, quitter la ville était sans doute une bonne idée pour lui, confirme Jusuf d'une voix un peu enrouée.

— Je soupçonne malgré tout qu'il ne s'agit pas du même homme.

— Pourquoi ?

— Parce qu'il y a dans cette hypothèse un problème fondamental. Comment le tueur aurait-il su que nous allions conduire Koponen à Helsinki ? Et surtout à quelle heure, ajoute Erne en regardant Jusuf, qui secoue la tête, pensif. Difficile de croire que le type serait parti en voiture au hasard, sans plan prédéterminé, aurait reconnu au niveau de Juva l'Audi qui arrivait en face, et l'aurait prise en chasse. Sans compter qu'il y avait là-bas de fortes chutes de neige, cette nuit. La visibilité était vraiment pourrie, poursuit Erne avant de s'asseoir.

— Et pourtant il a réussi à allumer un feu en forêt », murmure Jessica, les yeux rivés sur le document.

Personne ne rit. Ce n'était d'ailleurs pas l'objectif. Dans la rue, une sirène se met à hurler. Jessica pense à Fubu, qui est nerveux dès qu'il entend une sirène de véhicule d'intervention. *On peut quitter Helsinki-Est, mais Helsinki-Est ne nous quitte pas.*

« Il est plus probable que quelqu'un les ait suivis depuis Savonlinna. Quelqu'un devait être au courant de leurs faits et gestes. La décision d'aller à Helsinki n'a été prise que vers minuit », précise Erne.

Sa pomme d'Adam tremblote d'une façon que Jessica connaît bien. Cette décision, c'était celle d'Erne. *A posteriori*, il était facile de se dire que Koponen aurait eu besoin d'une protection digne de ce nom lors de son retour chez lui. Erne s'attribue sans doute la responsabilité des événements, au moins inconsciemment.

« Plusieurs faits sont à noter, continue-t-il d'un ton grave. Tout d'abord, Sanna Porkka avait son arme de service. Pourtant, elle n'a pas pu se défendre contre l'agresseur. Pourquoi ? Les agresseurs étaient-ils armés eux aussi ? Peut-être plus lourdement qu'elle. »

La pièce est entièrement silencieuse, mis à part le ronronnement du projecteur. Même le menton de Mikael a cessé de bouger.

« Deuxièmement, ajoute Erne en fronçant les sourcils, comme si prononcer les mots lui faisait mal. L'Audi de Koponen a été retrouvée intacte sur le lieu du crime. Personne n'y a touché, et elle n'a pas été poussée par un autre véhicule. Soit Porkka a conduit elle-même la voiture jusqu'au chemin forestier, soit quelqu'un d'autre conduisait. Qui ? Et enfin, une seule sorte d'empreintes de pas a été retrouvée sur place. Autrement dit, s'il y a plusieurs coupables, ils se sont servis de rangers semblables, neuves, taille 45. Il y a tellement d'empreintes sur place qu'il a pu y avoir pas mal de monde.

— Mais les empreintes à Kulosaari sont…

— Exactement les mêmes. Mais comme je l'ai dit, je pense que l'auteur n'est pas le même.

— Attendez, l'interrompt Mikael en se frottant le front. Plusieurs auteurs à Juva. Et le type à Kulosaari. Est-ce qu'on peut imaginer que…

— Oui, acquiesce Erne en prenant sa respiration. Tout laisse penser qu'ils sont trois. Ou plus. »

Le regard de Jessica passe du document à sa boisson chaude. Le sachet lui a donné une teinte rouge foncé. Elle sent le fer sur sa langue, et son cerveau commence à s'imaginer qu'elle s'est préparé une tasse de sang. Pendant un bref instant, tout est rouge. Les murs, le tissu blanc, la table et le visage de ceux qui sont assis. Elle se sent mal.

26

Ses doigts se cramponnent aux bords de l'évier. Jessica respire un grand coup. Elle sait que son état est dû à la fatigue et au stress, et que vomir n'arrange rien. Elle boit au robinet et se regarde dans le miroir. Ses yeux sont las, son visage maquillé à la va-vite paraît ridé. Elle observe son reflet, qui depuis hier lui semble étranger, qu'elle ne reconnaît plus comme le sien. Elle se presse contre le miroir, ses traits se précisent, ses pupilles s'élargissent : c'est sa mère qui la regarde dans le miroir, sa mère dont la bouche est tordue en un sourire abject.

« Jessi ? »

La voix inquiète d'Erne lui parvient derrière la porte, suivie d'une toux sèche et sourde, devenue chronique ces derniers mois.

« Tout va bien », répond Jessica en arrachant une longue bande de papier toilette pour s'essuyer les yeux.

Dernier coup d'œil au miroir. Le rictus morbide disparaît immédiatement mais fait fermer les yeux à Jessica. Il est gravé sur sa rétine. Quelques inspirations profondes, puis elle ouvre la porte.

« Tu es sûre ? demande Erne en se penchant contre le mur, et comme Jessica ne s'arrête pas, il la suit en toussant dans son poing. Tu n'es pas…

— Quoi ? »

Jessica s'arrête et se retourne si brusquement qu'Erne manque de lui tomber dessus.

« C'est juste que je ne suis pas habitué à te voir… bafouille-t-il.

— À me voir comment ? Faible ?

— Pas faible mais…

— Putain, on n'a pas le droit d'avoir des nausées matinales, ici ? » s'insurge-t-elle, mains sur les hanches.

Elle voit le regard d'Erne changer quand il entend ses derniers mots.

« Mais merde. Et non, je suis pas enceinte. Enfin même si je l'étais, ce serait pas tes oignons, poursuit-elle en se dirigeant vers la salle de réunion.

— Jessica ! » grogne Erne.

Il paraît soudain énervé. Jessica s'arrête. Il la rejoint et lui prend le bras.

« En ce qui me concerne, tu peux avoir autant de nausées que tu veux et attendre des triplés si ça te chante. Mais je veux que tu aies l'esprit clair. C'est le cas ?

— Oui.

— Dis-le.

— J'ai l'esprit clair.

— Encore une fois ?

— Putain, tu te crois à un concert de rock ? Tu veux que je gueule et que tout le monde me croie folle ?

— OK », dit-il, puis il s'écarte et sourit.

En voyant son sourire un peu anxieux, Jessica regrette immédiatement sa colère. Erne est un homme contre qui on s'énerve presque chaque jour pour une raison ou pour une autre, mais il est impossible de lui en vouloir plus d'une minute. Son grand cœur compense son besoin maladif de couver ses subordonnés. De couver Jessica, qui est sans doute pour lui comme la fille qu'il a toujours voulue.

« Nous avons sur la table l'affaire la plus étrange de notre carrière à tous. Tu comprends que je subis de sacrées pressions pour résoudre tout ça, explique Erne.

— Évidemment.

— Il faut que les résultats arrivent rapidement. Donc, il faut que je prenne tout en compte. Y compris l'état physique et mental de l'équipe.

— Je comprends.

— On n'a pas trop le temps de digérer l'affaire dans toute son envergure. Hier soir, quand on discutait en voiture, il y avait un macchabée.

— Et maintenant, y en a quatre.

— Et si les augures ne se trompent pas, il y en aura bientôt trois autres. »

Il s'interrompt quand s'ouvre la porte au bout du couloir et que des bruits de pas secs remplissent la pièce silencieuse. Ils voient entrer dans la salle de réunion une femme en tailleur et un homme de haute taille vêtu d'un uniforme de la direction de la police.

« Lönnqvist, du gouvernement. Un connard de première, dit tout bas Erne. Il va venir à la conférence de presse. Ainsi que quelqu'un du ministère de l'Intérieur…

— Et s'ils étaient *déjà* sept ? », ajoute Jessica.

Elle a le regard fixé sur le bouton ouvert de la chemise d'Erne.

« Comment ça ?

— Si les meurtres avaient tout de même été commis dans l'ordre ? Mais qu'on n'a tout simplement pas encore trouvé les autres cadavres ? »

Elle voit au regard de son supérieur que l'idée est douloureusement nouvelle. Et pas du tout tirée par les cheveux.

« Vrai ou pas, nous n'allons pas tarder à le savoir, soupire Erne.

— Je pensais aller visiter l'usine pharmaceutique où Maria Koponen travaillait, avec Jusuf.

— La légiste va arriver d'une seconde à l'autre. Attendez qu'elle soit là.

— C'est laquelle qui était de garde ?

— À ton avis ? »

27

Jusuf s'enfonce dans sa chaise et regarde Jessica et Erne revenir et prendre place. Des photographies du corps de la femme trouvée dans l'eau sont projetées sur l'écran blanc. Le noir désespéré qui composait le fond des photos précédentes est remplacé par une table en aluminium et des draps blancs. Le visage de la femme est pâle et serein.

Jusuf baisse la fermeture Éclair de son pull. L'air de la pièce est devenu étouffant. Il y a de plus en plus de monde : deux experts techniques, un homme de la direction de la police et Sissi Sarvilinna, médecin légiste chargée de l'autopsie.

« Un examen préliminaire a permis de confirmer que la victime est morte par noyade », annonce-t-elle avant de changer de diapositive en utilisant une petite télécommande dont le pointeur laser gigote de façon désordonnée sur l'écran.

Jusuf n'a encore jamais rencontré Sissi Sarvilinna, mais a entendu dire qu'elle était froide, étonnamment franche, et jamais drôle, même quand elle s'adonnait à cet humour noir dont elle a le secret. Elle est le stéréotype du médecin légiste qui prend tout au sérieux et a un habitus de républicain pur sucre.

Jusuf plisse les yeux et se demande comment une morte peut avoir l'air si paisible. On s'imaginerait plutôt que l'étouffement aurait laissé sur le visage des traces de peur et de panique.

« … Des examens approfondis ont néanmoins révélé qu'elle a été noyée ailleurs », continue Sarvilinna en contemplant les réactions éberluées de l'assistance, comme si elle était ravie de faire passer l'énigme au niveau supérieur. Seuls Mikael et Nina n'ont pas l'air surpris.

« Et ensuite *enterrée sous la glace*, ajoute Erne d'un air grave. La façon dont Koponen a évoqué cet élément lors de notre appel vidéo paraissait effectivement un peu absurde.

— Les poumons sont pleins d'eau douce, poursuit Sarvilinna comme si Erne ne l'avait pas interrompue. De l'eau de canalisation, plus exactement.

— Quand est-elle morte ?

— À vue de nez, entre six heures et neuf heures du soir. Et on peut dire avec une quasi-certitude qu'elle a été dans l'eau froide pendant deux heures maximum.

— Donc, elle a été noyée quelque part hier en début de soirée, puis apportée presque immédiatement sur la plage des Koponen, corrobore Jessica en prenant des notes dans son carnet.

— Et après avoir cassé la glace, immergé la femme dans l'eau et caché le trou avec de la neige, l'auteur des faits a traversé la cour, est entré dans la maison et a assassiné Maria Koponen, relate Jusuf en guettant la réaction de la médecin légiste, comme un écolier peu sûr de lui.

Sissi Sarvilinna ne fait même pas semblant de répondre. Elle regarde sa montre, l'air blasé. Sa mission n'est pas de confirmer les intuitions des policiers. Elle est venue exposer les faits. Rien que les faits.

« Qu'est-ce que ça donne dans le livre ? », interroge Jessica.

Des regards curieux se tournent vers Mikael. Il fouille dans son sachet bleu et gobe un morceau de chewing-gum.

Puis il jette un coup d'œil vers Nina et commence :

« Dans le livre, les chevilles et les poignets de la supposée sorcière sont attachés. Puis elle est plongée dans un bassin. C'est une sorte de test de sorcière, façon Moyen Âge, ou un jugement sommaire, comme on veut. Si la suspecte flotte malgré ses liens, il est prouvé qu'elle est sorcière et elle est condamnée à mort.

— Mais pourquoi, nom de Dieu ? grommelle Jessica en secouant la tête.

— Il y a deux réponses à cette question. Beaucoup croyaient que l'eau repoussait les sorcières parce que en rejoignant les troupes du diable, elles avaient rejeté le baptême. Une autre croyance était que l'eau rejetait la sorcière parce que l'eau était symbole de pureté. Mais le plus dingue est à venir : si la victime tombait au fond et se noyait – ce qu'on peut raisonnablement supposer être une issue assez fréquente –, elle était libérée des soupçons. En tout cas, le test était indispensable pour être sûr. Une sale histoire, mais il fallait en passer par là.

— Putain, mais ça ne rime à rien, s'exclame Jusuf en essuyant ses paumes en sueur sur son jean.

— La victime serait donc morte à la suite d'un tel test ? questionne Erne.

— C'est possible. Si les meurtriers ont copié le roman de Koponen. Dans le livre, c'est comme ça que ça se passe.

— Les blessures vont dans le sens de cette théorie. Les poignets et les chevilles portent des traces de liens, dit Sissi Sarvilinna en cliquant sur un gros plan du visage de la défunte.

— Où se déroule ce procès ? Celui du livre ? s'enquiert Jessica.

— Chez l'inquisiteur général », répond Nina.

Elle et Mikael se regardent brièvement et soupirent presque en même temps. Les autres s'apprêtent à les bombarder de questions.

« Il serait utile que tous ceux qui enquêtent sur cette affaire lisent les romans. Il y a un certain nombre de points communs, mais… insiste Nina en fermant les yeux.

— Voilà, continue Mikael. Il n'y en a qu'un certain nombre.

— Écoutez… À ce stade, il faut vraiment que tout le monde comprenne une chose, ajoute Nina en se redressant. Les livres de Koponen relèvent en partie du fantastique : il s'y passe des choses surnaturelles. L'intrigue évoque à la fois des femmes soupçonnées de sorcellerie et des *vraies* sorcières. Par exemple, dans l'histoire, la femme en bout de table a déjà été tuée, mais elle se présente à table, en habits de cérémonie, un rictus horrible sur le visage.

— Donc les tueurs n'ont pas imité les meurtres du livre de façon littérale, ils ont plutôt suivi l'intrigue générale ? » demande Erne.

Appuyé au mur du fond, l'homme de la direction de la police se frotte les sourcils.

« On dirait bien, acquiesce Nina, avant de libérer ses cheveux blonds pour les renouer aussitôt.

— Et les crémations de Juva ? poursuit Erne en prenant des notes dans son petit calepin.

— Dans la trilogie, ce sont deux événements tout à fait distincts. La seule similitude avec les meurtres de cette nuit, en plus du mode opératoire, c'est que les victimes sont un homme et une femme, dit Mikael en faisant tourner son chewing-gum avec sa langue.

— On sait si les victimes de Juva sont vraiment Porkka et Koponen ? demande Nina.

— Là je peux répondre, intervient Sissi en levant la main. Les dents de l'homme ont été retirées. Manifestement, quelqu'un tenait, pour une raison inconnue, à compliquer l'identification. Mais les tests ADN ont confirmé l'identité de la victime. Les échantillons d'ADN prélevés sur les produits hygiéniques trouvés chez les Koponen concordaient avec ceux du cadavre de l'homme. »

Plusieurs secondes s'écoulent sans que quiconque intervienne. C'est donc officiel. Roger Koponen est mort.

« Pour en revenir à la princesse des glaces, renchérit Jessica, regrettant aussitôt l'emploi de ce macabre sobriquet dans la salle de réunion bondée. On n'a toujours aucune idée de l'identité de la victime ?

— Non. Aucune disparition de femme correspondant aux caractéristiques n'a été signalée.

— Et de femme ne correspondant pas ?

— Les meurtriers ont pu maquiller et habiller la femme à leur guise, mais on ne découvrira sûrement pas en dessous une malade d'Alzheimer de quatre-vingt-onze ans, si c'est ce que tu veux dire.

— D'accord. Et Maria Koponen ? Comment a-t-elle été tuée ?

— Il n'y a pas de plaies externes, répond Sarvilinna en croisant les bras. Elle a probablement été empoisonnée. Mais il va falloir un peu de temps pour vérifier.

— Mais le sourire ? » interroge Erne.

La médecin passe sur l'écran une diapositive représentant Maria Koponen. Puis une deuxième et une troisième. Elle les fait défiler jusqu'à ce qu'apparaisse la photo d'un tas de petits bouts de bois.

« Ce sont des tampons qu'on a trouvés dans ses joues. Un fil les reliait qui était attaché autour de la tête. Il était difficile à voir car un épais maquillage avait été ajouté au-dessus, ainsi qu'un vernis qui a durci le visage, explique doctement Sarvilinna en se grattant le lobe de l'oreille.

— Quel truc de malade. »

Les dix secondes suivantes, chacun secoue la tête, l'air perplexe. Enfin, Jessica voit l'homme de haute taille en uniforme jeter un coup d'œil à sa montre et faire signe à Erne de le rejoindre. Ce dernier se lève lentement. Ils se retirent dans le couloir.

Jessica devine la frustration de son supérieur. Le rôle d'Erne en tant que responsable de l'enquête n'est vraiment pas simple. Quatre cadavres en quelques heures, c'est à tout point de vue particulièrement rare. *Un tueur en série.* Tout étudiant en criminologie sait que c'est extrêmement rare en Finlande. L'histoire du pays ne connaît qu'une poignée de cas cochant les cases, si on les interprète largement : deux homicides ou plus, commis séparément. Même en l'espèce, l'emploi du terme est assez discutable, vu que les faits semblent indiquer que les meurtres de Kulosaari et de Juva n'ont, malgré les similitudes, pas été commis par la même personne.

« Nous aurons les résultats préliminaires du labo dans les prochaines heures, conclut Sarvilinna en prenant un gros dossier dans sa serviette en cuir. Vous avez ici tout ce que nous savons déjà. Vous savez où me joindre. »

Des murmures prudents remplissent la salle. Erne revient. Le sermon que lui a fait le membre de la direction a été bref, mais intense : le stress se voit sur son visage. Personne ne dit rien.

Jusuf ouvre sur son téléphone l'application d'un quotidien national, bien qu'il sache que cela ne fera que l'affliger. Les titres sont confus, les journalistes ne savent pas par quel bout prendre l'affaire. *Police. Célèbre écrivain. Épouse.*

Les néons du plafond scintillent quand, un instant plus tard, Sissi Sarvilinna sort et referme la porte.

28

Ce matin, l'auditorium de l'hôtel de police est comme dans une autre dimension, une cellule lumineuse et vivante dans le corps d'un bâtiment administratif gris. Erne Mikson s'assoit à une longue table, à la seule place qui reste, la plus à l'extérieur. À côté de lui, Jukka Ruuskanen, dans son uniforme bleu, regarde devant lui et ne fait pas un geste pour le saluer. La situation est certes stressante pour tout le monde, mais cela fait des années que Ruuskanen est distant et a tendance à faire le malin. La camaraderie durant leur formation et les soirées arrosées semblent remonter à une éternité.

Des micros et des dictaphones de toutes tailles et couleurs gisent pêle-mêle sur la table. Derrière ceux-ci sont alignées des rangées de chaises accueillant un public fatigué mais attentif. Les flashs crépitent, de grosses caméras transmettent l'image en direct sur le web et à la télévision. Erne ne se rappelle pas qu'il y ait jamais eu autant de monde dans l'auditorium : l'affaire présente un nombre inhabituel d'éléments croustillants. Il toussote. Il a la bouche sèche et personne n'a prévu d'eau sur la table. Il se passe la main sur le nez et sent l'odeur de la cigarette qu'il a grillée cinq minutes plus tôt.

« Il est huit heures pile. On commence la conférence », annonce enfin Ruuskanen.

Le flot de murmures se tarit. Les flashs en revanche se multiplient, comme si l'ouverture de la conférence de presse venait d'augmenter le caractère photogénique des policiers.

« Je suis Jukka Ruuskanen, directeur de la police d'Helsinki, j'ai à ma gauche Jens Oranen, sous-directeur, et Joonas Lönnqvist, de l'état-major de la direction de la police », dit-il avant de regarder en direction des appareils photo qui le mitraillent.

Un bref instant, Erne se demande si Ruuskanen a oublié son existence.

« Et à ma droite, le responsable de l'enquête, le commissaire divisionnaire Erne Mikson, de la police judiciaire d'Helsinki », finit par ajouter Ruuskanen en regardant Erne. Ce dernier sent les appareils se tourner vers lui et accélérer leur inlassable activité. C'est désormais officiel, il donne une nouvelle fois un visage à l'enquête, aux erreurs commises et à son éventuelle absence de résultats. Les flashs crépitants révèlent les rides de son visage et soulignent son âge avancé. Erne sait qu'il a l'air fragile. Les années ont fait leur œuvre, mais il faut également reconnaître le rôle du Rumba estonien, ce poison enveloppé dans des rouleaux de papier, que ses poumons ont peut-être davantage respiré que l'oxygène pur au fil des années.

Ruuskanen commence par un exposé synthétique des événements du soir précédent et de la nuit. La sueur coule le long du dos d'Erne, ses aisselles sont moites. Il ne jette un coup d'œil à Ruuskanen que pour ne pas avoir à fixer les objectifs qui lui jettent de mauvais regards, tels de grands yeux noirs.

Roger Koponen... épouse... police... Ruuskanen s'exprime laconiquement. Erne n'écoute pas car il pourrait énumérer les mêmes éléments par cœur. Au lieu de cela, il regarde les hommes assis de l'autre côté de Ruuskanen, eux aussi vêtus de la tenue d'apparat bleu marine de la direction de la police. Erne est le seul de la rangée à être négligemment habillé d'un jean noir, d'une chemise et d'un blazer de tweed élimé. C'est son uniforme. Sa tenue de travail de garçon de courses estonien. Erne est le seul du groupe qui devra ensuite répondre aux appels des journalistes, les trois autres retourneront à la politique et à des tâches qui n'ont rien à voir avec un véritable travail de police. Les huiles sont de son âge, Jens Oranen est même plus jeune. Ça donne l'impression qu'Erne a salement raté le coche. S'est encroûté. Mais il a toujours eu l'impression qu'il avançait exactement comme il le voulait. À cinquante ans, il est là où il veut être. Il fait le travail dont il rêvait enfant. Dans ce genre d'occasions, toutefois, on sent qu'il est un peu à part, différent.

« ... Et s'agissant des questions liées à l'enquête, c'est le responsable de l'enquête qui vous répondra », conclut Ruuskanen.

Plusieurs mains se lèvent avant même la fin de sa phrase.

« La police a-t-elle un suspect à ce stade ? » interroge une femme assise au premier rang, une journaliste d'Yleisradio.

La conférence commence typiquement avec les questions les plus évidentes, mais Erne sait d'expérience qu'elles vont devenir plus corsées au fil des minutes.

« La police connaît les caractéristiques du suspect pour les homicides commis à Kulosaari. À ce stade, je peux vous dire que le suspect est un homme et un Finlandais de souche », répond Erne en baissant les yeux vers le micro.

Un fragment d'information qu'on lui a ordonné de divulguer. Le ministère a fait passer un message intimant l'ordre de tuer dans l'œuf toute spéculation sur un acte terroriste ethnique.

— Donc pas de suspect ?

— Comme je le disais, nous avons ses caractéristiques. Personne n'a été arrêté en lien avec l'affaire, et nous continuons les recherches sur la base des détails recensés au fil de l'enquête », ajoute Erne en serrant les poings.

Les halogènes du plafond semblent augmenter en intensité.

« Et le meurtre de Juva ? Êtes-vous sûrs que l'auteur des faits ne soit pas le même ?

— Étant donné la distance, c'est très probable.

— Peut-il s'agir de plusieurs criminels travaillant en groupe ?

— Ce n'est pas du tout exclu à ce stade.

— Roger Koponen ou sa femme ont-ils été menacés par le passé ?

— Nous n'avons aucune information qui le laisse supposer.

— Quel est le mode opératoire des meurtres de Kulosaari ? »

Erne cligne plusieurs fois des yeux. C'est là qu'il faudrait savoir afficher un visage de marbre.

« Pour des raisons tenant aux nécessités de l'enquête, nous ne pouvons…

— Le mode opératoire correspond-il aux meurtres de la forêt de Juva ?

— Comme je disais, je ne peux pas…

— La police soupçonne-t-elle que le mode opératoire des meurtres se fonde sur les œuvres de Roger Koponen ? »

Et voilà. L'inévitable s'est produit. Bien que les détails des crimes aient été soigneusement tenus secrets.

« Je ne peux ou ne souhaite pas évoquer pour le moment le mode opératoire des homicides. »

Erne sait qu'il n'a pas répondu à la question. Le public, dont le métier consiste à se montrer retors, ne se contentera pas de si peu.

« Les corps ont-ils été brûlés dans la forêt ? »

Ses mains transpirent. Ils ont eu l'info. Ruuskanen pose une main sur sa hanche, se penche vers Oranen, lui murmure quelque chose, puis hoche la tête à l'intention d'Erne.

« Oui. Les corps des victimes ont été retrouvés brûlés », ajoute Erne en cherchant des doigts un verre d'eau, puis il comprend qu'il n'y a toujours pas d'eau mise à leur disposition.

Le moindre mot lui fait mal au larynx. La symphonie des caméras, des claviers d'ordinateurs et des chuchotis devient assourdissante dans les secondes suivantes.

« Dans le livre de Koponen, il y a des gens brûlés. N'est-ce pas un point commun tout à fait clair ?

— Nos enquêteurs sont en train de lire la production littéraire de Roger Koponen. Si les homicides et le contenu des livres ont un lien, nous le trouverons et essaierons de l'exploiter.

— Les meurtres de Kulosaari ont-ils un modèle littéraire ?

— Répondre à cette question serait contradictoire avec ce que je viens de dire.

— Peut-on parler d'un tueur en série ?

— À l'heure actuelle, les critères ne sont pas réunis.

— La police a-t-elle des raisons de penser que le meurtrier va encore frapper ?

— Non. »

Nouveaux murmures de Ruuskanen et Oranen. Des mains se lèvent, mais plus personne ne distribue la parole. La quille n'est pas pour tout de suite.

« Pourquoi la police… »

La question s'interrompt lorsque les lèvres de l'homme à barbe hirsute qui la pose s'arrêtent en plein mouvement. Pour la première fois depuis le début de la conférence de presse, le silence règne. Le regard du journaliste est fixé sur l'écran de son ordinateur, tout comme celui de ses confrères. Puis un murmure incrédule parcourt la salle de plus en plus intense. Les journalistes attrapent leur téléphone et commencent à pianoter sur l'écran. Ceux qui ne sont pas encore au courant tendent le cou au-dessus des rangées de sièges pour voir sur les écrans des autres. Ils ont une expression bouleversée et incrédule. Mais enthousiaste. La lassitude qui commençait à gagner les esprits s'est effacée.

Ruuskanen regarde autour de lui en se mordant la lèvre, comme s'il exigeait une explication à ce soudain changement d'ambiance. Erne attrape son téléphone, mais constate que l'équipe ne lui a envoyé aucun message.

« Qu'est-ce qui se passe ? » gronde Ruuskanen.

Sa voix trahit à quel point ça l'emmerde d'être le seul à ne pas être au courant.

« Une vidéo vient d'être mise en ligne sur le compte YouTube de Roger Koponen, dit à voix haute la journaliste d'Yleisradio. Une vidéo de sa femme. »

Erne serre les doigts autour de l'épais micro. Il ferme les yeux pendant une seconde : un visage dont la bouche est tordue en un sourire contre-nature s'imprime sur sa rétine.

29

Malleus Maleficarum. Malleus Maleficarum. Malleus Maleficarum.

Jessica est assise à son bureau. Jusuf est penché sur la table à côté d'elle. L'écran de l'ordinateur est branché sur la chaîne YouTube de Roger Koponen, sur laquelle vient d'être mise en ligne une vidéo terrible. L'image, verticale et un peu tremblante, a manifestement été prise avec un téléphone. Elle représente Maria Koponen, qui sourit comme une folle, assise à sa place, au bout de la longue table. En fond sonore, on entend « Imagine », ainsi qu'une voix qui psalmodie d'un ton monotone et sordide, mêlée à un fort bruit de fond. La voix répète les mots, encore et encore. Avec toujours les mêmes accents : *Malleus Maleficarum.* La vidéo fait une minute et l'on n'y voit rien d'autre que la femme assassinée. Elle a sans doute été prise quelques minutes à peine avant que le meurtrier n'appelle les urgences. Ou peut-être même après.

« La voix qui fout bien les boules. C'est enregistré ? demande Jusuf en faisant allusion à la voix masculine qui répète l'expression latine.

— On dirait bien.

— Combien de temps avant que YouTube ne supprime la vidéo ?

— Ça ne changera rien. Elle a été vue, téléchargée et enregistrée », rétorque Jessica, les lèvres réduites à une ligne droite.

Elle déplace le curseur vers le bas pour consulter les commentaires. Malgré le succès mondial de Koponen, sa chaîne n'avait que quelques milliers d'abonnés, mais la vidéo s'est manifestement répandue comme une traînée de poudre. Il y a des centaines de commentaires. Jusuf laisse échapper une sorte de sifflement.

« Eh ben, putain. Erne a prévenu que ça allait être la merde, mais ça, il ne l'avait pas prévu.

— Qui aurait pu prévoir » déglutit Jessica.

C'est un spectacle à donner des frissons. La plupart des commentateurs considèrent tout ça comme une blague, une sorte de farce d'Halloween en retard ou un coup marketing de l'auteur. La vidéo d'une minute est en tout cas suffisamment longue pour prouver qu'il y a quelque chose qui cloche. Maria Koponen ne respire pas. En outre, il émane toujours des morts quelque chose d'inexplicablement définitif, quelque chose qu'il est presque impossible d'imiter. Et pourtant, les commentaires n'ont rien d'empathique. Comme les humains savent se montrer cruels. Et stupides. Winston Churchill aurait dit un jour que le meilleur argument contre la démocratie est une brève discussion avec l'électeur moyen. Aujourd'hui, la seconde partie de la phrase pourrait être remplacée par « un bref coup d'œil aux commentaires sur les réseaux sociaux ».

« Qu'est-ce qu'on fait ? questionne Jusuf.

— Contacte immédiatement la technique. Il faut qu'on sache depuis quelle adresse IP l'assassin s'est connecté au compte de Koponen.

— OK, soupire Jusuf, qui s'apprête à s'éclipser lorsque Jessica détache son regard de l'écran.

— Jusuf… J'ai un peu l'impression que la visite à Neurofarm sera une perte de temps. Tu peux demander à Erne d'y envoyer un des collègues de la PJ centrale ? Vu qu'on nous a proposé de faire appel à eux. »

Jusuf hoche la tête et quitte la pièce.

Jessica retourne en haut de la page et clique pour relancer la vidéo. Elle l'a déjà regardée trois fois : la quatrième ne révélera sans doute rien de plus. L'image est stable, mais de légers mouvements indiquent que la caméra n'est pas posée contre la table, mais tenue à la main. *Malleus Maleficarum. Malleus Maleficarum.* La voix qui répète sans cesse ces mots est glaçante, mais Jessica n'éteint pas le son. Elle doit l'écouter et la réécouter, elle doit essayer de comprendre ce que l'homme qui s'est introduit dans la maison a voulu exprimer par son acte et par sa vidéo. Jessica regarde le visage de la femme, figé dans un large rictus : les yeux semblent à la fois crier à l'aide et jeter des regards moqueurs.

30

Jessica reste à sa place bien que le public ait déjà quitté la salle. Les mélodies intemporelles de Vivaldi résonnent encore à ses oreilles. Elle n'est pas spécialement férue de musique classique, mais le concerto le plus célèbre du compositeur vénitien a imprimé sa marque indélébile aujourd'hui. Certes, l'expérience est inoubliable aussi parce que le soliste était Colombano, qui n'est pas qu'un bel homme au charme mystérieux mais également un véritable virtuose.

Colombano n'a pas demandé à Jessica de l'attendre. Il l'a simplement regardée au moment de quitter la scène vers la porte au fond de la salle. Quelque chose a tout de même incité Jessica à rester à sa place. Colombano l'aurait-il vraiment invitée au concert s'il n'avait pas eu l'intention de venir la saluer après ? Pourtant, quand les lumières commencent à s'éteindre, Jessica a l'impression que Colombano ne cherchait pas une compagne : il voulait juste faire venir du monde à son concert.

« Nous fermons », dit une femme en italien.

Jessica sursaute et le rouge lui monte aux joues.

« Je comprends », répond-elle en saisissant de ses doigts agités les lanières de cuir de son sac à main.

Elle tourne le regard vers la femme aux pommettes saillantes, dont le visage évoque un oiseau de proie. Ses yeux ne paraissent cependant plus aussi froids qu'avant le début du concert, ils semblent plus empathiques. Presque comme s'ils avaient pitié. Ils ont l'air de dire : Ne le prends pas pour toi. Tu n'es pas la première. Tu n'es pas la seule.

« Vous feriez mieux de partir », répète la femme en haussant les épaules.

Jessica sent le poinçon de la déception dans son ventre, elle se lève de sa chaise et adresse un discret signe d'adieu à la femme, qui fait maintenant le tour des rangées de chaises en ramassant les programmes oubliés. Les pas de Jessica résonnent dans la grande salle, ses jambes sont lourdes. L'effet apaisant du mousseux s'est dissipé pendant le concert, laissant un sentiment de vide. Jessica ignore s'il est causé par la faim, la déception ou les deux à la fois.

Elle ouvre la lourde porte et constate que la pluie a repris. Les petites gouttes sont légères et chaudes. Le vent humide sent la mer, et plus lointainement le métal et l'urine. Une voix de ténor chantant une mélodie connue provient de la place Saint-Marc.

Jessica foule les pavés mouillés et manque de glisser. Elle a l'impression que ses chevilles sont molles, et une douleur qui lui vrille les nerfs vient de réapparaître comme par magie. La douleur part toujours du haut de la cheville, s'étend le long du tibia jusqu'au genou, où elle s'enfonce profondément dans la jambe, comme un mince clou que l'on martèlerait à travers l'os avec des mouvements amples et précis.

Jessica sait qu'elle devrait se retourner et saisir la poignée de la lourde porte, prendre appui dessus et s'asseoir sur le seuil en attendant que la douleur passe. Mais son orgueil l'en empêche. Elle veut laisser derrière elle cette élégante salle de concert qui ce soir a été le théâtre de son humiliation et de sa déception.

La douleur augmente à chaque pas. Jessica voit une fontaine de l'autre côté de la rue ; elle avance maladroitement dans cette direction, tel un renne sur la glace. Les clous se multiplient, un dans le mollet, un autre dans la cuisse. La douleur devient insupportable, Jessica sait que ses jambes ne la porteront pas jusqu'à la vasque de pierre. Elle s'accroupit sur ses jambes brûlantes et prend appui de la main sur la surface humide de la chaussée.

Soudain, quelqu'un l'attrape. Des doigts puissants la prennent sous les aisselles, entourent ses bras de telle sorte qu'elle sent leurs jointures dures comme de la pierre contre sa peau. Le geste n'est pas doux, il est déterminé et impérieux. Elle est saisie par une force qui ne demande pas pardon.

« Zesika », murmure l'homme en la soutenant sur les derniers mètres la séparant de la fontaine.

Colombano la fait asseoir sur le rebord. Elle se baisse pour enlever ses chaussures, puis trempe ses pieds nus dans la flaque apparue dans un nid-de-poule. Ce n'est qu'ensuite qu'elle lève les yeux vers son bon samaritain. Le voilà. Exclusivement pour elle. Une larme coule sur sa joue. C'est un signe de douleur et de soulagement. De joie et de honte.

« Qu'y a-t-il ? », demande Colombano en jetant un rapide coup d'œil quelque part derrière Jessica.

Ce pénible malaise a dû attirer l'attention et l'inquiétude d'autres passants. Mais personne ne s'est précipité à son secours. À part Colombano.

« Où as-tu laissé ton violon ? », souffle Jessica.

Elle ne l'entend pas comme une plaisanterie, mais c'est tout comme. Colombano sourit, soulagé. Puis il redevient sérieux, s'humecte les lèvres et lève le regard au ciel, comme pour mieux sentir la pluie fine qui tombe. Jessica ferme les yeux ; quand elle les rouvre, le regard de Colombano est de nouveau sur elle. L'Italien s'est légèrement rapproché.

« Où étais-tu ? »

Ils se regardent un moment.

« Tu as aimé ? Le concert.

— Pourquoi m'as-tu invitée ? »

Jessica remarque que sa douleur aux jambes a disparu presque aussi vite qu'elle était apparue. Il ne reste qu'une tension agaçante. Et une pincée de honte. Colombano éclate d'un rire chaleureux. Quand il rit, ses yeux se réduisent à d'étroites fentes et sa large bouche dévoile toutes ses dents blanches.

« *Tante domande, Jessica, ma nessuna risposta.* »

31

Jusuf sort de sa rêverie en entendant le marmonnement de sa collègue ; son regard quitte la petite brioche qui l'attend et se fixe sur Jessica.

« Qu'est-ce que tu as dit ? » demande-t-il.

Jessica lève les yeux de son téléphone et regarde Jusuf d'un air interrogateur. Elle tapote la table du bout d'un stylo-bille. Comme chaque fois qu'elle est dans ses pensées.

« Toi aussi, tu te mets à parler latin ? *Domande... Risposta...*

— Euh, non non... », murmure-t-elle avant de s'éclaircir la voix.

Elle a vraiment parlé à voix haute ?

« C'était pas du latin, c'était de l'italien, poursuit-elle. Ça veut dire *"Tant de questions mais aucune réponse"*.

— C'est joli. Et bien résumé », acquiesce Jusuf avant de reporter son attention vers l'appétissante brioche.

Malgré une matinée chaotique, Nina a trouvé le temps d'aller à la supérette prendre des viennoiseries. Les discussions autour d'un café sont devenues une habitude pour le groupe d'enquête depuis qu'on a constaté que c'était propice à la réflexion. Vu la nature des crimes examinés, ce brainstorming pourrait paraître étonnamment léger et décontracté à un œil étranger. C'est d'ailleurs bien le but.

Jessica frotte ses paumes pour en faire tomber le sucre, qu'elle recueille sur une assiette en carton. Les enquêteurs assis à la table mâchent, personne ne parle. Mikael a collé au tableau quatre photographies qui représentent les morts de la veille et de la nuit dernière. Roger et Maria Koponen, la commissaire Sanna Porkka, ainsi que la belle femme brune repêchée sous la glace et dont l'identité demeure un mystère.

La porte s'ouvre sur Erne qui entre, une tablette sous le bras. Une âcre odeur de tabac s'infiltre dans la pièce qui vient d'être aérée. Rasmus avale rapidement le reste de brioche, comme s'il craignait d'être puni pour sa gourmandise.

« Asseyez-vous », commande Erne en se dirigeant vers le bout de la table.

Il s'appuie sur ses mains et pianote de ses ongles fendillés la surface en bois. Jessica le regarde. Ils se connaissent depuis longtemps, se sont retrouvés ensemble plusieurs fois dans la mouise, mais elle ne se rappelle pas l'avoir jamais vu aussi stressé. La médiatisation de l'affaire et la pression de ses supérieurs l'ont-elles vraiment usé à ce point, ou s'agit-il seulement d'un accès de fièvre particulièrement mauvais ?

« Jessica est chef de cette enquête », annonce-t-il, et tout le monde acquiesce.

Jessica était de garde et est arrivée première sur le lieu du crime, si bien que la chose est claire depuis le début. Toute autre décision eût été une déclaration de défiance à son égard.

Le téléphone d'Erne vibre dans la poche de son pantalon, mais il n'y prête nulle attention.

« Les premiers titres à sensation sont parus sur les sites des quotidiens du soir. Ils ont déjà qualifié les actes de meurtres rituels, et je pense que les spéculations sur d'éventuelles nouvelles victimes vont déjà bon train, dit-il en s'avançant pour attraper la dernière brioche au milieu de la table. Je veux que vous oubliiez les médias. Je m'en occupe. Nous avons tout ce qu'il faut pour faire de rapides progrès dans l'enquête. Nous pouvons compter sur l'assistance de la police régionale de Finlande de l'Est, et, l'une des victimes étant de la police, la police judiciaire centrale est également sur le coup.

— Mais c'est nous qui coordonnons ?

— Ouaip. Les crimes sont sans doute liés. La police judiciaire centrale et la police de la Finlande de l'Est s'occupent de ce qui s'est passé à Juva, mais c'est à nous qu'ils rendent compte de leurs avancées.

— OK », acquiesce Jessica.

Elle sent un fourmillement dans ses doigts. L'affaire est énorme, et en tant qu'inspectrice en chef il lui revient de s'assurer qu'elle sera résolue.

« On a du nouveau, Jessi ? » interroge Erne en mâchonnant sa brioche et en essuyant le sucre autour de sa bouche.

Elle se redresse et essaie d'avoir l'air aussi sûre d'elle que possible.

« Il faut qu'on sache avec quel appareil le compte YouTube de Roger Koponen a été utilisé ce matin. Étant donné qu'aucun téléphone n'a été retrouvé près du corps, il est possible, voire probable, que la vidéo ait été mise en ligne avec son propre téléphone.

— Que disent les fadettes ?

— Le signal du téléphone a été repéré pour la dernière fois près du lieu du meurtre. On saura dans la demi-heure si l'appareil a été rallumé ce matin.

— Si la vidéo a vraiment été mise en ligne avec le téléphone de Koponen, nous aurons une nouvelle raison de soupçonner que les assassins de Kulosaari et de Juva travaillent ensemble », dit Erne.

Tout le monde acquiesce. Erne attrape son manteau en laine sur le dossier de la chaise. Ses gestes sont un peu raides et lents, comme depuis quelque temps.

« Le bon côté, c'est que nous n'avons plus besoin de réfléchir à une politique de communication. Les coupables s'en sont chargés pour nous, ajoute Erne en se dirigeant vers la porte. Les médias et la population en tireront leurs propres conclusions. Il faut qu'on se prépare à ce genre de psychose.

— On a besoin de suspects. Et vite, insiste Jessica en se levant à son tour.

— Commencez par l'éditeur.

— Pourquoi ? »

Un sourire prudent éclaire le visage d'Erne, pour la première fois depuis longtemps.

« C'est à ma connaissance la seule personne qui profite de tout ce boxon. J'ai entendu à la conf' de presse qu'en deux ou trois heures, la trilogie *Chasse aux sorcières* s'était retrouvée en rupture de stock dans toutes les librairies en ligne des pays nordiques. »

32

Jessica raccroche et pose le téléphone contre sa poitrine. Les hommes de la PJ centrale qui sont passés chez Neurofarm ont discuté avec le supérieur et quelques collègues de Maria Koponen, mais rien d'inhabituel à signaler.

Jessica se rassied devant son ordinateur et regarde un instant l'écran noir. Elle est sur le point de le sortir de veille en bougeant la souris, mais sa main s'arrête en plein mouvement. Elle fixe son reflet flou, qui trace les contours de sa tête en laissant au milieu un visage dont les traits sont à peine discernables. Ce moment est un écho de la nuit dernière, quand Jessica s'est regardée dans le reflet de la fenêtre. Comme si quelqu'un d'autre lui rendait son regard. Une étrangère dans un univers obscur et froid, pour lui rappeler qu'elle n'a pas trouvé sa place en ce monde. Elle ne pourra jamais être comme les autres, même si elle travaille pour l'État et fait semblant de vivre du salaire que la police lui verse chaque mois. *Chieuse. Menteuse. Hypocrite. Von Hellens l'usurpatrice.*

« Jessica ! l'interpelle Jusuf avec autorité comme s'il appelait un chien, bien que l'expression de son visage, qui surgit de derrière le paravent, soit plus amène. Le relevé des communications », ajoute-t-il plus bas, manifestement en émoi.

Elle réveille l'écran de son ordinateur et rejoint Jusuf. Son bureau est aussi mal rangé que le sien. Y trônent au moins six ou sept tasses de café sales. Pas étonnant qu'il soit toujours difficile de trouver de la vaisselle propre dans la cuisine. Derrière les piles de documents se trouvent deux coupes qu'il a reçues pour ses victoires au championnat de kart du service et qu'il montre à tous ceux qui passent.

« Le téléphone de Roger Koponen a été allumé de huit heures deux à huit heures neuf, annonce Jusuf les bras croisés.

— Où ?

— Place de la Gare Centrale. Peut-être sous terre, dans le métro.

— Évidemment, déplore Jessica, avec tout le monde qu'il y a là-bas…

— On va vérifier les bandes », la rassure Jusuf en composant un numéro sur son téléphone.

Jessica se redresse et respire à pleins poumons l'air renfermé dans lequel la climatisation qui marche en permanence dans l'hôtel de police a laissé son odeur particulière, ce mélange de sac d'aspirateur et de métal. Elle se frotte les poignets et trouve son pouls, qui semble être resté élevé depuis les événements de la soirée. Elle se sent frustrée depuis sa rencontre avec le meurtrier. Un visage couvert par des protections, des yeux dont elle n'arrive pas à se rappeler la couleur. Des mots qu'elle ne comprend toujours pas. *La première, c'est fait.* Elle ne peut s'empêcher de se dire que *la première* fait allusion à une chose à laquelle ils n'ont pas même songé, une chose que l'homme veut qu'ils sachent. Ou devinent.

Sur l'écran de l'ordinateur s'ouvre une connexion vers les caméras de surveillance de la place de la Gare Centrale.

« Ça peut prendre un peu de temps, poursuit Jusuf. Quand on examine les bandes…

— Laisse ça…

— Aux amoureux ? » demande Jusuf.

Il sourit en voyant l'air ébahi de Jessica, puis il secoue la tête.

« Bah quoi ? Tu pensais que je ne savais pas que Nina et Micke baisent ? Tu pensais qu'Erne ne savait pas ?

— Peu importe. Va leur dire. Ensuite, on bouge, rétorque Jessica avant d'attraper la doudoune qui traîne sur le bureau de Jusuf et de la lancer à ce dernier.

— On va où ?

— À Kulosaari. Je veux voir comment c'est en journée. »

33

Le temps clair et glacial est devenu une grisaille de neige fondue, comme s'il réagissait aux événements horribles de la nuit passée.

Jusuf conduit vers l'est ; la rue Teollisuuskatu devient l'autoroute Itäväylä. Jessica regarde par la fenêtre les chantiers autour du pont, et au milieu la tour en construction qui, quand elle sera terminée, sera, paraît-il, le plus haut bâtiment de Finlande. Jessica se souvient avoir vu des simulations du gratte-ciel, qu'on voit s'élever vers le ciel dans la lumière d'été, dans toute sa blancheur étincelante. Mais à l'état naturel, le bâtiment est gris. C'est peut-être dû à la météo, ou bien les matériaux qui étaient plus beaux sur les écrans des architectes.

« Il va bien, Erne ? demande Jusuf en baissant le volume de la radio.

— Comment ça ?

— Bah, j'ai l'impression qu'il est un peu…

— Stressé ?

— Pas seulement. J'ai l'impression qu'il ne va pas bien.

— Physiquement ?

— Oui », répond rapidement Jusuf.

Jessica regarde son collègue, puis la route. Bien sûr qu'elle sait de quoi il parle. Elle connaît Erne mieux que quiconque dans leur unité. Cela fait longtemps qu'elle a remarqué un net changement chez Erne. Quand on l'entend, quand on le voit, il a l'air malade. Mais lui demander comment il va ne servirait strictement à rien. Il est originaire de l'île de Saaremaa et donc têtu comme une mule : même à l'agonie, il dira qu'il pète la forme et qu'on s'inquiète pour rien.

« Si Erne allait mal, on l'apprendrait dans sa notice nécrologique, reprend-elle tout en se demandant pourquoi elle ressent le besoin de cacher le fait qu'elle est elle-même inquiète pour Erne.

— C'est tout à son honneur. De ne jamais se plaindre. Même quand…

— Il n'a peut-être aucune raison de se plaindre. C'est toi qui imagines », objecte Jessica, puis elle augmente légèrement le volume de la radio et regarde par la fenêtre.

Avec la hausse des températures, l'île de Mustikkamaa, qu'on distingue derrière le golfe de Kuorekarinsalmi, a perdu une partie de son blanc manteau. On aperçoit çà et là des bandes vertes. Jessica fronce les sourcils.

« Jusuf ?

— Oui ?

— Qu'aurait fait l'assassin si la mer n'avait plus été gelée ?

— Il aurait attendu des gelées dignes de ce nom.

— Mais s'il avait voulu profiter du moment où Roger Koponen était à l'autre bout de la Finlande et Maria seule à la maison. D'après Koponen, en janvier et février, c'est la seule nuit où il a été absent.

— En règle générale, il est assez probable que vers la mi-février la mer soit prise par les glaces, dit Jusuf en quittant l'échangeur de Kulosaari. Et Roger Koponen a lui aussi été assassiné. S'il était allé chez lui, il aurait sûrement été tué là-bas. En même temps que sa femme. Là il se trouve simplement qu'il faisait la promo de son livre, tu crois pas ?

— *Il se trouve* qu'il faisait la promo de son livre ? *De son livre* ? » chuchote Jessica en se mordant la lèvre.

Le livre de Koponen est justement la clé de tout. Rien de ce qui a un rapport avec lui n'est un hasard. C'est impossible.

34

Nina Ruska froisse la plaquette de pastilles vide dans son poing et la jette à la poubelle. Peu de temps auparavant, elle s'est installée à la table sur laquelle reposent deux écrans en plus de son ordinateur portable. Une liste de fichiers vidéo apparaît en grand sur l'écran central. Il y en a quarante-cinq au total. Un par caméra de surveillance. La tâche pourrait sembler impossible, d'autant plus que personne ne sait qui il faut chercher sur les bandes. La fourchette de temps de sept minutes fournie par Jessica simplifie tout de même le travail. En outre, les données de localisation fondées sur les ensembles de signaux envoyés par Bluetooth par le portable de Koponen et sur le code MAC de l'appareil établissent les coordonnées précises des mouvements de ce dernier.

« Sept minutes, dit Mikael en s'asseyant à côté de Nina.

— Ça lui a suffi pour recevoir la vidéo et la mettre sur YouTube.

— Il reste combien de cams ?

— Neuf après le tri. Mais quelle merde, bordel. J'ai l'impression qu'on va trouver le type debout sur le quai du métro. Et que du coup toute cette chiasse est complètement inutile.

— Qu'est-ce que tu veux dire ? demande Mikael en agitant sa cuiller dans sa tasse de thé.

— Le mec sait qu'on va se servir des caméras pour chercher un individu tenant un téléphone. Donc il va aller là où il y a une flopée de gens debout...

— ... qui jouent avec leur téléphone.

— Tous, sans exception, putain, lance Nina en ouvrant un fichier. Regarde. Déprimant, à plus d'un titre. Même ceux qui arrivent sur le quai avec quelqu'un d'autre regardent vers le bas, le bras tendu.

— C'est sûr que ça fait un peu dystopique.

— Du coup, je suis sûre que le mec qu'on cherche sera sur ces images. Simplement, on ne saura pas lequel c'est. Ils sont au moins cent sur le quai.

— Depuis quand tu es devenue si pessimiste, toi ? réplique Mikael en prenant la souris dans la main de Nina. En plus, ça n'a pas de sens.

— Comment ça ?

— Tu as dit que le mec savait qu'on pouvait tracer les mouvements de son téléphone. Et pourtant il l'a allumé au milieu de l'hectare le plus surveillé et le mieux gardé du pays. Ça veut dire quoi d'après toi ?

— Que... soupire Nina avant de sourire. Qu'il veut être vu.

— Vu, mais pas forcément reconnu » ajoute Mikael en faisant un clin d'œil.

Nina se rencogne dans sa chaise et regarde Mikael. Cela fait des années qu'elle est amoureuse de cette inébranlable assurance qui émane de lui. Même quand ce n'est pas justifié. C'est peut-être justement pour cela qu'elle n'avait pas osé l'aborder, à l'époque. Elle pensait que son indolence et sa décontraction étaient le signe qu'il était un célibataire heureux de son sort, n'ayant besoin de personne, et que même s'il avait eu besoin de quelqu'un, il n'y avait aucune chance que ce soit de sa collègue flic qui allait transpirer cinq fois par semaine à ses cours de judo. Et finalement, cinq mois plus tôt, Mikael avait pris l'initiative, à l'issue d'une période de travail plus intensive que d'habitude, ils étaient restés assis au restaurant jusqu'à la fermeture, avaient parlé de tout ce dont ils n'avaient jamais dit un mot au travail, et avaient constaté que l'alchimie opérait. Et ce depuis longtemps.

« Donc c'est un genre de jeu pervers, constate Nina.

— Exactement. Depuis le début. Le meurtrier nous asticote. Il dispose les corps d'une façon qui pousse tout le service à lire une médiocre fiction à la loupe. Il laisse un message sur le toit d'une maison. Adresse tranquillement la parole à l'inspectrice en chef sur le lieu du crime. Met en ligne une vidéo avec le téléphone de la victime alors qu'il sait qu'on va le tracer », détaille Mikael en portant son mug à ses lèvres.

Nina ouvre le fichier suivant.

« Ça fout les boules, murmure-t-elle.

— De quoi ?

— De se dire qu'on suit des pistes qu'il a laissées exprès. C'est comme si on mettait la tête dans une souricière. Ou la bite dans le bassin aux piranhas…

— Pour l'instant, on n'a pas d'autres pistes. Et, aussi intelligemment que la carte au trésor ait été tracée, celui qui l'a conçue a pu faire des erreurs.

Personne n'est parfait. Il n'est pas forcément au courant de ce dont la police est capable aujourd'hui.

— Tu es sûr ? fait-elle en souriant.

— Non, répond-il après une longue pause. Si ça se trouve, le mec est à la direction de la police.

— Lönnqvist ? Le méchant sorcier blanc ?

— Ou bien toute la direction ?

— Bingo !

— Ça ferait un sacré cercle de sorcières, s'exclame Mikael en posant prudemment sa main sur la cuisse de Nina qui lui adresse une petite tape discrète sur les doigts.

— Un peu de concentration ! »

35

Jessica et Jusuf sortent de la voiture devant la maison des Koponen. La zone délimitée par les rubans s'est rétrécie et il ne reste qu'une patrouille de police qui guide les passants ou les habitants hors de la zone. Il ne reste du chaos apocalyptique de minuit qu'un pâle souvenir.

Jessica inspire un air saturé de gouttelettes d'eau microscopiques et fixe devant elle les ornières boueuses de la route non damée et les hauts pins des parcelles voisines, qui supportent difficilement la lourde neige. Elle lève les yeux vers la crête, la maison en bois d'où, tard la nuit précédente, ils ont observé les mots creusés dans la neige. *Malleus Maleficarum.*

Ils entourent leurs chaussures de protections, même si la maison a été examinée de fond en comble pendant la nuit. En entrant, Jessica se rappelle soudain la musique qui retentissait au moment où la patrouille est arrivée sur place. « Imagine » de John Lennon. Le morceau s'est invité dans son sommeil. Jessica voit le grand miroir de l'entrée et ressent un besoin irrépressible de passer devant sans le regarder. Comme s'il risquait de révéler quelque chose d'indésirable. Elle aperçoit tout de même son reflet du coin de l'œil. La silhouette lui ressemble mais tout est bizarre : les sentiments, les motifs, les intentions. Le miroir ne renvoie qu'une sorte de coquille, une poupée de cire artistiquement réalisée. *C'est toi*. Sa nuque l'élance. Elle la tâte du bout des doigts et se force à se concentrer.

Il fait froid à l'intérieur. Pas étonnant : la porte d'entrée est restée ouverte toute la soirée et tard dans la nuit. Mais d'une certaine façon, cet air glaçant convient à l'atmosphère ; la maison est comme un immense réfrigérateur dont la palette chromatique et la froide décoration soutiennent cette impression.

Jessica traverse le couloir, mains dans les poches, et se rend au salon : elle regarde la table, à laquelle plus personne n'est assis. La vision de la femme en tenue de soirée, avec son sourire abominable, s'est si intensément incrustée dans sa conscience que le cadavre pourrait aussi bien être toujours en place.

« Tu m'entends ? », demande Jusuf.

Jessica ferme la bouche et déglutit. Son regard est resté fixé un peu trop longtemps. Assez longtemps pour que Jusuf ressente le besoin de la réveiller.

« Comment il est monté sur le toit ? reprend-il.

— L'échelle de service. Sur le côté de la maison », dit Jessica en se tournant vers son jeune collègue.

Celui-ci a sorti de la poche de son blouson un paquet de photographies, dont une prise depuis la fenêtre de la vieille femme. Les projecteurs et les lampadaires éclairent les mots écrits sur le toit.

« Aucune empreinte superflue. Les mots ont été écrits par piétinement. En posant un pied après l'autre, poursuit Jusuf. Le texte est parfaitement tracé sur toute la largeur du toit. Toutes les lettres ont la même hauteur.

— Du bon boulot, c'est clair. Qu'est-ce que tu cherches à dire ?

— Si j'étais bourré et que je m'amusais à écrire *chatte* ou *merde* dans un champ ou sur le toit d'un sauna, commence-t-il, ravi d'arracher un sourire à Jessica, je serais déjà bien content qu'un mec passant au-dessus en deltaplane arrive à le lire.

— Et donc ? Tu veux dire que l'assassin n'était pas bourré ? Ou qu'en tant qu'artiste tu n'as pas grand-chose à dire ?

— Non, mais soit cette œuvre d'art lui a pris un sacré bout de temps, ce qui n'est pas franchement possible vu le déroulé des faits, soit il s'était entraîné avant. Et il connaissait exactement les dimensions du toit des Koponen, conclut-il en tendant la photo à Jessica.

— Bah, je me doute bien que ce n'était pas improvisé. Tout avait sûrement été prévu.

— Et s'il avait écrit ça sur le toit bien avant ? Bien tranquillement…

— Non. Ça date d'hier soir. Les experts ont vérifié les précipitations dans le coin et les cumuls de neige sur les derniers jours, précise Jessica avant de s'avancer vers la table, qui pour une raison quelconque semble plus longue à présent que personne n'y est plus assis.

— OK. Mais peu importe. Parce que, s'ils se sont entraînés, on trouvera le même texte ailleurs. »

Jessica lève le menton et croise les bras.

« Exactement de la même taille », continue Jusuf, l'air quelque peu soulagé.

Jessica fronce les sourcils en le regardant. Peut-être l'idée vaut-elle la peine d'être creusée. Peut-être n'a-t-elle ni queue ni tête. Mais à l'heure actuelle, rien n'a ni queue ni tête. S'ils veulent résoudre cette absurde série de crimes, il faut peut-être qu'ils se servent de moyens plus créatifs et en même temps plus absurdes qu'avant.

« Qu'est-ce que tu suggères ? », s'enquiert Jessica.

Elle voit les beaux yeux de son collègue briller d'enthousiasme. Il a toujours été mignon. Mais il est resté sagement dans la zone des potes et des petits frères. Peut-être parce qu'il sortait déjà avec sa fiancée, Anna, quand Jessica l'a rencontré pour la première fois. Ils ont toujours eu l'air si virginalement amoureux que toquer à la fenêtre de leur idylle eût été un vrai péché mortel. Tant qu'Anna et Jusuf sont ensemble, ils ont tous de l'espoir.

Jusuf rassemble ses pensées, les mains sur les hanches.

« À mon avis, Erne pourrait demander à un hélico de ratisser la région. Ou utiliser des drones, commence-t-il. Dans le pire des cas, l'hélico va tourner quelques heures pour rien au-dessus des champs. Mais d'après la météo, il va reneiger demain. Donc, si on veut vérifier avant la tombée de la nuit, ça urge ! »

Jessica pousse un profond soupir. Au même instant, son téléphone sonne.

« Salut Micke, fait-elle avant d'activer le haut-parleur.

— Prépare-toi à un putain de choc.

— Bonne entrée en matière. Pas étonnant que tu te sois fait virer de ta boîte de télémarketing.

— … Bah écoute, là on a un truc vachement bizarre. On a regardé les bandes des caméras de surveillance avec Nina. Et je crois qu'on a trouvé le mec qu'on cherche.

— On le reconnaît sur l'image ?

— Ouais. Et c'est là que ça devient flippant, dit Mikael en toussotant.

— Ah ? »

Jusuf s'approche d'un pas, une expression de curiosité sur la figure.

« Le mec… C'est Roger Koponen tout craché.

— Hein ?

— Et si les tests ADN n'avaient pas prouvé qu'il a été réduit en cendres cette nuit dans la forêt de Juva, on pourrait jurer que c'est lui. »

36

Erne Mikson souffle sur son café mais n'essaie même pas de le boire. Il tire quelques bouffées de sa cigarette, qui se réduit d'un tiers. Malgré le redoux, le temps est diablement frais, et un vent cinglant rend insupportable le froid humide. Bizarrement, cela lui rappelle Carcassonne, un jour de décembre, des années plus tôt, lorsqu'il se tenait sur les remparts, trop peu vêtu, avec son épouse de l'époque. La pluie glacée fouettant son visage, la masse de neige tombant des branches des arbres et des corniches des toits. Chaussures mouillées, mal à la gorge. À l'époque, tout pouvait être mis sur le compte d'une grippe passagère ; aujourd'hui, ses symptômes ont une autre cause. Il tousse. Ses poumons brûlent quand il tire les dernières bouffées, ils n'en peuvent plus. Il a mis trop longtemps à l'épreuve la résistance de son corps : plus jeune, persuadé de son immortalité, plus tard par simple habitude. L'alcool aussi a prélevé sa dîme mais lui a également accordé beaucoup, à lui si timide. Erne ne s'est jamais plu dans la solitude de ses pensées, et encore moins dans la compagnie d'autrui ; la soûlographie l'a aidé dans les deux cas. Il est assez ironique que le poison liquide qui est en train de le tuer lui ait permis de vivre une vie aussi longue et variée. Une bonne vie, compte tenu de son point de départ, une vie qui lui a donné deux fils devenus des adultes intelligents, un travail honorable dans la police et une ribambelle de collègues très cool, dont Jessica, la plus proche de lui, sa préférée.

La cigarette tombe dans le cendrier vissé à côté de la porte. Le fait que le récipient soit vide le fait se sentir coupable. Il vient peut-être d'être vidé. Ou peut-être Erne est-il le seul fumeur de tout Pasila. Il préfère la première option.

Un court instant, il se sent plein de mélancolie et de regret de l'ancien temps. Cette vague de nostalgie est peut-être due au mégot écrasé et à l'hôtel de police désormais presque sans tabac, ou bien est-ce dû au fait qu'au cours des derniers mois il s'est davantage familiarisé avec l'idée de sa propre mortalité. Le début de la vieillesse et les faiblesses subséquentes du corps sont des peurs lointaines pour l'esprit humain, jusqu'au jour où elles se rappellent à lui. Erne a cinquante ans, et son père n'est pas allé jusque-là. Après son anniversaire en novembre, Erne a été envahi par l'idée que quelque chose changeait fondamentalement chez l'homme qui vit plus vieux que son paternel. Comme Erne a passé plus de temps que son géniteur sur cette planète, il est censé être plus mûr et plus sage que lui. L'apprenti est passé maître. C'est son père, désormais, qui demanderait des conseils et des leçons de choses, si seulement il était toujours en vie d'une façon ou d'une autre. Mais s'il l'était, l'idée serait frappée d'inanité.

Le thermomètre refait un bip. *37,3. Pas catastrophique. Mais assez haut pour angoisser.*

Erne glisse le thermomètre dans sa poche et saisit la poignée de la porte, que quelqu'un de l'autre côté ouvre en même temps d'un geste résolu.

« Erne ? Tu réponds plus au tél ? »

Mikael se tient dans l'encadrement de la porte, tel un videur.

« Comment ça ?, rétorque Erne avant de se rappeler qu'il a laissé son téléphone sur son bureau, voulant être tranquille ne serait-ce que dix minutes. Qu'est-ce qui s'est passé ? »

37

Erne se tient, bras croisés, à côté de la table de la salle de réunion, et regarde le grand écran de télévision sur lequel Mikael vient de commencer à diffuser l'image de la caméra de surveillance. Nina assise à la table sirote un jus. Elle a enlevé son sweat à capuche, révélant ses bras musclés sous son T-shirt.

« Y a quelque chose qui cloche », relève Erne en regardant tour à tour ses deux subordonnés.

Mikael zoome à nouveau sur l'homme qui se tient tout au bord du quai de métro, un smartphone à la main. L'individu, qui ressemble à s'y méprendre à Roger Koponen, tourne la tête et regarde presque droit vers la caméra. L'image est nette et ne laisse pas de place à la spéculation. L'homme semble réservé mais serein.

« Putain de bordel », lâche Erne en se frottant le front.

Peu après, il lève les yeux, ses épaules commencent à trembler, presque imperceptiblement, puis plus rapidement. Il laisse échapper un éclat de rire. Mikael et Nina se regardent.

« Bah ça alors, fait-il en essuyant une larme avant de reprendre étonnamment vite son sérieux. Un bel enfoiré, franchement.

— Quelqu'un d'autre a dû voir Koponen dans le métro à l'heure de pointe, lance prudemment Mikael en jetant des coups d'œil discrets à Erne. C'est quand même une star. Et même si la nouvelle de sa mort n'était pas dans les journaux du matin, elle était déjà en ligne à cette heure-là.

— Imagine que tu lises sur ton téléphone qu'un mec célèbre vient de mourir, tu lèves les yeux et il est là, vivant, en face de toi dans le métro, dit Nina en posant son mug. Je peux te dire que moi je tirerais le signal d'alarme.

— Tu te dirais d'abord "Ouah, c'est un sacré sosie". Et c'est bien le cas, en l'occurrence. C'est forcément ça, ajoute Erne.

— Parce que l'ADN du corps brûlé a été comparé à celui qu'on a retrouvé sur les affaires de Roger Koponen ? interroge laconiquement Mikael.

— Oui.

— Est-ce qu'on peut être sûrs que l'homme de Kulosaari, après avoir tué Maria Koponen, n'a pas semé des affaires dans toute la maison ? Rasoir, brosse à dents, déo..., liste Mikael en se massant les articulations des doigts. Pour une raison ou une autre, il voulait qu'on croie que l'un des deux cadavres de Juva était celui de Koponen. C'est peut-être justement ce qu'a fait le type habillé en expert scientifique à l'étage. »

Erne fixe le fantôme qui apparaît à l'image.

« Il prend le métro jusqu'où ?

— Rasse est en train de voir ça.

— Bien. »

Erne s'appuie sur la table, de sorte que sa cravate marron s'échappe de sa veste. Nina voit Mikael caler son chewing-gum sous sa langue. Elle perçoit la respiration sifflante d'Erne dans la pièce silencieuse. Il gratte sa barbe grise, songeur.

« Si Roger Koponen n'est pas mort à l'aube, mais est arrivé en pleine forme à Helsinki, a mis en ligne sur YouTube avec son téléphone une vidéo immonde de sa femme morte, pendant qu'il attendait le métro... Ça veut dire qu'il est le diable en personne.

— Il y a un truc que je ne comprends pas, note Nina en réunissant ses cheveux en queue-de-cheval avant de les laisser aussitôt retomber. Pourquoi il y a quelqu'un qui s'est emmerdé à mettre en scène la mort de Roger Koponen... S'il était prévu qu'il ressurgisse quelques heures plus tard avec son téléphone dans le métro en pleine heure de pointe.

— Koponen est peut-être dans le coup...

— Oui, mais la question demeure. »

Le silence se fait dans la pièce.

« Jessica est au courant ? s'enquiert enfin Erne.

— Ouaip. Ils sont à Kulosaari, avec Jusuf. Elle a fait venir des experts pour faire d'autres prélèvements d'ADN. Des prélèvements qui seraient vraiment ceux de Koponen. »

38

Jessica s'arrête devant les portes de verre mouillées de neige fondue et regarde la vaste cour qui s'ouvre devant elle. C'est sur la plage attenante qu'à la tombée de la nuit un corps a été immergé, après quoi quelqu'un a traversé la cour et est entré dans la maison. Puis est sorti par la porte de devant. Et ensuite, la cour s'est remplie de projecteurs, d'experts de la police, et de chiens. Jessica sent des frissons lui parcourir l'échine.

« Les gars de la technique arrivent », s'écrie Jusuf en entrant ; peu après, Jessica sent une odeur de tabac fraîchement fumé. Chacun gère le stress d'une façon différente. En ce moment précis, le stress les réunit tous.

« Dis-leur tout ce dont on vient de parler, lance Jessica en s'étirant la nuque.

— Tu vas faire quoi ?

— Aller voir dans la cour. »

Jessica renifle le vent marin qui souffle fort. Elle ferme la porte coulissante en verre derrière elle et jette un coup d'œil à la poignée et à la serrure. *Rien n'a été brisé. Pourtant, le meurtrier est entré par ces portes.* Maria Koponen le connaissait sans doute, c'est peut-être quelqu'un qui a dîné à leur table, regardé la télévision sur leur canapé et dormi dans la chambre d'amis. Quelqu'un qui a peut-être parfois grimpé à l'échelle de service pour monter sur le toit. Quelqu'un qui avait une bonne raison d'être sur leur terrasse un soir d'hiver. Quelqu'un que Maria attendait.

À la lumière du jour, la cour semble plus grande. Jessica observe les thuyas qui délimitent le terrain, les souches basses et les deux grands pins, qui ont été gardés alors que les autres arbres ont été abattus au bénéfice d'une vue sans obstacle sur la mer. Le sentier qui mène de la côte à la terrasse est signalé par une bande bleue et blanche.

Jessica saisit la rambarde noire en fer et descend prudemment les courtes marches. La neige humide clapote sous les chaussures. Ses tennis étaient tout à fait appropriées au gel des jours précédents, mais par temps gadouilleux, elles prennent l'eau et elle a les pieds gelés.

Elle jette un coup d'œil à l'intérieur et aperçoit Jusuf qui discute avec les experts. Savoir que Roger Koponen est peut-être vivant donne à Jessica le sentiment d'être démunie. Une supposée victime se retrouve soudain au rang des suspects. Koponen a lui-même froidement mis en ligne une vidéo de sa femme morte, avant de prendre le métro. Et à présent nul ne sait où il se trouve. Il va peut-être rentrer chez lui.

Le vent cesse de frapper les branches des pins ; le portable de Jessica se met à sonner. Elle ne reconnaît pas le numéro.

« Jessica Niemi.

— Oui c'est Pave Koskinen, de Savonlinna. Enfin, là je rentre à Turku et…

— C'est pour quoi ? », demande Jessica sèchement tout en suivant du regard deux corneilles qui sautillent d'un pin à l'autre.

Elle croit entendre le crissement des branches lorsque les serres des oiseaux les agrippent. Leurs croassements et une série de petits bruits sourds se font entendre lorsqu'ils secouent les gouttes d'eau de leurs plumes. Ils la regardent.

« Le responsable de l'enquête m'a donné votre numéro. Mikkelsson… dit l'homme au bout du fil après une courte hésitation.

— Mikson.

— Bien sûr. C'est ça. Nous sommes très choqués par tout ça. Roger Koponen était un écrivain extraordinaire et… C'est complètement dingue de se dire qu'hier soir on dînait ensemble, dans une ambiance chaleureuse. Il venait de participer à une rencontre…

— En quoi puis-je vous aider ? », l'interrompt Jessica en essayant de ne pas paraître cassante alors que c'est déjà la deuxième fois qu'elle le coupe.

Elle ferme les yeux. Elle se sent surexcitée, tous les sens en éveil. Elle lève les yeux vers les oiseaux mais n'arrive pas à les distinguer au milieu des branchages denses. Peut-être a-t-elle rêvé.

« Alors, en fait… J'ai repensé à quelque chose qui a peut-être un rapport avec le meurtre de Roger Koponen et de sa femme, mais je ne sais pas si ça peut être utile…

— Tout peut être utile.

— Autrement, je ne m'en serais pas souvenu, mais là…

— Quoi donc ? » s'impatiente Jessica.

Elle revoit les corneilles. Elles se sont installées l'une à côté de l'autre sur la branche la plus basse d'un des pins. Leurs têtes oscillent nerveusement d'avant en arrière.

« Pendant la rencontre avec Roger, un homme dans le public a posé une question un peu spéciale. Il était très sûr de lui. Un peu trop insistant, même. Et avec quelque chose de menaçant, quand j'y repense. Il a posé à Roger une question bizarre… »

Il marque une pause pour retrouver les mots précis, et Jessica décide de lui donner le temps de réfléchir. Ce n'est pas le moment de le presser.

« Mince, je m'étais bien remémoré la phrase avant d'appeler, mais…

— Pas de problème. C'est important que vous essayiez de tout vous rappeler le plus précisément possible.

— Bon, déjà c'était un homme d'âge moyen, chauve, maigre… disons le genre asocial un peu flippant », bredouille Koskinen, tandis que Jessica serre l'appareil entre son épaule et son oreille et attrape dans sa poche de doudoune un stylo et un bloc-notes.

Koskinen a toute son attention.

« Qu'est-ce qu'il a demandé ? interroge Jessica en faisant apparaître la pointe du stylo.

— Si Roger… avait peur de ses propres livres.

— S'il avait peur d'eux ?

— Oui. La question était vraiment bizarre et je crois que même Roger ne l'a pas trop comprise. Et c'est peut-être pour ça qu'il n'a pas vraiment su y répondre. En tout cas au début.

— Qu'est-ce qu'il a demandé d'autre ?

— La même question, plusieurs fois. En d'autres termes, mais la même.

— À votre avis, l'homme voulait dire que Koponen devait craindre que sa fiction ne devienne réalité ? », ajoute Jessica en regrettant aussitôt sa question.

Elle est beaucoup trop orientée. Elle se retourne pour regarder la maison. Vue de la cour, elle semble encore plus grande que depuis la rue. C'était difficile à voir dans l'obscurité.

« Oui justement… C'était l'impression que ça donnait. Même si c'est après ces événements terribles que j'y ai réfléchi… Que je me suis dit qu'*a posteriori* ça sonnait presque comme une menace, dit Pave Koskinen d'une voix tremblante.

— Il y a un enregistrement audio ou vidéo de la rencontre ? Il y avait des journalistes ?

— Je ne pense pas. Pour les journalistes, je ne sais pas trop. Peut-être quelques-uns. Moi j'étais juste le modérateur.

— D'accord. À votre avis… Pave, c'est bien ça votre nom ?

— Oui, Pave Koskin…

— Vous pourriez le reconnaître sur une photo ?

— Je ne sais pas. Peut-être. Enfin oui, je pense. Il avait l'air tellement louche.

— D'accord. Rendez-moi un service, Pave. Laissez votre téléphone allumé toute la journée. Je vous rappellerai. »

Jessica raccroche et consulte le numéro de Koskinen. Elle écrit le nom et le numéro dans son bloc-notes qu'elle fourre ensuite dans sa poche. S'il y a des caméras dans la salle ou à proximité immédiate, ils ont une chance de trouver l'homme. Cela étant, ce genre de question ne fait de personne un coupable. Mais la piste peut être utile.

Jessica enfile son bonnet de laine sur ses oreilles. Elle ne peut s'empêcher de se sentir idiote. Tout ce qu'ils savent de l'affaire, on le leur a servi sur un plateau d'argent. Mais l'expérience lui a appris que les miettes que les suspects jettent à la police ne sont généralement pas comestibles, elles contiennent toujours un peu de poison. Autrement, jamais ils ne les leur serviraient.

Mais les autres pistes sont rares. L'homme maigre dans le public, et la théorie fragile de Jusuf affirmant que l'inscription *Malleus Maleficarum* pourrait figurer à un autre endroit, peut-être écrite dans la neige. Elle ressent le besoin de téléphoner à Erne, mais décide d'attendre d'être au commissariat. Bien qu'Erne soit l'homme le plus aimable du monde, il arrive toujours, avec ses blagues, à passer pour un connard au téléphone. Plus d'une conversation est allée droit dans le mur parce que la chaleur qu'il dégage ne passe pas les lignes téléphoniques. Pour apprécier Erne, il faut le voir en face.

Jessica patauge dans la neige humide sur quelques dizaines de mètres vers la plage, puis s'arrête au niveau du ponton. Les corneilles croassent derrière elle. Les deux bouées figées par la glace dépassent des deux côtés de l'embarcadère, revêtues d'une couche de neige. Sur la gauche, le trou d'où a été tirée la princesse des glaces la nuit dernière. Il est toujours ouvert, l'eau glacée en son centre est noire comme de l'encre.

Jessica regarde la piste de patinage de randonnée au milieu du détroit de Tullisaarensalmi : c'est par là que le suspect est arrivé, d'après les empreintes. Derrière, on devine les plages rocheuses, sauvages, de Kruunuvuori et Kaitalahti, sur lesquelles Jessica a jadis picolé, comme beaucoup de jeunes.

Elle regarde à droite. Entre la piste de patinage et Laajasalo, à quelques centaines de mètres, se tient une silhouette. Pas de chien, pas d'équipement de pêche sur glace. C'est peut-être un journaliste exalté, muni d'un appareil photo avec un objectif long comme le bras.

Jessica sent une étrange vibration au creux de son ventre. Elle regrette soudain d'être sortie seule sur la plage.

Elle plisse les yeux. Brusquement, quelque chose sort des épaules de la silhouette. L'espace d'un instant, elle croit qu'elle lève les mains, mais elle comprend alors que ce sont des cornes et qu'elles ont toujours été là. La silhouette a dressé le cou et regarde en direction du ponton à l'extrémité duquel se tient Jessica. Elle sent la forte odeur de renfermé des canaux de Venise, ce mélange de boue et de sel.

Jessica saisit la poignée de son arme, elle se fige, regard fixé sur l'étrange créature, elle a envie de hurler, d'ordonner de ne plus bouger, et de foncer droit vers lui. Elle brûle d'envie d'appeler Jusuf et les policiers en uniforme postés dans la rue, mais ses lèvres semblent cousues. La silhouette lève le bras droit en l'air, comme pour dire bonjour. Mais sa main ne bouge pas. Et pile au moment où Jessica prend son arme dans l'étui à sa ceinture et avance résolument sur la glace, elle entend quelque chose. Le bruit vient de plus près. Derrière elle. Des bulles d'air éclatent dans le trou, comme si l'eau s'était mise à bouillir.

« C'est quoi ce bordel… »

Les mots s'échappent de sa bouche tandis qu'elle se fige sur place.

Et là, comme si elle n'avait vécu jusqu'ici que l'horrible prologue d'un long cauchemar, elle entend un cri animal, voit s'élever hors du trou une tête, des cheveux brillants collés au visage, et peu après des doigts bleuis dont les ongles agrippent la neige fondue.

39

Colombano ouvre les portes de son balcon d'un geste vif et la lumière s'engouffre dans l'appartement. La pétarade du moteur hors-bord d'un vaporetto sur l'étroit canal se mêle aux coups de battoir à tapis. Une odeur salée s'infiltre, où l'on distingue la boue que le reflux révèle sur les bords du canal.

« Tu sais quoi, *Zesika* ?, dit Colombano en allant vers le balcon. Si nous étions *Le Quattro Stagioni* de Vivaldi, ce matin, cet instant précis serait *La Primavera*. Le printemps.

— C'est une bonne chose ? demande Jessica dans un sourire.

— Bien sûr que c'est une bonne chose, idiote. Ça veut dire que nous sommes au début de quelque chose, mais que le meilleur est à venir. L'été est encore devant nous.

— Mais un jour viendra l'automne. Puis l'hiver.

— *L'Inverno*. C'est inévitable. Mais un hiver en bonne compagnie, ça peut être beau, ajoute Colombano en regardant par la porte du balcon. Tu sais ce que je voudrais faire aujourd'hui ? »

Il la regarde par-dessus son épaule. Il a posé ses bras puissants sur le chambranle et redresse son buste pour s'étirer le dos. La lumière qui jaillit fait ressortir les muscles de ses épaules, comme s'il était l'homme de Vitruve, ce dessin de Léonard de Vinci dont les détails sont habilement soulignés par les ombres.

Jessica tire le drap sur elle et ramène ses mèches en arrière.

« Je voudrais aller à la mer », lance Colombano avant de se retourner.

Sa peau nue est couverte d'une douzaine de larges tatouages. Mais ils ne le rendent pas effrayant. Au contraire. Le corps de Colombano est comme un livre de contes illustrés dont les histoires sont tendres et instructives. Jessica les a étudiées, elle a suivi du doigt leurs contours vert foncé. Elle a demandé et entendu des dizaines d'histoires.

« À la mer ? » répète-t-elle, curieuse.

La mer est si proche, à Venise, qu'il paraît un peu saugrenu d'en faire un lieu distinct. Ici, les canots sont des moyens de transport et des outils de travail. Ils sont sur une station spatiale et Colombano veut l'emmener dans sa fusée.

« Pourquoi pas ? », dit-il en la regardant d'une façon que Jessica a appris à connaître ces derniers jours. Son sourire en biais n'est pas seulement doux. Il est aussi légèrement espiègle.

« La petite *Zesika* n'en a-t-elle pas assez des jeux d'intérieur ? dit-il en se précipitant vers le lit en deux longues enjambées avant d'immobiliser Jessica entre ses bras. La princesse du nord est-elle insatiable ?

— Allons donc à la mer », approuve-t-elle avec un sourire.

Elle ferme les yeux et reçoit un long baiser. Leurs lèvres, langues et dents se touchent. C'est leur énième baiser, mais il a toujours la saveur du premier.

« D'accord. J'ai l'impression qu'il faut que nous allions à la mer. Tout de suite », ajoute Colombano en se hissant si vite hors du lit qu'un court instant Jessica croit qu'ils s'embrassent toujours alors qu'elle est seule dans le lit.

« J'ai un canot, s'écrie-t-il depuis la salle de bains en se faisant couler de l'eau. Vingt chevaux. La Ferrari des flots. »

Jessica étire les bras et repousse la mince couverture. Elle a passé dans cet appartement deux jours, ou plutôt trois nuits. En journée, ils ont fait le tour de la ville, à pied ou en gondole, le long des centaines de canaux de Venise, ils ont joué les tourtereaux, blottis en silence l'un contre l'autre, tandis qu'un gondolier guidait l'embarcation avec sa longue rame. Jessica vit le plus grand cliché du monde, une histoire d'amour inattendue dans le berceau du romantisme, une histoire dont le rôle principal lui est échu au milieu d'un voyage en solitaire.

Par moments, l'ivresse de l'amour qui repousse toute rationalité s'efface et Jessica se souvient de l'anneau qui ornait l'annulaire gauche de Colombano à l'arrêt de vaporetto de San Michele. L'anneau a disparu, et la ligne pâle qu'il a laissée ne se voit que si l'on sait exactement quoi et où chercher.

Jessica est envahie par la culpabilité : elle sait qu'elle marche sur les orteils de quelqu'un. Qui que cela puisse être, elle n'est pas là. Peut-être est-elle morte, c'est peut-être pour elle que Colombano a pleuré au cimetière. Cette idée donne à Jessica l'impression d'être un charognard, quoiqu'elle sache qu'elle n'a rien d'une voleuse. Si quelqu'un lui demandait de rendre Colombano, elle s'exécuterait aussitôt et continuerait son voyage. Mais elle espère de tout son cœur que cela n'arrivera pas. Elle est jeune, libre, et tout son corps vibre de la force que donne un nouvel amour.

« Je suis censée quitter l'hôtel aujourd'hui », s'écrie Jessica, mais Colombano ne l'entend pas dans le vacarme de la douche.

L'odeur du savon frais flotte jusqu'à la chambre.

Depuis le soir du concert, Jessica n'est passée qu'une fois dans son hôtel de Murano, pour aller chercher des vêtements. Même alors, Colombano n'a pas demandé ce que les amis de Jessica pensaient de sa disparition. Il sait peut-être que ces amis sont une invention. Peu importe, en fin de compte.

Le temps a filé à une vitesse folle. En conversations, en agapes, en boissons, en explorations de la ville et en assauts amoureux. Ce n'est que la nuit dernière que Jessica, se réveillant dans le noir et entendant les ronflements de Colombano, a pris le temps de réfléchir au fait qu'elle ne savait rien de lui. Poser des questions importantes requiert beaucoup de tact et de talent. Au début d'une histoire d'amour, les questions peuvent paraître intrusives et prématurées, mais après quelques jours d'euphorie, les enjeux sont déjà si importants que, malgré soi, on choisit les mots avec le plus grand soin.

Jessica s'assoit et regarde la chambre baignée de soleil. Elle n'est pas très grande, pas plus que l'appartement lui-même, qui est plein de meubles et de bibelots comme les vieux appartements d'Europe centrale. Les meubles sont les uns sur les autres, chaque recoin regorge d'objets. Aucun mètre carré n'est perdu.

Elle se lève; sent le plancher usé sous ses pieds, et marche nue vers un vieux secrétaire. Colombano chante sous la douche quelque chose qui doit être de la variété italienne. Jessica caresse les cadres ornés des photographies sur le secrétaire ; une fine couche de poussière lui reste sur les doigts. Il y a une bonne dizaine de photos. Quelques-unes ternies en noir et blanc représentent sans doute les grands-parents de Colombano. Les autres sont plus ordinaires, manifestement prises de façon spontanée, sans longues poses. Colombano et l'orchestre à cordes, Colombano et le violon, Colombano dans un groupe d'hommes, Colombano et une femme, joue contre joue. Jessica prend cette dernière et la lève prudemment devant elle. En arrière-plan, une mer bleue et un soleil intense. Un beau couple. Lui a l'air à peine plus jeune que celui dont Jessica a fait la connaissance ces derniers jours, et qui la regarde d'une façon qui laisse entendre qu'il n'a personne d'autre. Ni n'a jamais eu personne d'autre.

Jessica se rappelle une nouvelle fois le Colombano qui pleurait au cimetière de San Michele, et se dit qu'elle n'a pas à tout savoir. Ils viennent de se rencontrer, se connaissent à peine, et peut-être doit-il en être ainsi. Peut-être tout se terminera-t-il aussi vite que ça a commencé. Peut-être Jessica va-t-elle prendre aujourd'hui le train pour Milan, comme prévu à l'origine.

Le bruissement de la douche s'arrête. La chanson continue. Jessica remet la photo en place, mais celle-ci tombe sur l'étroit secrétaire, entraîne un effet domino et fait basculer toute la rangée de portraits.

Jessica sent le rouge lui monter aux joues, elle empêche de justesse la première photo de tomber par terre.

Elle entend les pas de Colombano, esquisse un sourire et se prépare à s'excuser, mais au même moment il la prend par l'épaule et la pousse en arrière. Ce geste ferme la prend au dépourvu. Les doigts de l'Italien s'impriment douloureusement dans la peau de son épaule.

« Désolée... », bafouille Jessica.

La peur fait trembler sa voix.

Colombano se tient devant le secrétaire, serviette à la main, et redresse les photos encadrées, l'une après l'autre. Il ne dit rien, ne regarde même pas Jessica. Des gouttes tombent de son corps mouillé, à ses pieds. Ses gestes expriment de la fureur. Il ouvre le poing, laisse la serviette choir par terre et regarde Jessica, qui a reculé près du lit et a enroulé le drap négligemment autour de son corps.

« Qu'est-ce que je vais faire de toi ? demande-t-il.

— Comment ? » marmonne-t-elle ; un court instant, elle a l'impression qu'elle devrait être ailleurs, dans un autre endroit, peut-être dans le train vers sa prochaine destination.

Mais Colombano n'a pas l'air en colère. Elle l'observe prudemment. Il y a dans son regard une étrange excitation. Difficile de dire ce qu'il ressent. Peut-être est-ce de l'amour.

« Qu'est-ce que je vais faire de toi ? répète-t-il calmement, avant de se placer lentement devant elle ; il entrelace ses doigts rugueux derrière la nuque de Jessica et les plonge dans ses cheveux.

— Qu'est-ce que tu veux dire ? »

L'odeur du gel douche est forte. Les deux colombes vert foncé enlacées sur son torse musclé s'approchent de son visage.

Colombano pose ses lèvres sur le front de Jessica ; elle sent un souffle humide dans son oreille. Puis la main lui attrape plus fortement la nuque, le drap autour d'elle disparaît et les doigts de Colombano se pressent entre ses jambes. Elle pousse un cri étouffé, le contact est agréable même si toute cette douceur que l'Italien lui a témoignée jusqu'ici en est absente. Et quand il la presse contre le lit, sur le ventre, elle se voit dans le miroir fixé à côté de la porte de la salle de bains. Ses cheveux noirs tombent sur son visage, ses ongles peints en noir agrippent le drap, sa bouche s'ouvre sur un halètement. Le ventre musclé de Colombano bouge en rythme au-dessus de ses fesses. Elle ne se reconnaît pas dans son reflet, elle le regarde comme si elle voyait là un étranger qu'elle rencontre pour la première fois. Et peu après, au moment où elle jouit, elle se dit combien infime est la différence entre le plaisir et la souffrance. Puis elle est envahie par la peur et la solitude, par un manque absolu d'assurance.

40

Jessica reste figée un instant puis essaie de comprendre ce qu'elle voit. Il y a quelqu'un dans le trou. Une femme. Elle se précipite, traverse le ponton et saute sur la glace.

« Jusuf ! » hurle-t-elle aussi fort que possible en tombant à genoux à côté de la silhouette qui émerge maladroitement du trou.

Il s'écoule quelques secondes avant que Jessica se reprenne, le temps que son esprit énumère les raisons possibles de cette situation inconcevable. Elle regarde les cheveux noirs collés sur le visage et le visage bleui, déformé par l'horreur. Quand la femme ne tousse pas l'eau glacée égarée dans ses poumons, elle hurle à pleine gorge.

Quelqu'un accourt depuis la plage. Jessica prend la femme par le bras et tire de toutes ses forces pour la hisser hors de l'eau. La femme se débat, ce qui rend la manœuvre hasardeuse. L'eau est glacée, la main de Jessica glisse.

Au moment précis où la tâche paraît insurmontable, la femme est projetée hors de l'eau et se met à s'agiter sur la glace comme un gardon.

« C'est quoi ce bordel ! » s'écrie Jusuf en arrivant au niveau du trou.

Jessica enlève son pardessus et le met autour de la femme qui tremble de la tête aux pieds.

« Quelqu'un l'a poussée hors de l'eau ! Je l'ai senti... Il y avait quelqu'un sous la glace, hurle Jessica en saisissant son arme et en se levant.

— Il faut la mettre au chaud ! »

Jusuf prend entre ses bras la créature hurlante et dégoulinante. Jessica regarde alternativement le trou dans la glace et le visage de la femme, les boucles de cheveux noirs qui cachent des yeux épouvantés.

« Un plongeur... Y a quelqu'un là-dessous, putain ! » dit-elle en montrant le trou.

Un bref instant, Jusuf fixe sa collègue, effrayé, puis il se hâte de rejoindre la plage, la femme entre les bras.

« Quelqu'un l'a immergée ici...

— Éloigne-toi de là », lance Jusuf, d'abord calmement, puis il élève la voix quand la femme se remet à hurler : « Allez merde, éloigne-toi de ce trou. On regardera de plus près. Il faut la mettre à l'intérieur », ajoute-t-il en se dirigeant vers la maison des Koponen.

Jessica contourne le trou et pointe l'eau avec son arme, suit du canon un itinéraire fictif sous la glace, et relève le canon vers le large, vers l'endroit où, quelques instants plus tôt, elle a vu une silhouette cornue. Qui n'est plus là.

41

Erne essuie consciencieusement ses chaussures sur le paillasson de l'entrée. Son geste lui paraît immédiatement inutile et vain.

« Où est Jessica ?

— Dans le salon. »

Jusuf laisse passer son supérieur. Ce dernier emprunte le couloir à pas rapides jusqu'au salon, où il y a presque autant de monde que la veille. Jessica est assise à la longue table, sur la chaise que la dernière personne à avoir utilisée est probablement Maria Koponen. Elle a posé les poings sur la table et semble on ne peut plus sérieuse.

« Comment vas-tu ? demande Erne en s'asseyant à côté d'elle.

— Moi ? » réplique Jessica sans lever les yeux.

Erne regarde vers la plage, où se trouve une demi-douzaine d'hommes des forces spéciales, armés de mitrailleuses. Plus loin, il y en a une autre demi-douzaine qui s'affairent sur la glace.

« Ce n'est pas une enquête criminelle comme les autres, Erne, annonce Jessica en ouvrant lentement les poings.

— Ça, on le sait depuis hier soir. »

Erne pose les doigts sur la main de Jessica. Elle suit son geste des yeux mais l'expression de son visage reste imperturbable.

« Ils jouent avec nous… Avec moi… Ça pouvait pas être un hasard, que je sois sur la plage pile à ce moment-là…

— Ce n'est pas personnel. Ça aurait pu être n'importe quel flic sur la plage. Jusuf, moi… Un des types en combi…

— J'en suis pas sûre, Erne. Y a vraiment quelque chose de chelou, putain… J'arrête pas d'y penser.

— Mais il faut que tu arrêtes d'y penser. Sinon l'enquête va en pâtir.

— Sûrement », acquiesce Jessica en retirant lentement sa main.

Erne se lève et se dirige vers les portes coulissantes.

« Cette femme, reprend Erne.

— Est-ce qu'elle…

— Elle va bien, vu les circonstances. Hypothermie et état de choc. Mais le toubib a dit qu'elle s'en sortira.

— On pourra l'interroger quand ?

— Bientôt, je pense. Elle vient d'être hospitalisée à Töölö.

— Et la surveillance…

— C'est fait. Personne n'ira lui faire de mal », ajoute Erne en laissant son regard errer dans le salon.

Puis il entend Jessica jurer tout bas et secouer la tête.

« Cet enfoiré avec ses cornes…

— Jessica, soupire Erne. Pas la peine d'en dire plus.

— Tu me crois pas ? »

Il ne répond pas. Mieux vaut ne pas en parler. Il n'a vu Jessica dans un tel état qu'une seule fois jusqu'ici, et cela remonte à près de quinze ans. Ni lui ni elle ne sont plus les mêmes depuis ces événements.

« Alors ? insiste-t-elle.

— On ratisse la zone. Pour l'instant, la police n'a trouvé personne à proximité qui corresponde aux signes distinctifs.

— Ah mince, personne avec des cornes… souffle Jessica, arrachant à Erne un petit reniflement ironique.

— Pas non plus de trou d'où un hypothétique plongeur aurait pu plonger dans l'eau avec sa victime. Les gardes-côtes vont y regarder de plus près. »

Jessica se frotte le front. Jusuf entre dans la pièce en enfilant sa doudoune. Erne lui fait signe de s'asseoir à côté de Jessica ; Jusuf s'exécute.

« Écoutez-moi bien. Même si l'affaire est unique en son genre, on ne peut pas se laisser abattre, ce n'est pas le moment de lâcher. On a maintenant cinq victimes, dont la dernière est encore en vie…

— Parce qu'ils n'ont pas voulu la tuer, pour une raison ou pour une autre, dit Jessica en dessinant de son doigt un 8 sur la table.

— Je viens de discuter au téléphone avec la direction. On a reçu des renforts. Jusuf, tu feras office d'agent de liaison avec la PJ centrale.

— Ça marche, acquiesce Jusuf, les bras croisés.

— Et le mec sur la bande de la vidéosurveillance ? renchérit Jessica.

— Apparemment, c'est vraiment Roger Koponen, aussi incroyable que ça puisse paraître.

— On fait comment avec les médias ?

— On est en train d'y réfléchir.

— Le principal suspect, c'est Koponen, maintenant ?

— Il faut qu'on décide de ça aussi vite que possible. »

42

Jessica ferme la porte derrière elle et entend la voiture de Jusuf démarrer bruyamment au bord de la route. La maison donne une nouvelle fois l'impression de servir de lieu de tournage pour un film hollywoodien : de gros véhicules ont amené sur place beaucoup de monde et d'équipement. Le cirque est arrivé en ville, est reparti, puis a refait un petit passage à Kulosaari. *Step right in*.

Jessica tire sur sa fermeture Éclair. Ce n'est pas son blouson : sa doudoune est dans l'ambulance qui a foncé vers l'hôpital, elle entoure le corps de la femme surgie des eaux glacées. Et sa poche contient son portefeuille, son téléphone, et le bloc-notes sur lequel elle a écrit le nom de l'homme qui l'a appelée de Savonlinna.

Ses doigts sont raides et ses articulations douloureuses. Elle n'a mis les mains sous l'eau qu'un court instant, mais c'est comme si le sang n'y circulait toujours pas.

Jusuf conduit la voiture devant le portail, Jessica avance lentement et ouvre la portière. Elle s'assoit en jetant un dernier coup d'œil sur la maison, et claque la portière.

« Hôpital ?

— Ouaip », acquiesce-t-elle en laissant sa tête retomber sur l'appuie-tête.

Il fait plus clair qu'auparavant bien qu'un voile nuageux cache le soleil.

« Eh ben, c'était quelque chose », dit Jusuf en fermant la boîte à gants.

Jessica a le temps d'apercevoir un paquet de cigarettes rouge.

« Elles sont pas à moi.

— Ça va, je suis pas ta grande sœur.

— Ouais, j'avais remarqué, c'est pas le même bronzage, sourit Jusuf en saluant de la main un agent en uniforme qui vérifie qu'aucune personne non autorisée ne pénètre dans la zone.

— Si tu fumes, tu fumes. Tant que tu as la force de courir pendant tes matchs d'unihockey », lance Jessica en regardant par la vitre un agent au visage maigre dont le bonnet posé sur son crâne chauve s'orne du lion de Finlande.

La voiture emprunte l'itinéraire par lequel le meurtrier déguisé en expert s'est enfui à pied la veille. Jessica se rappelle nettement son cœur battant à se rompre et le froid piquant dans ses poumons. La combinaison gonflée par le vent au milieu de la rue. La peur et la déception. La colère qui s'est emparée d'elle une fois la peur apaisée. De toute évidence, l'homme jouait avec elle. Le fait que ce soit justement Jessica qui l'ait rencontré hier dans la maison et aujourd'hui sur la glace n'est pas un hasard. Il voulait être vu. Tant mieux : la prochaine fois, elle l'abattra.

« Arrête la voiture », ordonne Jessica quand Jusuf tourne au carrefour dans la rue Bomansonintie.

Elle vient de repenser à l'appel qu'elle a reçu juste avant sa rencontre avec le type aux cornes. *Âge moyen. Chauve. Maigre.*

Elle ouvre la portière.

« Tu fais quoi ? » demande Jusuf, mais Jessica est déjà dehors.

Tout en avançant vers la maison des Koponen, Jessica vérifie que son pistolet est chargé. Elle entend la portière claquer derrière elle, puis les pas de Jusuf sur ses talons.

« Hé ! » s'écrie Jessica en sifflant les policiers en faction devant la maison.

Le flic maigre n'est pas là. Elle sent ses sens en éveil. Il s'est barré où ?

« Vous avez oublié quelque chose ? » interroge l'un des policiers en combinaison.

Un soupçon de sarcasme insolent dans la voix.

Elle le regarde droit dans les yeux, puis son binôme. Jusuf s'arrête à côté d'elle, légèrement essoufflé, et lui jette un coup d'œil perplexe.

« Il est où, l'autre ? demande Jessica, consciente de la tension qui s'installe dans ses entrailles. Le mec grand et maigre, il est où ? répète-t-elle.

— Hein ?

— Celui qui était là-bas à côté du ruban ! », s'énerve-t-elle.

Les factionnaires se regardent furtivement, amusés.

« Alors ? » fait Jessica d'un ton sans appel.

Jusuf fait un pas en avant, ouvre la bouche pour dire quelque chose, mais la referme rapidement. Quelqu'un tousse derrière Jessica.

« C'est moi que vous cherchez, capitaine ? »

Jessica se retourne rapidement. Dans l'embrasure de la porte de la maison se tient le policier qui a laissé sortir la voiture de Jusuf de la zone interdite.

« Capitaine, dit l'homme en levant docilement les mains en l'air. Je vais avoir des ennuis ? »

Un des autres hommes en combinaison se met à rire. Jessica regarde plus bas et constate qu'elle tient son pistolet dans sa main droite.

« Je peux voir votre insigne ? demande Jessica en rangeant le pistolet à sa ceinture.

— Bien sûr, fait l'homme en ouvrant sa poche de poitrine sans se presser.

— Putain, arrête de faire les gros yeux.

— Désolé, mais je ne comprends pas bien… »

Jessica attrape l'insigne. Son regard navigue entre le nom, la photo et le visage devant elle.

« Je suis juste allé pisser et tout à coup… »

Elle lui rend son insigne.

« Jusuf, on y va. »

Elle repart vers la voiture. Derrière elle, les hommes sont aussitôt pris d'un rire discret. *Putain de schizo.*

« Tu peux me dire ce que c'était ça ? », interroge Jusuf en passant la vitesse supérieure, en retard comme toujours.

Sa façon de faire hurler le moteur à plein régime a toujours énervé Jessica.

« Quand j'étais dans la cour, j'ai eu un appel. Juste avant… Juste avant ce que tu sais.

— C'était qui ?

— Un type de Savonlinna. Il m'a dit qu'hier soir quelqu'un dans le public pendant la rencontre avait demandé à Koponen s'il avait peur de son propre texte.

— Plutôt louche vu les événements de la nuit.

— Chauve, maigre, l'air bizarre… Âge moyen », dit Jessica en regardant Jusuf d'un air éloquent.

Il soupire.

« Je comprends que tout ça soit dur pour toi. Ça l'est pour nous tous, mais…

— Mais quoi ? Toi aussi, tu doutes de moi ?

— Moi aussi ?

— Il y avait un mec avec des cornes sur la glace et il était là pour moi.

— OK. Mais je l'ai pas vu. »

Ils restent un moment sans rien dire.

« Eh non. Et tu ne vois pas ce que ça implique.

— C'est-à-dire ?

— Si on n'était pas allés chez les Koponen, cette femme n'aurait pas été jetée à la mer. »

43

Nina Ruska regarde l'homme en uniforme de la direction passer devant les bureaux du service avec un air renfrogné, sans prendre la peine de saluer les policiers en train de travailler. Il est bientôt une heure et Erne a préparé une nouvelle réunion d'information pour les huiles.

Nina pianote sur la table. Elle observe Mikael verser de l'eau chaude dans une tasse, dans le coin cuisine, et y faire tomber deux grandes cuillerées de café soluble.

« Le café se met au fond, lui lance Nina.

— On s'en branle. Si tu mets la poudre à la fin, elle a le temps de recevoir un peu d'oxygène avant d'être mouillée et de se mêler à l'eau. Ça donne un meilleur goût.

— T'y crois pas toi-même.

— Je crois surtout que ça ne t'intéresse pas vraiment, l'ordre dans lequel je mets le café et l'eau dans ma tasse.

— Apparemment, même une recette facile peut être foirée, ajoute Nina quand il s'assoit à côté d'elle.

— J'ai réfléchi, lance Mikael en mélangeant son breuvage.

— À autre chose qu'à la préparation du café, donc ?

— Je me suis dit que ce serait vraiment bien d'être ensemble, chuchote Mikael en jetant un coup d'œil autour d'eux.

— Vraiment ?

— On n'aurait plus à se cacher. Putain, on peut même pas aller au ciné.

— Tu trouvais pas justement que c'était marrant de se cacher ? »

Elle pose la main sur la cuisse de Mikael.

« Si, si. Au début. Mais on se lasse de tout.

— Même de moi ? »

Elle enlève sa main et lance à Mikael un regard exagérément scandalisé.

« Même de toi. Oui. Si je dois encore passer le Noël de la boîte à regarder Ahonen te draguer. J'ai pas la force de faire comme si de rien n'était. Je veux te posséder. Je veux dire que tu es à moi, et foutre une raclée à Ahonen s'il lâche pas l'affaire. »

Il murmure les derniers mots dans l'oreille de Nina.

« Posséder ? C'est quoi ce discours d'homme des cavernes ? » s'insurge Nina en s'éloignant de Mikael.

Son haleine chaude à son oreille lui fouette les sangs et fait battre son cœur plus vite.

« J'ai envie de toi. »

Il lui prend la main et la remet sur sa cuisse.

« Mais je ne veux pas renoncer à mon travail.

— On s'en fout. Ils auront qu'à me mettre motard. Toi, tu pourras rester ici.

— Pourquoi maintenant, Micke ? »

Elle laisse glisser sa main le long de sa cuisse, jusqu'à son genou en le caressant : elle sait qu'il aime bien ça.

« Je sais pas. C'est peut-être cette histoire de sorcières qui fait que je me méfie. Le monde est peuplé de tarés. Je veux que tu sois plus près de moi. Je veux veiller sur toi.

— J'ai besoin de personne pour veiller sur moi. Je suis ceinture noire de judo.

— Justement. Je veux que tu ne fasses des clés de bras qu'à moi.

— Je vais te défoncer si tu te tiens pas bien. »

Elle ne peut s'empêcher de lui faire un grand sourire.

« On en reparlera.

— Quand ?

— Quand cette affaire sera terminée.

— OK. Chose promise chose due. »

Il s'éloigne un peu quand le téléphone de Nina se met à sonner.

« *Showtime.* On va pouvoir regarder la vidéo.

— De ?

— Du parking de la salle Savonlinna. »

44

Jessica respire par la bouche et essaie d'éviter de sentir l'odeur de pansement séché et de désinfectant, qui lui rappelle la mort et les longues semaines de solitude à l'hôpital, il y a des années. L'ascenseur est à moitié plein, une partie des gens portent des tenues d'hôpital. La plus proche des portes est une femme d'âge mûr dont la bouteille d'oxygène est fixée à son fauteuil roulant. Jessica l'a vue juste avant fumer devant le bâtiment.

Jessica et Jusuf sortent de l'ascenseur au cinquième étage et suivent la ligne rouge scotchée au sol. Au bout du couloir, ils aperçoivent un homme musclé en survêtement bleu foncé, un écouteur à l'oreille. Elle le reconnaît, ils ont eu une mission de protection rapprochée ensemble il y a quelques années. Et se sont vus quelques fois en dehors du travail, dans le studio de Jessica.

« Salut Teo, lance Jessica en lui tendant la main.

— *Detectives* », répond l'homme en anglais d'une voix râpeuse, en leur serrant la main.

Jessica sait que la voix de Teo est due à une blessure au larynx, infligée lorsqu'il était videur et qu'un client mécontent l'avait frappé avec une bouteille d'alcool.

« Je te présente Jusuf Pepple. Vous vous connaissez peut-être ?

— Peut-être », ajoute Jusuf en regardant les yeux inexpressifs du colosse.

Teo est le prototype de l'agent de sécurité lourdaud, même son sourire n'est pas franc, il l'a appris lors d'une formation.

« Je pense pas. Ça boume, Jessica ?

— À fond, comme dans ton écouteur. »

Tous deux ont un petit ricanement blasé. Jusuf leur jette un coup d'œil perplexe. Mais le moment de nostalgie suggéré par leur blague d'initiés s'efface aussitôt, et ils reprennent leur sérieux.

« Où est le médecin de garde ? », demande Jessica avant que Teo ne fasse un signe de la tête en direction de pas venant du couloir.

Un barbu de près de deux mètres vient vers eux, une tablette sous le bras. Sa blouse blanche de médecin recouvre une tenue chirurgicale turquoise.

« Alex Kuznetsov, médecin chef » se présente l'homme en hochant la tête.

Jessica le regarde étonnée, elle l'a manifestement déjà rencontré.

« Capitaine Jessica Niemi.

— Jusuf Pepple.

— Avant que nous n'entrions dans la pièce, quelques éléments sur l'état de santé de la patiente.

— Bien sûr » dit Jessica alors que Teo s'écarte poliment.

— Elle a indiqué s'appeler Laura Helminen. Cela concorde avec son numéro de Sécurité sociale.

— Les proches ont été prévenus ?

— Pas encore.

— Comment va-t-elle ?

— Bien, vu les circonstances. La température corporelle n'a pas eu le temps d'atteindre un seuil fatal... explique Kuznetsov en se grattant l'arête du nez. Savez-vous combien de temps elle a passé sous l'eau ?

— Non. Vous avez peut-être une estimation ? », demande Jessica en regardant sa montre.

Le temps passe étonnamment vite. Ce sera bientôt le soir.

« Le refroidissement du corps est affecté par la température de l'eau, l'état physique de la patiente, son âge, sa structure corporelle et une éventuelle fréquentation antérieure de l'eau froide, disons une habituation. Par exemple, les bains de glace. Et comme l'eau était presque à zéro degré et que la patiente a vingt-cinq ans et semble en bonne forme, je dirais forcément moins de quinze minutes. Une période plus longue aurait probablement causé une perte de conscience. Et le fait qu'elle ait crié et se soit débattue en atteignant la surface laisse penser que ça a été encore moins long.

— Et les poumons ? Elle a avalé de l'eau.

— Un peu seulement. D'après ce qu'elle nous dit, elle avait un tuba, ajoute Kuznetsov en regardant Jessica d'un air interrogateur. J'aimerais vraiment savoir ce qui a bien pu arriver à cette jeune femme.

— Apparemment, elle a utilisé une sorte d'équipement de plongée. Une sorte de bâillon et une bouteille d'oxygène », précise Jusuf.

Kuznetsov le scrute, l'air entendu.

« Je vois.

— Qu'a-t-elle dit d'autre ? Elle a dit comment elle s'était retrouvée dans l'eau ? »

Kuznetsov secoue la tête et croise les bras.

« Elle n'a pas su nous l'expliquer. Mais je pense que vous aurez moins de mal à discuter avec elle qu'il y a quelques instants. L'état de choc affecte également la mémoire. Je suis sûr que les événements commencent à se remettre en place dans son esprit.

— Donc elle est prête ?

— Comme je le disais, elle est bouleversée, mais se remet de l'épuisement physique. Je propose également qu'un psychologue de l'hôpital soit présent lorsque vous lui parlerez...

— On sait faire preuve de tact, dit Jessica.

— La question n'est pas là.

— Où est le psychologue ?

— Il devrait arriver dans une demi-heure.

— Malheureusement, on ne peut pas attendre une demi-heure. On a des raisons de soupçonner que ce qui s'est passé s'inscrit dans une plus large série de crimes. Et cette femme a peut-être vu l'auteur des faits.

— Vous voulez dire...

— Il faut qu'on lui parle tout de suite si on veut éviter de nouveaux meurtres.

— Dans ce cas, c'est d'accord, réplique Kuznetsov en faisant un pas vers Jessica. Mais je vais d'abord m'assurer que la patiente est en mesure de participer à une discussion. »

Jessica pince les lèvres. Elle jette un coup d'œil au bout de ses chaussures et acquiesce. Puis elle se retourne et suit le médecin vers la porte, que Teo a déjà ouverte.

45

La capitaine entend la porte se refermer derrière elle. Elle regarde brièvement autour d'elle, mais ne voit pas sa doudoune dont elle a couvert la femme grelottante, une heure auparavant. Le portemanteau près du lavabo est vide. La doudoune doit être à l'accueil, sauf si les secouristes l'ont oubliée dans l'ambulance.

Jusuf se place à côté de Jessica dans l'encadrement de la porte, mains à la ceinture ; Kuznetsov marche tranquillement jusqu'à Laura Helminen qui gît dans un lit médicalisé cerné d'appareils mesurant ses fonctions vitales et de poches à perfusion suspendues à des porte-sérum. Ses yeux sont fermés, sa bouche ouverte, comme si elle s'était endormie devant la télé. Kuznetsov se racle prudemment la gorge, elle se réveille.

« Comment vous sentez-vous ? », demande-t-il d'une voix douce en passant sa main dans sa barbe.

La patiente fait un clappement de langue pendant que Kuznetsov lance un rapide regard aux agents de police. Puis il se tourne vers la poche à perfusion et le moniteur. Jessica jette un coup d'œil à la femme allongée, puis reporte son regard vers Kuznetsov. Elle sait à présent pourquoi il lui paraît familier.

La ressemblance est stupéfiante : *Le Père Tanguy*, de Vincent Van Gogh. Le tableau se trouve au musée Rodin, à Paris.

« Vous vous sentez mieux ?

— Ben… Je me sens bizarre… Comme si mes muscles avaient grossi, j'ai l'impression qu'ils sont tout durs…

— C'est un symptôme normal vu votre état. Les muscles se sont refroidis. Vous devriez ressentir des douleurs et des tensions pendant plusieurs jours, précise le médecin avant de ranger sa tablette dans la poche de sa blouse. Ces messieur-dame sont de la police. Ils voudraient vous poser quelques questions, si vous vous sentez la force de répondre. »

Elle le regarde d'un air fatigué.

« Ça ne sera pas long, ajoute-t-il en lui tapotant légèrement l'épaule.

— Je me souviens un peu… », chuchote Laura Helminen.

Sa lèvre inférieure se met à trembloter et elle serre les paupières. Kuznetsov secoue la tête et regarde Jessica d'un air désapprobateur, comme si elle était responsable du fait que Helminen s'est retrouvée à l'hôpital. C'est alors que l'idée repoussante se présente encore à son esprit : et si c'était vrai ? Si tout arrivait à cause d'elle ?

« C'est une bonne chose. Que les événements vous reviennent en mémoire », dit Kuznetsov avant de se diriger vers la porte.

Il s'arrête devant les policiers de telle façon que Jessica doit lever le menton pour le regarder dans les yeux.

« Cinq minutes. Ma patiente a besoin de repos. »

Ce n'est pas une suggestion. C'est un ordre qui, s'il n'est pas respecté, compliquera la tâche de la police. Jessica baisse lentement le regard, des yeux du médecin chef à sa barbe, de son col de chemise à sa blouse blanche et à son badge. Bizarre qu'il ait jugé nécessaire de souligner son autorité en se mettant si près d'elle.

« On est désolés de devoir vous déranger, commence Jessica en passant devant Kuznetsov pour aller vers le lit. Mais c'est très important pour nous d'entendre ce qui vous est arrivé. »

Laura Helminen sanglote doucement, puis s'essuie les yeux avec le dos de la main et regarde Jessica. L'espace d'un instant, elle semble faire la mise au point, comme un objectif d'appareil photo cherchant à éviter que son sujet ne soit flou. Puis le chagrin et le choc qui dominaient sur son visage s'enfuient, et une grimace épouvantée apparaît à la place. Avant que Jessica ait le temps de réagir, un hurlement assourdissant et désespéré remplit la petite pièce.

« Qu'est-ce que… » sursaute Jessica tandis que Kuznetsov se rue vers sa patiente.

Le hurlement gagne en intensité et Helminen tombe du lit, faisant choir avec elle un porte-sérum. Recroquevillée dans un coin de la pièce, Helminen lève le bras pour se protéger le visage.

« C'était elle ! » hurle-t-elle.

Jessica jette un coup d'œil à Jusuf, qui semble aussi médusé qu'elle. Derrière eux, Teo ouvre la porte.

Kuznetsov se penche sur la femme accroupie au sol, essaie de l'apaiser en lui faisant « Chuuut ».

« C'était elle ! Le diable ! hurle la femme à pleins poumons, le doigt tendu vers Jessica. Je me souviens de son visage ! »

Jessica sent à nouveau le goût de fer sur sa langue. C'est comme si toute la pièce se mettait à tourner.

46

Erne Mikson lorgne son reflet dans le miroir des toilettes pour hommes et arrange sa cravate. Son col boutonné comprime ses ganglions lymphatiques, un peu douloureux au toucher, mais il va falloir s'en accommoder. Sa chemise bleu clair lui allait mieux avant, c'est une des trois chemises qu'Erne s'est fait faire chez un tailleur. Hormis quelques pantalons, ce sont les seuls vêtements qu'il ait régulièrement portés à la blanchisserie. De belles chemises onéreuses qui auraient dû mieux résister à l'usage. Les manchettes effilées sur lesquelles il a jadis fait broder un E.M. en fil bleu marine sont cachées sous les manches de son blazer brun. *Signal sonore. 37,8. Eh, merde.*

Il ouvre grand la porte et manque de heurter Mikael qui se tient devant.

« Micke.

— Yes. Je t'ai retrouvé.

— Je ne savais pas que j'étais perdu.

— Jusuf vient d'appeler pour dire qu'un mec maigre et chauve a posé des questions bizarres à Koponen hier soir à la salle Savonlinna.

— D'où vient l'information ?

— D'un certain Pave Koskinen. C'était le modérateur de la rencontre. La police de Finlande de l'Est est allée poser des questions sur le type en question, mais personne ne l'a reconnu, ajoute Mikael en souriant mystérieusement.

— Mais ?

— Il y a une caméra de surveillance devant la salle.

— On voit le type ? », demande Erne en déglutissant, mais il a l'impression d'avoir quelque chose dans la gorge qui ne disparaît pas.

Mikael acquiesce.

« On voit même la voiture dans laquelle il monte. Et l'immatriculation.

— Nom de Dieu.

— Évidemment, c'est trop tôt pour crier victoire. Apparemment, le mec a juste posé des questions un peu tendues et…

— Micke. Ta gueule. Qui est le propriétaire de la voiture ?

— Torsten Karlstedt, à Espoo », répond Mikael.

Il fait claquer sa langue contre son palais et tend à Erne une feuille encore chaude, tout juste sortie de l'imprimante. C'est une copie du passeport de l'homme. Sur la photo, il n'est ni maigre ni chauve, et il n'a pas du tout l'air bizarre.

« Ce n'est pas le même homme.

— Non. Mais peut-être que Karlstedt conduisait la bagnole. La bande de la caméra de surveillance montre justement que le chauve s'installe sur la banquette arrière.

— Et que la voiture l'a attendu exprès ?

— Douze minutes.

— Putain. C'est peut-être un tournant de l'enquête. Tu as appelé Jessica ?

— J'ai essayé. Ils sont allés à l'hôpital avec Jusuf.

— OK. Demande à Rasse de sortir tout ce qu'il peut trouver sur Torsten Karlstedt. Veille à ce qu'il ait toute l'aide dont il a besoin.

— On va le chercher pour l'interroger ?

— Pas encore. On va d'abord creuser. Après tout, rien ne lie directement ce mec aux crimes. Il a même un excellent alibi pour le meurtre de Maria Koponen. Charge quand même quelqu'un de le localiser. Pas question de le laisser filer. »

47

Une immense infirmière noire pousse un lit sur lequel un homme âgé a la tête presque entièrement bandée. Les bords métalliques tremblent lorsque les roues heurtent les petites aspérités du sol.

Jessica fait les cent pas dans le couloir. Jusuf est retourné dans la chambre de Helminen pour éclaircir la situation avec Kuznetsov et une infirmière accourue sur place.

« Tout va bien, Jessica ?, demande Teo, les bras croisés.

— Je sais pas », répond-elle en s'appuyant contre le mur.

Elle est bien obligée d'essayer de se calmer, alors même que des dizaines de questions se mêlent dans son esprit.

« Cette femme a visiblement été soumise à rude épreuve. Quoi qu'il se soit passé là-bas…

— Arrête. S'il te plaît, arrête, rétorque Jessica en faisant un geste de refus. J'ai pas besoin qu'on me console en permanence, merde.

— OK », soupire doucement Teo en remettant en place son écouteur.

Peut-être parce qu'il est mal positionné. Mais sans doute plutôt parce que la fin soudaine de leur conversation le met mal à l'aise. Un court instant, le silence règne dans le couloir. Puis Jessica secoue la tête et lève le regard du sol.

« Désolée, Teo. Tout le monde est un peu à bout de nerfs.

— Je comprends. Par rapport à ton boulot, mon job de chien de garde est plutôt tranquille.

— Tu sais que c'est pas vrai. Même moi je le sais.

— Ça dépend sûrement des affaires, poursuit Teo avec un léger toussotement. On est tous différents. »

Il se redresse brièvement lorsque les portes de l'ascenseur s'ouvrent. Un infirmier pousse un lit dans l'ascenseur.

« Ça faisait longtemps, Jessi.

— C'est sûr. Comment tu vas ? », l'interroge-t-elle sans le regarder dans les yeux.

Teo tourne la tête de droite et de gauche, comme pour s'assurer que personne ne pourra se ruer hors de l'ascenseur vers la porte de la chambre de Helminen au moins pendant sa phrase suivante.

« Très bien, dit-il en levant d'un air inexpressif son annulaire bagué. Une bourgeoise et des jumelles de cinq mois.

— Ah, c'est... c'est super, assure Jessica en inspirant profondément.

— Bah, franchement, c'est plutôt crevant. Et pas seulement les jumelles. Enfin même si elles aussi... Mais ce turbin. Avec juste ça, je ne m'en tirerais pas. Je dois faire aussi des jobs de portier. La semaine dernière, j'étais sur des toits à Eira pour déneiger. Tu vois sûrement ce que je veux dire ? »

Il soupire et secoue la tête presque imperceptiblement. Jessica s'apprête à dire quelques mots compatissants quand elle est prise d'un sentiment étrange. Comme si Teo savait quelque chose. Peut-être fait-il partie de ceux au courant de rumeurs bizarres, mais insistantes à propos de la fameuse policière millionnaire qui cherche par tous les moyens à cacher sa fortune, à dissimuler le fait qu'elle pourrait payer non seulement son salaire, mais celui de tout son service pendant les cinquante années à venir. Pour faire circuler une telle rumeur, il suffit d'un inspecteur des impôts un peu trop bavard, d'un gestionnaire de patrimoine, d'un juriste ou d'un psychiatre.

« Plus on a de bouches à nourrir, plus…

— Va peut-être falloir que je me remette au loto », dit Teo avec un sourire amer.

Jessica sait en son for intérieur que son intuition est juste.

« Tu m'étonnes, fait-elle en fronçant les sourcils.

— Tu as des enfants ?

— Des enfants ? » répète Jessica en riant d'une façon qui la surprend elle-même.

Ça fait longtemps qu'on ne lui a pas posé la question.

« Non. »

Il hoche la tête et se redresse en faisant rouler ses épaules vers l'arrière. Une marque de fabrique qu'aimait bien Jessica autrefois.

Elle regarde à nouveau sa montre, fait un geste de la main et se dirige vers l'ascenseur.

« Écoute, dis à mon collègue que je l'attends à la cafèt' du rez-de-chaussée.

— Prends soin de toi, Jessi.

— Toi aussi. »

Prends soin de ta famille, espèce de connard d'hypocrite.

48

La cafétéria est entièrement remplie de patients et de proches venus leur rendre visite. Jessica a le temps de boire tout son mug de thé avant que Jusuf ne s'asseye face à elle, l'air pressé.

« Je suis soupçonnée de quelque chose ? interroge-t-elle en entourant son mug de ses doigts.

— Laura Helminen a été enlevée à son domicile de Laajasalo hier soir. Quelques heures à peine avant que Maria Koponen ne soit assassinée. Elle se rappelle qu'elle regardait la télé sur son canapé quand elle a entendu la sonnette de l'entrée. Ses souvenirs ultérieurs sont effectivement plus flous. Elle affirme s'être réveillée dans un endroit sombre et sentant le renfermé, avec une autre femme.

— C'était la princesse des glaces ?

— Ouaip. Elle l'a reconnue sur photo. Mais ne la connaissait pas avant.

— Quoi d'autre ?

— Le Jésus barbu a dit qu'on pourrait continuer à l'interroger d'ici peu. Qu'étant donné que Helminen n'arrivait pas à décrire les coupables…

— Elle n'y arrive pas du tout ?

— Elle sait qu'ils étaient plusieurs. Des hommes, d'après la voix.

— Alors pourquoi elle a eu peur de moi ? »

Jusuf se tait un instant et commence à lisser la nappe jetable.

« Il y avait un tableau sur le mur de la pièce.

— Quel tableau ?

— Laura Helminen dit qu'il représentait une femme aux cheveux bruns.

— Et que cette femme... c'était moi ?

— Oh, Jessica, Helminen est perturbée, elle est toujours sous le choc. Réfléchis un peu, dit-il avec un petit rire.

— Mais putain, Jusuf. Et si c'était vraiment moi ? S'ils avaient montré ma photo aux victimes ? Tout ce cirque a peut-être été monté juste pour moi : peut-être que quelqu'un veut se venger de moi.

— Je n'y crois pas une seule seconde », réplique Jusuf.

Il se penche sur la table et pose doucement les doigts sur le dos de la main de Jessica.

« On y verra bientôt plus clair. On va choper ces malades et tu verras que tout ça n'a rien à voir avec toi.

— Je devrais peut-être me retirer.

— Comment ça ?

— Pour la première fois depuis longtemps, j'ai l'impression que je n'arriverai pas à tenir le coup », dit Jessica en levant les yeux vers les néons du plafond.

Elle entend le souffle du mercure ionisé. Ses joues chauffent, ses yeux piquent.

« Il faut que tu te reprennes, Jessi. On a besoin de toi, la rassure Jusuf avant de se lever en prenant un cendrier dans la poche de son manteau. Je vais cloper. Ensuite, je finis d'interroger Laura Helminen.

— OK. Il vaut peut-être mieux que tu t'en occupes seul.

— Pendant ce temps, retrouve ton téléphone. Les gens m'appellent tout le temps quand tu es injoignable.

— Il y a du nouveau ?

— Les amoureux ont trouvé une piste sur la bande de la caméra de surveillance à Savonlinna. Ça concerne le chauve.

— OK. Pars pas d'ici sans moi.

— T'inquiète.

— Ah, et mon fric est dans la poche de ma doudoune. J'ai dû acheter le thé à crédit. »

Jusuf toussote d'un air ironique et prend son portefeuille, puis sa carte de crédit qu'il pose sur la table.

« Tu connais le code. Ne vide pas tout le comptoir », ajoute-t-il en s'éclipsant rapidement vers les ascenseurs.

49

« Toc toc. »

Erne lève les yeux vers Rasmus Susikoski dans l'encadrement de la porte. Il a mis un pull gris à col roulé et est muni d'un ordinateur portable et d'une liasse de feuilles imprimées.

« Entre, Rasse.

— Bizarre, on a l'impression qu'il fait plus froid au bureau, alors que le temps s'est radouci », constate Rasmus en s'asseyant, une grimace hésitante au visage.

Erne voit bouger ses lèvres, mais son cerveau refuse d'enregistrer ses bavardages futiles.

« Comment puis-je t'aider, Rasse ?

— Où est Jessica ? J'ai essayé de la joindre plusieurs fois...

— Son portable a disparu. Mais tu peux passer par Jusuf pour lui parler.

— OK », acquiesce Rasse avant de poser son matériel sur le bureau d'Erne.

Ce dernier plisse le nez même si le gros pull en laine fait un obstacle étonnamment efficace à l'odeur de transpiration. Il n'y peut rien si, chaque fois qu'il voit Rasmus, même quand ce dernier sort de la douche, il devine une forte odeur.

« Premièrement, je dois dire que le boulot avance bien quand on a suffisamment de monde. Si seulement on pouvait tout le temps avoir autant de petites mains…

— Et ensuite ? grogne Erne.

— Ah oui, j'avais donc deux points à évoquer… Premièrement…

— Le premièrement, c'est déjà fait…

— À huit heures huit, place de la Gare Centrale, le supposé Roger Koponen a pris le métro qui va à Mellunmäki. Son téléphone s'est éteint une minute plus tard. Voici une vidéo de la caméra de surveillance de la rame de métro, indique Rasmus en tournant l'ordinateur vers Erne. Première porte en bas », continue-t-il en montrant du doigt les portes coulissantes qui s'ouvrent.

Erne enfile ses lunettes de lecture suspendues à son cou et se penche pour examiner la vidéo. Peu après, Roger Koponen monte dans la rame. L'image est précise, la caméra si proche qu'il n'y a plus le moindre doute quant à l'identité de l'homme. À moins qu'il s'agisse d'un frère jumeau, mais Koponen n'en a pas.

« Alors ça… Et personne ne le reconnaît.

— Le truc avec les écrivains, c'est que si leur tronche n'est pas passée à la télé, genre dans un jeu télévisé, personne ne les reconnaît. Même s'ils vendent des dizaines de millions de bouquins. Est-ce que tu reconnaîtrais J. K. Rowling sans maquillage dans le métro si…

— Qui ?

— Laisse tomber. Attends », fait Rasmus en cliquant sur l'écran.

L'image s'accélère. Pendant les secondes qui suivent, les portes s'ouvrent et se ferment plusieurs fois, les gens entrent et sortent à toute vitesse comme des fourmis ouvrières. Mais Roger Koponen ne bouge pas.

« À huit heures seize, Koponen sort du métro.

— Quel arrêt ?

— Kulosaari.

— Nom de Dieu. Il est vraiment en train de rentrer chez lui ?

— Ou pas loin, en tout cas. Malheureusement, il disparaît du champ des caméras de surveillance dès qu'il quitte le quai.

— Une voiture sur le parking ?

— Y en avait pas. On l'aurait vue.

— Putain.

— Mais il y a toujours eu au moins une patrouille chez les Koponen, depuis hier soir. Ils auraient réagi si Roger s'était ramené. Et puis pourquoi il aurait fait ça… Pourquoi révéler qu'il est en vie ?

— Peut-être… soupire Erne avant d'enfouir son visage dans ses mains. Peut-être qu'il ne sait pas lui-même qu'il est mort.

— Quoi ?

— Peut-être qu'il ne lit pas les nouvelles. Merde. Je n'en sais rien. Il faut réfléchir calmement à tout ça. Merci Rasse, il faut que je passe quelques coups de fil », dit Erne en éloignant sa chaise de son bureau et regardant par la fenêtre.

Un avion vole dans le ciel.

« Et puis, il y avait l'autre truc… sur Torsten Karlstedt », poursuit Rasmus en refermant son ordinateur.

Il humecte un doigt avec sa langue et le glisse entre les pages de sa liasse de papiers. Erne le regarde l'air impatient.

« Un profil très intéressant. Finlandais, quarante ans. Pas de casier. Il habite dans le quartier Westend d'Espoo, trois enfants scolarisés. Directeur général, président du directoire et actionnaire unique d'une boîte informatique appelée Tors10 Oy Ab. Chiffre d'affaires : au moins 2,4 millions d'euros. Dont une bonne moitié de bénéfices.

— Et la voiture vue à Savonlinna est la sienne ?

— Porsche Cayenne, modèle 2018. Flambant neuve.

— Tu viens de dire que c'était un profil intéressant. Pour l'instant, j'ai l'impression que c'est un branleur typique d'Espoo.

— Détrompe-toi. Apparemment, c'est un genre d'expert en occultisme. Il a publié deux livres sur le sujet. Ils portent notamment sur les sociétés secrètes, l'ésotérisme, la magie voire la sorcellerie. En Finlande, ils ont été publiés par le même éditeur que la trilogie de Roger Koponen.

— Va un peu moins vite, le coupe Erne. L'occultisme, c'est tout ce qui concerne la magie ?

— Oui, pour simplifier. Le terme vient du mot latin *occultus*, qui veut dire caché. L'occultisme étudie le monde qui se trouve au-delà de la réalité quotidienne. Le but est de créer un pont d'une réalité à l'autre, du quotidien au monde caché. Les amateurs d'occultisme utilisent divers rituels et objets, comme des amulettes, des pattes de lapin, *you name it*. Ou bien des incantations et de la magie.

— Et où veulent-ils en venir avec tout ce charabia ?

— Atteindre la connaissance secrète, qui ne se donne qu'à de rares élus, qui peut offrir des possibilités extraordinaires, et aide à comprendre le sens de la vie. À œuvrer dans son sens. Peut-être à triompher de la mort.

— L'occultisme vise donc le bien ?

— Il y a toutes sortes de magies. Là où la magie blanche vise le bien, la magie noire…

— Vise le mal. Je vois. On peut donc parler d'une forme de religion ?

— Il y a des ressemblances. Mais il y a aussi une différence fondamentale entre la magie et n'importe quelle grande religion dominante. Et c'est là que réside la fascination de l'occultisme.

— À savoir ?

— N'importe qui peut avoir la foi en un dieu s'il le souhaite. Les religions cherchent à recruter des membres, elles répandent la foi par le biais de l'évangélisation et d'autres manifestations de fanatisme. Les sciences occultes en revanche, comme leur nom l'indique, constituent un savoir exclusif, donc uniquement destiné à de rares élus. »

Erne serre les lèvres et observe Rasmus.

« Et Torsten Karlstedt, expert en occultisme, est donc allé exprès à Savonlinna écouter Roger Koponen parler de ses romans sur le même sujet ?

— Pas vraiment. Il faut savoir que Roger Koponen s'est aussi produit trois fois à Helsinki la semaine dernière. Au casino, à la maison de la Bourse et à la tour Paasi. Pourquoi faire quatre heures de trajet jusque Savonlinna pour écouter le même boniment ? marmonne Rasmus.

— Peut-être qu'il n'a pas pu aller aux rencontres organisées à Helsinki. Ou alors c'est un vrai fan.

— Koponen devait aussi se produire la semaine prochaine dans plusieurs librairies en banlieue d'Helsinki.

— Si Karlstedt savait que Koponen allait mourir, il savait qu'il assistait à sa dernière apparition publique.

— Ou alors il savait que Koponen n'allait pas vraiment mourir.

— Putain, quel bordel. Et s'il n'avait pas fait l'aller-retour. Il est peut-être encore à Savonlinna.

— En tout cas, sa voiture est garée à Westend.

— Ça veut dire qu'il est peut-être mêlé aux crémations de Juva. Enfin, c'est possible d'un point de vue géographique.

— Exact », confirme Rasmus avant de prendre plusieurs inspirations profondes.

Il semble plus détendu qu'auparavant, comme si l'avancée de l'enquête lui permettait de se libérer.

« Il y a deux livres, comme je disais », continue-t-il en posant sur la table deux feuilles représentant une couverture des livres.

Les Savoirs occultes, Torsten Karlstedt (2002)

Les Sciences hermétiques et ésotériques, Torsten Karlstedt, Kai Lehtinen (2007)

« Qui est Kai Lehtinen ?

— Pour l'instant, je n'ai rien trouvé sur lui. Apparemment, il n'a contribué qu'à ce projet et n'a rien publié d'autre. J'ai appelé l'éditeur et j'ai demandé des renseignements sur lui. Mais là non plus, rien d'intéressant. Enfin, j'ai quand même eu son numéro de Sécu », ajoute Rasmus en attrapant le document situé en dessous de la pile.

La photo représente un homme complètement chauve et qui a l'air plus ou moins menaçant. Son regard fixe semble dissimuler quelque chose d'imprévisible et d'incontrôlable.

« Kai Kalle Lehtinen, quarante-huit ans. Conducteur de travaux, Vantaa. Pas de famille.

— Est-ce l'homme qui a posé une question bizarre avant de monter dans la voiture de Karlstedt ?

— J'ai envoyé la photo à Pave Koskinen, il dit qu'il en est sûr à quatre-vingt-dix pour cent.

— C'est du beau boulot, Rasse. Donne-moi dix minutes pour digérer tout ça », déclare Erne en attrapant son téléphone portable.

50

Les portes de l'ascenseur s'ouvrent à l'étage auquel se trouve la chambre de Laura Helminen. Jessica sent sur sa tempe le regard de Teo sans doute toujours planté devant la chambre, et se rend à l'accueil, dont le guichet en verre glisse sur le côté avant même qu'elle ait le temps de se signaler.

« Jessica Niemi, police.

— Oui ? »

Une femme au large visage la regarde d'un air incrédule, derrière de grosses lunettes. Jessica prend sous son pull sa carte d'identité suspendue à son cou et la montre à la femme. Celle-ci l'examine minutieusement. On ne peut guère le lui reprocher.

« Laura Helminen, chambre quatorze. Elle a été amenée ici en ambulance il y a quelques heures, explique Jessica en remettant sa carte d'identité sous son pull.

— En effet… Elle est arrivée directement après les premiers soins.

— J'aimerais savoir où se trouvent ses affaires. Ses vêtements et le reste…

— Ses vêtements ?

— Je lui ai donné mon blouson pour se réchauffer…

— Un instant. »

La femme referme la vitre, comme pour s'assurer que Jessica ne lui volera pas son agrafeuse bleue et son stylo. Puis elle se lève lentement et disparaît dans l'arrière-salle.

Jessica regarde autour d'elle, verse comme par réflexe quelques doses de désinfectant sur ses paumes, qu'elle frotte fort l'une contre l'autre. Elle n'a pas spécialement peur des bactéries, après tout elle a passé pas mal de temps dans des hôpitaux et des morgues pour son travail. Mais ce dont elle a peur en ce moment, c'est l'inaction totale, l'attente les mains dans les poches. Depuis la veille, elle se sent à nu, à découvert, comme une cible : c'est pour ça qu'elle ne veut pas s'arrêter, qu'elle reste en mouvement. Il est plus difficile d'atteindre une cible en mouvement. Toutes les victimes lui ressemblent d'une façon ou d'une autre : elles sont plutôt jeunes, brunes, élancées. En outre, elle sait qu'elle a des ennemis. En octobre dernier, Jessica est devenue relativement célèbre après avoir mené comme inspectrice en chef une affaire où deux jeunes d'un groupe de motards avaient été incarcérés pour présomption de meurtre. Mais plus elle y réfléchit, plus elle se dit qu'il n'y a aucun motard aigri derrière cette histoire de sorcières, ni personne d'autre, dont Jessica se serait attiré la colère à la suite d'une incarcération. Au contraire, la vision de la silhouette cornue sur la glace lui a rappelé quelque chose qu'elle essaie d'oublier depuis près de quinze ans.

« Ma collègue me dit que quelqu'un est déjà venu prendre le blouson. »

Ces mots pénètrent peu à peu dans la conscience de Jessica ; il lui faut quelques secondes avant de réussir à mettre ses pensées en paroles.

« Quoi ? Qui ?

— Un homme…

— Putain, mais comment vous avez pu le donner à quelqu'un ? »

Elle sent que sa voix s'éteint.

« Attendez. Je vais redemander pour…

— Demandez à votre collègue de venir ici tout de suite ! intime Jessica en s'appuyant sur le guichet. Et ne fermez pas la vitre ! »

La femme se lève, l'air effrayé, plus rapidement que la première fois, et disparaît à nouveau dans l'arrière-salle. Jessica sent l'odeur industrielle du désinfectant, cela lui rappelle les contrôles médicaux réguliers, les radios, les IRM, les injections de cortisone, les vis, les attelles, les électroneuromyographies, l'ostéopathie, l'acupuncture.

« Putain, il est où mon blouson ? », tance Jessica.

Elle hurle presque, à présent, et frappe du poing le guichet.

« Il est là, Jessi ! Je viens… juste d'aller le chercher. »

Jessica se retourne et aperçoit Jusuf, elle fixe un instant son visage effrayé, le blouson sous le bras de son collègue et la main qui tient un téléphone. Un peu plus loin, Teo s'est retourné pour les regarder.

51

Les gouttes d'eau sur les vitres de la voiture prouvent que la température est positive. Jessica referme la portière et Jusuf démarre. Ils rejoignent la place de stationnement sans rien dire. Jessica vérifie sur son portable les appels en absence.

« Je voulais juste rendre service, se défend Jusuf.

— Oui, oui. C'est pas ce que je voulais dire… »

Les essuie-glaces battent en rythme. Certaines gouttes d'eau restent en place. Le balai droit a connu des jours meilleurs.

« Elle a dit quoi, Helminen ? finit par demander Jessica en rejetant une mèche de cheveux en arrière.

— On va écouter. »

Jusuf prend le dictaphone dans sa poche.

Jusuf Pepple : … Pour commencer, je peux vous assurer que la capitaine Niemi n'est en rien liée au crime.

Laura Helminen : C'était cette femme… Il a dit qu'elle était la cause de tout. (Pleurs.)

J. P. : (Longue pause.) On y reviendra. Il faut que vous compreniez que vous êtes en totale sécurité. L'homme devant la porte est très fort et aux aguets. Personne ne vous fera de mal, c'est compris ?

L. H. : (Sanglots.)

J. P. : Vous pouvez me raconter ce qui s'est passé. Si vous commencez au tout début.

L. H. : Je me rappelle pas…

J. P. : Quelle est la dernière chose dont vous vous souvenez ?

L. H. : J'étais à la maison. Quelqu'un a sonné…

J. P. : Vous étiez seule ?

L. H. : Je vis seule.

J. P. : Qui était à la porte ?

L. H. : Je me rappelle pas. C'est tout ce dont je me souviens. Et ensuite, je me rappelle que j'étais dans un endroit sombre. Un peu comme une cave ou…

J. P. : Donc, il n'y avait pas de fenêtres ?

L. H. : Il faisait noir. Avec une odeur de moisi, de renfermé.

J. P. : D'accord. Vous vous en tirez très bien. Qu'est-ce que vous avez vu d'autre ?

L. H. : Les vêtements, c'étaient pas les miens.

J. P. : La tenue de soirée noire ?

L. H. : Vraiment je ne… C'était pas la mienne.

J. P. : (Pause.) Quoi d'autre ?

L. H. : Dans la cave, il y avait (pleurs) une autre femme. Je ne la connaissais pas, mais elle aussi avait une tenue de soirée noire et des chaussures chères.

J. P. : Donc, ils vous ont habillées de la même façon.

L. H. : Et ensuite, l'homme est entré. (Fond en larmes.)

J. P. : Vous pouvez le décrire ?

L. H. : Des cornes… Comme un putain d'animal. Un bélier ou un bouc…

Jessica regarde Jusuf, la bande fait entendre des pleurs et des paroles de réconfort. Puis des pas. Le médecin chef Kuznetsov dit quelque chose.

J. P. : Ensuite, que s'est-il passé ?

L. H. : Il a parlé latin... Je sais que c'était du latin, j'ai eu des cours de latin à la fac.

J. P. : Vous avez compris ce qu'il disait ?

L. H. : Non... J'avais tellement peur. Mais ensuite... Juste après il s'est mis à danser... En agitant un bâton. C'était comme une saloperie de rituel. On avait toutes les deux vachement peur. Puis un autre homme est entré. Lui aussi avait un masque avec des cornes.

J. P. : Continuez, s'il vous plaît.

L. H. : Ils ont enlevé le tissu accroché au mur. Là j'ai vu le tableau. Il représentait une sorcière. La sorcière qui était dans cette pièce il y a cinq minutes. (Pleurs.)

J. P. : (Longue pause.) Qu'est-ce qu'ils ont dit ?

L. H. : (Pleurs.)

J. P. : Laura, il faut que vous vous concentriez. Il faut que nous ayons le plus d'informations possible pour les arrêter.

L. H. : Ils nous ont traînées dans la pièce voisine. Il y avait une très grosse cuve en bois. J'entendais l'un des deux faire clapoter l'eau avec sa main. Ils ont dit qu'il était temps de passer le test et que si on n'avait rien à cacher, on n'avait rien à craindre. Ensuite... (longue pause). Ensuite, je me souviens plus de rien.

J. P. : Vous vous rappelez où on vous a mise sous la glace ? C'est important, Laura.

L. H. : Je me suis peut-être réveillée dans l'eau... Comme si quelqu'un m'avait transportée dans l'eau glacée. (Sanglots.) Mais peut-être que c'est juste mon imagination. (Pleurs étouffés.)

Alex Kuznetsov : Bon. C'est le moment de faire une pause. Vous avez posé toutes les questions essentielles.

J. P. : OK. Merci, Laura. Et si quelque chose vous revient à l'esprit, quoi que ce soit, prévenez le médecin. Il nous appellera... (pause). Il m'appellera et je reviendrai. Ça vous convient ? Parfait.

Jusuf arrête la bande. Les essuie-glaces frottent contre le pare-brise. Une lourde neige tombe du toit de l'hôpital, le bruit de sa chute résonne jusque dans la voiture.

« Tu t'en es bien tiré, Jusuf. Impossible de lui en faire dire davantage.

— C'est de la daube, Jessi, rétorque Jusuf, les yeux humides. Là-bas j'étais juste concentré sur le fait de lui faire dire l'essentiel. C'est seulement maintenant, quand j'écoute la bande, que je comprends à quel point elle avait peur », ajoute-t-il en fermant les yeux.

Jessica jette un coup d'œil à son collègue qui comprime l'arête de son nez entre ses doigts. Parfois, elle oublie combien Jusuf est sensible. Il n'a pas peur des cadavres, du sang et des tripes. Mais les tragédies humaines, la souffrance des proches et la douleur intérieure des survivants. Voilà ce qui le rend taciturne. L'an dernier, Jusuf a pris plusieurs semaines de congé maladie après avoir participé à une enquête sur le meurtre d'une fillette de huit ans. Cette dernière avait été assassinée par son propre père. Jusuf a eu du mal à accepter ce qui s'était passé et il ne souhaitait toujours pas en parler. D'ailleurs, pourquoi le devrait-il ?

« Laura Helminen a donc réussi le test de sorcière, poursuit Jessica après un instant.

— Mais ça n'a pas de sens... Le principe de base du test est que les sorcières flottent et que les innocentes coulent, non ?

— Je crois que c'est ce que Micke a expliqué, oui.

— J'imagine qu'aucune de ces pauvres femmes n'a vraiment flotté dans l'eau.

— Sans doute.

— Donc Helminen a été épargnée pour une autre raison ?

— La princesse des glaces n'a pas eu cette chance », conclut Jessica.

Jusuf conduit la voiture dans le flot de circulation.

52

37,5. Moyenne du jour : 37,4.

Erne Mikson est assis à la longue table et sirote le café léger préparé par Rasmus. Il regarde les articulations de ses mains, sèches et fissurées, rendues coupantes et anguleuses par les années.

« Jessica et Jusuf sont en train de rentrer », annonce Mikael en s'asseyant.

Nina et Rasmus, ce dernier boosté par ses découvertes, sont également là. Rasmus a l'air plus enthousiaste et plus frais que depuis bien longtemps.

« Quel est le problème ? », demande Erne sans lever les yeux.

Au fil des années, il est devenu expert pour détecter de subtiles modifications de l'ambiance. Les petites choses, les gestes, les mots. Et là, son groupe irradie une énergie négative.

« Hein ? Micke. Dis-nous tout.

— Je suis absolument convaincu que nous devons embarquer ces hommes pour les interroger sans attendre, lance Mikael, bras croisés, tout en faisant claquer son chewing-gum.

— Ah oui ? s'exclame Erne alors qu'il n'est pas du tout surpris.

— Il est clair qu'ils ont suivi Roger Koponen et Sanna Porkka depuis Savonlinna et ont foutu le feu à deux personnes. On pourrait les incarcérer pour présomption grave…

— Roger Koponen est en vie.

— Et alors ?

— Si Karlstedt et Lehtinen ont vraiment suivi la voiture que conduisait Porkka depuis Savonlinna, l'ont arrêtée à Juva et ont tué deux personnes dont une n'a pu être identifiée au vu des dernières informations, il faut bien supposer qu'après le massacre, Roger Koponen a continué son voyage avec eux pour rentrer à Helsinki.

— Bien sûr.

— Ça fait également de Koponen un suspect. Si nous voulons trouver Koponen, il faut surveiller Karlstedt et Kai Lehtinen quelque temps.

— Et les mettre sur écoute, ajoute Rasmus en levant prudemment le doigt.

— C'est fait. J'ai eu l'autorisation du tribunal. Rasse, c'est toi qui t'en charges. Je veux que tu écoutes tous les appels et que tu nous rapportes tout ce qui concerne l'affaire de près ou de loin, ou tout ce qui peut paraître bizarre. Et bien sûr, il est important que tu détermines si leurs téléphones sont allés de Savonlinna à Helsinki et sont restés sur les lieux de la crémation.

— Entendu. »

Rasmus sourit, satisfait. Erne sait que Rasmus adore les défis. Et il est dans un jour où il est particulièrement disposé à jouer.

« Dans le même temps, Micke, il est impératif qu'aucun de ces deux hommes ne disparaisse de notre champ de vision. Pas d'angles morts au niveau de la surveillance. Pas d'erreurs stupides », dit Erne.

Nina a levé la main : d'un hochement de tête, Erne lui donne la parole.

« Je partage ton avis, Erne. Je pense que c'est la bonne façon de faire, commence-t-elle en dessinant un rectangle invisible sur la surface de la table.

— Mais ?

— Mais je pense qu'il faut prendre en compte ce que Jessica a plusieurs fois mis en avant aujourd'hui, à savoir le fait qu'on a invariablement un temps de retard sur ces types. C'est comme ça depuis le début.

— Continue, intime Erne en observant Nina par en dessous.

— On dirait que tout ce qu'on a découvert... quelqu'un a voulu qu'on le découvre.

— Je comprends ce point de vue. Mais cependant, mes chers collègues, assène-t-il d'un ton plus tranchant qu'avant, le danger est que nous surestimions leur intelligence et leur capacité à nous induire en erreur. Revenons en arrière : pourquoi au juste avons-nous l'impression que ces bribes d'information nous ont été données ?

— Parce que les *"gaffes"*... poursuit-elle en marquant une petite pause et en dessinant des guillemets devant elle, d'une façon qui a toujours prodigieusement agacé Erne, commises par les suspects sont complètement débiles. Pourquoi mettre en scène la mort de Roger Koponen, alors que le matin suivant il met en ligne une vidéo de sa femme assassinée, avec son smartphone, dans un lieu équipé de cent vingt caméras de surveillance ? Pas besoin d'être un citoyen particulièrement éclairé pour savoir que les téléphones et autres appareils connectés sont faciles à tracer. Ces branleurs veulent qu'on les voie.

— Et c'est pour ça qu'il faut tout de suite les interpeller, intervient Mikael avec conviction.

— Je suis sûre qu'ils étaient aussi au courant pour la caméra à Savonlinna. Pourtant, Lehtinen a posé sa question dans la salle. Une question qui a forcément surpris les autres spectateurs. Ensuite, il monte devant la caméra dans une Porsche flambant neuve dont l'immatriculation n'était absolument pas camouflée, continue Nina. Bref, des erreurs à la con. Sans cette question provocatrice, nous n'aurions pas les noms de ces occultistes.

— Entendu, déclare Erne en se levant. Vous avez l'impression que nous sommes des marionnettes et qu'ils nous tiennent par un fil enroulé autour de notre cou.

— Autour de nos couilles, ajoute Mikael, ce à quoi les autres acquiescent. C'est une mise en scène de merde. C'est ça qu'on veut dire, Erne. Il faut qu'on arrête de danser au son de la flûte de ces assassins sadiques et qu'on agisse de notre propre initiative. »

Il crache son chewing-gum dans un morceau de papier toilette. Erne regarde les enquêteurs présents autour de la table. Les opinions divergentes ne le dérangent pas car il a toujours encouragé son équipe à réfléchir dans une perspective critique. C'est peut-être précisément pour cela que le pourcentage de résolution des crimes dont ils ont la charge a toujours été supérieur à la moyenne. Il ferme le bouton du haut de son blazer et repousse les manchettes élimées sous les manches de son manteau.

« Merci pour vos idées. Je souhaite encore entendre l'avis de Jessica sur la question. En attendant, assurez-vous que nous ne raterons aucun des gestes et des appels de ces deux-là », lance-t-il en sortant de la salle de réunion.

53

L'obscurité est à nouveau tombée sur la capitale. À travers la couche de nuages gris, le soleil reste si peu de temps dans le ciel en cette saison qu'on a l'impression que quelqu'un joue avec le variateur, dans un sens puis dans l'autre.

Jessica et Jusuf sortent de la voiture garée dans le parking couvert de l'hôtel de police de Pasila quand le téléphone de Jessica sonne.

« Niemi. Oui. Tout à fait. D'accord. Tu peux m'envoyer le rapport ? D'accord. Merci. »

Jusuf regarde sa collègue, intéressé par cet échange peu loquace. Jessica range son téléphone.

« C'était Sarvilinna. La princesse des glaces a été identifiée.

— Alors ? attend Jusuf en s'accoudant au toit de la voiture.

— Elle s'appelle Lea Blomqvist. Vingt-neuf ans.

— Qui a identifié le corps ?

— Apparemment son frère, qui avait signalé que Blomqvist avait disparu ce matin.

— Il est toujours à la médecine légale ?

— Oui. Il faut l'interroger tout de suite.

— Erne voulait d'abord nous voir, rappelle Jusuf en claquant la portière.

— Alors, allons-y. »

La porte est ouverte, Jessica et Jusuf entrent sans frapper dans le petit bureau d'Erne.

« Vous avez eu une journée chargée, dit-il, les yeux rivés sur l'écran de son ordinateur, l'index sur la roulette de la souris.

— C'est clair, murmure Jessica en ouvrant sa doudoune. Sarvilinna t'a appelé aussi ?

— Oui. Elle a essayé de te joindre auparavant, mais tu n'as pas répondu.

— Mon téléphone était perdu.

— Oui, je suis au courant.

— Donc, tu sais que la princesse des glaces a été identifiée.

— Hum, grogne-t-il en fronçant les sourcils. Je n'aime pas ce surnom.

— Nous non plus. Maintenant on n'a plus besoin de l'utiliser, ajoute-t-elle, tandis que Jusuf s'assoit dans un coin de la pièce.

— On a donc l'identité de tout le monde, sauf celle de l'homme de Juva, renchérit Erne en lâchant la souris.

— Ouaip. »

Jessica se masse doucement les rotules. Elles la lancent d'une façon qui n'augure rien de bon. Sa dernière crise remonte à des mois, mais elle se rappelle encore la douleur qui l'a paralysée pendant plusieurs jours.

« Que penses-tu faire ? questionne Erne.

— Interroger les proches de Laura Helminen et de Lea Blomqvist. Peut-être aussi les plus proches amis de Maria Koponen.

— Pourquoi ?

— Je suis sûre qu'il y a un lien entre ces trois femmes. En plus du fait qu'un putain de taré a estimé qu'elles étaient des sorcières. »

Erne sourit. Jessica connaît les trois sourires d'Erne. Celui qu'elle vient d'apercevoir signifie la satisfaction.

« Très bien », dit-il avant d'être pris d'une quinte de toux.

Jessica le regarde, inquiète. À quel moment est-il devenu vieux et souffreteux ?

« Helminen et Blomqvist ont toutes deux été droguées et amenées dans une cave où on leur a enfilé les mêmes vêtements, rappelle Jessica quand la quinte de toux d'Erne s'arrête. Puis visiblement toutes les deux ont subi un test de sorcière, celui dont Micke nous a parlé. Elles ont été immergées dans une grande cuve.

— Tout ça s'appuie sur le récit de Helminen ?

— Oui. Elle a aussi dit que les ravisseurs portaient des espèces de masques d'animaux, comme le taré que j'ai vu aujourd'hui sur la glace. »

Jessica guette la réaction de son chef. Il faut qu'il finisse par comprendre que la tête cornue qui rôdait sur la glace n'était pas un produit de son imagination.

« Tu crois donc qu'on peut se fier à sa déclaration. »

Jessica est atterrée. Elle s'est trompée : Erne n'ajoute foi à aucune des deux observations.

« Qu'est-ce que tu veux dire ? Je ne vois pas pourquoi on ne pourrait pas.

— Après un tel choc, l'esprit humain peut inventer n'importe quoi. »

La colère fait serrer les poings à Jessica dans les poches arrière de son jean.

« Comme je viens de le dire, son récit est parfaitement cohérent avec le tableau d'ensemble », assure-t-elle énergiquement.

Elle jette un coup d'œil à Jusuf, qui met un moment à comprendre qu'il est censé participer à la conversation.

« Elle a complètement raison, Erne. »

Sa voix laisse poindre son manque d'assurance. Cela ne fait que deux ans qu'il est dans leur unité et il craint toujours de s'attirer la colère d'Erne. En l'occurrence, celui-ci se contente de rire avec bienveillance.

« Elle a complètement raison. »

Il répète doucement les mots de Jusuf et se met à compulser ses documents. Jessica aperçoit sur le bord du bureau un épais paquet de feuilles imprimées, les livres de Koponen et celui de Karlstedt, *Les Savoirs occultes*, qu'Erne a réussi à trouver.

« Je suis d'accord avec vous : ces femmes doivent avoir autre chose en commun qu'un corps élancé et des cheveux bruns. Je pense que c'est une bonne piste, avoue-t-il enfin.

— Je n'ai pas encore pu discuter avec Micke de ce qui s'est passé aujourd'hui sur la plage des Koponen… », commence Jessica.

Elle sent la faim la tenailler. Elle n'a rien mangé depuis une éternité.

« Tu veux savoir le rapport avec le livre de Koponen ?

— Évidemment.

— Il y a un équivalent assez précis. Dans le livre, une des femmes soupçonnées d'être une sorcière réussit le test. Autrement dit, elle coule au lieu de flotter. Les inquisiteurs la tirent de l'eau et la laissent partir. Il est probable que Laura Helminen joue le rôle de cette pauvre femme dans cette pièce de théâtre grotesque.

— Vous trouvez pas bizarre qu'une partie des crimes des livres soient copiés de manière vachement précise mais que, pour les autres, le lien avec le texte soit purement référentiel, comme ici pour Laura Helminen.

— C'est vrai. Mais il faut se souvenir que c'est nous qui avons supposé que les auteurs copiaient les événements de la trilogie de Koponen. Même si c'est vrai, les criminels ne sont en rien forcés de respecter mot pour mot l'intrigue des livres.

— Je comprends », acquiesce Jessica.

Elle prend son bloc-notes dans sa doudoune et y griffonne quelque chose. Ils restent un instant assis en silence. On n'entend dans la pièce que la lourde respiration d'Erne.

« Il y a une question pour laquelle je voudrais ton avis en tant qu'inspectrice en chef, Jessi, dit Erne en se levant lentement de sa chaise. Karlstedt et Lehtinen. Nous n'avons pas d'éléments sur le trajet de la voiture la nuit dernière. En théorie, il est possible que les hommes soient liés d'une façon ou d'une autre aux crémations de Juva. Si c'est le cas, nous ne pouvons pas exclure la possibilité que ce duo agisse en coopération avec Roger Koponen.

— Mais il n'y a rien de concret n'est-ce pas ? Si ce n'est la question posée par Lehtinen, avance Jessica en tapotant la pointe de son stylo-bille.

— Exactement. Tous deux sont surveillés en permanence. On a des voitures planquées à Westend et à Vantaa. On a eu les autorisations d'écoute. Nina et Micke pensent qu'il vaudrait quand même mieux interroger tout de suite nos deux lascars.

— Tu veux savoir ce que j'en pense ?

— Oh, que oui !

— Notre objectif numéro un est de trouver Roger Koponen, non ? Dans ce cas, il vaut mieux être patients et attendre qu'un des deux contacte Koponen, ou que Koponen les contacte.

— C'est ce que je pense aussi, confirme Erne, qui semble un peu soulagé.

— Mais on ne peut pas se concentrer uniquement sur Koponen. Il a été prouvé qu'il était à Savonlinna au moment où Maria Koponen et la princesse des glaces…

— Elle a un nom maintenant, Jessica, la coupe Erne en quittant son bureau pour se diriger vers la fenêtre.

— … où Maria Koponen et Lea Blomqvist ont été assassinées à Kulosaari.

— De sorte que même si nous trouvons Koponen, le meurtrier sera toujours en liberté, ajoute Erne en pressant ses doigts contre la vitre.

— Exactement, soupire Jessica. Donc il serait franchement stupide de faire tout de suite venir au poste Karlstedt et Lehtinen.

— Jessica a vu sur la glace un mec qui portait des cornes, intervient Jusuf qui a l'air perdu dans ses pensées. Au même moment, quelqu'un a plongé Laura Helminen sous la glace, vers le trou.

— Et donc ?

— Karlstedt et Lehtinen étaient-ils déjà sous surveillance à ce moment-là ?

— Non. Mais juste après nous avons localisé Karlstedt chez lui à Westend et Lehtinen à son travail, à Kivistö. Il est sûrement possible en théorie, mais carrément improbable, qu'ils soient allés à Kulosaari à ce moment-là. En revanche, Roger Koponen est sorti du métro à Kulosaari à huit heures seize. »

Jessica pose la main sur sa tête et sent un tremblement de terreur secouer son corps.

54

Jessica s'appuie sur le mur du fond du bureau d'Erne. Micke, Nina et Rasmus les ont rejoints. Pour une fois, Jessica ne ressent pas le besoin d'arrêter de respirer malgré la présence de Rasmus juste devant elle. Apparemment, quelqu'un lui a enfin transmis le message anonymement l'incitant à surveiller son hygiène corporelle.

« C'est bien noté », acquiesce Mikael en claquant des mains.

Erne vient de passer outre son avis selon lequel il faudrait interpeller immédiatement les deux hommes, mais Mikael ne semble pas en concevoir la moindre amertume. Il est comme ça : il a un avis sur presque tout, mais aucune difficulté à respecter les décisions de son supérieur. Il a bien conscience que celui qui prend des décisions est également responsable des conséquences.

« Et puis il y a d'autres choses, reprend Erne, qui est le seul à être assis. Tout d'abord, Jusuf et Jessica viennent de proposer qu'un hélicoptère recherche l'inscription *Malleus Maleficarum*.

— À vrai dire, c'est l'idée de Jusuf, intervient Jessica, sans savoir si elle précise ce point par politesse ou pour sauver son cul dans l'hypothèse où l'idée serait pourrie.

— Ça veut dire quoi ? questionne Nina en massant des doigts ses épaules musclées.

— L'inscription sur le toit des Koponen a peut-être fait l'objet d'un entraînement quelque part – c'est l'hypothèse de Jusuf –, ou bien il peut y en avoir d'autres. Des signaux à notre intention, continue Erne.

— Des signaux à notre intention. Donc, on accepte de jouer le jeu de ces connards, dit Micke en secouant la tête.

— Ces connards ont peut-être marqué de cette façon l'emplacement d'une nouvelle victime, par exemple. Auquel cas la police a tout avantage à trouver l'endroit », assène Erne d'un ton cinglant.

En ce bref instant, ils entrevoient l'ombre de l'ancien Erne. D'un homme dont le débit ferme et résolu ne laisse aucune place aux tergiversations.

Erne croise les doigts sur la table.

« Deuxièmement, pour l'instant, nous ne disons pas aux médias que Roger Koponen est vivant. Il y a une chance infime que les chasseurs de sorcières ne sachent pas que nous sommes au courant. On reste sur cette ligne au moins jusqu'à ce soir. Troisièmement : on commence tout de suite à interroger les proches et les amis des victimes. Jessica et Jusuf s'en occupent. Si nécessaire, vous faites appel aux collègues de la PJ centrale. Et n'hésitez pas à réclamer si vous avez besoin de bras supplémentaires ou de nouvelles paires d'yeux, poursuit Erne avec un geste du doigt dans la direction supposée du groupe de la PJ centrale. Quatrièmement, Rasmus, je veux un rapport sur tout ce qu'on peut anticiper si les chasseurs de sorcières ont décidé de mettre en œuvre tous les crimes des livres de Koponen. Pas seulement les trois meurtres qui restent, si j'ai bien compris… »

Rasmus acquiesce et compte sur ses doigts tout en listant :

« Une femme est écrasée avec des blocs de pierre, un homme est lapidé, un autre poignardé.

— … Mais aussi tous les autres événements ayant un caractère criminel. Enlèvements, mauvais traitements, viols. Les mecs qui marchent sur une merde de chien. Tout. Tout ce qui figure dans le livre qui pourrait se passer d'une façon ou d'une autre », renchérit Erne.

Le silence se fait dans la salle.

« Nina et Mikael, essayez de trouver les caves où Laura Helminen a été emmenée, à Laajasalo ou à proximité. D'après sa déposition, l'endroit ne peut pas être un local à vélos dans un immeuble. C'est forcément un lieu dans lequel personne ne peut arriver par erreur. Et où l'on peut faire du bruit sans crainte que les voisins appellent la police. Un abri, un entrepôt privé, une cave de maison individuelle. Vérifiez aussi auprès des entreprises d'importation de piscines où ont été vendues ou livrées des cuves de bain. Cherchez les masques dans les magasins de déguisements. Les moindres indices comptent. Comme Jessica, vous avez à votre disposition les collègues de la PJ centrale. Ils attendent vos instructions. »

Tous hochent la tête. Le partage des tâches est clair et efficace. Erne grogne ses instructions une fois par jour, puis laisse généralement son équipe travailler en paix. Mikael lève le doigt, comme pour demander une dernière prise de parole, et Erne acquiesce.

« Laura Helminen a dit que la cuve était vraiment grande. Ça veut dire quoi, concrètement ?

— Tu me demandes la taille d'une cuve vraiment grande ? soupire Jessica en levant les yeux au ciel.

— Oui.

— Si un individu doit pouvoir y flotter sans avoir pied… Autrement dit, s'il est possible de s'y noyer… Je dirais…

— Peut-être 2 000 ou 3 000 litres ? intervient Rasmus. Ma mère a un jacuzzi d'extérieur de 1 500 litres à Hanko, et il est presque impossible de s'y noyer.

— *Oh really* ? Tu as essayé sans brassards quand ta mère avait le dos tourné ? », le taquine Mikael.

Rasmus est visiblement embarrassé, il tripote compulsivement les branches de ses lunettes. Erne lance à Mikael un regard éloquent. Arrête.

« C'est quoi ton idée, Micke ?

— Si on suppose que la série de crimes n'a commencé qu'hier, il est probable que la cuve a été remplie très récemment, non ? reprend Mikael. D'après le rapport de la légiste, c'était de l'eau du robinet.

— J'aime assez ton mode de réflexion, dit Nina en souriant. Combien d'eau consomme un Finlandais ?

— En moyenne 150 litres par jour.

— Donc pour un foyer de deux personnes, remplir une telle cuve représente un pic de consommation de mille pour cent.

— On va trouver ça ?

— Appelle le service des eaux de HSY.

— Demande-leur d'abord pour Kulosaari et Laajasalo, et si nécessaire le reste de la Région capitale, ajoute Mikael en tapant des mains avec satisfaction.

— D'accord ! Vous ferez tous les comptes rendus à Jessica », conclut Erne en touchant la poche de poitrine de son blazer.

Son expression indique que ses cigarettes sont toujours là.

« Ah j'oubliais, dit-il ensuite, d'une voix perçante qui visiblement le surprend lui-même. Le rapport de Sissi Sarvilinna sur les analyses de Maria Koponen et de la princesse des glaces…

— Elle a un nom, rétorque froidement Jessica en adressant à Erne un clin d'œil.

— Lea Blomqvist, paix à son âme », poursuit Erne en jetant à Jessica un regard faussement incendiaire.

Il enfile ses lunettes et attrape une feuille sur son bureau.

« Dans le sang des deux femmes ont été identifiées certaines substances qui, utilisées à mauvais escient et en grandes quantités, entraînent la mort. Thiopental, bromure de pancuronium et chlorure de potassium. En outre, on dirait qu'elles ont été endormies au chloroforme. »

Un murmure de voix se répand dans la pièce.

« Cocktail pour condamnés à mort. J'ai lu récemment un livre, *Les Anges d'Hammourabi*, où le tueur utilisait à peu près le même mélange, s'exclame Mikael avec enthousiasme. Les tueurs ont lu autre chose que du Koponen.

— Le mode opératoire peut donc être considéré comme plus ou moins… humain ? suggère Nina en fronçant les sourcils.

— Peut-être pas humain. Mais indolore, remarque Jessica en sortant encore une fois son bloc-notes.

— Laura Helminen aussi a été chloroformée. Manifestement, elles ont été jetées dans la cuve inconscientes. Comme ça, même la noyade a été indolore », renseigne Erne.

Tous sont soudain parfaitement silencieux.

« Une pensée indubitablement réconfortante, lance Rasmus en enfonçant ses mains dans ses poches.

— Un maigre lot de consolation dans cette sinistre foire. Nina et Mikael, essayez de voir comment on se procure ces poisons à Helsinki.

— Ça marche.

— Ce sera tout, merci », termine Erne, et un discret murmure de voix parcourt à nouveau la salle.

Jessica ouvre son bloc-notes, lit le nom et le numéro de Pave Koskinen qu'elle a écrits à la dernière page. En dessous, elle a transcrit sa conversation précédente avec Erne. Lorsqu'elle tourne la page pour noter les poisons mentionnés par Erne, sa main se relâche et le stylo tombe par terre. Une vague de froid court le long de ses jambes. Soudain, tout est flou. Elle entend sa lourde respiration, les voix résonnent au loin, en fond sonore. *C'est pas possible.*

« Qu'est-ce qui se passe, Jessi ? demande Erne en se précipitant vers elle, puis mettant une main sur son épaule.

— C'est pas possible... souffle Jessica en pressant son bloc-notes contre sa poitrine.

— Montre, dit Jusuf.

— J'ai pas écrit ça... »

Jessica le lui tend, puis elle passe la main derrière sa nuque. L'expression de Jusuf en dit long.

Malleus Maleficarum.

55

C'est agréable avec ce vent.

Le vent est chaud et humide. La barque tangue dans une légère houle devant le banc de sable du Lido, au sud de la ville ; devant eux, à quelques centaines de mètres, se profile une longue plage de deux kilomètres. Jessica repense aux paroles de sa mère, une des rares répliques qu'elle l'ait entendue prononcer plus d'une fois. Dans la piscine de la maison de Bel Air, le vent ne paraissait froid que sur une peau humide, juste avant que son père ne lui passe une grande serviette autour des épaules. Le vent était généralement chaud, à peine plus frais que l'air lourd, mais il faisait du bien, surtout pendant les accablants jours d'été. Jessica se rappelle que le vent s'accrochait aux feuilles des hauts palmiers dont les troncs fléchissaient, comme s'ils s'essoufflaient, mais sans jamais se rompre, alors qu'elle les regardait, mains aux oreilles, s'attendant à entendre le bruit sec du bois qui craque.

« Tu penses à quoi ? »

La voix de Colombano résonne tout près de son oreille. Les doigts rugueux de l'Italien se promènent avec force dans ses cheveux, massent son cuir chevelu d'une façon qu'elle ressent jusqu'au creux de son ventre.

« À rien », répond Jessica en tournant la tête pour se voir dans les verres de ses lunettes d'aviateur.

Elle est belle, quoique l'eau salée ait ôté son maquillage et collé ses cheveux.

Cela fait huit jours qu'elle aurait dû prendre le train pour Milan. Elle a laissé derrière elle son ancienne vie et plongé dans une autre réalité dont ne font nullement partie Turin, le détour dans les Alpes, le train vers Grenoble et les vacances à la plage à Marseille. L'été européen bat son plein, et elle n'est pas pressée de rentrer chez elle. A-t-elle seulement un chez-soi ? A-t-elle jamais eu un lieu dans lequel elle se sente en sécurité, où elle se sente aimée ? *Là où est le cœur, là est la maison.* Sa maison, c'est chez Colombano, à présent.

Parfois, Jessica a l'impression qu'elle est depuis bien plus longtemps auprès de lui. Quand elle s'assoit sur le fauteuil de la salle de concert pour écouter les *Quatre Saisons*, quand ils préparent le petit déjeuner, se promènent dans la ville, quand elle est seule dans son appartement à attendre son retour. Quand ils s'embrassent, font l'amour, caressent la peau de l'autre ou nourrissent les pigeons sur la place Saint-Marc. Dans ces moments-là, son éternel sentiment d'étrangère disparaît enfin et une sérénité s'insinue en elle.

« On va nager ? demande Colombano en caressant des doigts la joue de Jessica.

— Allons-y », sourit-elle.

Elle se lève, enlève ses lunettes de soleil et plisse les yeux. Le soleil est au zénith. Elle prend l'écope qui pressait le bas de son dos quand elle était allongée, et la jette à la proue de la barque. Cette dernière n'est pas extraordinaire, elle n'a rien de luxueux. Pas la moindre trace du glamour façon Saint-Tropez auquel Jessica a goûté l'été précédent après avoir passé quelques semaines sur la Côte d'Azur. Et c'est très bien ainsi.

Jessica regarde Colombano enlever son T-shirt blanc et plonger dans l'eau, avec l'aisance d'un dauphin, en faisant tanguer la barque comme une chaise à bascule. Son corps athlétique se mue sous la surface de l'eau transparente, jusqu'à ce que la tête et les épaules reparaissent quelques mètres plus loin.

« Viens, princesse, s'écrie-t-il en écartant les cheveux mouillés devant ses yeux.

— J'arrive ! »

Jessica se lève. Colombano imite un mouvement rappelant la natation synchronisée puis disparaît à nouveau sous l'eau. Jessica pose les orteils sur le bord de la barque pour se préparer à sauter quand elle sent une douleur aiguë au talon et se rassoit. Au milieu du talon, un anneau métallique a laissé une petite plaie dans la peau. Elle saisit l'anneau et le retire prudemment. C'est une bague. Une bague en or dont le chaton vide renfermait sans doute un diamant. Les bords du chaton sont désormais comme les petites dents pointues d'un brochet.

Elle se rassoit au fond de la barque en triturant la bague cassée et en se frottant le talon. Le sang forme un petit filet et se mêle à l'eau qui brille sur sa peau, à la sueur et à la crème solaire. Elle entend Colombano agiter l'eau comme un fou.

« Mais viens donc ! »

Elle retourne la bague. Il y a quelque chose de gravé.

« Jessica ? »

Per il mio amore, Chiara.

« J'arrive, Bano. »

20.2.2003 – xx. xx.2103

Elle observe le texte calligraphié. « Pour mon amour, Chiara ». La date, visiblement une date de mariage, ne remonte qu'à un an et quelques mois.

Au même moment, Jessica sent la barque pencher, elle voit des doigts puissants s'accrocher au bord, et la bague tombe de sa main dans une flaque sale au fond de la barque. Colombano se hisse sur le coude.

« Qu'est-ce qui se passe ? demande-t-il en dressant le cou pour voir le pied de Jessica, qu'elle tient à deux mains.

— Je me suis fait mal au pied, réplique rapidement Jessica.

— Tu saignes ? l'interroge Colombano, fronçant les sourcils, en montrant les doigts rouges de Jessica.

— Apparemment. »

Elle se lève prudemment.

« Tu veux rentrer ? »

Colombano se laisse retomber dans l'eau. Il flotte sur le dos, tout près de la barque, en regardant Jessica. Elle sent le soleil brûler la peau de ses épaules, qu'un mince châle en lin couvrait encore un instant auparavant. L'eau scintille, attirante, autour de la barque. Elle la sent entourer son corps dans une étreinte rafraîchissante. Elle adore l'odeur de l'eau salée, son goût sur la langue. Mais quelque chose la fait douter. C'est la manière dont Colombano la regarde.

« Pas encore, dit-elle. Mais je n'ai pas envie de nager.

— Comment ça ? »

Toute légèreté s'est enfuie de la voix de Colombano.

« J'ai juste pas envie.

— Jette-toi à l'eau.

— Mais je…

— Jette-toi à l'eau, Jessica », ordonne Colombano en agrippant une nouvelle fois le bord de la barque.

Jessica sent au même instant des doigts glacés lui entourer la cheville. Colombano semble dubitatif.

« Je ne veux pas. »

Jessica constate qu'elle a la voix qui tremble. Les doigts se resserrent, la barque se met à tanguer. Doucement au début, puis de plus en plus fort. De l'eau passe par-dessus bord et éclabousse Jessica. Elle laisse échapper un halètement. Puis l'expression de Colombano change à nouveau, exprime une empathie qui est comme une bouée de sauvetage lancée dans une eau glacée.

« Ça va, je te taquinais », sourit-il.

Il lâche la cheville de Jessica et se dirige vers une petite échelle près du gouvernail. Jessica regarde la flaque gris sombre en espérant qu'elle dissimulera la bague pour toujours.

56

« Qu'est-ce qui s'est passé, à ton avis ? », demande Erne en fermant la porte.

Ils ne sont que tous les deux dans la pièce, tous les autres sont partis vaquer à leurs occupations.

« Le bloc-notes est resté tout le temps dans la poche de ma doudoune, indique Jessica, le regard planté sur le fanion bleu et blanc qui orne le bureau d'Erne et oscille de façon presque imperceptible. Quelqu'un a dû le trouver dans l'ambulance ou à l'hôpital. »

Erne s'appuie contre la porte, mains sur les hanches, l'air troublé.

« Jusuf est allé la prendre à l'accueil de l'hôpital… J'ai cru comprendre que les ambulanciers l'avaient laissée là, poursuit Jessica.

— Il y avait aussi ton téléphone dans la poche. Si quelqu'un a eu accès à ton bloc-notes, il a également eu accès à ton téléphone.

— Y a un code.

— Discutes-en tout de même avec Micke. Je suis tellement nul pour tout ça que je ne saurais pas dire s'il y a des risques liés à l'utilisation du téléphone ou s'il vaut mieux en changer.

— Mais je comprends pas…

— Si quelqu'un a fouillé dans tes affaires, on le saura par les caméras de l'hôpital. Rasse s'en occupe.

— Comment ça *si* ? Tu vois bien ça quand même », dit Jessica en ouvrant la page où figurent les mots en latin.

Elle feuillette quelques pages pour s'assurer une énième fois qu'il n'y a rien d'autre. Mais personne n'a touché aux autres pages.

« Je veux simplement dire que… ajoute Erne en se frottant le nez, il est toujours possible que quelqu'un y ait eu accès avant. Et qu'il ait laissé exprès deux pages blanches pour que tu ne trouves le texte que plus tard.

— Je sais pas, Erne. Franchement, je sais pas. Mais là, j'ai l'impression que je suis un pion dans ce putain de jeu malsain. Rends-toi compte que j'ai vu le meurtrier deux fois. Hier chez les Koponen, aujourd'hui sur la glace. Et maintenant il a écrit un message dans mon bloc-notes.

— Ce n'est pas une affaire personnelle pour autant. Tu es l'inspectrice en chef. Les messages sont probablement destinés à l'autorité chargée de l'affaire, pas à une femme qui s'appelle Jessica Niemi », expose Erne en faisant lentement le tour de son bureau avant de s'asseoir.

Jessica observe discrètement sa silhouette fatiguée. Il est malade, elle le sait, même s'il refuse d'en parler. Même avec elle.

« Il y a autre chose. On n'a pas eu le temps de tout raconter de notre passage à l'hôpital. Laura Helminen a complètement flippé quand elle m'a vue, rapporte Jessica en levant le regard vers Erne, qui semble soudain plus vif.

— Qu'est-ce que tu veux dire ?

— Le tableau que Laura Helminen a vu dans la cave…

— Eh bien ?

— Elle dit qu'il me représentait. »

Il s'apprête à répliquer, mais se contente finalement de froncer les sourcils.

« Elle a dit qu'elle en était sûre à cent pour cent.

— Pour des raisons bien compréhensibles, Helminen était en état de choc et…

— Mais si on regarde tout ce qui s'est passé, ça ne paraît plus aussi tiré par les cheveux. Je suis une cible.

— Ah bon, donc tu es un génie du crime qui oblige les autres à commettre divers forfaits ?

— Mais pourquoi ces connards ont encadré mon portrait dans cette cave ? »

Erne soupire. Jessica sait que le feu roulant de questions auquel elle le soumet est injuste. La situation est désarçonnante pour tout le monde.

« Ils savent, Erne. Ils savent ce que j'ai fait.

— De quoi tu parles ? lui demande-t-il en plissant le front, avant de comprendre. Non. Jessica. Là, tu es paranoïaque. On n'a pas besoin de penser à ça. Ni d'en parler.

— Mais…

— Une femme belle aux cheveux bruns. C'est comme ça que Jusuf a dit que Helminen avait décrit la femme du tableau. D'accord, la description te correspond. Mais elle correspond aussi à Maria Koponen, à Lea Blomqvist et à Laura Helminen elle-même. Et peut-être à des milliers d'autres femmes d'Helsinki », explique-t-il pour se rendre convaincant.

Ça, il sait faire. Jessica s'en est rendu compte il y a des années.

« D'accord, soupire-t-elle en s'apprêtant à quitter la pièce.

— Mais malgré cela, ajoute Erne quand les doigts de Jessica touchent la poignée de la porte, j'ai envie d'essayer quelque chose.

— D'essayer quoi ? »

Jessica le voit se lever et s'approcher d'elle, mains derrière le dos. Son visage est on ne peut plus sérieux.

« J'ai envie de tester ta théorie.

— Comment ?

— Je veux que tu quittes le terrain pendant un temps. Au moins jusqu'à demain. »

Elle fixe le fanion sur la table. Il oscille de façon plus sensible : manifestement, la climatisation s'est enclenchée. La proposition d'Erne apaise Jessica et, en même temps, la met en colère. Visiblement, il a peur pour elle. Elle n'est pas toute seule avec ses idées. Et ce n'est pas forcément une bonne chose.

« Jusqu'à demain ? Et qu'est-ce que je suis censée faire dans ce cas ? Aller au mur d'escalade ?

— Rester enfermée. Garder la tête froide. Et tenir les ficelles. Tu as toujours ton téléphone et ton ordinateur portable.

— Tu veux que je rentre chez moi ?

— Oui.

— Erne ? Tu me mets au placard ?

— Mais non ! » s'exclame-t-il avec un reniflement amusé, en roulant les yeux comme les mauvais menteurs quand ils racontent des conneries.

Erne n'est cependant ni un mauvais menteur ni un raconteur de conneries.

« Je ne te mets pas au placard. Au contraire. Je donne une chance à ta théorie.

— Tu veux voir si les coupables suivent mes faits et gestes ?

— Toi aussi, ça t'intéresse.

— Et si j'ai raison ?

— Si tu as raison et que les chasseurs de sorcières cherchent précisément à retenir ton attention, ils vont soit arrêter de tuer soit t'approcher d'une manière ou d'une autre.

— Donc je suis un appât ?

— Si tu veux. De toute façon, il vaut mieux être un appât qu'une peinture. Chez toi, tu es en sécurité. Je vais faire en sorte qu'une camionnette de surveillance fasse le guet dans Töölönkatu. »

Elle scrute son chef, comme si elle pensait pouvoir le faire changer d'avis d'un simple regard.

« Je sais pas trop. C'est vraiment chiant, Erne.

— Tu continueras à travailler de chez toi. En ce moment, nous avons tellement de renforts que Jusuf se sortira facilement des entretiens, même sans toi. Dès demain, nous réévaluerons la situation », dit Erne.

Il semble sur le point de poser sa main sur l'épaule de Jessica. Mais il la connaît si bien qu'il y renonce.

« Tu sais que c'est la bonne solution », conclut-il en se frottant les articulations des mains. Elle secoue la tête, pousse la porte et sort dans le couloir.

57

Jessica s'assoit sur le robuste siège de bureau, les bras croisés. Le local, baptisé la chambre silencieuse, ne contient aucune fenêtre, seulement des étagères métalliques recouvrant presque toute la surface des murs, et une table avec des chaises au milieu.

« Cette petite coquine marche bien, dit Mikael en posant sur la table le pistolet de Jessica.

— Sans déconner, les balles n'avaient pas été enlevées pendant que je sortais la fille du trou ? demande Jessica en glissant l'arme dans l'étui qui pend à sa ceinture.

— Erne ne veut pas prendre de risques. Pourquoi devrait-il en prendre ? »

Mikael fait claquer son chewing-gum.

« En tout cas voilà, c'est vérifié.

— Youpi.

— Et ton téléphone. Tu as un code de protection efficace ?

— Oui, il me semble.

— Quelqu'un d'autre le connaît ?

— Une réponse positive impliquerait que je viens de dire n'importe quoi sur son efficacité, non ?

— Donc personne ?

— Non, évidemment.

— OK. Tu peux me le déverrouiller quand même ? »

Mikael frotte ses doigts pour en retirer une couche de poussière invisible. Elle s'exécute, puis lui tend le téléphone. Pendant un instant, elle le regarde pianoter, concentré.

« La date de dernier piratage de la protection du téléphone est une donnée cryptée vachement dure à choper, mais on peut faire une autre vérification... *Paramètres... Général...*, dit-il en appuyant sur l'écran du téléphone. *Espace de stockage...* Voilà. Ici on va voir les applications que tu as utilisées récemment. Je peux regarder ou...

— Oh bah, vas-y. Je pense pas que Tinder puisse te faire peur.

— Ah, toi aussi tu es dessus... Est-ce que...

— Micke, regarde juste si mon téléphone a été utilisé.

— Oui, bon, pas besoin de Tinder pour le moment », ajoute Mikael en souriant tandis qu'il tapote sur l'écran.

Jessica jette un coup d'œil à sa montre. Elle n'a pas du tout l'intention de rester dans cette petite pièce avec Micke une seconde de plus que nécessaire. La pause-café, c'était d'emblée une mauvaise idée. Vingt-quatre heures après, c'est vraiment la plus grosse erreur de l'histoire. Plaisir d'un instant, sévère gueule de bois. La façon dont Nina regarde Micke. Elle a l'air si heureuse.

« Ça te dit quelque chose ? »

Il tend le téléphone à Jessica.

Elle regarde les logos et dates qui apparaissent à l'écran. Tout semble conforme. En réalité, sa dernière utilisation de Tinder remonte à Noël. C'est comme ça qu'elle a connu Fubu.

« Ça me paraît normal.

— Parfait. Vérifie quand même les appels et les messages envoyés. Je veux pas que tu tombes encore sur un *Malleus Maleficarum* quand tu seras toute seule chez toi, affirme Mikael en posant le téléphone devant Jessica.

— Yes. Merci Micke, répond Jessica en se levant. Ah et…

— Oublie. Il faut aller de l'avant, Jessi. »

58

Jusuf arrête la voiture à l'angle de Töölönkatu et de Museokatu, devant le passage piéton, exactement au même endroit que des dizaines et des dizaines de fois auparavant.

« Tu vois cette camionnette ? demande Jusuf en désignant un vieux Hiace gris foncé dont le côté porte le logo d'une entreprise de déménagement.

— Comme c'est distingué. Étonnant que ce soit pas une entreprise de dératisation.

— Il y a deux gars et une caméra. Et si nécessaire, les bagnoles des patrouilles peuvent être là en deux minutes.

— Eh ben, ça ira.

— Simple précaution. On les aura, ajoute Jusuf en ouvrant la portière.

— Qu'est-ce que tu...

— J'ai promis à Erne que je t'accompagnerais jusqu'à ta porte.

— Tu viens vérifier qu'il n'y a pas de monstres sous mon lit ?

— Tout ce qui sera nécessaire », confirme Jusuf avec un petit reniflement amusé.

Il met une cigarette au coin de sa bouche, l'allume et inspire une longue bouffée. À ce moment précis, dans la lueur jaune des lampadaires, Jusuf avec sa clope au bec est foutrement beau. C'est le genre de moment où Jessica se demande si Jusuf est fidèle à sa copine. Après tout, il aurait sans doute de quoi faire ailleurs. Peut-être qu'un jour Jessica reniera ses grands principes et tentera le tout pour le tout, à une fête de Noël par exemple. Elle laissera Jusuf décider.

« Tu veux une clope ?

— C'est pas bon pour toi, sportif, rétorque Jessica en secouant la tête.

— Donne-moi ne serait-ce qu'une personne pour qui c'est bon. »

La voisine du deuxième étage sort de l'ascenseur en portant son chien marron clair. Edelweiss est un terrier à poil soyeux dont le jappement suraigu résonne le matin dans la cage d'escalier, quand sa maîtresse force son chien à se promener. Elle salue machinalement Jessica et lance un long regard noir à Jusuf, qui lui répond d'un grand sourire, sans obtenir la moindre réaction de la rombière.

« Elle sait que tu es flic ? demande Jusuf tandis que la dame au chien franchit la porte de l'immeuble et disparaît dans l'après-midi assombri par le crépuscule.

— Oui. Tous les voisins m'arrêtent dans les escaliers dès qu'ils s'imaginent qu'il se passe quelque chose de louche. Par exemple, quand quelqu'un fait du bruit à la borne de taxi. Pourquoi ?

— Elle m'a regardé d'une façon qui laisse penser que, si elle n'avait pas su que tu étais flic, elle aurait sûrement appelé la police… »

Ils sourient.

Jessica ferme la grille et appuie sur le dernier bouton du vieil ascenseur qui s'élève en vrombissant et fait un méchant « clang » chaque fois qu'il passe un palier.

« Ça fait combien de temps que j'étais pas venu ?

— C'était pour Vappu, non ?

— Ah, mais oui, quand on est passés chercher les bouteilles de mousseux…

— Ouaip », confirme Jessica en se regardant dans le miroir.

Elle a l'air plus fatiguée que dans la matinée. Cette journée pas comme les autres a prélevé sa dîme.

On entend un bruit sourd quand l'ascenseur s'arrête au dernier étage. Pendant un bref instant, Jessica a peur : elle n'aurait pas dû parler de monstres sous le lit.

Elle tient la grille pour Jusuf et ouvre la porte de son studio. Pas de courrier au sol. Jusuf jette un coup d'œil alentour, d'abord dans la cage d'escalier, puis il entre prudemment dans l'appartement, comme s'il était sûr qu'une mauvaise surprise les y attendait.

« Tu as une alarme ou quelque chose ? demande Jusuf pendant que Jessica allume les lumières.

— Non ».

Enfin si, mais pas ici.

« OK, dit Jusuf en montrant ses chaussures d'un air interrogateur.

— Tu peux les garder. »

Jessica entre sans enlever son manteau et s'affale sur le canapé, comme si elle faisait toujours ainsi en rentrant chez elle. En réalité, cela fait si longtemps qu'elle ne s'est pas assise dessus que sa consistance molle la surprend.

Jusuf fait rapidement le tour du studio, jette un coup d'œil dans la salle de bains et par les fenêtres qui ouvrent sur la cour intérieure. Puis il s'arrête au milieu de la pièce, bras croisés.

« Tu veux boire quelque chose ? », demande Jessica.

Le réfrigérateur contient toujours quelques limonades et bières, comme un minibar d'hôtel.

« Non merci. Je ne fais que passer.

— *Alright !* »

Jessica se débarrasse de ses chaussures. C'est un geste purement théâtral, essayant de souligner inutilement ce qui est une évidence : elle est chez elle.

« Elle a toujours été là, cette porte ? », interroge Jusuf.

Jessica sent le rouge lui monter au visage.

« Toujours ? Non, elle est apparue hier, ricane-t-elle, en fronçant les sourcils.

— Elle mène où ? l'interroge Jusuf en posant la main sur la poignée de la porte peinte en blanc.

— À l'escalier B.

— Bah, dis donc ! Ça doit être le seul studio à Helsinki qui ait deux entrées.

— Bien possible. »

Jessica essaie de faire comme si de rien n'était. Manquait plus que ça. Bientôt une patrouille d'experts de la police scientifique va débarquer chez elle et quelqu'un de sa propre unité va fouiner dans les contrats des appartements de la copro. L'idée que la vérité puisse éclater accélère le pouls de Jessica. Elle s'est soigneusement construit une vie normale, sans aspérités ; elle reçoit chaque mois sur son compte sa paie de fonctionnaire, passe des vacances en Espagne une fois par an et partage avec ses camarades de travail l'espoir et le souci de la durabilité de la protection sociale de l'État-providence finlandais. S'ils apprennent qu'elle a un appartement de trois cents mètres carrés à Etu-Töölö, le décor s'effondrera rapidement et elle sera de nouveau toute seule. Pas parce que les autres critiqueraient sa fortune, mais parce qu'elle leur a menti, à eux qui sont non seulement des camarades de travail mais aussi des amis proches.

« Et il donne sur la cour, cet escalier ? » poursuit Jusuf.

Jessica s'agace de sa méticulosité, qui prend ici une tout autre apparence que d'ordinaire, quand ils examinent une affaire ensemble.

« Ouaip. Et l'accès à la cour se fait uniquement par un porche verrouillé qui se voit depuis la camionnette, dit Jessica en se levant du canapé. Crois-moi, je suis en sécurité ici.

— Tu veux bien que j'aille voir ? », renchérit Jusuf en ouvrant la porte avant que Jessica ait le temps de répondre.

Il passe la tête dans la cage d'escalier enténébrée.

« Écoute, *Ghostbuster*. J'apprécie ta sollicitude, mais j'aimerais bien que tu te casses d'ici et que tu continues l'enquête.

— Bien sûr, la rassure Jusuf en fermant la porte avec un petit toussotement. Erne… et moi. On est tous un peu inquiets dans cette affaire. Inquiets pour toi », continue-t-il en avançant lentement vers Jessica.

Cette dernière se mord la lèvre et détourne le regard. Elle a l'habitude de se débrouiller seule, mais tout à coup sa vie est pleine d'hôtes indésirables. Son monde est soudain si masculin. Des hommes qu'elle ne connaît pas jouent à lui faire peur. Des hommes qu'elle connaît ouvrent ses portes, surveillent, sont aux petits soins, la surprotègent. Elle a du mal à faire le distinguo. C'est oppressant, comme si ses actions étaient contrôlées par tout le monde sauf elle. Mais Jusuf n'est pas un adversaire. Erne non plus. Elle secoue légèrement la tête pour clarifier ses pensées.

« Merci, Jusuf. On va choper ces mecs et comme ça plus personne n'aura à s'inquiéter. Pour personne. En tout cas, pas pour moi. »

Le portable de Jusuf se met à sonner. Il jette un coup d'œil à l'écran et baisse le volume de la sonnerie.

« Reste chez toi. Juste ce soir, Jessi. Je vais aller voir le frère de Lea Blomqvist. Je te dirai s'il en sort quelque chose. »

Jusuf donne un petit coup sur l'épaule de Jessica avant de répondre au téléphone, disparaître dans le couloir et fermer la porte derrière lui. *Bon, ben, salut chéri.* Jessica peut prendre un peu de répit. Le danger est derrière elle. Ou est-ce le contraire ? Le danger est-il encore à venir ?

Jessica ferme la porte intermédiaire et écoute les pas. Jusuf a choisi de prendre l'escalier plutôt que l'ascenseur. Il ne laisse rien au hasard. Un aboiement perçant éclate dans la cage d'escalier et Jessica sourit en imaginant la dame du dessous serrer plus fort son chien de manchon contre elle au moment où elle croise cet homme noir dans la cage d'escalier sombre. Sans tierce personne, cette fois.

Jessica suspend sa doudoune au portemanteau et prend son téléphone dans la poche. Elle a reçu un message de Fubu.

Alors, fliquesse ? Il se passe des choses ? On se voit aujourd'hui ?

Jessica regarde le message. Trois questions que Fubu lui a déjà plusieurs fois adressées par le passé.

En général, quand elle répond, cela mène à un rendez-vous rapide et à du sexe. Fubu est vite devenu pour Jessica une bouffée d'air frais, leurs rendez-vous l'aident à prendre du recul face aux affaires délicates, à oublier un moment son quotidien chaotique et les horreurs rencontrées au travail. Le fait que Jessica, malgré leurs rencontres fréquentes et une forte attirance physique, n'ait pas développé de sentiments pour lui tient du miracle. Néanmoins, il y a une bonne raison. Ils sont extrêmement différents. La décontraction et l'insouciance de Fubu, plus jeune qu'elle de quelques années, sont des caractéristiques qu'un policier qui travaille sur des homicides ne peut pas se permettre d'entretenir. Fubu est comme une gentille biture innocente, c'est sympa une fois ou deux par mois. Bon palefrenier, mauvais seigneur. C'est pour cela qu'ils ne pourraient pas sortir ensemble.

Boulot. Mais tu peux passer dans la soirée.

Elle envoie le message et regarde un instant les phylactères multicolores sur l'écran du téléphone, puis referme l'appareil. Elle se ferait bien un thé corsé avant de jeter sur le papier tout ce qu'ils savent de la bande des chasseurs de sorcières. Ensuite, elle attendrait des nouvelles du terrain. Bonnes ou mauvaises. Elle prend son trousseau de clés dans la poche de sa doudoune et se dirige en chaussettes vers la porte de derrière.

59

Le boîtier de l'alarme émet un signal quand Jessica le désactive. Puis elle ferme la porte et active le mode *à la maison* du système : les détecteurs de mouvement sont éteints mais les lecteurs magnétiques des portes d'entrée sont enclenchés. Jessica peut dormir tranquille, sachant que personne ne pourra faire irruption dans son appartement sans déclencher l'alarme.

Elle traverse le salon, jette un regard rapide à la longue table, se rend dans la cuisine, allume la bouilloire et prend un mug dans le buffet. L'évier en chrome est plein de mugs blancs semblables, dont la surface intérieure est teinte en rouge clair par le thé de cynorhodon. Elle reste un instant à regarder les mugs, l'évier et le plan de travail. Soudain, le fait que sa cuisine soit presque identique à celle des Koponen ne semble plus être un étrange hasard. Cependant, Jessica ne voit pas pourquoi quiconque se serait donné tant de mal pour attirer son attention. Elle ouvre le lave-vaisselle, renifle l'eau stagnante et l'odeur de graisse tenace, puis fourre les tasses de thé sales en rang sur le plateau supérieur. Elles cliquettent les unes contre les autres quand elle les aligne pour que tout rentre. La bouilloire commence à ronronner.

Jessica est assise à la table de la cuisine et regarde l'écran de son ordinateur. Ses doigts reposent sur le clavier, mais son arme n'est pas loin, à portée de main. Il fait de nouveau noir dehors. Elle ouvre une photo du tableau sur lequel sont fixés les pense-bêtes et les clichés des personnes et des lieux liés à l'affaire d'une façon ou d'une autre. Elle déchire une feuille d'un calepin A4 et entreprend de recopier la carte mentale élaborée par l'équipe.

Elle repense à la discussion qu'elle a eue avec Erne dans la matinée. Faut-il vraiment s'attendre à de nouveaux meurtres ou bien n'ont-ils tout simplement pas trouvé tous les cadavres ?

Elle agrandit les photos sur l'écran. Maria Koponen et son sourire hystérique, Lea Blomqvist calme et sereine. La photo de Laura Helminen est manifestement issue des réseaux sociaux : elle y pose dans une chemisette jaune qui dévoile le sillon de ses seins, un verre de mousseux entre les doigts. Elle est vivante, elle peut encore faire la même chose que sur la photo, alors que Koponen et Blomqvist non. Plus elle examine le visage de ces belles femmes brunes, plus elle comprend qu'elle est l'une d'entre elles. Elles pourraient être sœurs. Cette idée est à la fois un soulagement et une source d'angoisse. Un soulagement parce que Helminen, dans la cave, après son enlèvement, a très bien pu se tromper quant à la femme du tableau, elle ne peut pas être sûre qu'il s'agisse précisément de Jessica. Mais en même temps, elle se sent mal à l'aise car elle a l'impression d'appartenir à quelque chose dont elle ne veut pas faire partie. Comme si son identité et son image étaient précipitées de force dans un tout nouveau groupe à risque. Elle pense aux siècles passés, et à ces communautés de l'histoire récente qui ont été opprimées au nom d'idées fausses préconçues. Les hérétiques, les apostats, les sous-hommes, les sorcières, les rebouteux. Populations et groupes humains cloués au pilori par la propagande et qui, en raison de leur origine, de leur apparence, de leur religion ou de leur idéologie se sont vu infliger un sort horrible et parfaitement injuste. Un génocide et un crime isolé diffèrent évidemment par leur échelle, mais l'effet psychologique de tueurs en série en liberté sur la société peut égaler celui d'une persécution en masse. Le fait d'être pourchassé entraîne chez les individus incertitude et peur, les force à cacher leur identité, à fuir, à chercher un refuge et à espérer que la situation pourra un jour revenir à la normale.

Jessica jette un coup d'œil à la grande horloge de la cuisine. Deux grandes aiguilles associées à un mécanisme à quartz surplombent des cercles collés au mur ; il est cinq heures et demie.

Le téléphone se met à vibrer sur la table.

« Je suis vivante, Erne », dit Jessica.

Elle sursaute un peu quand de légers craquements retentissent.

Les structures des vieux immeubles ont une vie propre.

« Indubitablement, acquiesce Erne. Sa voix semble plus éraillée. Deux petites choses… »

Il tousse et Jessica éloigne le téléphone de son oreille. La toux d'Erne évoque une hache s'abattant sur un rocher gelé.

« Rasse a vérifié les bandes. L'ambulancier a directement confié ta doudoune à l'accueil, où Jusuf l'a récupérée. Il y a des zones d'ombre, certes, mais Jusuf a interrogé l'ambulancier, qui dit qu'il n'est allé nulle part entretemps.

— Et à l'accueil, personne n'a pu le manipuler ?

— Très peu probable.

— Mais ce texte a bien été écrit dedans à un moment. Parce que c'est toujours pas moi qui l'ai écrit.

— Oui, on est partis du principe que tu t'en souviendrais si tu l'avais écrit toi-même », explique Erne.

Jessica n'arrive pas à détecter la moindre trace d'ironie. Erne lui annonce cela comme s'ils avaient vraiment envisagé cette hypothèse, avant de la rejeter comme improbable, quoique pas impossible. Jessica l'entend fermer la porte de son bureau et s'affaler sur sa chaise, de telle façon que l'air siffle à travers ses étroites bronches.

« Est-il imaginable que quelqu'un se soit introduit chez toi ? »

Jessica sent un fourmillement dans les mollets. Même si Erne sait – il est le seul à savoir – qu'elle ne vit pas dans le petit studio, Jessica éprouve de la gêne à en parler avec lui.

« Tu sais bien que les alarmes sont toujours branchées. Nuit et jour. En plus, je ne laisse jamais mon bloc-notes chez moi. Il est toujours au poste ou avec moi sur le terrain, répond Jessica bien qu'elle sache que ce n'est pas vrai.

— Tant mieux. Pas de conclusions hâtives », ajoute Erne.

Jessica entend les mots de son supérieur, mais sa proposition la fait cogiter. L'hypothèse lui est déjà passée par la tête un peu plus tôt, même si elle sait que personne n'a pu pénétrer dans son appartement sans déclencher l'alarme. Hormis la Philippine qui fait le ménage une fois par semaine depuis plusieurs années. Mais la dernière fois remonte à près d'une semaine ; si elle était passée depuis, cela apparaîtrait dans les données de l'historique du système.

« Et l'autre truc ? questionne Jessica pour ne plus penser à cette idée angoissante.

— Les téléphones portables de Kai Lehtinen et de Torsten Karlstedt sont restés bien sagement chez eux, à Espoo et Vantaa.

— Mais on est sûrs qu'au moins Lehtinen était à Savonlinna.

— Avec une voiture dont le propriétaire est Torsten Karlstedt. Qui faisait peut-être office de chauffeur.

— Ces enfoirés ont laissé leur téléphone chez eux.

— Ils savent ce qu'ils font. Ou en tout cas, ils évitent les erreurs de débutants.

— Donc pour l'instant, rien n'indique que Torsten Karlstedt soit allé hier à Savonlinna ?

— Non. En théorie, il pourrait prétendre avoir prêté sa voiture à Lehtinen. Et si Lehtinen confirme, on n'aura rien contre lui.

— C'est peut-être la vérité.

— De quoi ?

— Peut-être que Karlstedt a prêté sa voiture à Lehtinen. Et qu'il n'était pas à Savonlinna.

— Quelqu'un conduisait.

— Il y a pas mal de gens qui ont le permis en Finlande.

— Très bonne remarque, Saga Norén[1].

— Y a rien d'autre ? », demande Jessica tout en zoomant sur le visage hilare de Maria Koponen.

---

1. Héroïne de la série suédo-danoise *Bron* (*The Bridge*).

Bizarrement, elle ne s'en lasse pas, elle le fixe comme si elle essayait de se défaire d'une illusion d'optique. Qu'est-ce qu'il y a de si drôle, bordel ?

« Torsten Karlstedt parle beaucoup au téléphone. Pour l'instant, les écoutes n'ont rien donné qui permettent de le poursuivre, indique Erne en toussant une nouvelle fois.

— Ah, fais chier.

— Mais Micke a soulevé un point intéressant. Karlstedt n'a pas du tout commenté les événements dont parlent tous les journaux. Avec qui que ce soit. Ce qui est assez étrange vu que selon toute vraisemblance il était hier à Savonlinna – ou en tout cas, Kai Lehtinen y était avec sa voiture – pour la rencontre littéraire avec Roger Koponen.

— Donc ça peut prouver qu'il est mêlé à l'affaire.

— Karlstedt a également appelé Kai Lehtinen. Il y a vingt minutes. »

Jessica l'entend feuilleter une pile de papiers qui traînent sur son bureau.

« Karlstedt a demandé à Lehtinen s'il avait laissé son bonnet dans la voiture.

— Et il l'a laissé ? soupire Jessica en se passant la main sur le front.

— Apparemment oui. La conversation a été rapide et extrêmement *casual*. Putain, si seulement on avait un élément auquel se raccrocher.

— On va voir ce que ça donne », ajoute Jessica.

Quelqu'un essaie de l'appeler. Elle regarde l'écran. Numéro bloqué.

« Attends, Erne. Quelqu'un m'appelle. Je te rappelle après », coupe Jessica en raccrochant.

Elle fixe un moment le numéro inconnu qui clignote à l'écran. Alors ça va continuer ? Va-t-elle entendre la voix qu'elle a entendue dans la maison des Koponen à Kulosaari le soir précédent ? Elle sent un fourmillement au creux de son ventre.

« Niemi », annonce-t-elle en se retenant de respirer.

Les châssis des fenêtres grincent dans le vent.

« Un homme vient d'entrer dans la cage d'escalier.

— Pardon ? Qui est à l'appareil ? », grommelle Jessica en se levant.

Ses doigts enserrent fermement son arme de service sur la table.

« Uolevi. Services de renseignement. On fait le guet en bagnole devant ton immeuble.

— Ah oui, répond Jessica en passant dans le salon, arme au poing.

— Un trentenaire avec un gros blouson… Il est resté un instant devant la porte et s'est faufilé quand un vieux monsieur est sorti. J'ai bien l'impression qu'il n'avait pas la clé.

— Comment vous savez qu'il vient me…

— On n'en sait rien. Il a sonné plusieurs fois à l'interphone. Ça a sonné chez toi ? », interroge le collègue.

Jessica retient sa respiration. *Merde.* Elle ne sait pas si l'interphone a sonné dans le studio. Et elle n'a pas préparé de mensonge à ce sujet.

« Je suis pas sûre. J'étais sous la douche, répond-elle.

— Ça te va si on garde la ligne ouverte au cas où la situation exigerait notre intervention ? », ajoute l'homme d'une voix mécanique.

Jessica se tient au milieu du salon et réfléchit à la suite des opérations. Ici elle est en sécurité, mais si les hommes des renseignements suivent l'intrus jusque chez elle, ils comprendront vite que Jessica n'y est pas. Et la vérité éclatera.

« OK, ça marche. »

Jessica se force à avoir l'air sûre d'elle. Elle pose le téléphone contre sa poitrine et réfléchit. Elle est armée et formée. Il suffit qu'elle retourne au studio, regarde par le judas au cas où l'intrus frapperait à sa porte. Voilà tout. Si besoin, elle pourra tout à fait se défendre.

Elle se hâte vers l'entrée et ouvre la porte qui donne sur le palier, la referme derrière elle et se tient un instant dans la cage d'escalier plongée dans le noir. Le trousseau de clés cliquette bruyamment dans l'espace vide, lui glisse de la main et tombe à ses pieds. Elle s'accroupit pour le ramasser et regarde rapidement vers le haut, puis vers l'escalier. L'obscurité peut dissimuler n'importe quoi. N'importe qui. L'interrupteur est presque à portée de sa main. Putain de merde. Elle aurait dû rester dans son appart' bourré d'alarmes. C'est peut-être un piège. Peut-être que l'appel ne venait pas des services de renseignement, mais de…

« Allô ? »

Jessica entend la voix dans son téléphone et sursaute. Elle trouve la bonne clé et sent des frissons lui parcourir l'échine.

« Allô, Niemi ? »

Jessica retient sa respiration et glisse la clé dans la serrure. La porte s'ouvre et Jessica fonce dans son studio. Au même instant, quelqu'un frappe à la porte.

« Allô, chuchote-t-elle dans le téléphone en pointant son pistolet sur la porte.

— Tout va bien ? demande la voix au téléphone. On est là dans une minute si besoin. Mais si c'est une fausse alerte, il vaut mieux pas qu'on grille la surveillance.

— Y a quelqu'un à la porte, murmure Jessica.

— Tu es armée ?

— Oui.

— Il essaie d'entrer ?

— Il toque…

— OK. On arrive… », dit l'homme des services de renseignement.

Jessica entend s'ouvrir la porte latérale de la camionnette.

« Non. Attendez ! »

Elle avance lentement vers la porte. L'homme frappe à nouveau. Le son est rythmé mais pas agressif.

« J'ai un judas, chuchote Jessica.

— Écoute, Niemi. Je veux entendre dans ce téléphone les mots *Un ami vient d'arriver* dans trente secondes. Autrement on monte.

— Ça marche », confirme la capitaine en posant le téléphone sur l'accoudoir du canapé.

Elle se glisse en chaussettes jusqu'à la porte, retient sa respiration et regarde par le judas. Puis elle l'entend. Cette voix familière, légèrement ivre. *Fubu*. Il l'appelle à voix basse.

60

Jusuf croise les bras sur la table et attend patiemment que le jeune homme blond qui s'est présenté sous le nom de Timo Blomqvist reprenne ses esprits, passant sa main dans son épaisse chevelure.

« Je ne vois pas qui pourrait faire un... Lea était la personne la plus gentille du monde.

— Je suis vraiment désolé », dit Jusuf, le regard planté sur le tapis multicolore.

Il se sent s'enfoncer dans le fauteuil de velours bleu incroyablement mou. Le studio situé à Kallio est propre, mais décoré avec un mauvais goût qui dépasse l'entendement. Les murs vert sombre, les tapisseries et les tapis atrocement laids sont un voyage dans une autre décennie. Une décennie passée, *a priori*, même si Jusuf n'en est pas certain.

« Vous comprenez qu'il est important que nous discutions sans attendre, reprend-il en posant un dictaphone sur la table.

— Café. Vous en voulez ? lui demande Timo Blomqvist d'un air distrait en se levant et se dirigeant vers la cuisine.

— Non merci, décline Jusuf qui le suit du regard. Avez-vous la moindre idée de qui aurait pu faire ça à votre sœur ?

— Non. Comme je vous le disais, Lea était quelqu'un d'agréable. Joyeuse et amicale… Simple. Je n'arrive pas à comprendre que quelqu'un… »

Blomqvist ouvre le robinet et fait couler de l'eau dans la cafetière.

« Avait-elle rencontré de nouvelles personnes dernièrement ? Amis ? Petits copains ?

— Lea est… », commence Timo Blomqvist avant de fixer Jusuf d'un œil vague.

Il se mouche et reporte son attention sur la cafetière. Il dévisse le couvercle et y verse les grains avec une cuiller. Sa main tremble.

« Elle était célibataire depuis plusieurs années. Je ne pense pas qu'elle avait quelqu'un. En tout cas, je ne suis pas au courant.

— Vous étiez proches ?

— Notre famille est en Espagne…

— Donc ?

— On se voyait souvent, oui. Même si là ça remontait à quelque temps. Justement ce matin on devait se voir chez elle, à Laajasalo. Je suis resté assez longtemps devant la porte, à sonner…

— Vous aviez une raison de vous voir ?

— Quoi ? »

Timo Blomqvist semble troublé.

« Qui a proposé le rendez-vous ? Vous ou Lea ?

— Je ne sais plus. On n'avait pas d'agenda. Simplement une ou deux fois par mois, on prenait un café chez l'un ou chez l'autre…

— D'accord. Vous vous souvenez de quoi que ce soit d'inhabituel ? A-t-elle dit qu'elle faisait quelque chose de particulier, qu'elle rencontrait quelqu'un ?

— Ça faisait deux semaines qu'on ne s'était même pas parlé au téléphone. On a fixé le rendez-vous sur WhatsApp. »

Effondré, il revient vers la table basse entourée de deux fauteuils. Le café chaud lui éclabousse les doigts, mais il ne semble pas s'en rendre compte.

« Lea était chercheuse, reprend Jusuf.

— C'est exact. Elle travaillait à la fac.

— Elle a passé son doctorat il y a deux ans, en psychologie ?

— Elle se consacrait à un sujet assez spécifique. On ne parlait pas trop du boulot car aucun d'entre nous ne comprenait ce que faisait l'autre, fait Timo Blomqvist en riant tristement. Mais… Elle est là… », dit-il rapidement en posant sa tasse de café.

Il se dirige vers la bibliothèque couleur bois et attrape un livre mince.

« Qu'est-ce que c'est ?

— La thèse de Lea. »

Il tend le volume à Jusuf.

Lea Blomqvist, Toxoplasmose et agressivité. 2017.

« Ça parle de quoi ? questionne Jusuf en feuilletant la thèse.

— Aucune idée. Il se mord la lèvre, visiblement au bord des larmes. Je travaille dans une agence de pub.

— Je peux vous l'emprunter ? » demande Jusuf en se levant.

Blomqvist acquiesce, puis enfouit son visage dans ses mains. Jusuf s'approche de lui, envisage un instant de poser la main sur son épaule. Pour une raison quelconque, le geste lui paraît toutefois malvenu.

« Je suis désolé », se contente-t-il d'ajouter en se dirigeant vers la porte.

61

Jessica ouvre la porte et découvre un homme ivre dont les lèvres esquissent un sourire espiègle.

« Putain, qu'est-ce que tu fous là ? demande Jessica en jetant un coup d'œil à l'arme qu'elle vient de poser sur le porte-chapeaux.

— Désolé, fliquesse. On était au bar juste à côté et…

— Mais je t'avais dit qu'on pourrait peut-être se voir ce soir… », commence-t-elle avant de se souvenir que l'appel est toujours en cours.

Elle tend le cou vers la cage d'escalier vide, fait entrer Fubu et prend son téléphone.

« Un ami vient d'arriver », dit-elle en regardant Fubu qui enlève son blouson mouillé et le suspend au portemanteau.

Entendu.

« Merci à vous, dit Jessica en raccrochant.

— Le boulot ? »

Fubu enlève ses chaussures, se rend sans hésiter dans le salon et s'affale sur le canapé.

« Oui comme je te l'avais dit. »

Jessica prend un verre sur l'étagère et le remplit au robinet.

« J'ai perdu mon téléphone, bredouille Fubu avec un rire incrédule.

— Bah, tu m'as envoyé un message il y a deux heures.

— Ouais. Ensuite, il a disparu. Me le suis peut-être fait chourer. Je sais pas.

— Où ? demande Jessica en vidant son verre.

— Dans un bar à Kamppi. Y avait un peu de tout, niveau clients. Fais chier…

— Et tu as décidé de venir ici. Tu sais bien que je ne prends pas les plaintes.

— Je me suis dit qu'on pourrait avancer un peu le rendez-vous.

— Au moins tu es en meilleur état que la dernière fois, constate Jessica en s'asseyant à la petite table.

— Ouais, désolé. J'étais déchiré.

— Tu m'étonnes.

— Alors, tu en dis quoi ?

— De quoi ?

— Je peux rester ?

— J'ai du boulot.

— Ah, mais tu peux bosser, hein. Moi je peux juste regarder la téloche. *First Netflix. Then chill* », lance Fubu en souriant largement, sous son bonnet rouge et bleu des Canadiens de Montréal, avec un gros pompon.

Les manches retroussées de son sweat à capuche révèlent des bras maigres mais musculeux ponctués de plusieurs tatouages au mauvais goût assumé. Jessica pose son verre sur la table et se frotte le front. Les dernières vingt-quatre heures ont été épuisantes. Chaque cellule de son corps sait que ce n'est pas fini. Qu'ils vont continuer d'essayer de lui faire peur. Son corps et son esprit réclament une petite pause, un court instant hors de la réalité. C'est bien pour ça que Fubu est là. Elle a tout ce qu'il lui faut sur un plateau. Un quart d'heure. Il rentre, il sort. Mais l'idée a quelque chose de pas net. En vingt-quatre heures, elle a tellement eu affaire à la mort que prendre du plaisir après tout cela est sûrement répréhensible.

« Désolée, dit-elle en se levant, mains sur les hanches. Il faut que tu partes. J'ai vraiment trop de boulot. »

Fubu fait la moue avec une intensité exagérée, comme un clown tragique. Puis il claque des mains et se lève d'un bond, avec une agilité inattendue.

« Bon, ben, tant pis. Je repars bredouille dans la nuit », déclare-t-il en se traînant vers la porte.

C'est ça qui l'attire tant chez Fubu : il est sûr de lui, avec un air carrément canaille. Mais il ne fait jamais le charognard, il comprend quand on lui dit *non*. Il a l'habitude de prendre des coups. Et autre chose à l'occasion.

« Mais franchement je pige pas, ajoute soudain Fubu.

— Tu piges pas quoi ?

— Pourquoi tu rechignes. Allez, et si je restais quand même ? »

Jessica sent sa patience mise à rude épreuve. Bon, donc Fubu est un charo, finalement.

« Bon, va-t'en.

— De quoi t'as peur ?

— Casse-toi ! »

Il sourit, hoche la tête, puis commence à remettre ses chaussures.

« OK. Mais dis-toi bien, fliquesse, qu'en partant j'irai à Storyville me mettre quelques binouzes dans le gosier et dragouiller un peu… Une gonzesse presque aussi bien que toi sera probablement demandeuse.

Ensuite, tu t'en voudras. Tu mettras ton doigt à contribution tout en matant un polar allemand…

— Je prends le risque, sourit Jessica.

— Appelle-moi si tu changes d'avis », renchérit Fubu, enfin sérieux.

Il ouvre la porte puis se frappe le front.

« Ah, sauf que tu peux pas appeler comme j'ai pas de téléphone. »

Jessica ramasse un stylo sur la table, déchire un morceau de vieux journal et y note son numéro. Puis elle se dirige vers la porte, serre le nez de Fubu et lui glisse le morceau de papier dans le col.

« Faut jamais désespérer. »

Il disparaît dans l'escalier. Jessica s'appuie contre la porte fermée et remarque que son cœur bat à tout rompre. Elle inspire profondément. Il faut qu'elle reprenne ses esprits. Elle a du travail. Mais là, pour la première fois depuis plusieurs années, le fait de revenir dans le logement voisin lui paraît bizarre, l'appartement lui semble étranger, démesurément grand. Elle préférerait prendre son ordinateur et passer la nuit dans son studio, là où, du reste, tout le monde suppose qu'elle se trouve.

62

Colombano tend la carte au serveur et se tourne pour jeter un coup d'œil à sa montre. Jessica attend patiemment que son regard quitte la table et se lève vers elle. Ça lui suffirait. Les mots, qu'ils soient doux ou non, ne sont pas toujours indispensables. Jessica a longtemps été seule, elle a appris il y a bien longtemps déjà que moins on se montre exigeant envers autrui, plus la vie est simple. Colombano lève les yeux de sa montre et se tourne vers un couple assis à la table voisine. Un petit signe, un témoignage d'attention, ce ne serait quand même pas trop demander par une si belle journée. Jessica sent une boule dans sa poitrine.

Cela fait plusieurs soirs que Jessica a l'impression que Colombano souhaite être seul, qu'il a besoin d'espace pour respirer et pour faire des choses sans elle. Les semaines passées ont été très intenses et elle aimerait que leur vie commune continue ainsi, même si la passion et l'attrait de la nouveauté vont forcément s'effacer peu à peu et que chacun va cesser d'être aveugle aux défauts de l'autre.

Les petites choses qui, quelques jours plus tôt, amusaient Colombano, la grammaire italienne bancale de Jessica, sa manie de tout photographier et sa façon de scruter la nourriture qu'elle avale, sont désormais l'objet de petites piques camouflées en plaisanteries. Jessica a l'impression qu'en deux ou trois jours, elle est passée d'un monde à un autre, qu'elle est retombée en enfance. Auparavant, avec Colombano, elle se sentait plus mûre que son âge, elle pensait qu'il voyait en elle non seulement sa beauté mais également une compagne à la conversation intéressante et à l'intelligence stimulante. Et voilà qu'il lui fait la gueule, comme s'ils étaient obligés de passer du temps ensemble et de se regarder, dans un grand vide sans autres sources de divertissement.

Cela étant, Jessica sait bien qu'un comportement instable n'implique pas qu'il ne soit pas amoureux d'elle. Sa mère était pareille, pourtant elle aimait Jessica de tout son cœur.

« Tout va bien ? » finit-elle par demander en jetant un œil au décolleté de sa robe rouge sombre.

La cendre tombée du cigare d'un vieil homme croisé plus tôt est partie sans laisser de trace, heureusement.

« Pourquoi ? lance Colombano sans pour autant lever le regard vers elle.

— Comme ça. »

Elle esquisse un sourire manquant singulièrement d'assurance et que personne ne voit. Le manque d'assurance est un poison dans les relations amoureuses, Jessica le sait d'expérience : plus les garçons pleurnichaient au lycée, moins ils l'intéressaient. Elle se mord la lèvre et pose les doigts sur les larges mains de Colombano.

« Écoute, Jessica, ma chérie, dit-il en tournant lentement les yeux vers elle. Comme tu le sais, un nouveau programme est prévu pour mardi… C'est un duo pour violons. Et il faut que je m'entraîne sérieusement.

— Bien sûr », réplique-t-elle tandis que le serveur pose sur la table deux verres de vin, ouvre la bouteille et fait goûter Colombano.

Ce dernier en contemple la robe, enfonce profondément son nez dans le verre effilé, agite le vin pour en libérer tous les arômes, examine les traces que le liquide laisse sur le bord du verre, puis le vide dans son gosier. Visiblement, le vin ne lui fait pas forte impression. Il avale le breuvage et laisse entendre que cette piquette est à peu près bonne à jeter.

« Tu n'imagines pas comme j'aurais plaisir à passer du temps avec ma princesse, mais il faut que je maîtrise les morceaux à la perfection », ajoute-t-il un instant plus tard en levant son verre que le serveur a de nouveau rempli.

La façon dont il prononce le mot *princesse* n'est en rien flatteuse.

« Ça va sûrement très bien se passer », dit Jessica.

Ils trinquent. Le vin lui semble tout à fait correct. Un grand berger allemand sans son maître passe devant le restaurant.

« Tu as une question à me poser ? »

La question de Colombano est comme un coup de tonnerre dans un ciel serein. Son regard est fixé sur les yeux de Jessica.

« Quoi ?

— Je sais que tu as une question à me poser, reprend Colombano en souriant d'une façon qui laisse deviner quelque chose de repoussant, peut-être une pincée de joie maligne.

— Je n'ai pas de…

— Arrêtons cette comédie. Sois honnête, tu veux bien ? Je t'ai vue rôder dans l'appartement à chercher fébrilement des bribes d'informations. Sur qui je suis. Et sur ce que tout ça – tout ça, là, nous – signifie. Sur ce que tout ça peut donner », déclare Colombano en posant les doigts sur la table.

Malgré leur ton belliqueux, ses mots ne sont pas agressifs. Ils n'ont pas de caractère de défi, ce qui lui donne un air désinvolte. C'est encore pire.

« Moi, je rôde ?

— Oui. Tu fouines. Et c'est très bien. C'est très bien d'être curieuse. Tout ça est important pour toi. Parce que tu es là alors que tu avais prévu de partir il y a déjà des semaines.

— Non, mais franchement, je... rétorque Jessica, mais Colombano abaisse sa paume si fort sur la table qu'il fait danser le vin rouge dans les verres.

— Non, mais franchement. Non, mais franchement. Mais merde, arrête d'être aussi gentille, OK ? »

Jessica se sent pétrifiée et ne sait pas comment réagir. Elle regarde Colombano dont le visage est déterminé, sérieux, mais serein.

« Le monde est un sale endroit... reprend-il. Le monde est froid. Il faut que tu sois suffisamment courageuse pour régler les problèmes que tu veux voir réglés. Pas le droit de geindre comme une petite souris. »

Jessica tripote le pied de son verre de vin. Le regard qu'elle voulait sentir sur elle un instant auparavant est devenu condescendant et étouffant. Pour la première fois, leur différence d'âge semble se retourner contre elle et créer un cadre où seul l'un des deux doit apprendre de l'autre. Elle se sent idiote, pas seulement parce qu'elle sait que Colombano a, au moins en partie, raison, mais également parce qu'elle a placé de vaines attentes sur cette soirée. Elle s'est acheté une nouvelle robe chez Marina Rinaldi, s'est coiffée d'une façon qui, selon elle, devait plaire à Colombano, et a vaporisé un nouveau parfum dans son cou.

« Comment tu trouves le vin ? », lui souffle Colombano.

Le brusque changement de sujet cause à la fois soulagement et déception chez Jessica.

« Il est bon.

— Évidemment », approuve-t-il avec un petit rire.

Elle sent un élancement au creux de son ventre. Colombano laisse à nouveau son regard vagabonder, se poser sur les clients assis en terrasse.

« Demain, on répète chez moi, dit-il finalement en posant son verre vide sur la table. Donc, si tu as envie de louer une voiture et d'aller sur le continent… Demain, c'est le bon jour. »

63

« La toxoplasmose ? » répète Jessica, le téléphone entre l'oreille et l'épaule, tout en arrachant un morceau de papier toilette.

Jusuf, Rasmus et la médecin légiste, Sissi Sarvilinna, participent également à cette réunion à distance. On entend en arrière-plan le ronronnement de la voiture de Jusuf et le pianotage enthousiaste de Rasmus. Quant à Sarvilinna, Jessica l'imagine se tenant impassible, kit mains libres à l'oreille, au beau milieu des tiroirs chromés de la morgue.

« Vous croyez que le mobile du crime est d'une certaine façon lié au sujet de thèse de la victime ? demande machinalement Sarvilinna, ce qui renforce l'image mentale que s'en est faite Jessica.

— Franchement, on n'en a aucune idée. Mais si Lea Blomqvist a passé des années à étudier ce sujet, on va pas exclure cette possibilité », confirme cette dernière.

Elle se lève de la lunette des toilettes, ferme l'abattant et décide de ne tirer la chasse qu'un peu plus tard, pour éviter que le bruit ne s'entende au téléphone.

Le ronronnement et le pianotage sont brièvement accompagnés d'un profond soupir.

« Lea Blomqvist n'était pas médecin, donc je ne comprends pas bien pourquoi elle a pris comme sujet...

— Sissi, pitié. On va éviter de perdre du temps » coupe Jessica avant de regretter immédiatement ses paroles.

Il s'écoule suffisamment de secondes pour qu'elle doive vérifier si la légiste est encore en ligne.

« Allô, tu es toujours...

— La toxoplasmose est une infection transmise par des protozoaires, siffle Sarvilinna, comme si elle attendait simplement de pouvoir interrompre Jessica. La plus répandue, en fait. Elle s'attrape par exemple avec de la viande mal cuite ou des excréments de chat.

— Ah, putain. J'ai pas l'impression que ça nous sert à grand-chose », ajoute Jusuf de mauvaise humeur.

Jessica se tient devant le miroir, téléphone vissé à l'oreille. Elle regarde la baignoire, bordée par un rideau noir. Elle s'imagine assise dedans, le tambourinement de la douche sur son corps, ses cheveux mouillés collés sur son visage.

« En quoi est-ce lié à l'agressivité ? demande Jessica en prenant rapidement sa respiration.

— Franchement, je ne suis pas trop sûre. Faudrait sans doute lire la thèse », répond Sarvilinna.

Ses interlocuteurs savent qu'elle ne plaisante pas.

« Ça peut entraîner de l'agressivité ?

— À ma connaissance, c'est une infection qui n'est dangereuse que pour les fœtus et les individus dont les défenses immunitaires sont déjà affaiblies. Par exemple, les sidéens. Je me souviens avoir lu qu'une infection datant de l'enfance peut causer des complications cérébrales. Mais bon, c'est le cas de beaucoup d'autres maladies. »

Jessica fait quelques pas vers la baignoire, prend dans ses doigts le rideau noir et l'écarte.

« OK, merci Sissi », dit-elle.

Le nom de la légiste disparaît rapidement de l'écran du téléphone.

« Pas l'impression que ce soit très pertinent, renchérit Rasmus qui prend la parole pour la première fois depuis le début de la réunion.

— On sait pas encore ce qui est pertinent ou non, soupire Jessica. Jusuf, tu es où ?

— À Sörnäinen. En route vers Kulosaari. On a un compte rendu manuscrit des entretiens avec les voisins. »

64

Nina Ruska tend les doigts par-dessus sa tête, vers ses omoplates, tout en poussant son coude avec son autre main. Le muscle extenseur s'étire délicieusement. Elle a les bras et la nuque toujours bloqués depuis la compétition de l'avant-veille. Cela faisait déjà plus d'un an qu'elle ne s'était pas retrouvée joue contre le tatami, le poignet de son adversaire sur la nuque. Outre la douleur et la raideur des muscles, ce qui la chagrine, c'est l'amère réalité d'avoir perdu – assez nettement, de surcroît – face à un agent de dix ans de moins qu'elle, travaillant pour la police de Finlande de l'Est.

« La substance qu'on recherche n'est pas le thiopental », annonce Mikael en faisant tourner sa chaise.

Il a placé contre sa poitrine un des derniers combinés téléphoniques filaires de l'étage ; il le pose sur la table.

« Qu'est-ce que tu veux dire ?

— J'ai discuté avec le labo. Ce qu'on cherche c'est du thiopental sodique, qui se transforme dans l'organisme en thiopental.

— Ils ont dit quoi d'autre ? interroge Nina en laissant ses bras retomber sur les côtés.

— J'ai tout noté, attends, intime-t-il en attrapant son carnet sur la table. Trois produits… D'abord, le thiopental sodique assomme la victime. En moins d'une minute…

— Le chloroforme ne s'en était pas déjà chargé ? De l'assommer ? demande Nina.

— Si. Ils n'étaient pas sûrs de la raison pour laquelle les victimes avaient reçu les deux produits, mais ils ont quand même une très bonne théorie à ce sujet.

— Dis-moi.

— Le chloroforme est passé dans le corps de la victime par les voies respiratoires. Les autres produits ont été directement injectés dans la veine. Au labo, ils supposent que l'anesthésie au chloroforme a d'abord servi à rendre les victimes plus simples à manipuler. La canule avec laquelle les autres produits ont été injectés est vachement dure à poser si le *patient* résiste.

— Pas faux, confirme Nina pendant que Mikael attrape un sachet de chewing-gums dans un tiroir.

— Ensuite, injection de thiopental sodique dans la veine pour garantir l'inconscience. Après ça, bromure de pancur… »

Il enfourne quelques chewing-gums et se penche pour examiner ses notes de plus près.

« … bromure de pancuronium. C'est un myorelaxant qui paralyse les organes respiratoires. Enfin, chlorure de potassium, pour arrêter le cœur.

— Et ces trois produits ont été injectés dans la veine via une canule ?

— Oui. Les bleus sur le dos de la main le laissent supposer.

— Tout ça demande quand même certaines compétences. Et peut-être du matos – un appareil de dosage, ce genre de trucs. Une poche à perfusion et un porte-sérum ?

— Voilà. Les produits n'ont pas été injectés de façon approximative dans le sang des victimes, la quantité a été précisément mesurée. La teneur des produits qu'on a trouvés dans les corps de Maria Koponen et de Lea Blomqvist est presque la même. Les médicaments ont été dosés en fonction de leur poids. Les victimes ont donc probablement été pesées pour pouvoir leur administrer la dose efficace précise de médicaments. L'empoisonneur a su non seulement poser les canules, mais également calculer la dose mortelle précise.

— Tu le dis ou je le dis ?

— Que l'auteur des faits est médecin ?

— Ou infirmier.

— Ou vétérinaire. »

Pendant un instant, Nina et Mikael se fixent, de la même façon qu'ils se regardent parfois après avoir fait l'amour, muets et songeurs. Mais en l'occurrence, tous deux pensent exclusivement à l'affaire en cours.

« Ou pas, ajoute finalement Nina en posant la main sur sa hanche. C'est un acte qui ne nécessite pas franchement des années d'études. La marche à suivre peut sans doute se trouver sur Internet.

— Mais c'est nettement plus facile d'avoir accès à ces produits en tant que professionnel de santé.

— Pourquoi y aurait-il des poisons mortels dans les hôpitaux ?

— Aucune de ces substances n'est à proprement parler un poison. Le thiopental est utilisé comme anesthésique, tout comme le bromure de panc... pancuronium, qui sert pour des actes assez simples nécessitant une anesthésie. Il y en a dans tous les hôpitaux.

— Et le chlorure de potassium ?

— E508.

— Hein ?

— C'est un additif. Tu en as dans la pizza surgelée de la supérette. La létalité du chlorure de potassium n'apparaît qu'à forte dose. À faibles doses, c'est même bon pour la santé.

— Eh ben, merde. Donc tracer ces produits ne sera pas si simple, note Nina.

— Peut-être que non. Peut-être que si. Maintenant, on sait que les coupables n'ont pas forcément eu besoin de recourir au marché noir. S'agissant des deux premiers produits, les hôpitaux tiennent tout de même une comptabilité précise des substances et des médicaments.

— Et le lieu de travail de Maria Koponen ? Neurofarm ? Ils fabriquent des médicaments…

— On peut exclure cette hypothèse, dit Mikael en tendant à Nina une feuille imprimée sur la table. L'entreprise fabrique des neuroleptiques, c'est-à-dire des médicaments antipsychotiques, qu'elle revend aux fabricants de pilules. Voilà une liste. »

Nina l'observe un moment, puis soupire, déçue.

« Et Torsten Karlstedt et Kai Lehtinen ? », propose Nina.

Elle se lève et marche jusqu'au mur, où règne un désordre contrôlé de photos, de Post-it et de feuilles de papier. Elle appuie pour renforcer les adhésifs qui maintiennent en place les portraits des deux hommes.

« Un entrepreneur en technologie informatique et un conducteur de travaux. L'un d'entre eux a-t-il le moindre rapport avec des hôpitaux ou des stocks de médicaments ?

— Il faut vérifier ça tout de suite », signale Mikael en levant le combiné filaire à son oreille.

Avant de composer le numéro, il s'arrête et regarde Nina. Le visage de cette dernière indique bien qu'en cette seconde précise elle pense à autre chose. Nina adore son travail, et souvent, quand elle est concentrée sur quelque chose, elle a le même air qu'un élève de terminale qui vise la mention très bien ; réfléchie, sereine et déterminée. Mais tout de suite, son visage exprime de l'inquiétude.

« Tu penses à Jessica ? », lui demande Mikael en reposant le combiné.

Nina acquiesce et se place devant la carte mentale, mains sur les hanches.

« Jessica va très bien s'en tirer, reprend Mikael.

— Je n'en doute pas, mais… quelqu'un est trop proche. Et ça sent pas bon du tout.

— Ça va se régler.

— Tu t'es jamais dit que la possibilité d'étudier un meurtre en vue panoramique est une sorte de luxe ? Que c'est un privilège de résoudre des problèmes qui ne sont pas… réactifs. Dynamiques. Des problèmes qui n'évoluent pas au fur et à mesure qu'on suit les pistes.

— Non, mais je vois ce que tu veux dire. Enfin là malheureusement, ce n'est pas une affaire de ce genre.

— Non, c'est sûr. C'est tout le contraire. C'est comme une putain de superbactérie qui vit et se développe malgré les antibiotiques.

— C'est nous les antibiotiques ?

— Ouah, tu as compris la métaphore.

— Et celle-là, tu la comprends ? dit Mikael d'une voix de pervers tout en faisant un geste d'invite avec ses doigts.

— Mais quel clown, bordel ! Allez, maintenant tu téléphones », lance Nina en disparaissant dans le couloir.

65

Les phares de la voiture forcent l'agent en tenue à lever la main pour se protéger les yeux. Jusuf attrape le paquet de cigarettes qui traîne sur le tableau de bord, mais il pense soudain à Erne, à sa voix éraillée qui évoque le bruit d'un tuyau ramoné par une brosse métallique, et il décide qu'il a suffisamment fumé pour aujourd'hui.

Il laisse le moteur allumé. Son regard explore la maison et le jardin des Koponen. Les terrains à côté et en face. Certaines maisons sont anciennes, mais la plupart sont des bâtiments neufs construits sur des parcelles morcelées, le plus souvent de sublimes ensembles en béton crépi et en verre. Aucune des maisons de la rue ne se vendra à moins d'un million d'euros, et celle des Koponen, avec sa plage privée, a clairement coûté plusieurs millions.

Jusuf regarde la montée. Sur la crête se profile la villa en rondins de la vieille femme, drôle de bâtisse qui rappelle à Jusuf la maison des Moumines[1]. Pas la tour bleue des dessins animés japonais, mais la version villa, celle dont Tove Jansson a construit

1. Sorte de trolls ressemblant à des hippopotames créés en Finlande.

elle-même la maquette. Jusuf l'a vue au parc d'attractions de Tampere, à l'époque où il était à l'école de police. Il y avait passé un samedi ensoleillé avec sa petite sœur de neuf ans. Nezha a maintenant seize ans et n'aime plus les Moumines. Elle n'aime pas grand-chose, d'ailleurs. En réalité, Jusuf n'a aucune idée de ce qu'elle aime ni de ce qu'elle attend de la vie. Ça fait déjà un bon bout de temps qu'ils n'ont pas eu une vraie discussion. Il ne la connaît plus, plus comme avant. Il ne se rappelle plus quand il a eu de vraies nouvelles de sa sœur après lui avoir demandé comment elle allait. Des vraies nouvelles en retour.

Ohé. Jusuf revient à la réalité. Un policier en combinaison bleue qu'il ne connaît pas vient d'apparaître, presque subrepticement et frappe à la fenêtre. Jusuf ouvre la portière.

« Ouais ?

— Euh… Tu es du groupe d'enquête sur le meurtre ?

— Oui, répond Jusuf en montrant sa carte d'identité au cas où.

— Parfait. Je venais juste vérifier…

— Qu'il n'y avait pas un négro qui s'était incrusté sur le lieu du crime, ajoute Jusuf en éteignant le moteur.

— Non, non, simplement… dit l'agent en déglutissant, mais il se tait en voyant Jusuf sourire.

— T'inquiète, je rigole. Je comprends tout à fait. Cette scène de crime attire des types chelous, c'est pas nouveau », l'interrompt Jusuf.

Il décide finalement d'emporter ses cigarettes, puis il sort de la voiture. Le vent a forci, les températures sont à nouveau glaciales, repassées au-dessous de zéro.

« Koivuaho, se présente l'homme en tendant la main à Jusuf.

— Pepple », réplique ce dernier en allumant une cigarette.

Il lève ses doigts qui tiennent la cigarette et désigne son collègue d'un air interrogateur.

« Koivuaho ? C'était pas justement toi le premier sur les lieux ?

— Si, répond Koivuaho en resserrant ses gants. Je les ai fait visiter à la capitaine Niemi. Elle est en route ?

— Tu dois avoir le rapport sur les entretiens avec les voisins ?

— Ouais. Mais il est pas encore écrit au propre. »

Koivuaho attrape une liasse de papiers pliés dans sa poche de poitrine.

« On a fait toutes les maisons, sur quelques centaines de mètres. Une seule est restée vide toute la journée. Et une partie des déclarations ont déjà été recueillies hier. Notamment celle de Mme Adlerkreutz », poursuit Koivuaho froidement, avant de se moucher et de désigner la villa en bois de l'autre côté de la rue.

La maison des Moumines, depuis le dernier étage de laquelle Jessica et lui ont observé les environs à peine vingt-quatre heures auparavant.

« Adlerkreutz, hein ? », répète Jusuf en souriant malgré lui.

Koivuaho hoche la tête et prend la cigarette qu'il lui propose. Ils ont tous les deux entre les doigts un mince tube de papier incandescent.

« Y a eu des nouveaux clients ? », demande Jusuf.

Il souffle la fumée, que le gel épaissit, en brèves expirations.

« Personne n'a rien remarqué d'inhabituel. Ni d'individu suspect. Personne ne se rappelle avoir vu Maria Koponen de toute la journée, ni Roger Koponen prendre sa voiture dans la cour et partir hier matin. Toute la rue dormait.

— Et on ne peut en vouloir à personne », confirme Jusuf en attrapant les documents que lui tend Koivuaho.

Le brigadier est plus petit que lui, mais deux fois plus costaud. Sa barbe de trois jours semble si rêche qu'on pourrait y accrocher des tampons de ouate. Il doit avoir dix ans de plus que Jusuf et être largement plus expérimenté, comme flic. Et pourtant, il est toujours patrouilleur. Jusuf sait que tout le monde est loin de vouloir intégrer le personnel d'encadrement ou devenir enquêteur, mais il ne peut que s'étonner que tant de gens aiment conduire un panier à salade, dresser des contraventions et transporter des poivrots. Malgré tout, il n'y a pas la moindre trace d'amertume ou de jalousie dans le regard de Koivuaho, et Jusuf ne distingue pas dans le comportement de l'agent ce racisme déguisé en humour de corps de garde qu'il a dû supporter toute sa vie sous diverses formes.

« Merci. Je vais lire tout ça, indique Jusuf en faisant décrire à son mégot une belle courbe qui s'achève sous la haie d'arbustes de Mme Adlerkreutz. Au fait, la maison où il n'y avait personne, c'était laquelle ?

— C'est noté. La numéro 12, dit Koivuaho, clope au bec, en tendant le bras vers un secteur hors de portée des rubans de signalisation. Une grande maison ancienne en briques rouges. Le portillon indique von Bunsdorf. »

66

Le numéro 12 est à quelques centaines de mètres, et Jusuf décide d'y aller à pied. Le bonnet et les gants ne semblaient pas nécessaires dans la voiture bien chauffée, mais après cinq minutes à la merci du vent glacial, il regrette subitement de ne pas les avoir pris. C'était une erreur de les laisser sur le tableau de bord.

Il croise un gros homme vêtu d'un manteau de bûcheron rouge et noir et qui enroule autour de son poignet une laisse retenant un petit chien. Sur le côté droit de la route apparaît un vaste terrain, au fond duquel se découpe fièrement une maison de briques rouges. Jusuf fait halte et lève le bras au moment où l'homme au chien passe à côté de lui.

« Excusez-moi, fait-il en sortant une nouvelle fois sa carte d'identité. Police. »

L'homme ramène le chien vers lui, fronce les sourcils et saisit vigoureusement la carte que Jusuf lui présente. Il la regarde longuement et soigneusement. *Eh non, connard, c'est pas une imitation.*

« Normalement, je ne me serais pas arrêté pour bavarder, mais je vais faire une exception », lance l'homme.

Jusuf ne comprend pas son histoire d'exception. Exception parce que Jusuf est policier ou parce qu'il vient de se produire deux homicides dans la rue ?

« Une sale histoire. Vous avez trouvé quelque chose ?

— Vous habitez dans le coin ? demande Jusuf en remettant sa carte d'identité dans sa poche.

— Pas loin, oui, dit l'homme en indiquant de la tête la direction d'où il vient.

— Vous avez suivi les nouvelles.

— Kulosaari est tout petit. Il n'y a plus ici le côté communautaire qu'on avait avant, c'est déjà bien quand les voisins disent bonjour. Mais tout le monde connaissait les Koponen. La maison est restée vide un moment avant qu'ils ne l'achètent. Ça fait combien de temps déjà. Deux ans ? Trois ?

— Elle est restée vide combien de temps ?

— Depuis sa construction. Un architecte local l'avait conçue pour lui-même, mais il a divorcé presque aussitôt et a mis la baraque en vente. Un grand terrain avec plage dans un endroit pareil, une grande maison… Si je me souviens bien, le prix affiché a longtemps été complètement dingue. Genre quatre.

— Millions ?

— Nan, quatre mille, ricane l'homme en tirant à nouveau sur la laisse. Quatre millions évidemment ! Puis le prix a baissé d'un demi-million. Et encore un peu ensuite. Je crois que les Koponen l'ont eue pour même pas trois millions. Enfin pour ce que j'en sais…

— Je vois », note Jusuf en se demandant si tout cela est utile.

Cet homme en manteau de bûcheron a l'air d'être quelqu'un de pas très ragoûtant. Quelqu'un qui pense savoir des choses. Mais qui en réalité – au grand dam de Jusuf – semble ne rien savoir d'intéressant.

« Voici le numéro d'urgence. Appelez si un détail vous revient en mémoire. N'importe quel détail », ajoute le policier en tendant sa carte. C'est l'avant-dernière de son paquet.

L'homme regarde la carte et se met à rire. Jusuf serait bien en peine de dire pourquoi. Puis il reprend son sérieux, attrape dans sa poche un sac à crottes et souhaite à Jusuf une bonne soirée, avec une politesse inattendue.

Ah putain, y a que des tarés. C'est toute l'île qu'il faudrait clôturer.

67

Von Bunsdorf.

Jusuf appuie plusieurs fois sur le bouton sans obtenir de réponse, puis attrape la poignée décorative et se rend compte que le portillon métallique à la peinture vert foncé écaillée n'est pas fermé. À côté, un portail mécanique et une caméra de sécurité ancien modèle.

Le jardin est étonnamment grand, entouré d'une dense haie de thuyas. Jusuf avance le long de la route et regarde devant lui la maison de briques rouges, avec ses moulures blanches, son toit à double pente raide fait de bardeaux noirs, et sa haute cheminée. De courtes marches en pierre mènent à la porte d'entrée. La maison n'évoque pas du tout les maisons individuelles typiques d'Helsinki, elle rappelle plutôt une demeure aristocratique de la campagne anglaise. De petits pommiers longent la route et un garage pour au moins deux voitures émerge derrière eux. La neige ne dévoile aucune trace de pneus, mais la fine couche sous les chaussures de Jusuf indique que le jardin a été déblayé après la tempête de l'avant-veille. Quelqu'un s'est forcément trouvé là récemment. Peut-être en ce moment même. En tout cas, une vive lumière brille à l'étage.

Jusuf grimpe le petit escalier et s'arrête devant la porte. La partie supérieure est ronde, entourée de briques blanches décoratives. Au milieu se trouve une tête de lion en fer, grosse comme le poing, et dont la gueule contient un heurtoir. Il n'y a pas de sonnette, ce qui est sans doute logique puisque le visiteur a déjà sonné au portillon. Jusuf attrape le cercle dans la gueule du fauve et frappe trois fois. Il attend. Mais personne ne lui ouvre.

Au même moment, il sent sa poche vibrer. Un message de Jessica. *Appelle dès que tu peux.* Jusuf éteint l'écran et presse le téléphone contre son menton. Pas de von Bunsdorf – qu'il n'y en ait qu'un dans la maison ou qu'ils soient plusieurs. Jusuf ou quelqu'un d'autre pourrait repasser demain. Ou trouver le numéro et interroger von Bunsdorf par téléphone. Mais bon, peu probable qu'il ait vu quoi que ce soit. Il y a une certaine distance jusqu'à la maison des Koponen, et l'armée de thuyas permet à peine de voir la rue.

Jusuf enfonce les mains dans ses poches et descend l'escalier. Il sélectionne le numéro de Jessica, mais arrête soudain son regard sur quelque chose qu'il n'a pas remarqué l'instant d'avant. Il remet le téléphone dans sa poche et tend les doigts. Oh putain. Un peu plus loin dans le jardin, il y a un petit édifice de pierres, à hauteur de genou, comme un petit Stonehenge. Au milieu, une silhouette à tête cornue. Jusuf quitte le chemin déblayé pour les voitures et avance dans le jardin, couvert d'une couche de neige de quelques dizaines de centimètres. La surface de la croûte de neige a fondu puis gelé à nouveau. Jusuf entend des craquements sous ses pieds, il a l'impression de s'enfoncer dans une crème brûlée géante à chacun de ses pas.

Après avoir pataugé dans la neige un moment, Jusuf s'accroupit devant les pierres, observe la sculpture haute d'un mètre et comprend qu'il s'agit d'une fontaine. Les cornes courbes sont reliées à la tête d'une chèvre dotée d'un corps humain à moitié nu. Le bras droit de la créature est levé de telle façon que l'avant-bras forme un angle droit et que l'index et le majeur sont dirigés vers le haut. Un pentagramme pend à son cou. Les pieds sont remplacés par des sabots.

Jusuf attrape la statue par une corne, la secoue et constate qu'elle est solidement fixée au sol. Il observe les yeux sévères de la chèvre, le symbole à son cou, et sent un frisson lui parcourir le corps. Il regarde autour de lui. L'œuvre se dresse exactement au milieu du jardin. Il pense à Jessica, à tout ce qu'il a vu pendant cette brève enquête. Au fait qu'elle serait là si Erne ne lui avait pas ordonné de rester chez elle. Jusuf déglutit, douloureusement conscient que rien n'est jamais un hasard. Ni dans les enquêtes criminelles, ni dans ce puzzle infernal. Jusuf est accroupi dans le jardin qui n'est éclairé que par la couche de neige blanche et par la lueur des lampadaires au-dessus des thuyas. Il se sent complètement démuni.

Il lève le regard vers la fenêtre, voit une lumière intense. Puis il jette un coup d'œil à l'être hybride mi-homme mi-chèvre sculpté dans la pierre, à ce démon dont les yeux morts sont fixés sur la maison.

68

Après quelques minutes qui lui paraissent une éternité, Jusuf entend le bruit du verrou du portillon métallique et voit deux policiers en tenue entrer précautionneusement dans la cour. Il reconnaît Koivuaho, qui ouvre la marche. Il avance légèrement penché, comme un avant qui attend le coup d'envoi dans un match de football américain.

« Ça donne quoi ? », demande Koivuaho une fois qu'il a rejoint Jusuf.

L'autre agent est resté sur l'allée des voitures et se dirige prudemment vers le garage.

« Je ne sais pas. Mais j'ai un mauvais pressentiment », dit Jusuf en se levant.

Ses mollets fourmillent à cause de son accroupissement prolongé, et le vent froid a engourdi ses oreilles.

Koivuaho regarde la sculpture de pierre.

« Je comprends, dit-il.

— Quand vous êtes passés, vous vous êtes arrêtés au portillon ? » questionne Jusuf.

Comme Koivuaho hoche la tête, il continue :

« Vous avez vu si la lumière était allumée à l'étage ?

— Je ne sais pas trop. De la rue, on ne voit pas toute la maison. Et puis il faisait encore jour…

— OK », note Jusuf avant de s'essuyer le nez sur le dos de la main et d'inviter Koivuaho à le suivre.

Ils rejoignent la partie déneigée devant la maison.

« Quelqu'un s'est occupé de la neige tout récemment, murmure Koivuaho.

— C'est ce que je me suis dit. »

Jusuf regarde autour de lui et constate désormais la présence au-dessus de la porte d'une caméra du même modèle qu'au portail. Si quelqu'un est dans la maison, il a une raison de ne pas laisser les policiers entrer. L'agent est toujours au niveau du garage et regarde aux alentours.

« Qu'est-ce qu'on fait ? s'enquiert Koivuaho.

— Je ne sais pas. Une simple statue sataniste ne justifie pas qu'on défonce des portes.

— C'est clair.

— Dis au collègue qu'il attende ici. On va faire le tour. »

Jusuf s'inquiète de cette neige rugueuse dont les craquements accompagnent chacun de ses pas. La façade de la maison est dotée de nombreuses fenêtres, mais elles ne sont pas éclairées et les rideaux sont tirés. Ils passent le coin et parviennent dans l'arrière-cour, nettement plus petite que le jardin peuplé de pommiers.

« Regarde, chuchote Koivuaho.

— Oh putain. »

Une deuxième figure cornue se tient au milieu de la cour enneigée.

Jusuf réfléchit à ses options. Ils ont pénétré sur une propriété privée, sans suspicion d'infraction. Néanmoins, les figures cornues sont une franche indication que les occupants sont liés à l'affaire d'une façon ou d'une autre. Au vu des événements, c'est clair comme de l'eau de roche.

Jusuf tourne le regard vers la maison ; une grande porte vitrée mène à la terrasse de l'arrière-cour. Il prend son pistolet et s'approche prudemment. Les rideaux sont ouverts, mais on ne voit pas bien à l'intérieur. Une grande pièce avec cheminée, très sombre. Mais les portes vitrées ont quelque chose d'inhabituel. Sur le côté intérieur, elles portent des motifs évoquant des toiles d'araignées. C'est comme si quelqu'un avait essayé de briser la vitre. Jusuf presse la tête contre le verre, porte les mains vers ses yeux pour éliminer les reflets. Le sol de marbre blanc est jonché de taches noires qui, vues de plus près, ne sont pas plates, mais de forme oblongue, en trois dimensions. De tailles et aspects divers. Ce sont des pierres.

« Koivuaho ! » appelle vivement Jusuf, puis il entend les rangers de son collègue fouler rapidement la neige.

Jusuf se souvient de la liste de Rasmus avec les meurtres de la trilogie de Roger Koponen. Il s'en souviendrait même en rêve.

Tome I
Femme noyée (sous la glace)
Femme empoisonnée (disposée dans le livre exactement comme le corps de Maria Koponen)
Homme lapidé

« Lampe de poche », ordonne Jusuf, main tendue, comme un dentiste à son assistant.

Koivuaho attrape à sa ceinture une lampe torche noire.

Un puissant faisceau lumineux lèche la pièce sombre, son sol couvert de pierres. L'ensemble de canapés devant la cheminée, un fauteuil autour duquel se trouvent la plupart des pierres. C'est là que Jusuf aperçoit dans le faisceau quelque chose qui, vu les touffes de poils brillants, pourrait être le sommet de la tête de quelqu'un, apparaissant vaguement derrière le dossier du fauteuil vert.

« Fais venir une autre patrouille. Avec du matos pour pouvoir entrer », chuchote Jusuf, la main sur la poignée métallique.

La porte est verrouillée et les carreaux sont faits d'un verre blindé antieffraction, comme Jusuf le déduit des motifs étoilés, dus aux chocs des pierres contre l'intérieur de la vitre.

Koivuaho prend sa radio portative.

69

Erne Mikson presse plus fermement son bras contre lui, mais la pile de feuilles non agrafées a déjà commencé à s'éparpiller par terre. Les pages tombent sans hâte et glissent le long du sol stratifié, augmentant le désordre.

« *Kurat !* Merde ! », jure-t-il à voix haute.

Si la situation était moins chaotique, il sourirait sans doute de cette exclamation bilingue. Il s'accroupit et rassemble les feuilles. Ses poumons semblent se rétracter chaque fois qu'il se penche en avant. Le sang lui monte à la tête plus facilement qu'auparavant. Ses doigts s'engourdissent.

« Attends. Je vais t'aider. »

Mikael le rejoint en quelques pas rapides en sortant des toilettes pour hommes dans le couloir.

« Nan ! grogne Erne en le repoussant. Laisse tomber, Micke.

— OK, OK. »

Mikael s'éloigne, mains sur les hanches.

Erne rassemble les documents, en fait un tas indistinct qui dépasse dans tous les sens et cale le tout sous son bras.

« Y a quelque chose qui va pas ? interroge Mikael après avoir laissé à Erne le temps de souffler.

— Oui. Demande à Nina et Rasse de venir dans la salle de réunion. Tout de suite.

— Tu as de la fièvre ? poursuit Mikael.

— Comment ça ? »

Mikael désigne le thermomètre qui gît sur le sol, là où Erne s'est accroupi. Erne sent une vague de froid le traverser.

« Mais non, putain. Je l'ai juste oublié dans ma poche...

— OK. »

« Jusuf vient d'appeler, annonce Erne pendant que Rasmus ferme la porte. Nous avons un cinquième cadavre. Un vieil homme attaché à son fauteuil et lapidé à mort, chez lui à Kulosaari. À quelques centaines de mètres de la maison de Koponen.

— C'est qui ? demande Mikael en plissant le front avec empathie.

— Albert von Bunsdorf.

— Ça ne me dit rien. Mais ça fait un peu noble.

— Exactement », soupire Erne qui s'efforce d'entasser sur la table son paquet de feuilles.

Mikael, Nina et Rasmus se tiennent debout à côté de lui, trop énervés pour s'asseoir.

« Qu'est-ce qu'on sait d'autre de la victime ? s'enquiert Nina.

— Soixante-dix ans, veuf. Conseiller honoraire aux hôpitaux. Psychiatre à la retraite. Le rapport avec l'affaire est non seulement dans le mode opératoire, mais aussi dans les statues de boucs qui se trouvent dans le jardin.

— Montre-nous ça », dit Mikael au moment où Erne farfouille dans ses papiers.

Erne trouve la bonne page, où figurent plusieurs photos au flash de la sculpture de pierre. Il tend le document au trio.

« *Baphomet*, lâche tout bas Rasmus.

— Hein ?

— C'est ce que je pensais. Jessica a dit que la silhouette qu'elle a vue sur la glace avait levé un bras. Mais la main ne formait pas un poing, elle était comme celle de cette statue. Jessica n'a pas vu car elle était trop loin…

— Quoi, quoi, quoi… Ralentis un peu, Rasse. Sebamed ? le coupe Mikael avec une pointe d'agacement.

— Baphomet. C'est une sorte de divinité antique, mais contrairement à ce qu'on croit généralement, elle n'est pas du tout liée au satanisme. Mais à l'hérésie, oui, donc on peut supposer que Bunsdorf a été puni parce qu'il le vénérait, explique Rasmus, tandis qu'un profond silence se fait dans la pièce.

— Il y avait deux statues. Jardin et arrière-cour. Disposées de façon à regarder vers la maison », ajoute Erne.

Un murmure de voix inquiètes s'élève au coin de la table.

« Ce sont les meurtriers qui les ont mises là… commence Nina.

— D'après les traces, Jusuf pense que les statues étaient là depuis plusieurs jours. Qu'elles ont été amenées avant la tempête de neige d'avant-hier.

— L'homme était mort depuis combien de temps ?

— On va le savoir bientôt. Mais la *rigor mortis* totale du corps laisse penser que la victime a été tuée il y a entre neuf et vingt-quatre heures.

— Donc les statues ont très bien pu être amenées… » commence Mikael qui s'interrompt quand Rasmus fait entendre un cri rauque.

Tout le monde se tourne vers lui. Les épaules de son pull noir sont constellées de pellicules.

« Mais bordel, vous m'écoutez pas ? » s'exclame Rasmus en se massant les tempes.

Erne jette un coup d'œil à Nina qui fait un « hum » involontaire : Rasmus, d'habitude si pondéré, montre pour la première fois de sa carrière d'enquêteur qu'il a une volonté affirmée. Et de la poigne.

« Vas-y, Rasse, dit Erne d'un ton conciliant alors que tous les regards se tournent vers lui. Explique-nous, s'il te plaît.

— Vous faites une dangereuse erreur d'appréciation. Vous comprenez pas ? Les meurtriers n'ont pas apporté les statues du Baphomet dans le jardin de von Bunsdorf. C'est le contraire. Il est probablement mort à cause de ces statues.

— Asseyez-vous tous, commande Erne en hochant la tête à l'intention de Rasmus. Continue.

— La tête de chèvre symbolise traditionnellement la fertilité. Le début d'une nouvelle vie. Un Baphomet avec un corps d'homme et une tête de chèvre est donc une sorte de dieu de la fertilité. Vous voyez ce que je veux dire ?

— Tu nous dis que von Bunsdorf est mort parce qu'il adorait un dieu païen ?

— Ça expliquerait la colère de l'Inquisition. Par exemple, dans la France du XIVe siècle, les templiers ont été arrêtés parce que le roi de l'époque croyait qu'ils adoraient le Baphomet. Ils ont été torturés et beaucoup d'entre eux ont été forcés d'avouer.

— Les templiers étaient des satanistes ?

— Non. Comme je le disais, le Baphomet, à l'origine, n'est pas du tout lié au culte de Satan. Mais dans les années 1960, le pentagramme, qui est directement lié à cette figure, a été détaché de ce contexte, et certains ont dessiné une tête de bouc à l'intérieur. Ainsi est né un symbole sataniste. Et remarquez bien que le satanisme est autre chose que le culte de Satan.

— Bah pourquoi ? rigole Mikael, mais il remarque aussitôt qu'il est le seul que cela amuse.

— Le culte de Satan, comme son nom l'indique, implique la foi dans les forces du mal, la foi en Satan. Dans le satanisme en revanche, Satan symbolise la part animale de l'homme, le besoin naturel de sexe et d'autres plaisirs hédonistes que l'Église a essayé d'extirper de l'homme pendant des siècles. Donc les satanistes font un bras d'honneur à la morale chrétienne plus qu'ils ne croient à l'existence de Satan. »

Un éclat de rire peu approprié retentit dans le couloir : un groupe de policiers passe devant la porte.

« D'accord. Donc, tu nous dis que ce conseiller aux hôpitaux suédo-finlandais était un sataniste patenté et qu'il en est mort ? », relève Mikael une fois que le bruit s'est calmé.

Rasse cache son visage dans les mains, comme pour indiquer que le niveau des questions vient de battre un record de nullité.

« Pas un sataniste, un adorateur du Baphomet, soupire Rasmus. Pour une raison ou pour une autre, les assassins considéraient Maria Koponen et Lea Blomqvist comme des sorcières. Ils se sont érigés en une sorte d'inquisiteurs ayant le droit de châtier les hérétiques. Von Bunsdorf a subi le même sort.

— Il y a quelque chose d'illogique, relève Nina en examinant ses ongles bien limés. On a supposé que les assassins étaient des amateurs d'occultisme. Maintenant, Rasse parle d'eux comme des successeurs de l'Inquisition qui, au Moyen Âge, exécutait précisément ceux qui se rendaient coupables d'occultisme. Alors, c'est laquelle des deux options ?

— Bien vu, Nina, renchérit Erne en étouffant un bâillement dans son poing.

— Comment se passe le meurtre de von Bunsdorf, dans le livre ? ajoute Mikael voyant que personne ne semble avoir de réponse à la question de Nina.

— La victime est lapidée à mort, comme von Bunsdorf. Pour le reste, le scénario est complètement différent.

— Si, d'après les coupables, von Bunsdorf a mérité de mourir à cause de son supposé satanisme, qu'en est-il de Maria Koponen et de Lea Blomqvist ? Elles aussi étaient satanistes ? Ou bien elles ont été étiquetées sorcières uniquement pour leur apparence ? », interroge Nina.

Rasmus semble frustré, on dirait que son explication est tombée dans l'oreille de sourds.

« Question intéressante. C'est bien ce que nous avons supposé jusqu'ici. Que les femmes n'ont en commun que leur apparence.

— Et une sacrée guigne.

— Mais peut-être qu'il y a derrière tout ça une conception du monde, une philosophie. Quelque chose que Maria et Lea avaient en commun de leur vivant... Ça pourrait nous permettre d'avancer.

— On a interrogé les plus proches amis des Koponen et on n'a rien trouvé de tel.

— Peut-être qu'on n'a pas su leur poser les bonnes questions, dit Nina en faisant craquer ses doigts.

— Peut-être, soupire Erne si fort que ses poumons se vident jusqu'au dernier chuintement. Est-ce que vous le voyez ?

— Quoi donc ? »

Erne regarde devant lui, le visage inexpressif.

« Lea Blomqvist était une neuropsychologue qui étudiait l'agressivité. Albert von Bunsdorf, un psychiatre à la retraite. Et Maria Koponen dirigeait le développement de produits dans une usine pharmaceutique produisant des antipsychotiques.

— Maintenant que tu le dis… admet Mikael qui se gratte la nuque, le lien est évident, mais pas très spécifique. Au mieux, on peut parler d'un schéma dans lequel les victimes ont un rapport avec le travail sur l'esprit.

— Exactement. Ça titille l'imagination, mais ça reste un peu vague. Leurs missions sont quand même très différentes, en réalité. Les lieux de travail n'ont aucun rapport les uns avec les autres. L'université d'Helsinki, Neurofarm, et le cabinet von Bunsdorf qu'il a fait tourner tout seul de 1968 à 2009.

— Donc pas les mêmes clients ni les mêmes ennemis… Rien.

— Les clients de Neurofarm sont de grandes entreprises pharmaceutiques. Alors que…

— Oh putain de merde ! s'écrie Erne en laissant échapper un petit chuintement qui trahit son stress. Pour von Bunsdorf, on va faire comme s'il s'agissait d'un meurtre isolé. Quelle est ta première idée, Nina ?

— Le coupable est un ancien patient.

— Exactement. Trouvez une liste de tous ses patients. Et essayez de déterminer le point commun entre ces gens. Est-ce qu'Albert von Bunsdorf s'était spécialisé dans un certain trouble psychiatrique ?

— D'accord.

— Et maintenant qu'on a discuté avec tous les résidents de la rue de Koponen, je veux qu'on fasse un résumé des entretiens. Une liste des habitants et de leurs liens possibles avec les Koponen.

— Je peux faire ça, intervient Mikael.

— Vive les candidatures spontanées. À présent, il faut que je discute avec Jessica. Puis que je ponde un communiqué sur ce nouveau meurtre, dit Erne en sortant son paquet de cigarettes. Donc, au boulot bande de fumistes. »

70

Jessica est réveillée par un bruit dehors. Les rideaux tirés devant le balcon à la française flottent paresseusement. Cette première nuit d'août est désagréablement chaude.

Le vacarme dans la rue est une chanson de touristes anglais bourrés. Elle résonne un instant, désaccordée, puis s'éloigne.

Jessica se relève et remarque que l'autre côté du lit est vide. Colombano a dit qu'elle ne devrait pas veiller inutilement à l'attendre, que le dernier concert de la saison estivale se termine toujours par un dîner entre les musiciens, dans une des îles du nord de la vieille ville.

Cela fait trois semaines et demie qu'elle l'a rencontré au cimetière de San Michele. Selon son projet initial, elle aurait dû rentrer à Helsinki hier. Malgré cela, elle est toujours à Venise, là où son voyage a commencé, et elle n'a rien vu des nombreuses villes et plages où elle avait prévu d'aller. Mais elle a eu autre chose à faire. Elle a rencontré un homme, un vrai mec, au sens propre. Un homme dont le talent considérable et l'assurance semblent venir d'un autre monde. Jessica est tombée amoureuse de la façon cavalière qu'il a eue de l'aborder.

De ses caresses. De ses baisers. Dans les gestes de Colombano, il n'y a pas de place pour les hésitations prudentes, pas de caresses qui demandent la permission, pas de mains moites d'adolescent qui guettent un signal avant de s'enrouler autour de ses bras. Avec lui, Jessica se sent désirée et protégée.

Par moments, pourtant, il est en proie à une morosité inexplicable, comme un orage qui s'invite dans un ciel clair. Alors, son comportement devient illogique, impulsif. Un frôlement devient une brusque pression sur la nuque, ses ongles s'enfoncent dans le dos de Jessica, ses doigts lui emprisonnent le menton à tel point qu'elle croit que sa mâchoire va céder. Colombano est séduisant, musclé, il pourrait avoir n'importe qui, mais il a envie d'elle. Alors ils font l'amour quand Colombano en a envie, comme il en a envie. C'est le moins que puisse faire Jessica, consentir au désir primitif et déchaîné de Colombano, tel quel, tel que l'évolution l'a voulu. Elle a appris à lire en lui d'un simple regard. Ses yeux sombres révèlent ce qui se prépare, mais seulement peu de temps avant que le calme ne se mue en une véritable tempête.

Ce qui était selon elle excitant et stimulant vingt-quatre jours plus tôt est devenu autre chose. C'est devenu de l'amour et de l'attachement. Ce qui au début éveillait en elle du désir touche à présent un tout autre instinct. Elle veut faire plaisir à Colombano, lui donner l'occasion de relâcher la frustration et le stress que la vie d'artiste entraîne immanquablement. Elle sait que ceux qui cherchent la perfection restent inévitablement seuls, car ils demandent la lune. Elle veut connaître aussi Colombano à travers ses crises de rage, elle veut apprivoiser sa nature imprévisible, et surtout le comprendre.

Jessica se lève en se tenant le dos. La seule chose qui lui manque de son appartement à Töölö est son épais matelas, qui ne pue pas la sueur séchée et les cheveux gras. Le lit en fer de Colombano, étroit, grinçant et plein de bosses, n'est pas bon pour sa colonne vertébrale abîmée.

Elle va à la porte du balcon, entrouvre le rideau pour voir l'étroit canal désormais familier, et la maison rose d'en face, dont les fenêtres sont si proches qu'on pourrait facilement faire voler un avion en papier d'une fenêtre à l'autre. Jessica serre fort le garde-corps, sent la peinture écaillée lui piquer les doigts. Puis elle se dirige vers le secrétaire sur lequel sont disposées les photos de Colombano. Une d'elles a disparu il y a déjà plusieurs semaines. Celle où deux visages souriants, un homme et une femme, regardent l'appareil : Colombano et cette belle femme brune dont Jessica ne parvient plus à se rappeler les traits. Elle n'a examiné la photo en détail qu'une seule fois. Et le soir même, elle avait disparu. En le constatant, Jessica a pensé que Colombano avait voulu, par discrétion, cacher son passé à sa nouvelle amoureuse. Et que, au fur et à mesure que leur relation s'approfondirait, il lui dirait tout sur cette femme : qui elle était, comment elle est morte.

Parfois, Jessica ressent avec une acuité particulière le mal du pays, ou plutôt un titillement nostalgique, mais pas spécialement sur un lieu ou un temps donnés. Depuis la mort de ses parents adoptifs, elle n'a plus personne à Helsinki sur qui s'appuyer. Uniquement des juristes au sourire forcé, des banquiers, d'anciens tuteurs légaux et des compte-titres sur lesquels dort une telle quantité de l'argent laissé par ses parents qu'elle pourrait probablement acheter tout l'immeuble de Colombano et les bâtiments qui l'entourent. Et Tina, la sœur de sa mère, qui après toutes ces années essaie de s'insinuer dans sa vie. Jessica ne veut pas voir Tina, qui avait l'habitude de dire pis que pendre de sa sœur. C'était peut-être de la jalousie entre sœurs, ou peut-être que Tina est tout simplement si mesquine qu'elle ne voulait pas croire au talent de sa sœur, à ses chances de mener une carrière prodigieuse dans le monde du cinéma.

Jessica pense à Los Angeles. Ses souvenirs liés à cette ville sont largement déformés par ce qu'elle a vu dans les films et à la télé, car Jessica n'avait que six ans au moment de l'accident. Elle se souvient cependant des palmiers levant haut leurs frondaisons vers le ciel, du vent chaud du désert et des hivers doux sentant la crème solaire. Elle songe au soir qui tombe lentement sur West Hollywood, au soleil rouge à l'horizon de Santa Monica, sur l'océan Pacifique. Elle se rappelle les disputes de ses parents, la veine protubérante sur la tempe de son père, tel un gros ver, et les mains blanches de sa mère serrant le volant de cuir. Comme tout semblait déjà fini avant même que l'accident ne se produise. Jessica serre la main de son frère, ils en ont marre des cris et des querelles. Elle le regarde, il a deux ans de moins qu'elle et il meurt de trouille. Comme s'il pressentait, au plus profond de lui-même, que la voiture pouvait à tout moment se retrouver sur la voie opposée.

Une larme coule sur sa joue. La solitude et le déracinement ont poussé Jessica à voyager seule en Europe. Sans que personne le sache. Elle a dix-neuf ans, elle n'a de comptes à rendre à personne. Elle n'appartient à personne, pas même à Colombano, même si son comportement, ces derniers jours, peut faire croire le contraire.

La porte s'ouvre. Jessica sursaute et s'éloigne du secrétaire, le seul endroit où Colombano ne veut pas la voir.

« *Zesika* » chuchote-t-il en se mettant à parler italien.

Il est manifestement saoul. Et il n'est pas tout seul.

« Je dors », répond Jessica d'une voix rauque.

Elle saute dans le lit et se remet rapidement sous les draps.

« Plus maintenant », ajoute-t-il.

On entend le bruit d'un liquide dans une bouteille.

« Je t'ai déjà présenté Matteo ? »

Colombano se tient dans l'embrasure de la porte, vêtu d'une chemise de smoking au col de laquelle pend un nœud papillon défait ; il a dans la main une bouteille de vin rouge sans étiquette.

« Quoi ? » bafouille Jessica ; Colombano éclate d'un rire silencieux.

Derrière lui se tient un homme chauve et moustachu, plus petit que Colombano, mais plus trapu.

« *Ciao* », dit l'homme en saisissant la bouteille que Colombano lui tend d'un air inexpressif.

Puis Colombano ouvre ses manchettes et s'assoit au bord du lit.

« Princesse. J'ai été gentil avec toi, pas vrai ? »

Elle sent une boule dans sa poitrine.

« Il faut que je dorme, Colo.

— Tu sais, Matteo... C'est mon frère. Pas au sens traditionnel du mot, on n'a pas la même maman, mais... enfin tu vois. Comme mon meilleur ami. »

Le chauve acquiesce fièrement, sort une cigarette de son paquet et la glisse entre ses lèvres.

« Je voudrais que tu me rendes un service.

— Non »

Jessica retire sa main avant que Colombano ne la prenne.

« Princesse. Tu ne sais même pas ce que je vais te demander.

— Là je veux dormir. On discutera demain. »

Impossible de bouger. La douleur irradie depuis ses genoux, le long de ses jambes, jusqu'aux orteils, la paralysant totalement.

« Matteo veut nous voir faire l'amour », susurre Colombano en retroussant ses manches jusqu'au coude.

Jessica tourne la tête vers la fenêtre. Elle entend l'homme qui lui a été présenté sous le nom de Matteo, frère et meilleur ami de Colombano, prendre la chaise sous le secrétaire et dont les pieds raclent le plancher inégal.

Elle veut crier, hurler. Taper contre le mur. Mais son expression ne bouge pas d'un poil. Elle est complètement inerte.

« Non » dit-elle d'un ton apathique.

Elle se sent comme morte. Elle sait qu'il y a en Colombano une noire béance, un morceau de son âme qui a brûlé et qu'elle a pensé pouvoir guérir. Mais elle sait aussi qu'aucun mot ou aucun geste ne sert à rien tant qu'il sera bourré.

« Matteo ne te touchera pas. Je te le promets. Tant que tu es gentille, poursuit Colombano en s'allongeant à côté de Jessica.

— Colombano, non », chuchote Jessica, mais elle sent déjà les doigts rugueux sur sa nuque.

Elle sent son haleine, vin rouge et cigarette. Elle entend le briquet de Matteo s'ouvrir, puis se fermer. L'odeur de tabac se répand dans la pièce. La langue de Colombano sur son cou, ses dents sur son lobe.

Tout comme il y a une éternité. Comme les mêmes gestes, dans des circonstances différentes, peuvent paraître aussi différents que le jour et la nuit ! Le ciel et l'enfer. Les doigts de Colombano entre ses jambes. Jessica a les yeux fixés sur le plafond, sur la peinture qui s'écaille. Elle partira demain au lever du soleil.

71

Jessica est prisonnière. Elle n'est pas libre. Mais dès demain matin, elle partira et reprendra sa vie comme si rien ne s'était passé. Elle retournera au travail, à son bureau de Pasila, ira où elle voudra et emmerdera tous les connards à cornes qui essaient de l'effrayer.

Elle regarde le plafond blanc du studio, où plusieurs fissures ont commencé à apparaître alors que Fubu l'a repeint en janvier. Ce dingue de ski, qui se gargarise de sa formation d'ébéniste, y a consacré deux jours entiers ; bien qu'il eût exigé d'être payé *en bouffe et en chatte,* Jessica lui avait mis dans la main un bon d'achat de cent euros chez Stockmann qu'elle prétendait avoir gagné à une loterie au boulot. En fin de compte, les coups de pinceau de Fubu avaient peut-être fait plus de mal que de bien, comme en témoignaient les éclaboussures de peinture blanche sur le plancher teinté.

Le téléphone sonne, Erne a enfin décidé de la rappeler.

« Mais merde, Erne, je t'ai appelé au moins quatre fois…

— Je faisais une petite conférence de presse sur l'affaire von Bunsdorf. Tu as discuté avec Jusuf ? »

La voix d'Erne est fatiguée. Presque creuse.

« Oui. Il va arriver, là.

— Tu as du nouveau ?

— J'ai eu le temps de réfléchir, Erne, commence Jessica en se levant. Si la rigidité cadavérique de la victime était maximale au moment où on l'a trouvé, ça veut dire qu'elle était morte depuis…

— Entre neuf et vingt-quatre heures, et donc ?

— Roger Koponen, ajoute Jessica. Jusuf a découvert la victime à six heures un quart. Koponen est sorti du métro à Kulosaari à huit heures seize.

— Tu veux dire que Koponen aurait sonné à la porte avant de lapider von Bunsdorf comme si de rien n'était ?

— Qui sait. Ils ont peut-être parlé politique.

— C'est toujours risqué.

— Cet enfoiré de Koponen est toujours vivant et il est mêlé jusqu'au cou à cette affaire. Qui nous dit que ce n'est pas justement Koponen qui s'est baladé sur la glace avec un masque de bouc ou qui a fait peur à Laura Helminen dans la cave ?

— Tu as raison. En plus, Koponen pouvait très bien connaître von Bunsdorf. Après tout, ils ont habité pas loin l'un de l'autre pendant quelques années.

— C'est peut-être pour ça que Bunsdorf l'a fait entrer.

— Alors que lui et sa femme étaient annoncés morts par les journaux ?

— D'après la dernière théorie, le conseiller aux hôpitaux croyait à un dieu bouc de la fertilité. J'ai tendance à penser qu'il pouvait aussi bien croire aux fantômes ou aux anges. Au cercle des écrivains disparus…

— Des poètes… Enfin ça marche aussi », la coupe Erne.

Même si Jessica ne voit pas son visage, elle sait qu'il se frotte le front, l'air pensif.

« Et toi ? Tout va bien ? », demande Erne.

Elle soupire et se dirige vers la fenêtre. Elle l'entend sortir, puis le vent souffler dans le micro du téléphone.

« Pas d'individus cornus en vue dans Töölönkatu, si c'est ce que tu veux dire.

— Exactement.

— Je pourrais aussi bien retourner bosser.

— Mais tu vas t'en dispenser », ordonne Erne.

Il allume une cigarette. Le couvercle du briquet se referme avec un clac. Jessica ferme les yeux.

« Ta voix m'inquiète, Erne.

— Ma voix t'inquiète ? On est dans Voice of Finland ou quoi, bordel ? Est-ce que Niemi va tomber de sa chaise ?

— Je disais ça comme ça. On se rappelle », souffle Jessica en raccrochant.

Elle allume son ordinateur portable et ouvre dans ses favoris deux sites d'information. Les gros titres y vont à fond et rivalisent de bons mots et de phrases chocs.

Les chasseurs de sorcières ont encore frappé... Kulosaari, île de l'horreur... Nouvelles fraîches ! La dernière victime du tueur en série.

La dose de vulgarité et d'indécence qu'ils arrivent à tirer de ces affaires est inconcevable. Cela étant dit, si l'on réfléchit aux crimes survenus ces dernières vingt-quatre heures, on peut se dire que beaucoup d'éléments sont toujours inconnus du grand public.

Jessica déchire une feuille de son bloc-notes et taille son crayon. Même si les iPad et autres appareils ont pris une place essentielle dans la pratique des enquêteurs, Jessica continue de faire confiance aux outils traditionnels. Elle pose sur la table la thèse de Lea Blomqvist que Jusuf lui a envoyée par courriel et qu'elle vient d'imprimer, et se rend à la dernière page. *230. Nom de Dieu.*

L'interphone fait un bruit qui ressemble étonnamment au croassement d'une corneille. Jessica se demande si les hommes des services de surveillance vont reconnaître Jusuf ou si son téléphone va encore sonner d'ici peu. Il est peut-être déjà menotté, la joue pressée contre l'asphalte enneigé ?

Elle traverse la pièce et décroche l'interphone.

« Allô ?

— *Malleus Maleficarum, motherfucker,* murmure une voix qui éclate de rire avant même que Jessica ne comprenne ce qu'elle vient d'entendre.

— Quel con », lance Jessica en appuyant sur le bouton qui ouvre la porte.

Jusuf s'assoit à la table, pose dessus une pochette A4 verte et regarde ses paumes. Il a l'air fatigué, absent.

« Tout va bien ? l'interroge Jessica en apportant deux tasses ; un café pour Jusuf, un thé de cynorhodon pour elle.

— Non. Regarde-moi ça », dit-il en ouvrant la pochette.

Jessica prend les photos et les étale. Elles montrent un fauteuil et un homme entièrement couvert de sang. Son visage massacré est méconnaissable.

« Oh, putain », chuchote Jessica parce que c'est ce qui se fait quand on regarde quelque chose d'horrible.

En réalité, les photos de l'homme lapidé n'éveillent pas en elle de sentiments très intenses. Elles ne sont que la suite logique, non seulement d'une série de crimes qui a commencé l'avant-veille, mais également de tous les homicides sur lesquels elle a enquêté au fil des années.

Le cadavre informe est vêtu d'un peignoir bleu marine. Entre son épaule et le dossier du fauteuil quelques pierres sont entassées que l'énergie cinétique qui les a fait atteindre le crâne de Bunsdorf n'a pas suffi à envoyer jusqu'au sol.

« Elles viennent d'où ces pierres ? Du jardin ?

— Difficile à dire avec la neige. Mais je connais un endroit où on trouve des charretées de pierres de ce genre.

— La plage des Koponen. Si elle n'était pas prise par les glaces.

— Exactement, confirme Jusuf en se penchant en arrière sur sa chaise.

— À ton avis, Roger Koponen l'a lapidé lui-même ?

— C'est ce que je me suis dit tout de suite. Koponen a été vu à Kulosaari le matin même, ce qui en fait un coupable potentiel.

— Je comprends toujours pas pourquoi, ajoute Jessica en prenant une longue et grande gorgée de sa boisson chaude. Qu'est-ce qu'il cherche au juste ? Il sait qu'il va se faire choper d'ici peu. Il peut pas faire semblant d'être mort, jouer à cache-cache avec nous et disparaître sous la terre. Il est célèbre, les gens connaissent sa tête. Dans tous les pays.

— Il n'a peut-être pas le choix. Peut-être que les chasseurs de sorcières le font chanter avec quelque chose.

— Oui, mais quoi ? Ils ont commencé en butant sa femme. Ça me semble un peu une stratégie de merde quand on veut faire chanter quelqu'un. Casser dès le début la meilleure corde à leur arc.

— Et l'argent ? Koponen est multimillionnaire.

— Et donc ? Si tu ne lapides pas le vioque de la maison d'à côté, tu nous files un million ?

— Je ne sais pas.

— On pourrait supposer que même un connard comme Koponen estime plus sa femme que ses millions », dit Jessica en réfléchissant à ses propres mots.

Au fait qu'elle parle d'argent comme si le fait d'en avoir rendait quelqu'un moins humain. Elle le fait souvent, ça fait partie intégrante de sa mascarade, et ça la fait toujours se sentir hypocrite.

« À mon avis, on a quand même deux options. Soit Koponen fait partie des chasseurs de sorcières, soit quelqu'un tire ses ficelles...

— Donc il est avec eux. De son plein gré ou contre son gré.

— Autrement, il aurait appelé la police.

— Forcément, ajoute Jessica avant de se perdre brièvement dans ses pensées. Ou alors il s'est vengé de la mort de sa femme ?

— Donc, von Bunsdorf aurait tué Maria Koponen ?

— Oui. Et Roger l'aurait découvert Dieu sait comment. Il serait allé chez le mec et... »

Jessica ferme les yeux et Jusuf a l'air d'en faire autant. Ils restent assis quelques minutes en silence, à rassembler leurs idées et à siroter leurs boissons. Jessica écrit le nom des victimes, les lieux des crimes et ce qui lui passe par la tête. Sa main trace sur un graphique des traits étonnamment rectilignes, des cercles et des angles droits.

« Je commence à rejoindre Micke », finit par dire Jusuf.

Jessica pose son crayon.

« C'est-à-dire ?

— On devrait peut-être arrêter Karlstedt et Lehtinen.

— On n'a pas à se poser la question. C'est Erne qui décide.

— Ou qui, en l'occurrence, ne prend pas la décision, rétorque Jusuf.

— Erne n'est pas inapte à la prise de décision, Jusuf. Au contraire. Il a précisément décidé qu'on attendrait. Les écoutes téléphoniques donneront peut-être quelque chose. »

Jusuf secoue la tête presque imperceptiblement. Il est clairement d'un autre avis. S'ensuit un nouveau silence pendant lequel ils observent les photos et pianotent sur la table en bois vernissée. Jusuf prend au fond de la pochette une série de procès-verbaux contenant des rapports et des transcriptions des entretiens avec les proches des victimes.

« Ça a donné quelque chose ? demande Jusuf en indiquant de la tête la thèse.

— Étonnamment, je dirais que oui, confirme Jessica en ouvrant une des pages qu'elle a marquées. Le point d'aboutissement de cette thèse, c'est un chat.

— Un chat ? J'aurais dû y penser... rit Jusuf.

— D'après ce travail de recherche, les familles dont les enfants souffrent de graves problèmes de santé mentale ont très souvent un chat.

— Bon, moi je préfère les chiens, mais il me semble que les chats ne rendent pas fou ?

— L'équation est simple. Le parasite de la toxoplasmose passe des excréments du chat à l'homme, et les personnes infectées ont deux fois plus de risques de souffrir de schizophrénie, par exemple.

— De schizophrénie ?

— Une maladie qui se soigne justement avec des antipsychotiques fabriqués par Neurofarm.

— Le lien se précise. Mais il reste vague. Est-ce qu'Albert von Bunsdorf a soigné des schizophrènes ?

— Ce n'est pas encore sûr. Mais c'est ce qu'il faut qu'on vérifie.

— Après le récit de Rasse, je me disais que cet Albert von Bunsdorf, avec ses statues de chèvre, était tout désigné… Que le motif était le caractère hérétique de la victime. Mais Maria Koponen et Lea Blomqvist n'avaient *a priori* aucune religion ou hobby bizarres. Sans parler de la commissaire de Savonlinna, Sanna Porkka, qui apparemment était juste au mauvais endroit au mauvais moment. Même au niveau de son physique, Sanna Porkka ne correspond pas aux autres victimes des chasseurs de sorcières. »

Jusuf prend dans sa pochette une enveloppe qui contient d'autres photos représentant une silhouette carbonisée attachée à un arbre.

« Et lui dans tout ça ?

— Monsieur X.

— D'après le rapport de Sissi Sarvilinna, ce serait un homme, un quadragénaire.

— Qui ne manque à personne, pour l'instant.

— Vingt-quatre heures, c'est court. Surtout s'il vivait seul.

— Monsieur X n'était sûrement pas au mauvais endroit au mauvais moment. Le lieu de l'exécution est si isolé que pour se retrouver là à l'instant T, il faudrait vraiment être le cueilleur de baies le plus malchanceux du monde.

— Et le plus con du monde. Les fraises des bois sont un peu maigres en cette saison.

— C'est clair.

— Il devait être dans la Cayenne de Karlstedt, depuis le début du trajet, note Jusuf.

— Ou dans le coffre de Roger Koponen », réplique aussitôt Jessica.

L'idée semble déranger Jusuf.

« La cause probable de la mort de Monsieur X, poursuit-elle en lisant le rapport de Sarvilinna, est une crise cardiaque, qui dans ce cas est souvent due au flot d'adrénaline causé par la douleur. Et puis ses poumons ont brûlé. L'homme était donc en vie quand il est arrivé sur les lieux, et a été brûlé vif. Les dents n'ont apparemment été retirées qu'après la crémation.

— Peut-être qu'il n'avait pas du tout prévu ça. Peut-être qu'il était tranquillement assis dans la Cayenne avec Karlstedt et Lehtinen et qu'il pensait qu'ils allaient tous ensemble se débarrasser de Koponen. Et là, le chef d'orchestre a décidé d'échanger les rôles. Qui sait, si ça se trouve, même Koponen n'était pas au courant.

— C'est pas impossible. Koponen a peut-être été obligé de regarder Porkka et Monsieur X se faire attacher aux troncs d'arbres et se faire cramer. Peut-être qu'ils l'ont forcé à participer à leur jeu en lui expliquant que le même sort l'attendait s'il ne se montrait pas coopératif, continue Jessica en s'étirant le cou.

— Ils ont fait de Koponen une marionnette qui fait ce qu'on lui dit de faire. Ça expliquerait pourquoi il ne fait pas gaffe aux caméras de sécurité dans le métro. Il a peut-être peur, et tout simplement l'idée que la police puisse localiser son mobile ne lui passe pas par la tête.

— Ça se tient, mais Koponen a l'air tout à fait tranquille sur la vidéo. Les mains ne tremblent pas et il fait la même tronche que Mona Lisa, indique

Jessica en ouvrant en quelques clics la vidéo dans le tunnel du métro.

— Tu as raison, Jessi. Cet enfoiré a l'air tranquille comme Baptiste. Alors que sa femme est morte la veille. Et qu'il a sans doute vu de très près le double meurtre de Juva.

— Même si en réalité un mec en état de choc peut justement avoir ce genre de comportement », grogne Jessica, contrariée.

Elle se penche en arrière et tend les bras tout droit au-dessus de sa tête. Son T-shirt lui arrive au nombril. Elle voit Jusuf jeter un rapide coup d'œil à son ventre nu.

« Tu retournes à Pasila ? demande Jessica après un instant.

— Faut que j'y aille ? insiste-t-il en bâillant.

— Oui. Discute avec Rasse, c'est lui qui écoute les appels. Je voudrais me faire une idée plus précise de Torsten Karlstedt et de Kai Lehtinen », ajoute la capitaine en éloignant sa chaise de la table.

Jusuf se lève lentement. Il regarde les affaires qui traînent sur le canapé.

« Ah, au fait, et ma carte de crédit ?

— Hein ? »

Elle avale sa salive. Elle sait de quoi il parle, mais le portefeuille dans lequel se trouve la carte de crédit n'est pas dans le studio. Il est dans l'appartement voisin, sur le plan de travail de la cuisine. *Eh, merde.*

« J'ai oublié de te la redemander.

— Euh... Désolée Jusuf... balbutie Jessica en sachant déjà que son mensonge ne tient pas debout.

— Bah tu l'as, non ? interroge-t-il avec un rire nerveux.

— Je l'ai laissée à Pasila. Désolée. Elle est sûrement sur ton bureau.

— Ah, fait chier. Faut que je fasse le plein et… j'espérais manger quelque chose. »

Jessica serre les lèvres. Si elle pouvait faire sortir Jusuf un instant, elle pourrait récupérer la carte en vitesse, le rappeler et prétendre avoir retrouvé la carte dans la poche de sa doudoune.

« Si tu ne vas nulle part, tu peux peut-être me prêter la tienne… »

Un frisson parcourt à nouveau le corps de Jessica.

« Non.

— Hein ?

— Tu vas trouver ça dingue, mais… ma carte marche pas. Je sais pas ce qu'elle a.

— Elle ne marche pas ?

— Non. J'en ai commandé une nouvelle.

— Tu as du liquide ?

— Non. Désolée. »

Jusuf fronce les sourcils, hausse les épaules et reprend son manteau sur le dossier de sa chaise. Jessica ne sait pas trop si son histoire tient la route, mais elle se dit aussi que Jusuf n'a aucune raison de supposer qu'elle lui ment. Personne n'a la moindre raison d'imaginer qu'il y a un second appartement de l'autre côté du mur. Jusuf se dirige lentement vers la porte et met ses chaussures.

« Il y avait quelque chose de spécial dedans ? demande-t-il enfin.

— Où ça ?

— Dans ton portefeuille », ajoute-t-il.

La question est logique, justifiée, et peut causer des ennuis.

Jessica respire profondément et se lève.

« Mais putain, je te l'aurais dit s'il y avait quelque chose de spécial.

— Tu as bien regardé ? Parce que si quelqu'un a réussi à écrire dans ton bloc-notes…

— Oui j'ai regardé », répond-elle sèchement.

Le ton qu'elle emploie fait quelque chose qu'elle n'a pas eu besoin de faire depuis bien longtemps, surtout avec Jusuf : rappeler l'existence de la chaîne de commandement.

« *Alright*. On verra ça plus tard », opine Jusuf avant d'ouvrir la porte et de disparaître dans le couloir.

72

Jusuf claque la portière de la voiture et observe la Toyota gris foncé stationnée de l'autre côté de la rue et dans laquelle se trouvent les hommes en faction. Elle est équipée d'un enregistreur et de huit caméras extrêmement précises qui offrent un panorama à 360 degrés du monde extérieur via un petit écran. Ils sont deux. Dans une surveillance constante, l'un a les yeux rivés sur l'écran et l'autre repose les siens. La panoplie du flic en planque comprend également d'importantes réserves d'eau et de conserves, des toilettes portables et une source d'énergie de secours, tout cela permettant des jours entiers d'observation ininterrompue. Un boulot pas terrible : Jusuf sait bien que l'exaltation née de films du style de *Chinatown* se mue rapidement, après l'enthousiasme initial, en une claustrophobie aux relents de merde.

Jusuf démarre. Pauvre Jessica. Cette histoire lui fait perdre un peu le fil. Une femme généralement si soigneuse et scrupuleuse qui se met à perdre des trucs, un téléphone ici, des cartes de crédit là. Jusuf peut oublier l'idée, pourtant si tentante une minute plus tôt, d'aller chercher une pizza au Manala.

Il recule légèrement, fait demi-tour et avance dans Töölönkatu, en direction du parc d'Hespérie. La neige tombe à nouveau en volutes ; les piétons sur les trottoirs ont rabattu les capuches de leurs épais blousons pour se protéger la tête.

Le téléphone connecté au Bluetooth se met à sonner, l'écran de la voiture affiche le numéro de Mikael. Jusuf soupire. Il ne l'aime pas. Non pas que ce dernier lui ait fait quelque chose, mais ils sont tout simplement trop différents. En outre, Mikael est un sacré queutard, et Nina risque de salement morfler si leur relation se prolonge. Et elle ne mérite vraiment pas ça.

« Ouais, Micke ?

— Putain, tu avais raison, lance Mikael en faisant une petite pause pour ménager le suspense.

— À quel propos ?

— Le *Malleus Maleficarum*. Le texte a été trouvé vu du ciel. Cette fois en lettres de feu. »

Jusuf sent comme une brûlure au niveau du diaphragme.

« Quoi ? Où ça ?

— Dans un champ. Haltiala, à Vantaa.

— Tu déconnes ! », balance Jusuf en retirant son pied de l'accélérateur.

La voiture avance vers le carrefour de la rue Eteläinen Hesperiankatu.

« C'est l'hélicoptère qui l'a trouvé ?

— L'hélicoptère envoyé par Erne tournait autour d'Helsinki-Est. Mais Haltiala est si proche de l'aéroport que la police a reçu plusieurs appels. Une alerte pour incendie de terrain a rapidement été transmise. Plusieurs unités de pompiers sont déjà sur place, mais des photos ont été prises du ciel. Y a pas de doute.

— J'y vais, indique Jusuf en jetant un coup d'œil à sa montre.

— Parfait. La technique a déjà été prévenue.

— Pourquoi ?

— Ils ont trouvé une femme morte sur place, Jusuf. »

La voiture s'arrête devant un passage piéton. Jusuf ferme les yeux.

« Inspirée du livre de Koponen ? demande-t-il dans un chuchotement râpeux. Écrasée… ?

— Quelque chose dans ce goût-là. Il vaut vraiment mieux que tu viennes.

— Balance l'adresse », intime Jusuf avant de raccrocher.

Une boule se forme dans sa gorge dont il essaie vainement de se débarrasser. Pour une raison quelconque, les meurtres des dernières vingt-quatre heures le font penser à Nezha. Au fait qu'il ne pourrait jamais protéger sa sœur devenue une jeune adulte si un taré s'en prenait à elle.

Jusuf appuie sur l'accélérateur, franchit le passage clouté et range la voiture en bord de route, le long de l'esplanade d'Hespérie. Ses doigts sont serrés sur le volant, ses ongles pincent la chair de sa paume. C'est seulement en desserrant les mains qu'il remarque qu'elles tremblent. Il passe au point mort, tire le frein à main et allume les signaux de détresse. Puis il sort du véhicule, moteur toujours allumé, et allume une cigarette. La voiture qui était derrière lui le dépasse en klaxonnant.

73

L'obscurité est retombée sur Pasila et les lumières jaunes du chantier dominent à nouveau le paysage devant la fenêtre. Nina et Mikael arrivent derrière Rasmus, et se placent à côté de lui, au moment où il raccroche.

« Qu'est-ce qui se passe ? demande-t-il en posant le téléphone sur la table.

— Karlstedt et Lehtinen. Ils ont un alibi pour Haltiala ?

— Est-ce qu'on a l'heure de décès du dernier cadavre ?

— Non, mais le texte a été allumé il y a très peu de temps. Il y a plusieurs témoignages entre dix-neuf heures quinze et dix-neuf heures trente.

— Ils étaient tous les deux chez eux », indique Rasmus en ouvrant une nouvelle page sur l'ordinateur à laquelle Nina ne comprend rien.

Il s'agit manifestement d'un programme d'écoute téléphonique permettant de suivre, d'écouter et d'archiver les téléphones sous surveillance.

« Mais ils viennent d'avoir une intéressante conversation.

— Fais péter. »

Mikael prend une chaise de bureau. Nina regarde rapidement autour d'elle, mais se contente de rester debout.

Rasmus choisit un appel dans la liste.

« Ça vient. »

Numéro entrant : +3584002512585
Heure d'appel : 19.15 : 23

(Tonalité.)
Torsten Karlstedt (TK) : Salut.
Kai Lehtinen (KL) : Ouais, salut.
(Plusieurs secondes de silence.)
TK : Allô ?
KL : Allô ?
(À nouveau un long silence.)
TK : Il y a quelqu'un ?
(Silence.)
KL : J'ai pas l'impression.
(Rire discret.)
TK : Il y a quelqu'un. C'est sûr.
KL : On se reparle bientôt. Tout va bien. La vie est belle.
(Fin de la conversation.)

« C'était quoi ce bordel ? Ils ne s'entendaient pas ? interroge Nina.

— Ils ne se parlaient pas, Nina », explique Rasmus.

Dès qu'elle comprend, Nina se sent un peu bête.

« Ils… Ils nous parlaient à nous, chuchote-t-elle.

— Exactement.

— Mais quel bordel ! siffle Mikael en crachant son chewing-gum dans son poing. Il faut qu'on les embarque, ces enculés.

— C'est ce que je commence à croire, mais… commence Rasmus, mais Mikael a déjà bondi de sa chaise et fonce vers le bureau d'Erne, Nina à ses trousses.

— Attends, Micke. Faut pas s'énerver…

— Erne » appelle Mikael en poussant la porte de son supérieur.

Erne est debout de l'autre côté, en train d'enfiler son manteau ; il manque de se prendre le battant en plein front. Nina reste à l'extérieur.

« Ça se fait de frapper, Micke, lance Erne en remontant la fermeture Éclair.

— Karlstedt et Lehtinen. Ils sont au courant qu'ils sont sur écoute. Ils se sont foutus de notre gueule au téléphone. »

Erne regarde Mikael.

« Et est-ce que leur façon de se foutre de votre gueule sous-entendait des aveux ? Ou quoi que ce soit qui les relie aux meurtres ?

— Avec ces connards, faut pas trop s'attendre à des aveux… poursuit Mikael un peu sèchement, mais le poing puissant d'Erne vient frapper si fort la porte de son bureau que Mikael et Nina sursautent.

— Mais merde, c'est quoi ton problème, Micke ? C'est moi qui dirige cette enquête. Est-ce qu'il faut que je vous renvoie tous chez vous étudier la chaîne de commandement ?

— C'est pour ça que Jessica est chez elle ? Elle fait ses devoirs ? ajoute Mikael, plus bas mais toujours d'un ton de défi.

— Si tu as un problème avec la façon dont les choses sont gérées, tu peux te barrer de cette unité. Y aura des remplaçants », réplique Erne en avançant vers Mikael.

Nina baisse les yeux vers le sol, mais a le temps d'apercevoir les yeux furieux d'Erne. Malade ou non, il n'exprime aucune faiblesse. Pas à ce moment précis.

« Et pour quel motif ? Parce que je réfléchis avec mon propre cerveau ? » rétorque Mikael.

Erne le fixe longtemps du regard, ses yeux se posent ensuite sur Nina, puis il esquisse un sourire fatigué, sans joie.

« Alors les tourtereaux, vous me prenez pour un imbécile ? La seule raison pour laquelle vous n'avez pas déjà été séparés est que je suis un éternel romantique et que j'ai horreur de la paperasse. Mais putain, vous n'avez pas intérêt à me pousser à bout. »

Il sort dans le couloir en passant devant eux. Nina sent le rouge lui monter aux joues. Elle jette un coup d'œil à Mikael, qui se contente d'un petit « hum » désabusé.

74

Jessica jette un coup d'œil à sa montre. Il va être neuf heures. Elle est toujours assise dans le studio, les yeux fixés sur une affiche qui repose devant elle, composée de quatre feuilles A4 reliées par un adhésif. Elle y a compilé tout ce qu'elle sait des crimes survenus au cours des dernières vingt-quatre heures.

Jusuf vient de lui envoyer une série de photos de la victime de Haltiala. C'est une femme de trente ans. Brune. Belle. Habillée d'une robe noire, solennelle. Comme les trois autres victimes, parmi lesquelles seule Laura Helminen est encore en vie.

Sur les photos, la femme – toujours pas identifiée – gît entre deux épais panneaux de contreplaqué. Sur le panneau du dessus, un lourd amas de pierres dont le poids a dû tuer petit à petit la victime sans défense. Jessica compare les photos aux anciennes gravures trouvées sur Internet ainsi qu'au crime apparaissant dans le dernier tome de la trilogie de Roger Koponen.

Tome III
Femme écrasée (petit à petit, avec des blocs de pierre)

Le meurtre de Haltiala, comme la scène du livre de Koponen, suit fidèlement une image qui figure dans l'article de Wikipédia *Crushing (Exécution)* et représente la mort par écrasement d'un agriculteur nommé Giles Corey, lors d'un procès de sorcellerie à Salem, dans les années 1690.

Jessica regarde le gros plan que les experts ont pris du visage de la femme. Ses traits n'expriment pas de souffrance, plutôt de la sérénité. Elle devait être endormie quand les pierres ont été chargées sur elle. Cette idée est à la fois horrible et rassurante. N'importe quoi plutôt qu'une mort lente et douloureuse. Et la peur infinie qui la précède.

Jessica lève les yeux au ciel et sent s'étirer les muscles raides de son dos. Cela fait six mois qu'elle bouge moins qu'avant. La lésion de la moelle épinière qu'elle a subie au moment de l'accident de voiture, alors qu'elle avait six ans, ne lui fait plus aussi mal qu'avant, mais il est clair que si elle continue de négliger les mouvements de gymnastique rééducative conçus pour elle, les problèmes reviendront certainement. Parfois, quand elle se lève du canapé ou du lit, elle ne sent pas le premier pas, pas non plus le contact du talon avec le sol, ni le poids de son corps sur ses plantes de pieds. Si elle se prend un coude dans le bras pendant un match de basket avec les collègues, elle n'a pas forcément de réaction : la douleur ne vient que plus tard, quand l'esprit est en ébullition. Son corps ne fonctionnera plus jamais normalement, mais à force d'entraînement elle a acquis une certaine résistance grâce à laquelle le concours d'entrée à l'école de police a été un jeu d'enfant. Mais son dossier médical ne dit pas un mot de la lésion de sa moelle épinière. Elle n'a jamais eu le moindre accident. Jessica ne s'est jamais appelée von Hellens. Elle n'a jamais eu de parents, pas d'enfance à Bel Air, pas de petit frère dont les beaux yeux marron appellent à l'aide.

Elle sent les doigts de son frère qui serrent les siens.

Tout va s'arranger, Toffe. Tout va s'arranger.

75

Le son du trombone d'un musicien de rue s'infiltre dans le rêve de Jessica, au beau milieu d'une suite d'images confuses émanant de son inconscient. Elle ouvre les yeux et se rend compte qu'elle est dans les bras de Colombano. Elle est restée allongée ainsi toute la nuit, le bras puissant de son compagnon la maintenant prisonnière. Elle a beaucoup veillé, ravalant ses larmes salées, espérant que le cœur de Colombano et ses battements aussi forts qu'un tambour allaient s'arrêter, que ce corps chaud et puant la vieille gnôle qui la forçait à rester immobile allait refroidir, qu'il mourrait et qu'elle pourrait enfin s'enfuir. À un moment de la nuit, la douleur a explosé dans ses genoux, ses jambes, ses orteils, et elle est restée immobile, incapable de bouger, paralysée, à sangloter, pendant que Colombano la pressait plus fort contre lui tout en caressant ses cheveux trempés de sueur. Jessica a fini par abandonner, tout son corps s'est laissé aller et elle est tombée dans un état intermédiaire entre sommeil et éveil, dans une léthargie irréelle. Elle s'est scrutée à travers les rideaux, depuis le balcon à la française, comme un ange admirant la beauté de la scène amoureuse qui se joue dans la pièce, tout en s'étonnant de son visage inconsolable.

« *Zesika.* »

La voix la plus laide qui soit. Jessica sursaute. Elle sent son cœur rater un battement, la nausée aller et venir dans son corps. Elle entend encore le rire des deux hommes, sent les coups sur ses fesses nues, Colombano en elle, plus déterminé, plus déchaîné que jamais auparavant.

« *Zesika.*

— Oui, mon chéri ? » chuchote-t-elle.

Les mots s'échappent de sa bouche malgré elle, ils sont une relique d'une autre époque qui semble à présent reléguée à des années-lumière de là. Une larme roule sur sa joue. Elle sent une goutte de sperme sur sa cuisse.

« Tu n'es pas fâchée, quand même ? »

La main raffermit sa prise, comme pour rappeler à Jessica qu'il s'agit de donner la bonne réponse.

« Ce type… Il est encore là ?

— Matteo ? »

Colombano rigole, dépose un baiser sur la joue de Jessica, puis se détourne d'elle. Elle est libre à présent, mais n'arrive pas pour autant à bouger.

« Je t'avais bien dit qu'il ne te toucherait pas », continue Colombano.

Jessica gémit.

« Quoi, ça t'a fait mal ? » s'étonne Colombano.

Elle l'entend se diriger vers la salle de bains. Un clapotis dégoûtant remplit l'appartement. Il soupire tandis que sa vessie se vide dans la cuvette. Jessica ferme les yeux. Elle ne sait pas quoi dire. Elle ne se rappelle pas. Peut-être que ça ne lui a pas fait mal.

Peut-être que le type ne faisait que regarder. En réalité, peu lui importe.

« Ça m'a pas fait mal, dit-elle doucement, le regard fixé sur le mur.

— Tu aurais voulu que ça te fasse mal ? demande-t-il en tirant la chasse. Tu aurais préféré ? »

Il revient dans la chambre. L'eau cesse de bruire, l'évacuation émet un petit cri aigu.

« Je...

— C'est pas trop mon truc. J'aime pas partager. Je ne refuse pas si quelqu'un veut regarder, c'est sûr, mais partager, franchement... », ajoute Colombano.

Jessica sent le matelas ployer sous le poids de son compagnon. « Mais je peux faire une exception, si tu veux.

— Non. » Elle a soudain du mal à respirer.

« *Non*. C'est ce que tu as dit hier aussi, princesse. Et pourtant nous avons fait l'amour avec plus de passion que jamais. C'est agréable d'avoir tort, parfois, non ? » *Rires*.

Jessica sent son bas-ventre se tordre de douleur.

« Je peux rappeler Matteo tout de suite.

— Non.

— Mais je vais être franc avec toi. Je ne partagerais jamais avec Matteo quelque chose que j'aime vraiment. Tu es marrante comme fille, *Zesika*. Mais j'ai peu à peu compris que nous n'avions pas d'avenir, toi et moi. Tu es encore immature. Tout juste une enfant. »

Jessica sanglote et Colombano pose la main sur son épaule.

« La franchise peut être brutale, petite fille. Mais un jour, tu me remercieras d'avoir été comme ça. D'une franchise brutale.

— Tu es… » commence Jessica, mais les pleurs se pressent dans sa gorge et ses paroles se réduisent à un piteux étranglement.

Colombano se penche sur elle et approche les lèvres tout près de son oreille.

« Je te propose d'ailleurs, chuchote-t-il, que nous fassions l'amour encore une fois en guise d'adieu. Puis j'irai à ma répétition. Et quand je rentrerai, tu auras fait tes valises et tu seras partie continuer ton voyage. Ton merveilleux voyage, que tu devrais être en train d'effectuer en ce moment même.

— Je vais partir », confirme Jessica en se forçant à s'asseoir.

Elle perçoit le souffle du sang dans ses oreilles.

« Oui, tu vas partir. Mais d'abord, les adieux. »

Elle sent les doigts rugueux sur son bras. Elle se détache violemment.

« Ne me touche pas ! » hurle-t-elle d'une voix tremblante en bondissant.

Colombano la regarde, amusé. Elle n'arrive pas à le regarder dans les yeux, elle a le regard cloué sur les énormes tatouages qui ornent le corps puissant de l'Italien.

« Laisse tomber. Je veux pas être en retard à la répétition », grommelle Colombano en cessant de sourire.

Jessica constate que sa respiration est devenue superficielle. On entend du dehors un murmure de voix qui se mêle au vrombissement des moteurs des barques sur le canal. Jessica se tourne, ouvre grand le rideau et s'apprête à appeler à l'aide lorsque Colombano l'attrape par les cheveux, la ramène de force dans l'appartement ; elle a l'impression que son cuir chevelu est en train de se déchirer. Puis son occiput heurte le plancher et des doigts s'enroulent autour de son cou. Les cheveux gras détachés de

Colombano lui lèchent le visage ; les narines de Jessica sont assaillies par une odeur de vinasse et de sueur mêlée d'après-rasage.

« *L'inverno.* L'hiver », éructe Colombano.

Des postillons giclent entre ses dents blanches.

76

Jessica jette un coup d'œil à l'écran de son téléphone. Il est vingt-deux heures vingt-deux, l'heure de faire un vœu. Il est étrange, du point de vue des probabilités, de constater que les gens regardent souvent l'heure à ce moment précis. Évidemment, c'est une illusion, une erreur de raisonnement fondée sur le fait que vingt-deux heures vingt-deux se retient plus facilement que vingt et une heures dix-neuf par exemple. Pourtant, cela paraît particulièrement prémonitoire en cette soirée sombre, tandis qu'un vent froid hulule dans les conduits, faisant craquer le cadre des vieilles fenêtres.

L'eau bout dans la casserole. Jessica n'a pas de bouilloire au studio. Peut-être parce que en réalité, elle n'y a jamais habité, ou parce que l'absence de bouilloire renforce sa couverture : elle habite dans une garçonnière un peu miteuse, où tout est un peu négligé. Quoi qu'il en soit, l'eau chaude a exactement le même goût, qu'elle ait été réchauffée dans une casserole sans revêtement ou dans un KitchenAid couleur crème.

Jessica prend une gorgée de son mug oublié sur la table : son thé précédent a eu le temps de refroidir. Il y a maintenant un total de dix-sept feuilles A4 étalées devant elle, certaines déchirées en petits morceaux, d'autres collées pour former un grand ensemble. Plusieurs phrases tirées des livres de Roger Koponen ont été copiées sous les photos des crimes et de leurs victimes : autant de fragments de textes qui ont sans doute servi de modèles aux assassinats. Mais n'ont-ils pas négligé un détail en se concentrant sur la recherche d'allusions dans les livres de Koponen ? Jessica se rappelle les paroles de Mikael : *On sait exactement ce qu'ils veulent qu'on sache.* Mais rien de plus que ça. Le pessimisme cynique de Mikael l'exaspère souvent, mais le fait est qu'il a souvent raison.

Elle vide son mug et avale de travers une goutte de thé. Elle tousse dans son poing ; pendant un bref instant, elle croit savoir ce que ça fait de se noyer. Quand le liquide égaré dans la trachée devient impossible à expulser en toussant, qu'il remplit les poumons et empêche l'arrivée d'oxygène.

Jessica se dirige vers l'évier, se mouche et verse de l'eau chaude dans sa tasse. Elle ouvre l'étagère et tâtonne à la recherche du bocal rempli de sachets de thé. Il est presque vide et les deux sachets qui restent contiennent une saloperie de thé à la vanille.

Au même instant, son téléphone sonne. Numéro inconnu. Mais ce n'est pas le numéro dont s'est servi l'homme des services de surveillance en planque dans sa camionnette. C'est peut-être Fubu qui la harcèle avec un téléphone emprunté à un pote. Il est opiniâtre.

« Niemi.

— Allô ? »

La voix féminine est hésitante, apeurée.

« Votre appel concerne une enquête policière ?

— Oui », répond la femme, plus rapidement cette fois.

On entend en arrière-plan un tintement qui évoque une cloche à vache. Puis Jessica entend un marmonnement : la femme vient de poser sa paume sur l'appareil et discute avec quelqu'un. Après quelques secondes, elle entend un bruit de toux.

« Désolée. Je... Oui, c'est pour une enquête policière. D'où mon appel.

— D'accord. C'est à quel sujet ? », demande Jessica en se rasseyant au bord de la table.

Dans la cage d'escalier, une porte se ferme, un ou deux étages plus bas.

« Eh bien... Je m'appelle Irma Helle. J'ai un magasin de vêtements dans la rue Korkeavuorenkatu... »

Le regard de Jessica se porte sur la feuille.

« Quel magasin de vêtements ? interroge-t-elle, concentrée.

— Un atelier de couture. On fait des tenues de soirée... »

Les aboiements d'un petit chien retentissent dans l'escalier.

« Oui ?

— Ne quittez pas », dit la femme en se tournant à nouveau pour parler à quelqu'un d'autre.

Jessica repense à la cloche qu'elle a entendue. C'est sans doute une sonnette installée dans le montant de la porte et qui prévient de l'arrivée des clients.

« Le magasin est ouvert à cette heure ?

— Non, bien sûr... Il est déjà... Mais j'ai un travail de couture en cours et...

— Vous êtes seule ? demande Jessica, même si elle ne comprend pas trop elle-même la nécessité de cette question.

— J'avais juste oublié de fermer à clé et… voilà, je suis seule.

— D'accord, poursuit Jessica en écartant un cheveu qui lui tombe sur le front. Qu'est-ce que je peux faire pour vous ?

— J'ai appelé un numéro d'assistance qui…

— Oui, oui, certains des appels me sont directement transmis. Je suis inspectrice en chef, capitaine Jessica Niemi, police d'Helsinki », énonce Jessica.

Son agacement se traduit par un pincement au bout de ses doigts. Elle devine pourquoi cette femme appelle, elle sait que c'est lié d'une manière ou d'une autre aux tenues de soirée que portaient les victimes.

« Je connaissais Maria Koponen, raconte la femme avant une longue pause. C'était une cliente, elle est venue deux ou trois fois. »

Jessica se redresse et prend un stylo. Elle se sent bouillir de curiosité, mais décide de rester silencieuse et d'écouter attentivement.

« Ça m'a vraiment fait un choc quand j'ai entendu qu'elle avait… qu'elle avait été assassinée…

— Oui.

— Mais ensuite ma fille m'a appelée. Elle m'aide, parfois… Elle est très au courant de la mode et des vêtements pour femmes. Elle est en BTS de textile et de mode…

— Que vous a dit votre fille ?

— Elle a vu une vidéo sur YouTube. Qui a circulé parmi les étudiants dans la matinée. »

Jessica se gratte la nuque qui la démange. La fille d'Irma Helle a vu la vidéo de Maria Koponen morte. Une vidéo que le site a presque immédiatement supprimée de son serveur, mais qui a malgré tout été partagée. Jessica entend encore les mots répétés sur la bande de façon quasi hypnotique. *Malleus Maleficarum. Malleus Maleficarum.*

« Ma fille était choquée. Tout ça lui faisait l'effet d'une blague malsaine. Elle ne connaît pas Maria Koponen, mais elle a reconnu la robe qu'elle portait.

— Cette robe a été cousue dans votre atelier ?

— Oui. Ça ne fait pas l'ombre d'un doute, affirme Irma Helle qui semble soudain bouleversée. Ah, bon sang. Ma fille m'a envoyé une photo après avoir effacé le visage. Et là j'ai compris que c'était une photo du corps de Maria Koponen et que ma fille ne voulait pas que je voie son visage.

— Entendu », acquiesce Jessica en essayant de rester aussi calme que possible.

Elle respire profondément et presse ses doigts tremblants contre la table. Cet appel peut constituer un tournant. Les quatre victimes femmes portaient exactement la même robe de soirée. Les mêmes chaussures. Même leur vernis à ongles était de la même couleur. Elle pose le téléphone sur la table et active le haut-parleur.

« Continuez.

— C'est peut-être juste une coïncidence si Maria portait une robe que j'ai conçue, mais… »

Jessica croit entendre un sanglot.

« Mais quand Maria Koponen est venue me l'acheter, il y a environ un mois… Nous avons pris les mesures et choisi le tissu…

— Oui ?

— Elle n'en a pas commandé qu'une. Elle en a commandé cinq. »

Jessica sent une vague de froid parcourir son corps.

« Cinq robes de soirée ?

— Cinq fois le même modèle. »

Jessica sait que les quatre autres ne sont pas suspendues à un cintre dans le dressing de la maison de Kulosaari.

« Mais d'une taille chaque fois différente », ajoute Helle.

Hein ? Putain, c'est pas possible.

« Vous avez les tailles quelque part ? demande Jessica en pianotant sur la table avec les doigts.

— Oui, dans mon carnet. J'ai tous les renseignements. Maria m'a donné cinq mesures différentes pour lesquelles je devais coudre les robes. Elle ne m'a pas expliqué pourquoi, j'ai supposé que c'était une histoire de mariage. Ou une autre fête pour laquelle les femmes devaient s'habiller de la même...

— Et donc, Maria Koponen a acheté ces robes ? Elle a payé directement ?

— Oui.

— Vous restez encore combien de temps au magasin ? » l'interroge Jessica en jetant un coup d'œil à sa montre.

Il est vingt-deux heures vingt-sept. Il faut que quelqu'un aille sur place. Si personne n'a le temps, elle ira elle-même. Erne peut bien dire ce qu'il voudra.

« Oh ben là, sûrement jusqu'à minuit environ... »

Jessica entend à nouveau un bruit indéfinissable à l'autre bout du fil.

« Mais qu'est-ce qu'elle veut encore celle-là ? lance Irma Helle en pestant.

— Qu'est-ce qui se passe ? demande Jessica sur le qui-vive.

— Toujours cette femme à la porte.

— Quelle femme ?

— Celle qui a surgi dans le magasin tout à l'heure... D'ailleurs, c'est bizarre, elle pourrait presque être une sœur jumelle de Maria Koponen… Attendez un instant », dit Helle.

Jessica l'entend poser le téléphone sur la table.

« Hé ! Attendez ! Allô ? Irma ? »

Irma Helle n'est plus à l'appareil. Jessica entend des bruits de pas, quelqu'un qui frappe à la porte, puis le tintement de la cloche.

« N'ouvrez pas cette porte », murmure Jessica en se dirigeant vers la fenêtre, paume sur le front.

Elle entend des mots lointains au bout du fil. *Désolée, mais nous sommes vraiment fermés. Revenez demain à partir de neuf heures. Pardon, vous m'entendez ? Nous sommes fermés. Vous voudrez bien…*

Puis la ligne est coupée et Jessica entend trois bips.

77

Un silence absolu règne dans l'escalier. Jessica ouvre la porte, téléphone à l'oreille, et s'arrête un instant devant le boîtier de l'alarme, constatant qu'elle ne l'a pas activée quand elle s'est précipitée dans son studio plus tôt dans la soirée.

« Qu'est-ce qui se passe ? »

La voix de Jusuf est aussi euphorique que tôt le matin. Il a manifestement constaté l'urgence et la tension qui transparaissaient dans les mots de Jessica.

« Je viens de recevoir un appel d'une certaine Irma Helle. Je crois qu'elle est en danger immédiat. Rue Korkeavuorenkatu. J'ai appelé une patrouille, ils doivent y arriver d'un instant à l'autre.

— C'est qui ?

— Une gérante de magasin de vêtements. Elle a fait les costumes de soirée des victimes. De toutes les victimes.

— Pourquoi tu penses qu'elle est en danger ?

— Quelqu'un qui ressemblait à Maria Koponen vient d'essayer de pénétrer dans son magasin », précise Jessica en traversant la salle à pas vifs pour se rendre dans la cuisine.

Son portefeuille est exactement là où elle l'a laissé tout à l'heure. Forcément. Tout lui paraît brumeux et irréel. Encore une personne en danger.

« Maria Koponen... répète Jusuf d'un ton dubitatif après un court silence. Donc une femme ?

— Oui. Une femme. Maria Koponen a acheté elle-même ces robes de soirée. D'après toi, ça veut dire quoi ?

— Ben franchement, c'est super bizarre.

— Maria Koponen a donné à cette couturière les mesures des robes, donc il faut bien qu'elle ait connu personnellement chacune des victimes. Ou au moins leurs mensurations exactes.

— Mais... On a cherché un lien entre les victimes. Jusqu'ici on n'a rien trouvé. Pas de loisirs en commun, pas d'appels... Elles ne sont même pas amies sur Facebook. Et Laura Helminen a expliqué qu'elle n'avait jamais entendu les noms des autres victimes, et *a fortiori* ne les avait jamais rencontrées.

— Et pourtant, Maria Koponen connaissait leurs tailles de vêtements.

— Ça n'implique pas forcément qu'elle ait connu les femmes. Quelqu'un a pu lui fournir une liste.

— Mais qui ? Maria et Roger Koponen auraient agi ensemble ? Ce serait ça le fond de l'affaire ? Maria et Roger Koponen auraient aidé un putain de taré à faire cette mise en scène ?

— Maria Koponen est toujours morte, Jessica. Je ne pense pas qu'elle ait contribué exprès à son propre assassinat.

— Roger a dû envoyer les vêtements à quelqu'un d'autre. »

La ligne reste silencieuse quelques instants.

« Où es-tu ? finit par demander Jessica.

— Je viens de mettre le cap sur Ullanlinna.

— Passe me prendre.
— Hein ?
— Passe me chercher chez moi. Je viens avec toi.
— Bah non.
— Bah si.
— Et Erne ?
— Il peut aller se faire foutre.
— Hum, je sais pas. Et si c'est vraiment toi la cible ? Ce serait pas plus intelligent de rester un peu loin du terrain ?
— J'ai l'impression que c'est ici, à la maison que je fais une bonne cible.
— Viens en taxi. Sinon une partie de la faute va me retomber dessus…
— Ah, putain Jusuf, grouille-toi de rappliquer devant l'immeuble avec ta bagnole !
— Tu es vraiment une sorcière, Jessica.
— Tu en as pour combien de temps ?
— Dix minutes.
— Je descends.
— Attends », s'écrie Jusuf.

Jessica l'entend mettre plus fort la radio de la police. Un message prononcé avec une articulation soignée parvient aux oreilles de Jessica, qui en distingue presque chaque mot.

… Korkeavuorenkatu, magasin de vêtements en pas-de-porte. On distingue par la vitrine un individu inerte sur le sol. On frappe à la porte, pas de réaction. On va briser la porte pour entrer. Le service d'urgence a été prévenu.

78

Je t'ai donné un ordre clair, Jessica. Tu crois que je vais passer l'éponge sur ce genre d'insubordination ?

Erne ferme le couvercle de son briquet, fait durer la première bouffée le plus longtemps possible puis relâche d'un coup, par ses larges narines poilues, la fumée qui a tourné un instant dans ses voies respiratoires.

Il observe la paroi de l'espace fumeurs de l'hôtel de police. Elle est obscurcie par la saleté et les gaz d'échappement, et même la neige accumulée sur les bords ne parvient pas à la rendre moins laide. Le bâtiment est si foutrement moche qu'il convient parfaitement à un club pour fonctionnaires butés, sans imagination, dans lequel les hommes entretiennent leurs préjugés et leurs délires de persécution. Il rappelle un peu l'Allemagne de l'Est, la Stasi ou une autre organisation arbitraire du même genre qui n'essaie même pas de cacher sa façon cynique de considérer le monde extérieur. Le fait est qu'un citoyen normal, quand il vient ici, prend peur à la simple idée de déposer une demande de passeport. Ça doit venir non seulement du bâtiment, mais également de la façon pesante et bureaucratique dont les choses sont gérées. De ce foutu bloc jaunâtre, et de l'ensemble de Pasila-Ouest, quartier manifestement conçu et construit dans un état de confusion mentale où la main de l'architecte a cherché son inspiration dans une carte postale envoyée de Plattenbauten. *Bip. 37,9. Fais chier.*

Cette garce de Jessica.

L'extrémité incandescente lui brûle l'index et le majeur. Son annulaire est sur le point de geler dans la bise glacée. L'auriculaire et le pouce se serrent l'un contre l'autre.

Six mois. Si les soins commencent tout de suite.

En marge de l'enquête, Erne a surveillé son téléphone. Le centre médical privé avait promis de l'appeler entre huit et vingt heures. En général, ce genre de nouvelles est annoncé au patient en face à face, mais comme en l'occurrence il s'agissait simplement de préciser des mauvaises nouvelles déjà évoquées, une heure d'appel avait été convenue.

Puis, à vingt heures tapantes, le docteur Pajunen, oncologue, avait expliqué d'un ton laconique que la tomodensitométrie de la cavité thoracique et les échantillons de la gastroscopie confirmaient ce qui avait précédemment été jugé probable. La tumeur a envoyé des métastases dans le foie et les os, mais également dans l'œsophage.

Jessica, Jessica.

En mettant fin à l'appel, Erne s'est soudain senti étrangement calme : il constate que, lorsque ce qu'il a craint plus que tout s'est enfin produit, il a cessé d'avoir peur. Il se sent mou, évidemment déçu et choqué, mais dans le même temps la conscience de sa mort le tranquillise. Plus de questions, plus de devinettes. C'est pour bientôt.

Il écrase sa cigarette contre le bord du cendrier et en allume une nouvelle.

Si seulement Jessica pouvait faire ce qu'on lui dit de faire.

79

Mikael entre, un sac en papier à la main. Une odeur de pita bien grasse, de beurre, d'oignon et de coriandre se répand dans la salle de réunion.

« Agneau pour Rasse... annonce Nina en ouvrant les portions emballées dans l'aluminium et le polystyrène.

— Moi aussi j'ai pris de l'agneau », dit Mikael en attrapant le paquet sous le nez de Rasmus.

Nina observe du coin de l'œil le partage de la proie. Micke n'a rien du harceleur classique, même s'il peut l'être, étant donné sa présence physique et sa langue bien pendue. De son côté, Rasmus fait une cible trop facile, avec ses pellicules, sa calvitie et son aspect voûté. Parfois, il donne presque l'impression de vouloir se faire marcher dessus, comme si sans cela il ne se rappelait pas qu'il existe toujours.

Pendant un instant, Rasmus regarde tout de même Mikael avec un soupçon de rancune. Puis il tend le bras pour attraper sur la table l'autre sac en papier, qu'il ouvre avec précaution.

« Apparemment, Jessi n'a pas réussi à rester sagement chez elle, poursuit Mikael avant de saisir des deux mains son dîner et d'y mordre à pleines dents.

— Comment tu sais ?

— J'ai entendu Erne beugler au téléphone. Elle est allée sur le lieu du crime, rue Korkeavuorenkatu.

— Pas étonnant. Au moment des faits, la victime était au téléphone avec elle, indique Nina tout en regardant fugitivement les hommes qui s'empiffrent de pain pita fourré à l'agneau.

— Vous croyez que c'est un hasard ? » interroge Rasmus en s'essuyant la bouche sur sa manche.

Mikael se tourne vers lui.

« Jessica est au centre des événements depuis le début. Ensuite, Erne lui demande de rester chez elle. Sous surveillance policière stricte. Mais même là les crimes la poursuivent », renchérit-il.

Nina acquiesce et regarde Mikael. Rasmus a indéniablement raison. Depuis le début de cette affaire, c'est lui qui est le plus affûté, notamment parce qu'il a mieux fait les recherches préparatoires que n'importe lequel d'entre eux.

« Espérons que Jessica soit en sécurité », reprend Nina, les bras croisés.

Elle a toujours bien aimé Jessica, sa façon intransigeante d'agir de la manière qu'elle considère la meilleure. À plusieurs reprises, Nina a essayé de faire plus ample connaissance avec elle, mais pour une raison quelconque la capitaine souhaite maintenir une certaine distance avec ses collègues. Mais même cela, elle a toujours réussi à le faire poliment, sans vexer personne.

« Jessica est une grande fille, soupire Mikael en hochant la tête en direction du tableau, sur lequel Rasmus vient d'accrocher une nouvelle photo.

— Irma Helle.

— La septième victime.

— Les victimes forment un ensemble plutôt incohérent, indique Nina en marchant vers le tableau.

— Comment ça ? l'interrompt Mikael.

— Premièrement, il y a deux victimes toujours pas identifiées. Et deux sont des hommes. Enfin : trois portaient la même robe de soirée. Quatre, si on compte Laura Helminen comme victime. Ce groupe n'a aucun dénominateur commun.

— Maria Koponen avait commandé cinq robes de soirée. Et si Sanna Porkka avait également été habillée avec la même robe avant d'être brûlée ? On a vérifié ? demande Mikael.

— Il faut se renseigner, poursuit Nina en écrivant la question au tableau. Les tailles de toutes les robes ont été inscrites dans le carnet d'Irma Helle. On pourrait vérifier si une des robes a été faite selon les mensurations de Porkka.

— Mais le fait que ce soit Sanna Porkka qui ait conduit Koponen vers Helsinki est forcément un hasard, reprend Mikael incrédule.

— Vraiment ? Est-ce que ce n'est pas justement toi, aujourd'hui, qui t'es opposé à ce genre de dangereuses suppositions ? », l'invective Rasmus, s'attirant un regard assassin de Mikael.

Rasse a découvert en lui une témérité assez nouvelle, et Nina, voyant cela, esquisse un sourire discret. Elle aime Micke, mais prend un malin plaisir à voir quelqu'un titiller son ego. Surtout quand les coups arrivent d'une direction totalement inattendue.

« Comment est-ce que quelqu'un aurait pu s'assurer de la présence de Porkka ? Si je me souviens bien, la demande de faire venir Koponen à Helsinki est arrivée de manière impromptue, et venait d'ailleurs d'Erne.

— Qui a de sacrés remords, *a posteriori*, intervient Nina.

— Exactement.

— Rappelez-vous que Porkka servait de chauffeur à Koponen. Un homme actuellement soupçonné de constituer un élément important de cet écheveau. Il a pu d'une façon ou d'une autre influer sur la façon dont s'est organisé son transfert de Savonlinna à Helsinki en pleine nuit, et sur la personne choisie pour cette mission, continue Rasmus.

— Putain de merde ! » crie soudain Mikael. Il se lève et crache de la nourriture dans la paume de sa main.

« C'est quoi ce bordel… J'ai failli me casser des dents, crache-t-il avant de se masser la joue, puis d'enfoncer un doigt dans le pain à moitié mâché qui repose dans sa main.

— Qu'est-ce qui t'arrive ? s'enquiert Nina.

— Y avait des cailloux ou je ne sais quelle merde. »

Il met son index dans sa bouche et en ressort peu après un petit morceau d'os blanc qu'il montre aux autres.

« Regardez-moi ça.

— Tu t'es cassé une dent ? demande Rasmus surpris.

— Non… Rien de cassé », grogne Mikael tandis que son doigt explore chaque recoin de sa bouche.

Le silence s'installe brièvement. Puis Rasmus repousse son pain et semble être pris de nausée.

« J'en ai aussi, ajoute Rasmus en crachant dans son poing.

— Quoi ? C'est quoi ces trucs ? »

Nina prend son propre pain sur la table et ouvre l'aluminium qui l'entoure. Elle entend les haut-le-cœur de Rasmus et est prise de nausée à son tour.

« Les dents de Monsieur X », dit Mikael en se levant, mains derrière la nuque.

80

Jessica est accroupie à côté de la femme étendue sur le sol. Les grandes devantures du magasin sont recouvertes d'une bâche, mais le scintillement des feux bleus des véhicules d'intervention pénètre tout de même à l'intérieur.

« Simple et direct », constate Jessica en massant ses doigts recouverts de gants en caoutchouc.

Irma Helle gît sur le tapis blanc, sur le ventre, bras écartés ; le bas de son crâne porte une grande contusion sanglante. À deux mètres de là, la probable arme du crime, une tringle à rideau en laiton et dont une extrémité est couverte d'une masse rouge.

« Ça diffère de tous les autres meurtres aussi parce que les livres de Koponen n'évoquent rien de tel », murmure Jusuf en esquivant un expert de l'équipe technique, habillé en combinaison blanche.

Le petit magasin est rempli de portants, aussi est-il difficile de s'y mouvoir. La porte est fermée, mais ils parlent en chuchotant, comme si les murs avaient des oreilles. Qui sait, c'est peut-être vrai. Plus rien ne semble impossible.

« Autrement dit, c'est le premier meurtre qui n'ait pas été élaboré en détail.

— Mais il est quand même indéniablement lié aux précédents.

— C'est sûr. En outre, l'auteur des faits est une femme. Qui ressemble à certaines des victimes.

— Quelqu'un a peut-être voulu faire taire Irma Helle.

— Mais pourquoi seulement maintenant ? Elle aurait pu nous fournir les informations plus tôt dans la journée.

— Et quelles informations au juste… Les tailles de robes de soirée sur mesure ? dit Jusuf en avançant vers le comptoir, sur lequel trône un ordinateur de bureau.

— Si Maria Koponen a commandé cinq robes de soirée et qu'on en a trouvé quatre jusqu'ici, on peut supposer qu'il reste une victime pas encore habillée », précise Jessica en parcourant le magasin du regard. Vers le fond, il y a une porte d'où part un petit escalier qui mène à un bureau évoquant une cave, avec deux grandes machines à coudre.

« Helle a parlé d'un carnet, au téléphone. Tu en trouves un ? demande Jessica.

— Non, mais j'ai pas mal de stylos », note Jusuf en prenant des photos de la cave avec son portable.

Jessica soupire et jette un coup d'œil à son téléphone. Erne a appelé deux fois.

« C'est toujours chaud, là-bas ?

— Erne est furieux que je n'obéisse pas.

— Il connaît toutes les combines pour te mettre au placard, témoigne Jusuf en faisant claquer ses doigts.

— Il ne le fera pas. Pas maintenant que le jeu est bien avancé.

— L'espoir fait vivre. Bon, qu'est-ce qu'on fait ? demande-t-il, les mains sur les hanches.

— On va à Pasila. En essayant de résoudre l'affaire avant qu'il y ait une nouvelle victime.

— On passe au McDo. Tu as de l'argent ? s'enquiert Jusuf en relevant la fermeture Éclair.

— Ah justement, j'ai retrouvé ta carte. Elle était dans la poche de ma doudoune », dit-elle en rabattant la capuche sur sa tête.

81

Erne est assis sur le rebord de la table et regarde ses mains fermées. Il est vingt-trois heures quinze et ils sont de nouveau rassemblés dans la salle de réunion. Rasmus est assis, l'air sérieux, et semble compter ses doigts. Les yeux fatigués de Nina fixent les néons du plafond.

Au fil de sa longue carrière de policier, Erne Mikson a été confronté à de nombreuses affaires que nul n'a pu résoudre malgré des efforts considérables. Mais celle-ci est trop énorme pour qu'on puisse l'enterrer parmi les *affaires non élucidées*. Dans le pire des cas, l'enquête va se prolonger longtemps après qu'il sera mort de sa maladie. Soudain, cette maladie incurable lui semble presque un jugement libérateur, un ticket pour un endroit meilleur où il n'y a pas de place pour le mal.

La porte s'ouvre et Mikael apparaît.

« Alors ? » demande Erne.

Nina et Rasmus sont toujours blêmes.

« On a joint le livreur. Et j'ai ordonné la fermeture du restaurant. Le responsable de garde m'a garanti que la bouffe passait directement de la cuisine au livreur et qu'il était absolument impossible que des dents se soient retrouvées dans les portions en cuisine.

— À quel moment…

— À n'importe quel moment. On va bientôt pouvoir interroger le livreur, poursuit Mikael en s'asseyant.

— Où sont les dents ?

— On les a photographiées puis confiées à Sarvilinna. Je sais pas si elle en tirera quoi que ce soit d'utile. »

Les néons clignotent plusieurs fois.

« C'est un truc de malade, Erne, dit Mikael en se frottant les articulations des mains. Combien de temps on va devoir subir cette merde ?

— Pourquoi tu me demandes ça à moi ? Ce n'est pas moi qui ai glissé les dents d'un mec mort dans ton hamburger, répond-il avec un reniflement ironique et en levant un sourcil.

— C'était un pain pita, marmonne Rasmus.

— On s'en branle de ton pain » éclate soudain Erne.

Il tousse plusieurs fois dans sa main avant de continuer d'une voix plus rauque :

« Tu veux visiblement interpeller Karlstedt et Lehtinen. Moi, je crois que ça ne changera rien.

— Mais tu peux quand même admettre que l'heure tourne, intervient Nina sans le moindre ton de défi. Les mettre sous surveillance pouvait être une bonne idée plus tôt dans la journée, mais après tout ce qui s'est passé, je pense pas que ça nous serve à grand-chose.

— D'autant plus qu'ils savent qu'on les écoute. On s'en est bien rendu compte quand…

— Tu as écouté les bandes », l'interrompt Erne en toussant.

Il sent la glaire remontée de sa trachée et perçoit sur sa langue le goût du sang.

« Faut qu'il y en ait encore combien qui meurent ? »

Erne observe le trio et ressent un grand vide. Peut-être tout cela n'a-t-il vraiment aucune importance depuis l'appel du médecin ? Il ferme les yeux et s'avise soudain que le pire n'est pas la conscience de sa mort prochaine, mais le fait qu'on sache quand elle va se produire. Qu'on puisse essayer d'oublier qu'on est mortel jusqu'au jour où la vie décide de fixer un calendrier douloureusement précis. Un terminus. Il aurait peut-être quand même préféré partir par surprise, en bonne santé. D'une attaque sur une piste de ski, ou dans son sommeil. Dans un accident de voiture, en écoutant de la bonne musique.

« On va en parler dans un instant, quand Jessica et Jusuf seront là », poursuit Erne.

Les autres grommellent vaguement leur accord. La meute de loups a senti sa faiblesse, c'est très clair. Quelques jours plus tôt, il n'aurait jamais été question d'opinions tranchantes et d'ordres bafoués.

Au même instant, la porte s'ouvre et Jessica entre, suivie de Jusuf. Erne adresse à son inspectrice en chef un regard éloquent, mais décide de garder pour plus tard les récriminations qu'il rumine dans sa tête.

« Rasmus », commence Erne en ravalant le goût infect dans sa bouche.

Ce dernier ajuste ses lunettes sur son nez, puis tripote le col de sa chemise grise d'un air incertain.

« Asseyez-vous. Rasse a la parole » se contente d'ajouter Erne.

Rasmus a pris pas mal d'assurance depuis le début de la journée, mais sa manière de jeter des regards en coin comme un chien qu'on vient de gronder n'a pas disparu.

« Voilà, alors le truc c'est qu'on peut aussi trouver un équivalent au meurtre de la couturière dans les textes, même si ce n'est pas du tout un meurtre rituel », relate Rasmus en prenant sous une épaisse liasse de feuilles un livre de poche duquel dépassent des dizaines de Post-it colorés. Puis il déglutit d'une façon audible et lit à haute voix.

Mais l'ombre étrange disparut là où elle était apparue un instant auparavant. Si prompte et si agile qu'Esther n'était plus très sûre de l'avoir vue. Esther savait qu'elle était seule puisqu'elle avait fermé à clé après le départ du dernier client. Jamais encore elle n'avait eu peur dans son magasin, jamais elle n'avait laissé son imagination galoper et envahir ses pensées. Quelque chose avait changé. Peut-être était-ce la conséquence de ce qu'elle avait vu dans la journée. Elle comprit soudain que ce n'était pas un hasard. Au même moment, une vague de froid la transperça. Et avant même de se rendre compte de ce qu'elle ressentait, elle vit derrière la porte de verre quelque chose qui n'avait rien à faire là. Au début, les contours de la silhouette se confondirent avec le reflet d'Esther dans la vitre, mais ensuite la silhouette bougea et acquit sa propre identité.

« Dans le chapitre suivant, les policiers trouvent Esther morte dans son magasin. Elle a été tuée d'un coup à la tête, dit Rasmus en fermant le livre.

— Pourquoi on n'en a pas parlé plus tôt ? Qu'un atelier de couture… lâche Jusuf, mais Rasmus lâche un rire si cassant que Jusuf ne finit pas sa phrase.

— Esther n'est pas couturière. Et il n'y a pas d'autre point commun dans le récit. Uniquement le mode opératoire. Le coup à la tête. Mais bon, c'est la façon la plus courante de tuer quelqu'un.

— Mais le livre disait bien qu'elle avait vu quelque chose ? Quelque chose dont elle a compris la signification juste avant de se faire tuer », intervient Jessica.

En entendant sa voix, Erne quitte son air concentré.

« Oui. C'est le motif du meurtre dans le livre de Koponen, mais il n'y a pas de rapport avec ce qui s'est passé aujourd'hui. Dans le livre, Esther voit le prêtre qui dirige l'Inquisition embrasser une femme soupçonnée d'être une sorcière.

— Et c'est le prêtre qui la tue ?

— Oui. Sa relation avec la supposée sorcière doit rester secrète, donc il se glisse dans la boulangerie d'Esther et la tue.

— Irma Helle a donc été assassinée par une femme pasteur qui couche secrètement avec le chantre ? plaisante Mikael, suscitant quelques sourires.

— Il paraît assez probable que cet assassinat ait été commis uniquement parce que le livre évoque le meurtre d'une boulangère, note Rasmus en tournant sa langue dans sa bouche, comme s'il y cherchait quelque chose.

— Il manque un cadavre, réplique soudain Erne.

— En effet, continue Rasmus. Personne n'a encore été tué avec un poignard. »

Erne acquiesce paresseusement, pose les coudes sur la table et appuie sa tête sur ses mains.

« Donc, on peut supposer qu'en ce moment, quelque part en Finlande, probablement dans la région d'Helsinki, il y a un homme mort, allongé avec un poignard dans le torse. Simplement, on ne l'a pas encore trouvé.

— Qui dit que le crime a déjà eu lieu ? lance Rasmus avant de baisser le regard et d'écrire quelque chose dans son carnet.

— Tu as entendu ce qu'a dit Rasse, Erne, souligne Mikael en sortant un paquet de chewing-gums neuf. Si on interpelle les deux connards, on peut peut-être sauver la peau d'un homme.

— Tu envisages de les frapper pour avoir des infos sur la prochaine victime ? demande tranquillement Erne.

— Si ça peut sauver un innocent, oui.

— Tiens ! Parlons-en, se souvient Erne en pointant Mikael du doigt. Un innocent. Est-ce qu'on est sûrs que les victimes sont vraiment innocentes ?

— Et qu'elles ne s'adonnaient pas à la sorcellerie, par exemple ? poursuit Nina en fronçant les sourcils.

— Maria Koponen a fait faire sa propre robe mortuaire, mais également celle de plusieurs autres. Pour moi, ça n'évoque pas franchement l'innocence.

— C'est sûr que c'est vachement bizarre, intervient Jusuf en suivant du doigt la ligne de vie dans sa paume. Mais j'aurais quand même tendance à partir du principe que Maria Koponen n'a fait qu'exécuter les instructions de quelqu'un, et qu'elle n'avait aucune idée de ce à quoi les robes noires qu'elle commandait à Irma Helle allaient servir.

— Les instructions de son mari, évidemment, précise Mikael.

— Peut-être, dit Erne en se levant. À mon avis, vous devriez réinterroger Laura Helminen. Lui poser des questions, en contournant, en esquivant, en la comprenant, en la consolant, en lui mettant la pression… Faites en sorte qu'elle se confie. Parce que si Helminen cache quelque chose, si elle a un lien avec les autres victimes, nom de Dieu, on a intérêt à le savoir.

— Tu as raison, Erne, dit Jessica en joignant les mains sous son menton. Si ce qui relie les victimes des chasseurs de sorcières est un peu louche, voire illégal… Alors Laura Helminen a sans doute une raison de mentir.

— Exactement.

— On s'en occupe avec Jusuf.

— Fais gaffe, Jessica. Rien n'a changé depuis cet après-midi. Veillez à ce que Helminen ne fasse pas une nouvelle crise, prévient Erne.

— Et Karlstedt et Lehtinen ? » demande Mikael.

Erne regarde par en dessous cet homme qui, avec son chewing-gum dans la bouche, a l'air d'un gros ruminant inoffensif. Il a peut-être raison. Il est temps de prendre des risques. De jeter aux orties les querelles internes.

« C'est d'accord. Assure-toi qu'on les interpelle chez eux exactement au même moment. »

82

Numéro entrant : +3584002512585
Heure d'appel : 23.31 : 22

(Tonalité.)

Torsten Karlstedt (TK) : Salut.

(Plusieurs secondes de silence.)

Kai Lehtinen (KL) : Toi aussi, tu as l'impression que quelque chose arrive ?

TK : C'est marrant que tu en parles. Oui. J'en ai bien l'impression.

KL : Dans ce cas, il vaut mieux sans doute se préparer.

TK : Pour l'instant, on ne voit rien venir…

KL : Attends un peu, frater.

(Long silence.)

TK : Il se peut que nous ne discutions plus avant quelque temps.

KL : C'est probable.

TK : Porte-toi bien, frater.

KL : Toi aussi.

83

L'amortisseur de la Volkswagen fait entendre un gros bruit quand Jusuf passe pile sur le nid-de-poule que le gel a creusé dans l'asphalte. Le regard de Jessica est vissé sur le rétroviseur et la camionnette qui les suit.

« Ah putain… L'amortisseur va me lâcher, jure Jusuf.

— Les gars derrière sont tombés dans le même trou. »

Jusuf entre dans la cour de l'hôpital de Töölö et arrête la voiture juste devant les portes. Une infirmière en train de fumer leur jette un regard désapprobateur.

« Police, annonce Jusuf à voix basse, tandis que l'estafette de police se gare derrière lui.

— Vous êtes en intervention ? interroge l'infirmière en soufflant de la fumée par le nez, d'un air maussade. Parce que sinon vous pouvez aussi vous garer comme tout le monde. »

Jusuf la regarde, rigole et secoue la tête.

« Pourquoi toute cette négativité ?

— Parce que le monde est merdique », répond Jessica.

Ils franchissent la double porte coulissante. Les hommes en tenue bleue les suivent à dix mètres de distance. Jessica et Jusuf traversent le grand hall dont le sol est parcouru de lignes de diverses couleurs pour guider les visiteurs.

« Écoute, Jusuf, dit Jessica en appuyant sur le bouton de l'ascenseur. Laura Helminen me fait l'effet d'une jeune femme qui a subi un énorme choc. Si énorme que la première fois il a été presque impossible de l'interroger.

— Ah bon ? »

Jessica baisse les yeux sur la pointe de ses chaussures et attend que les portes de l'ascenseur s'ouvrent. Ils entrent dans l'ascenseur vide. Il est un peu étrange que les policiers envoyés pour les protéger restent dans le hall, mais Erne a interdit aux agents de les suivre dans la chambre de Laura Helminen.

« Irma Helle a été tuée par une femme, *a priori*, reprend Jessica quand les portes se ferment. Une femme qui ressemblait aux autres victimes, y compris à Laura Helminen.

— Laura Helminen n'a jamais quitté l'hôpital.

— D'accord, mais ça n'implique pas que l'auteur ne puisse pas être une femme. »

Jusuf fait claquer sa langue, puis hoche lentement la tête.

« C'est vrai. On a supposé que les femmes étaient uniquement victimes », admet-il.

Jessica acquiesce, en fixant la cuticule arrachée de son index droit. Au même moment, quelque chose dans la phrase de Jusuf se met à la titiller.

« Attends. Tu as dit quoi ? »

Elle lève les yeux vers Jusuf.

« C'est ce que tu voulais dire, non ? Qu'on a supposé que les coupables étaient des hommes ? Que tout ça est le fait d'un groupe de mecs sadiques…

— Oui, c'est ce que je voulais dire, mais la façon dont tu viens de le formuler, par hasard apparemment, est en réalité géniale, assure Jessica, alors que l'ascenseur monte vers le cinquième étage.

— J'ai dit quoi exactement ?

— Que les femmes sont *uniquement* victimes.

— *Uniquement* victimes. Je pige pas là…

— On pensait que les tueurs étaient des hommes qui voulaient punir leurs victimes de quelque chose. Mais si c'étaient des femmes ? »

L'ascenseur émet un signal sonore et une voix féminine mécanique annonce le numéro de l'étage. La voix rappelle la vidéo sur YouTube et les mots latins qui y étaient répétés.

« C'est sûr que le fait que Maria Koponen ait commandé elle-même les robes…

— On a tout de suite supposé que Roger Koponen avait manipulé sa femme. C'est une explication naturelle, évidemment, vu que, en principe, personne n'a envie de concevoir son propre meurtre. »

Les portes s'ouvrent. Le couloir est étonnamment silencieux.

« Attends, chuchote Jusuf en attrapant doucement Jessica par un pli de sa doudoune. Tu es en train de me dire que Laura Helminen est non seulement victime, mais aussi coupable ? »

Jessica lui lance un regard fixe, sans rien répondre. Puis elle secoue la tête et lâche un rire sans joie.

« En fait oui, c'est exactement ça. Je suis folle ?

— Oui. Tu as toujours été folle à lier. Mais tu as peut-être raison quand même », répond-il, tandis que les portes de l'ascenseur se referment derrière eux.

Jessica soupire et observe le couloir. Le guichet de l'accueil est fermé, une lumière vive éclaire l'intérieur. Plus loin, au bout du couloir, un garde est assis devant la chambre de Laura Helminen. Teo.

« OK, Jessica. Supposons que Helminen en sache plus qu'elle ne dit. À ton avis, comment il faut gérer ça pour que ça ne nous pète pas à la gueule d'une façon ou d'une autre ?

— L'idée que quelqu'un se soit laissé enlever, droguer, endormir et presque noyer dans l'eau glacée est tirée par les cheveux. Si tirée par les cheveux que personne ne croira qu'on puisse envisager cette hypothèse. Donc on peut tranquillement faire un petit test », dit-elle en regardant Jusuf d'un air éloquent.

84

Nina gare la voiture devant une grande maison d'Espoo qui, au premier coup d'œil, est de la même époque et du même style que celle des Koponen à Kulosaari. Nina n'est pas allée chez eux depuis le début de l'affaire, Mikael et elle n'ont visité aucun des nombreux lieux de crime, en revanche, elle a examiné les centaines, voire les milliers de photos que les autres ont ramenées ou envoyées au commissariat. Outre les maisons des Koponen et de von Bunsdorf et le magasin à Ullanlinna, ils ont ainsi fait connaissance avec une sacrée quantité de plages, de forêts et de champs. Des lieux qui, à l'origine, n'ont rien en commun, mais qui sont liés par la série de meurtres, peut-être la plus effroyable de toute l'histoire criminelle finlandaise.

« À ton avis, elles se sont retrouvées comment dans notre dîner, les dents de Monsieur X ?

— Je sais pas. Mais je sais que ce connard, soupire Mikael en désignant de la tête la maison, les a arrachées de la bouche de la victime la nuit dernière. »

Nina règle l'air conditionné pour qu'il souffle sur le pare-brise qui s'est encore embué.

« Tu viens ? », demande Mikael en vérifiant la fixation des Velcro de son gilet en Kevlar. L'interpellation ne devrait pas nécessiter l'usage de la force, mais ils savent que mieux vaut ne pas prendre de risques inutiles avec les chasseurs de sorcières.

« Non, vas-y toi avec les gars », dit Nina sans détacher son regard de la maison.

Les gyrophares bleus qui lèchent le crépi blanc lui font penser à une œuvre de light art. Une vive lumière brille presque à chaque fenêtre.

« C'est lui, là ? », demande Nina en désignant une fenêtre qui s'étend du sol au plafond, au premier étage.

L'homme qui vient d'apparaître porte un jogging blanc et un pull noir.

« Nom de Dieu, s'écrie Mikael en se fourrant un chewing-gum dans la bouche. C'est Torsten. »

Torsten Karlstedt lève la main en guise de salut.

« C'est quoi ce bordel ?

— C'est la question », ricane Mikael.

Il est minuit. Son téléphone sonne, il répond d'un mot et raccroche : à Vantaa, le groupe qui s'est disposé devant la maison de Kai Lehtinen est également prêt à passer à l'action.

« Tu vas bientôt pouvoir la lui poser directement », ajoute-t-il en ouvrant la portière. Nina sent la bise froide sur son visage, puis la portière se ferme et Mikael se joint au groupe de quatre hommes en combinaison. Elle les regarde traverser la petite cour. Une fois arrivés à la porte d'entrée, l'un des hommes fait le tour pour rejoindre l'arrière-cour. Nina est sur ses gardes. Difficile de croire que Karlstedt puisse essayer de s'enfuir. Mais presque toutes les autres hypothèses sont possibles.

Est-ce un piège ? Va-t-il faire exploser sa maison, lui compris, juste pour semer encore un peu plus le chaos ?

Torsten Karlstedt disparaît de l'encadrement de la fenêtre, puis la porte s'ouvre. Il se tient derrière le seuil, dans une attitude manifestement sereine. Nina le voit disparaître un moment puis revenir vêtu d'une doudoune rouge. Elle suit du regard le cortège qui avance tranquillement vers la voiture de police. Quand les collègues font enfin entrer Karlstedt par la portière arrière, Nina ferme les yeux et laisse échapper un long soupir de soulagement.

La portière s'ouvre peu après et Mikael s'assoit à côté d'elle. Elle n'ouvre pas les yeux, mais elle reconnaîtrait même dans ses rêves le bruit de ces mâchoires mastiquant du chewing-gum.

« Eh ben, putain, lance Mikael en ouvrant son blouson alors que Nina lui jette un regard interrogateur. On voit à sa tronche que c'est lui le coupable.

— C'était écrit sur son front ?

— Eh ouais. En majuscules. Et puis merde, aucun type honnête ne peut s'appeler Torsten. »

Nina sourit et prend la main que lui tend Mikael.

« Tu étais inquiète ?

— Va pas t'imaginer que je te prends pour un héros de film d'action. Vous auriez aussi bien pu jouer à la Barbie dans le jardin. C'était aussi dangereux.

— Que dalle. T'as pas vu ? Le péril était extrême. Torsten a essayé de me tuer avec une gousse d'ail.

— Et l'interpellation à Vantaa, c'était aussi trépidant ? s'enquiert Nina dans un rire tout en démarrant.

— Apparemment. Lehtinen s'est laissé très docilement amener dans la bagnole.

— Au fait, t'es con, l'ail c'est pour faire fuir les vampires, pas les sorcières, ajoute-t-elle tandis que les deux voitures de police se mettent en mouvement devant eux.

— Désolé. J'ai pas lu *Harry Potter*. »

85

Réveille-toi, Jessica.

Cela fait longtemps que maman n'a pas été aussi belle que ce matin.

Pourquoi ?

On part en promenade.

Maman caresse les cheveux de Jessica. Le soleil du matin entre à grands flots par le store ouvert. Jessica lève la tête de l'oreiller. Son petit frère est déjà levé et frotte ses yeux ensommeillés à côté de son lit. Papa se tient à la porte et semble préoccupé. Peut-être même fâché. Jessica lui a souvent vu cet air, ces derniers temps.

C'est samedi.

Maman parle. Jessica ne sait pas trop ce qu'elle veut dire. Le samedi matin n'est pas forcément associé aux promenades. Plutôt aux jeux dans la piscine avec papa. Dernièrement, maman a plus souvent été au travail qu'à la maison.

Allez, on s'habille dare-dare.

Elle lui caresse toujours les cheveux. Quand elle lui frôle le lobe de l'oreille, Jessica sent un doux frisson la parcourir jusqu'à la nuque. Maman sourit, mais son expression a quelque chose d'étrange. Maman est actrice, elle l'a vue plusieurs fois à la télé, on lui a dit que son travail était d'interpréter quelqu'un d'autre. Parfois au théâtre, d'autres fois à la télé et au cinéma. Maman est si forte que par moments Jessica ne la reconnaît pas quand elle la voit sur l'écran de la télé. Une fois, Jessica lui a demandé comment elle faisait pour faire semblant d'être triste. Il faut penser à quelque chose de triste, lui a-t-elle répondu.

Maman se lève du lit et quitte la pièce. Elle passe devant papa, mais ils ne se regardent même pas. C'est comme s'ils étaient invisibles l'un pour l'autre. C'est là que Jessica remarque une valise près de la porte. Papa s'approche, les bras croisés, et s'assied.

Jessi, Toffe. Tout va s'arranger.

Son sourire est triste, mais beaucoup plus sincère que celui de maman. C'est comme si c'était lui, le meilleur acteur des deux.

Viens par ici aussi, toi.

Son frère met maladroitement son sweat *Ghostbusters* noir et avance jusqu'au bord du lit.

Papa les regarde l'un après l'autre et les presse contre lui. Il renifle leur odeur.

Pourquoi tu pleures ?

Pendant un instant, il se contente de pleurer, mais ensuite il s'essuie le nez dans la manche de son pull noir.

Papa doit s'en aller quelque temps.

Pourquoi ?

On s'est mis d'accord avec votre maman.

La poitrine de Jessica se serre ; elle prend le poignet de son père. Elle sait que tout ne va pas bien. Cela fait longtemps que cette grande maison est trop calme. La nuit précédente, avec Toffe, ils ont veillé tard et écouté les cris qui résonnaient à travers les murs, les affaires jetées dans tous les sens, et Jessica s'est dit que le silence était enfin terminé, qu'il se passait enfin quelque chose. Mais à présent que papa explique qu'il s'en va, elle ferme les yeux et voudrait que la maison soit calme à nouveau. N'importe quoi pourvu que tout puisse continuer comme avant.

Allez, venez. On mangera un truc à l'aéroport.

La mémoire d'une fille de six ans est sélective. *A posteriori*, Jessica n'a pas réussi à déterminer ce qui s'est passé au cours des minutes suivantes, si la conversation dans la voiture et les mots qu'elle a entendus sur la banquette arrière sont vraiment le fruit de son imagination, quelque chose avec quoi elle a tenté de combler les lacunes de sa mémoire.

Mais il y a une chose dont elle garde un souvenir vivace. Les doigts de son frère mêlés aux siens. Les yeux sombres de sa mère dans le rétroviseur.

86

Regarde dans le miroir. Jessica se penche au-dessus du lavabo et observe son reflet dans le cadre doré. Ses yeux sombres se voient à peine derrière ses boucles de cheveux mouillés collées sur le front. L'eau chaude coule le long de sa nuque, sur son dos, et termine sa course dans la serviette qu'elle a nouée pour couvrir ses seins.

Elle se dirige vers la fenêtre ouverte. Les bras des canaux de Murano sont silencieux : en octobre, il y a nettement moins de touristes qu'en été, même si, du point de vue météorologique, c'est justement en automne qu'il faut visiter la ville. À Helsinki, les feuilles ont sans doute déjà pris leurs teintes bariolées et les vols d'oiseaux migrateurs fendent le ciel. Ce matin, cela fait quatre mois jour pour jour que Jessica a pour la première fois posé le pied à Venise. Désormais, San Michele en été et les projets de grand tour en Europe semblent aussi lointains que Los Angeles, mais d'un autre côté le temps est passé incroyablement vite.

Une période brumeuse et vaguement irréelle sépare l'instant présent de ce petit matin pluvieux où Jessica a fait ses valises dans l'appartement de Colombano, bras et nuque couverts d'énormes bleus, sexe meurtri, s'est fait immobiliser par l'Italien à la porte et a reçu dans la gorge sa langue pleine de papilles. Où elle a espéré de tout son cœur que ce baiser lui suffirait. Que tout cela s'arrêterait enfin et qu'elle serait enfin libre de partir.

Bon retour, Zesika. Rappelle-toi ce que je t'ai dit. Ton histoire ne touchera personne, alors mieux vaut ne pas la raconter.

Étreinte. Joue contre poitrine tatouée. Puanteur émanant de sa peau. Il a des gestes languides, comme s'il venait de vivre une nuit sans sommeil mais remplie d'amour. Aucun signe de doute ni de regret. Il n'y a pas eu de viol. Ils se quittent après une courte liaison. En bonne entente, sans drame. Ainsi va la vie.

C'est dommage que ça finisse comme ça.

Sourire blanc. Des doigts caressant sa joue.

La dernière chose que voit Jessica avant que la porte ne se referme est le violon et l'archet reposant sur leur support, sur la table de l'entrée. Puis l'étroit escalier, dont le papier peint, pour la première fois, lui semble laid, comme le couvercle rouillé d'un puits.

Un moment plus tard, Jessica est debout avec sa valise, dans une venelle, sur le bras d'un étroit canal. Elle est trop fatiguée pour continuer le voyage, trop bouleversée pour pleurer. Elle s'assoit sur le bord du canal, laisse pendre ses jambes au-dessus de l'eau en regardant les barques amarrées. Une sensation domine : une honte sans fond. Puis l'isolement, la solitude parfaite, l'absence de but. Après tout ce qu'elle a subi ces derniers temps, monter dans un train, prendre un avion pour Helsinki semble mission impossible. Elle n'a pas la force de penser à l'avenir, à ce qu'elle fera plus tard. Elle ne veut pas voir la tante Tina, qui essaie désespérément de combler le gouffre qu'elle a elle-même creusé. Jessica veut juste être. Ici et maintenant.

Ici et maintenant se sont subrepticement transformés en trois mois. La mer automnale a une odeur différente. Vivifiante, franche. Jessica est revenue à l'hôtel où elle était d'abord descendue, à son arrivée à Venise. C'est une excellente cliente : elle y mange deux ou trois fois par jour, laisse de généreux pourboires et paie sa note chaque semaine. Dès fin juillet, la chambre ordinaire a été remplacée par une petite suite. Jessica n'est sortie qu'à de rares occasions où elle se promenait sur quelques centaines de mètres, dans l'obscurité vespérale, avant de rentrer. Elle ne veut pas être vue, elle veut que l'obscurité dissimule sa laideur, sa peau dégoûtante et ses cheveux gras.

Plusieurs fois, elle a eu l'horrible impression que quelqu'un la suivait. Des pas arrivant par-derrière et qui font halte quand elle s'immobilise. La vision fugitive d'une ombre qui s'enfuit quand elle regarde par-dessus son épaule.

À l'hôtel, elle se sent en sécurité. Personne ne pose de questions idiotes, même si on la prend probablement pour une écervelée qui vit aux crochets d'un émir et a tout bonnement décidé de ne pas rentrer chez elle.

Elle passe ses journées dans son grand lit, à regarder la télévision. Certains jours, la névralgie s'aggrave au point que Jessica ne peut plus du tout bouger. Dans ces moments-là, elle serre le drap entre ses doigts et ferme les yeux : elle essaie de se remémorer le sentiment de liberté qui l'a soulevée dans le vaporetto le jour où elle a rencontré

Colombano pour la première fois. Mais elle ne veut pas crier. Le monde n'aura pas cette satisfaction. La douleur suit souvent une pensée angoissante, un reflet fugace de sa mère, de son père, de son frère, de Colombano. Les accès de douleur sont comme du sel sur les plaies que son inconscient a rouvertes. Elles viennent toujours ensemble. L'angoisse et la douleur. Mais pas toujours dans cet ordre.

Elle a grossi, mais n'en a cure. Quand elle sort, elle s'habille en short et en sweat à capuche, met du baume sur ses lèvres et attache ses cheveux en une queue-de-cheval très serrée. Elle n'est que l'ombre de celle qu'elle a été, qui ne sortait jamais sans se faire belle et soignée. Elle est un monstre qui se meurt lentement, dans un pays étranger, dans une ville qui fut belle et scintillante et est désormais d'une laideur effroyable. Elle est seule, et, pour cette raison même, prête à lâcher prise. Comme ses parents la trouveraient stupide s'ils étaient en vie. Toffe serrerait-il fort sa main ? Lui prendrait-il seulement la main ?

Quelque part, le violon d'un musicien ambulant. Les *Quatre Saisons* de Vivaldi. *L'inverno.* De fait, l'hiver arrive.

Jessica regarde le plateau qu'elle a commandé au service de chambre le soir précédent, l'entrecôte à moitié mangée et les frites rabougries. Ses doigts tripotent le couteau à viande dentelé, sa poignée en bois. Les cheveux mouillés de Jessica gouttent sur la moquette. La musique dehors est belle, ses mélodies merveilleusement intemporelles.

Sa prise se relâche, le couteau tombe par terre, à ses pieds. Un instant, Jessica le regarde comme s'il avait trahi sa confiance. Les cordes jouent en fond sonore, de plus en plus haut. De plus en plus vite.

Elle ferme la fenêtre et regarde ses mains tremblantes. Il est plus que temps de faire quelque chose. D'aller au concert. De voir la représentation avec un regard neuf.

87

Les néons du plafond font tellement de bruit qu'ils attirent l'attention de tous les gardés à vue. Nina s'est souvent dit qu'on faisait exprès de ne pas les réparer, que c'était une méthode conçue par des psychologues dans le but de briser les esprits. Mais Torsten Karlstedt n'y prête aucune attention. À vrai dire, il donne l'impression d'être déjà venu : il ne s'intéresse pas à son morne environnement, garde son regard calme fixé sur Nina. Il a la cinquantaine, d'épais cheveux châtain doré, un bronzage surprenant en cette saison, et semble en bonne forme pour son âge.

Nina enclenche l'enregistreur.

« Où étiez-vous hier soir ? », demande-t-elle.

L'interrogatoire n'a commencé qu'il y a quelques minutes, mais pour une raison quelconque Nina a l'impression qu'elle est déjà dans la pièce depuis une éternité.

« À Savonlinna, répond Karlstedt en toussant dans sa main.

— Pourquoi ?

— Pour écouter la conférence de Roger Koponen, évidemment. Vous le savez forcément.

— Avec qui ?

— Avec Kaitsu. Kaitsu Lehtinen. Et ça aussi, vous le savez.

— Apparemment, vous êtes bien au courant de ce que nous savons.

— Moi, non. Mais vous, vous savez. Autrement, je ne serais pas ici.

— À votre avis, pourquoi êtes-vous ici ?

— Ah bon, c'est comme ça que ça se passe ? Qu'est-ce que c'est que cette blague ? »

Nina jette un coup d'œil à l'enregistreur sur la table. Puis au pull noir de l'homme, frappé d'un logo représentant un sport équestre.

« Vous êtes allés à Savonlinna avec votre Porsche Cayenne.

— Oui. C'est un crime ? Une voiture trop provocatrice ? »

Nina a un petit reniflement fatigué.

« Vous savez quoi ? Vous avez raison, Torsten. On sait tout ça. Donc, je vais plutôt vous poser des questions auxquelles on n'a pas les réponses.

— Je vous en prie.

— Vous n'êtes jamais sorti de votre voiture, à Savonlinna. Pourquoi ?

— Je n'avais pas envie.

— Donc, votre ami Kai Lehtinen est allé tout seul écouter la conférence de Roger Koponen. Et vous êtes resté plus d'une heure dans la voiture. Juste parce que vous n'aviez pas envie.

— Voilà.

— Il y avait quelqu'un d'autre dans la voiture ? »

Il sourit d'un air mystérieux.

« Non.

— Pourquoi avez-vous laissé vos téléphones portables chez vous ?

— Ça fait du bien de se déconnecter de temps en temps.

— Sans doute », approuve Nina, les bras croisés.

Elle a interrogé des centaines de minables, certains obséquieux et glissants, d'autres stupides et transparents. Torsten Karlstedt n'appartient à aucun des deux groupes. Nina commence à partager l'avis d'Erne : ils les ont peut-être interpellés trop tôt.

Il jette un coup d'œil à sa montre en acier, puis la défait et la pose sur la table, devant lui. Ses mouvements sont tranquilles et précis.

« Nina Ruska, finit par dire Karlstedt après avoir observé la carte d'identité suspendue au cou de Nina.

— Au service de la communauté, répond-elle sèchement.

— Je comprends bien que notre petit voyage à la campagne avec Kaitsu peut paraître bizarre. D'autant que Roger Koponen a été tué à Juva. »

Nina le regarde attentivement. Il sait que ce qu'il vient de dire est inexact. Et, plus important, il sait forcément que la police est au courant.

« Mais nous n'avons rien à voir avec sa mort », continue-t-il.

C'est absurde, mais il dit la vérité. Ils n'ont rien à voir avec sa mort, puisqu'il est vivant. En revanche, ils ont à voir avec la mort de Sanna Porkka et d'un homme toujours pas identifié.

« Et avec la mort de la policière ?

— Je n'ai rien contre les femmes flics, Nina Ruska. »

Nina ignore la réponse, mouille son doigt avec sa langue et tourne une page de son bloc-notes.

« *Les Savoirs occultes*, lit-elle.

— Un excellent livre, même si c'est moi qui le dis, ajoute Karlstedt en souriant et en croisant les jambes.

— Vous vous êtes toujours intéressé à la magie.

— À la magie ? Ah ah non, l'occultisme est tout autre chose que la magie. Il s'agit du monde absolument fascinant des sciences occultes, où la magie ne joue qu'un petit rôle. Je suppose que vous ne l'avez pas lu.

— Non. Mais il se trouve que je sais que l'ouvrage a été critiqué en son temps. Vous ne vous êtes pas contenté de décrire la grande diversité des sciences occultes, vous avez écrit un texte assez agressif dans lequel vous preniez fait et cause pour l'aspect contestable du phénomène. Vous avez notamment écrit que le Troisième Reich ne se serait pas effondré si vite s'il avait osé se fier aux savoirs occultes. Et que… je cite… *Heinrich Himmler, ministre de l'Intérieur, qui comptait parmi les personnes les plus influentes de l'Allemagne nazie, aurait dû continuer courageusement ses recherches occultes*.

— Vous me demandez si je suis nazi ?

— Votre éventuel antisémitisme ne nous intéresse pas le moins du monde, à moins qu'il ne soit lié à un homicide. Mais ce genre de détails étaie notre théorie selon laquelle vous avez toujours cherché à attirer l'attention. Comme en ce moment, à cette table, vous faites des choses par goût de la provocation. Pour marquer les esprits.

— Houlà. Nina Ruska a donc suivi quelques cours de psychologie en marge de sa formation ? », ironise Karlstedt en croisant les mains sur la table.

Nina pousse un petit soupir las, mais ne regarde pas Karlstedt dans les yeux.

Et toi, tu t'es inscrit au club des connards dans ton école de commerce de merde ?

« Vous connaissiez personnellement Roger ou Maria Koponen ?

— Je suis un grand admirateur de la trilogie de Roger.

— Répondez à la question.

— Je ne les connaissais pas. »

Au même moment, la porte de la salle d'interrogatoire s'ouvre et Mikael apparaît.

« Nina, tu peux venir ? »

Nina pianote contre la table avec son stylo et regarde un instant Karlstedt assis de l'autre côté. Puis elle se lève. Lentement, car elle ne souhaite pas donner au suspect l'impression qu'elle obéit quand on la siffle comme un chien. Quand un homme la siffle.

« Torsten, vous m'attendez ?

— Mais certainement, Nina Ruska », dit tranquillement Karlstedt.

Entendre ce connard utiliser son nom complet met Nina mal à l'aise. C'est sans doute l'objectif.

« Alors ? » interroge-t-elle une fois la porte refermée.

Il y a quelque chose d'inhabituel chez Mikael. Nina met un peu de temps à comprendre qu'il n'a pas de chewing-gum dans la bouche.

« Ça donne quelque chose ? demande Mikael, les mains sur les hanches.

— Nan, rien. Erne avait peut-être raison.

— Eh, merde.

— Et Lehtinen ? » poursuit Nina en regardant par-dessus l'épaule de Mikael la porte fermée derrière laquelle se trouve le second suspect.

Mikael secoue la tête et fait de la main un geste de renoncement.

« Bah, la même chose. Un petit cachottier. Des allusions bizarres entre les lignes. Il laisse entendre, mais rien de concret.

— Tu voulais me dire autre chose ou on reprend ?

— Attends, dit rapidement Mikael en faisant signe à Nina de s'éloigner de la porte. Wang a appelé, de la technique. Les anesthésiques utilisés pour endormir les victimes… Le thiopental et le plancuro… enfin l'autre, quoi. Et le chloroforme, les canules et les poches à perfusion… Un centre médical privé d'Helsinki a répondu à la demande de renseignements. Il y a quelque chose qui déconne dans leur inventaire.

— Ah, bordel, Micke, lance Nina en sentant l'enthousiasme lui titiller le bas-ventre. On a la liste de ceux qui ont accès aux médocs et aux accessoires ?

— Le personnel ne compte qu'une vingtaine de personnes. Le directeur de la boîte voudrait nous voir et régler ça au plus vite. Et éviter la mauvaise pub que ça lui fera immanquablement si les médias récupèrent l'info.

— Il veut nous voir ? À cette heure-ci ?

— Oui. Il est encore là-bas.

— Alors, on devrait déjà être partis.

— Je crois que Jessica et Jusuf y seront plus vite, depuis Töölö. Et puis, on est loin d'avoir fini nos interrogatoires.

— C'est quelle clinique ?

— Bättre morgondag. Sur le Bulevardi.

— Des Lendemains meilleurs ? Jamais entendu parler…

— C'est une boîte qui a plus de cinquante ans. Un truc du genre pleine conscience, j'ai l'impression.

— Vaut mieux s'en occuper tout de suite, Micke. Tu peux garder à l'œil ces deux tarés pendant que je fonce vers le Bulevardi ?

— Bien sûr. Je peux demander à Rasse de venir si j'ai besoin de quelqu'un pour faire le méchant flic, ajoute Mikael en souriant.

— D'accord. J'ai comme le pressentiment qu'on va les coincer dès cette nuit, ces gros nazes. »

88

L'homme qui garde la chambre d'hôpital ouvre la porte et Jusuf entre, une tablette sous le bras. Laura Helminen est réveillée, la télé est allumée ; elle pianote sur son smartphone.

« Bonjour Laura, dit Jusuf pendant que la porte se referme derrière lui.

— Oh non pas *encore*... s'insurge Helminen d'une voix lasse. J'ai déjà dit tout ce dont je me souvenais...

— J'aimerais vous montrer quelques photos.

— Je suis super fatiguée...

— Ça ne prendra pas longtemps, Laura », continue Jusuf en souriant avec empathie.

Il attrape une chaise qu'il place à côté du lit.

« Vous voulez bien regarder ? demande Jusuf en tournant l'écran de l'iPad vers la jeune femme allongée. Êtes-vous absolument sûre que vous ne reconnaissez aucune de ces femmes ?

— Mais on a déjà tout regardé...

— Ça n'aurait rien d'étonnant que quelque chose ne vous revienne à l'esprit que maintenant. »

Laura Helminen observe les photos et secoue la tête.

« Non…

— Ah, mais mince, attendez… ajoute Jusuf d'un air distrait. Il y avait une photo qui n'avait rien à faire là-dedans. »

Helminen regarde Jusuf, méfiante.

« Quelle photo ?

— Celle de ma collègue… La capitaine qui est passée ici un peu plus tôt dans la journée. Celle qui vous a tirée de l'eau glacée », poursuit Jusuf en secouant la tête.

Le visage de Laura Helminen se fait tout de suite plus grave.

« Vous avez eu peur en la voyant tout à l'heure, vous vous souvenez ?

— Comme je vous l'ai dit, je suis crevée.

— Sûrement. Ça a été une dure journée pour tout le monde, surtout pour vous. Mais dans la police, on prend au sérieux tous les doutes qu'on peut avoir. Le fait que vous ayez eu une réaction aussi forte en voyant le visage de la capitaine a fait qu'elle a été écartée de l'enquête, explique Jusuf en bâillant paresseusement.

— Quoi ? réplique Helminen.

— Quelqu'un d'autre va prendre sa place.

— Mais…

— Mais quoi ?

— Comme vous voyez, je suis morte de fatigue. Je ne l'ai même pas reconnue, là…

— Ne vous en faites pas. La décision est prise, explique Jusuf en se levant pour se préparer à partir.

— Attendez, lance Laura Helminen, l'air bouleversé. Il faut qu'elle continue…

— Que voulez-vous dire ?

— Je retire tout. Je n'ai pas vu son portrait.

— Comment ça vous ne l'avez pas vu ?

— Je n'étais même pas dans la cave », avoue Helminen tandis que les larmes coulent sur ses joues.

Jusuf attrape son téléphone dans la poche de son blouson.

« Tu as entendu, Jessica ? »

La porte de la chambre s'ouvre et Jessica fait son entrée.

« Essayez de ne pas crier, cette fois », lui dit-elle en fermant la porte.

Laura Helminen regarde tour à tour les deux policiers.

« Expliquez-nous un peu, Laura. Donc vous n'étiez pas dans la cave ? Vous avez décrit avec pas mal de détails tout ce que vous y avez vu. Y compris le tableau qui me représentait », renchérit Jessica debout au bord du lit.

Paniquée, Laura Helminen regarde autour d'elle, s'apprête à appuyer sur le bouton d'urgence qui pend à côté du lit, mais Jessica l'en empêche en l'éloignant d'elle.

« Parlez ou vous aurez de gros ennuis.

— Ils vont tuer ma famille.

— Qui ?

— Je sais pas. Ils m'ont donné des instructions… Je devais inventer une histoire.

— Pourquoi ne pas nous avoir dit la vérité, Laura ? Ils ne peuvent pas savoir ce que vous nous dites. Personne ne nous entend.

— C'est faux ! s'écrie Helminen en pleurs.

— Comment ça ?

— Parce que apparemment il y a quelqu'un près de vous qui est au courant de tout.

— Hein ? s'exclame Jessica en jetant un coup d'œil à Jusuf, qui semble aussi médusé. Près de moi ? Qui ? Un flic ?

— Je sais pas... Je vous jure que je sais pas.

— Pourquoi c'était si important pour vous, qu'on ne me retire pas l'enquête ?

— Ils ont dit qu'il fallait que ce soit vous.

— Moi qui quoi ?

— Vous qui résolviez l'affaire. »

Jessica balance par terre le plateau qui reposait sur la table de nuit. Puis elle lève l'index vers Laura Helminen.

« Maintenant, vous nous racontez tout ! Sur quoi d'autre vous nous avez menti ?

— J'ai juste menti à propos de la cave. Parce qu'ils m'ont forcée ! Je me rappelle juste que je partais de chez moi... Je me suis réveillée dans un endroit que je ne connaissais pas et un homme masqué m'a donné des instructions. On m'a dit que je resterais en vie si je restais bien tranquille et que je faisais exactement ce qu'on me disait de faire. »

Jessica s'assoit sur une chaise libre à côté du lit et enfouit son visage dans ses mains.

« D'accord, Laura. Vous êtes en sécurité, ils ne peuvent pas vous faire de mal », indique-t-elle en prenant Helminen par l'épaule.

Puis elle fait un signe de tête à Jusuf.

« On y va.

— Il y a autre chose, ajoute Laura Helminen.

— Quoi ?

— Un truc que j'ai entendu...

— Qu'est-ce que vous avez entendu ?

— Que vous aviez vu le texte écrit dans la neige, mais que vous aviez raté le plus important.

— Quelque chose qu'on voyait de la fenêtre ?

— Oui.
— Rien d'autre ?
— Ils ont dit que ma famille mourrait si je disais la vérité… Il faut que vous protégiez mes parents et mes frères…
— On s'en occupe », confirme Jessica.
Elle passe devant Jusuf et va ouvrir la porte.

« Alors, les filles, vous avez du mal », lance Teo avec un petit sourire sec quand Jessica et Jusuf sortent dans le couloir. Jessica lui jette un regard noir.
« J'ai un petit travail pour toi.
— J'aurais presque envie de te dire d'aller réviser la chaîne de commandement, mademoiselle Niemi. J'ai des instructions…
— Je te faxerai un ordre avec les tampons. En attendant, rends-moi un service », demande Jessica en se mettant devant lui, les bras croisés.
Un parfum d'après-rasage citronné flotte dans l'air. Une odeur que Jessica appréciait jadis, mais qui à présent lui donne la nausée.
« Qu'est-ce qu'il te faut, Jessi ?
— Déjà, fais gaffe avec cette patiente. On lui fait pas confiance. Ensuite, tu lui prends son téléphone pour raisons de sécurité et tu veilles à ce qu'il soit confié à Rasmus Susikoski, à Pasila. Je demanderai à quelqu'un de venir le chercher ici.
— Pourquoi tu ne t'en occupes pas tout de suite ?
— Parce qu'on est pressés. Et parce que je veux savoir si Helminen va téléphoner à quelqu'un dans les quinze minutes qui viennent. »
Teo sourit, révélant ainsi une denture impeccable.
« Ça marche. Oublie le fax. Mais tu pourrais me rendre un service en échange et venir bouffer une

glace un de ces jours, lance Teo en lui jetant un regard insistant.

— On fait ça. Invite ta famille aussi bien sûr », réplique Jessica en se tournant vers l'ascenseur.

Jusuf la suit, comme une ombre incertaine.

89

L'interphone craque et Nina attrape la poignée en bois. L'escalier luxueux est en granit ou d'une autre belle pierre du même genre, les bandes blanches de sa surface brillante se mêlent au fond marron clair. Entre la porte et les ascenseurs, plusieurs colonnes splendides qui soulignent la hauteur de la cage d'escalier. Nina jette un coup d'œil au tableau d'informations à l'encadrement doré. Le centre médical est situé aux trois premiers niveaux. Les locaux administratifs juste au-dessus.

Les tennis à semelle souple de Nina ne font pas le moindre bruit sur le tapis rouge. Elle monte d'un air déterminé jusqu'au deuxième étage, puis frappe à une porte en chêne qui vient apparemment d'être rénovée en cloison antieffraction. Elle détonne largement par rapport au style Art nouveau du reste de cette maison centenaire. Nina remarque que l'étage héberge non seulement Bättre morgondag, mais également une fondation du même nom.

Au bout d'un moment, la porte s'ouvre sur un quadragénaire vêtu d'une chemise rose, d'une cravate bleu marine et d'un pantalon droit ; il a les joues lisses et l'air extrêmement stressé. Son front s'orne d'une large tache de naissance presque en forme de cœur.

« Nina Ruska, police », se présente l'enquêtrice en regardant fugitivement sa montre.

Il est presque deux heures du matin, mais Daniel Luoma, le directeur général, est encore au travail.

« C'est super que vous puissiez me recevoir à cette heure indue...

— J'ai fait une sieste en attendant, dit-il en tendant la main. Daniel Luoma. »

Elle la serre et entre. Les bureaux sentent le bois fraîchement scié et le vernis.

« Vous avez fait des travaux récemment ? », demande Nina en le suivant dans le couloir.

Des lumières brillantes scintillent au plafond.

« On a terminé il y a à peine deux mois. On a refait les sols, les portes et les châssis de fenêtres. Aussi bien ici, côté bureaux, que dans le centre médical en dessous.

— C'est donc une vieille entreprise ?

— Eh oui. Et elle n'a pas bougé depuis 1969. Ça fera vingt-cinq ans cet automne. Tout le bâtiment appartient à la fondation du même nom, propriétaire également du centre médical » raconte Luoma en faisant signe à Nina d'entrer dans un bureau devant lequel ils sont restés debout quelques instants.

Nina promène son regard sur la pièce soignée, les fenêtres donnant sur le Bulevardi et les flocons qui se détachent de l'obscurité. Puis elle entre et s'assoit sur un fauteuil en cuir, devant le bureau de Luoma.

« Allons droit au fait. Vous avez dit que certains médicaments avaient disparu de votre stock, ainsi que certains ustensiles servant à les doser », commence Nina en se frottant rapidement les yeux.

Elle est morte de fatigue, mais il faut bien continuer. Le tournant de l'enquête est proche.

Daniel Luoma gratte son menton imberbe avec l'ongle de son index, puis acquiesce après une pause légèrement trop longue.

« Et vous vous en êtes rendu compte lors d'un inventaire ?

— Aujourd'hui, quand la police... quand vous nous avez contactés. J'ai fait l'inventaire moi-même.

— Un travail que vous ne vouliez confier à personne d'autre.

— Pour parler franchement, c'est le genre de travail dont on n'est jamais sûr que le résultat soit à cent pour cent fiable si on le confie à qui que ce soit d'autre.

— Vous voulez dire que n'importe lequel des seize employés du centre aurait pu les prendre ?

— En principe. Enfin, quinze, si on ne me compte pas. Et c'est moi qui ai remarqué la disparition et qui vous ai prévenus, donc bon, j'espère que je ne suis pas au rang des suspects.

— Vous êtes médecin ?

— Oui. Psychiatre.

— Puis-je avoir une liste de tous les employés ? » demande Nina.

Il lui remet un document qui vient apparemment d'être imprimé. Aucun nom ne lui paraît familier. La fonction de chacun est inscrite après le nom et la date de naissance. Cinq médecins, six infirmiers et cinq administratifs. Nina regarde Luoma, qui fixe la fenêtre, l'air inquiet. Le lobe de son oreille gauche a apparemment été déchiré, les cicatrices lui donnent un aspect curieux.

« Psychiatre... Bättre morgondag est un centre médical uniquement consacré aux maladies mentales ?

— Ben… je pensais que vous le saviez, soutient Luoma en se penchant lentement vers l'arrière. Mais oui. Nous sommes surtout spécialisés dans les patients psychotiques.

— Un centre privé pour psychotiques ? Et vous avez suffisamment de patients ? s'enquiert Nina, incrédule, en scrutant la liste de noms.

— Je vous répondrai que malheureusement oui, confirme Luoma en pliant les doigts si lentement que son geste a quelque chose de fascinant. Prenons par exemple une des affections induisant la psychose : la schizophrénie. En Finlande, sa prévalence est d'un pour cent environ. Rien qu'à Helsinki, il y a plusieurs milliers de gens souffrant de schizophrénie. Et certains d'entre eux ou de leurs proches sont prêts à investir dans des soins de qualité.

— Un pour cent ? Ça paraît élevé, comme chiffre.

— Je vois. Vous pensez au cinéma : Norman Bates, John Nash, les hallucinations, les amis imaginaires… Les délires de tous les patients ne sont pas aussi intenses. Parfois, les seuls symptômes de la maladie peuvent être la dépression et des variations de l'humeur.

— Il y a donc eu vol de médicaments et d'ustensiles destinés à l'anesthésie. Vous les utilisez pour quoi ? », demande Nina en serrant les accoudoirs de son fauteuil.

Malgré les récents travaux, l'air dans la pièce a quelque chose de poisseux.

Luoma regarde un instant l'écran de son ordinateur et pousse un petit reniflement fatigué.

« Il est parfois nécessaire d'endormir les psychotiques.

— Je comprends, acquiesce Nina en jetant un coup d'œil à sa montre. Avez-vous la moindre idée duquel de vos employés aurait pu prendre les médicaments ?

— Non, répond le psychiatre avec un regard sévère qui n'est pas adressé à Nina, mais semble plutôt la traverser.

— C'est noté, dit-elle en se levant, la liste à la main.

— Attendez un peu », ajoute-t-il tranquillement en lui désignant la chaise.

Nina n'a pas lâché l'accoudoir. Elle se rassoit sans le quitter du regard.

« Vous avez des soupçons, finalement ?

— Pas spécialement. Je ne pense pas que les médicaments aient été volés par un de nos employés.

— Alors, par qui ?

— Il y a une chose qu'il faut que vous sachiez, poursuit Luoma, soudain devenu blême, avant de fermer les yeux. Vous enquêtez bien sur la mort de Roger Koponen…

— Oui ?

— Il est l'un de nos plus anciens patients, et ce que je vais maintenant vous dire risque de vous paraître complètement fou. Mais je suis à peu près sûr que je l'ai vu aujourd'hui même, de l'autre côté de la rue, en face du centre médical », déclare Luoma qui semble plus surpris de ses propres paroles que Nina.

90

Jusuf accélère sur la rampe de Kulosaari. Des groupes de nuages gris noir dévoilent la Lune et un vent puissant secoue les frondaisons des grands arbres. La radio diffuse *Johtotähti*, du duo de rappeurs JVG.

Jessica consulte un message arrivé sur son téléphone. Numéro inconnu, mais les avances éthyliques et la signature *grossebite88* ne laissent aucun doute quant à l'expéditeur.

« Raté le plus important ? Ça veut dire quoi, bordel ? », lance Jusuf après être resté longtemps silencieux.

Il fait grimper le compte-tours en rétrogradant en seconde au milieu de la rampe, la vitesse dépasse les soixante kilomètres à l'heure.

« En plus de nous, des techniciens sont venus dans la chambre prendre des photos, indique Jessica en faisant défiler l'écran de l'iPad. Et il n'y a rien de spécial dessus.

— Mais si la vieille n'avait pas remarqué le texte ?

— Au pire, quelqu'un l'aurait vu quand un hélicoptère a survolé la piste sur glace.

— Mais est-ce qu'ils parlaient forcément de la fenêtre de Mme Adlerkreutz ? De ce qu'on voit de là-haut ? La maison des Koponen, les maisons voisines, la rue, les cours, les haies de thuyas…

— La mer, l'île en face…

— Qu'on a passé au peigne fin, vachement fin même.

— Il y avait peut-être quelque chose sur la glace ? Un symbole ou un texte qu'on n'aurait pas vu.

— Ça aussi l'hélico l'aurait remarqué.

— Putain. Il y a encore une patrouille devant chez les Koponen ?

— Oui. On peut demander des renforts si ça te stresse.

— Ça me stresse pas, réplique Jessica tandis que la voiture passe devant l'ancienne ambassade d'Iraq et se dirige vers la côte.

— Et ce que Helminen a dit sur le fait qu'il y avait quelqu'un près de moi ? poursuit-elle d'un air inexpressif.

— C'est peut-être pour te faire peur.

— Et si c'est vrai ? Imagine. Le texte apparu au milieu de mes notes. Les dents dans le pain pita livré au commissariat. Imagine s'il y a chez nous une taupe des chasseurs de sorcières ?

— Ah, merde. »

Jusuf s'arrête entre les maisons des Koponen et d'Adlerkreutz. Il y a une voiture de police de garde.

« Allez, on va lui foutre une crise cardiaque à la vieille », dit Jusuf en ouvrant la portière.

91

Nina scrute Daniel Luoma, surprise. Il dégage une odeur entêtante. Quoi que ce soit, ça gagne en intensité. Ou bien ses sens sont simplement tendus à l'extrême.

« Roger Koponen ? demande-t-elle en penchant la tête sur le côté.

— Quand la police m'a envoyé la demande de renseignements tout à l'heure, j'ai tout de suite su que c'était lié d'une façon ou d'une autre au meurtre de Koponen et de sa femme. Je l'avais senti. Puis je l'ai vu dans la rue… Est-ce que c'est possible ?

— Dites-moi pourquoi Koponen était patient chez vous ? demande-t-elle en éludant la question.

— Roger Koponen est tombé dans une psychose aiguë et assez longue à la fin des années 1990. On a alors diagnostiqué chez lui une schizophrénie paranoïde, c'est-à-dire qu'il souffrait d'un délire de persécution qui, certains jours, était particulièrement intense, et d'autres fois léger, voire absent.

— Attendez, l'interrompt Nina en sortant son téléphone. Je peux enregistrer ça ? C'est uniquement pour l'enquête. »

Luoma hausse les épaules.

« Ça ne me pose aucun problème. »

Nina actionne l'enregistrement.

« J'ai été le médecin de Roger dès le début. C'est le genre de cas qu'on traite par des antipsychotiques, en général, pour atténuer le fonctionnement du système nerveux central. Mais ils ont des effets secondaires nombreux et handicapants au quotidien. Avec la Fondation Bättre morgondag, notre parcours de soins est un peu différent : outre un traitement léger, nous nous concentrons sur une sorte de modèle de dialogue ouvert qui se fonde sur des échanges en continu avec le patient.

— Un dialogue ? Ça aide vraiment si quelqu'un souffre de lourdes hallucinations ?....

— L'efficacité est parfaitement avérée.

— OK, dit Nina en se concentrant un moment pour écouter des bruits dans le couloir, comme si quelqu'un essuyait ses chaussures dans l'entrée.

— Roger Koponen a été un cas très particulier. Sa réponse au traitement a été excellente pour ce qui est du dialogue ouvert, et d'après mes propres notes, il a été possible de garder la maladie plus ou moins sous contrôle, hormis de brèves phases psychotiques sporadiques, entre des mois voire des années complètement asymptomatiques.

— Mais pourquoi...

— Koponen a réussi à mener une vie plutôt normale et à cacher sa maladie, d'abord au cercle de ses proches, puis au grand public, mais ses phases psychotiques ont toujours été extrêmement intenses. Comme si la maladie, chaque fois, prenait ce qui lui appartenait. Plus les intérêts.

— Comment ça se manifeste ?

— La dénomination populaire de la schizophrénie est le dédoublement de la personnalité, et ce terme décrit particulièrement bien l'état de Roger.

Quand il est en crise de psychose, Roger devient quelqu'un d'autre. Une tout autre personnalité. »

Nina regarde l'homme en face d'elle ; il semble soudain soulagé d'une certaine façon. Comme si un énorme fardeau venait de lui être ôté des épaules.

Nom de Dieu. Soudain, toute l'histoire se tient.

« Vous croyez que c'est justement Roger qui a emporté les médicaments ?

— J'espère que vous me croyez. Je veux dire que ça paraît complètement dément, puisqu'on sait qu'il est mort.

— Il faut que je passe quelques appels, dit Nina en se levant. Y a-t-il un endroit tranquille pour que je puisse m'isoler ?

— Tout l'étage est vide. Et il y a une salle de réunion au bout du couloir. »

Nina compose le numéro d'Erne en se dirigeant vers la porte au bout du couloir. Il n'y a personne, mais la lumière est allumée presque dans chaque pièce.

« Allô, Nina ? répond Erne sèchement.

— C'est du lourd, Erne. C'est du très lourd, putain, annonce Nina en fermant la porte derrière elle.

— Dis-moi.

— Je suis avec le directeur général de Bättre morgondag. C'est le centre médical où les médicaments qui ont servi à anesthésier les victimes ont été volés, et... »

Nina se retourne et s'arrête devant un tableau suspendu au mur, au bout d'une longue table de réunion. Le spectacle lui fait oublier un instant qu'elle a Erne au bout du fil.

« C'est quoi ce bordel... jure-t-elle si bas qu'Erne l'entend à peine.

— Allô ? Nina ? »

Elle écarte le téléphone et contourne prudemment la table pour se rapprocher du tableau. La voix impérieuse d'Erne dit quelque chose au téléphone, Nina lui murmure un vague « chuuut ».

La peinture est assez volumineuse, un mètre de large et un mètre et demi de haut. Elle est enserrée d'un cadre doré. Elle représente une belle femme vêtue d'une robe noire, assise à une table basse, ses épais cheveux noir de jais.

« Alors ça, putain... »

L'œuvre pourrait tout à fait représenter Maria Koponen, Lea Blomqvist, Laura Helminen – ou Jessica Niemi. Mais le visage n'est celui d'aucune d'entre elles. C'est le visage d'une belle femme dans la trentaine. Un visage ferme, aux traits durs.

« Erne... Là, il y a quelque chose de vachement bizarre », reprend Nina.

Elle remarque que sa voix tremble. Elle regarde le cartel doré qui a été vissé au bas de l'épais cadre.

Camilla Adlerkreutz, 1969, présidente, Fondation Bättre morgondag.

92

Les cordes se taisent. S'ensuit un moment de silence, pendant lequel aussi bien les interprètes que les personnes dans le public semblent retenir leur souffle. Puis une paire de mains applaudit, puis une autre, et rapidement les applaudissements se répandent dans la salle comme une traînée de poudre. Les musiciens saluent. Colombano s'avance, lève haut sa main qui tient l'archet, puis regarde l'orchestre derrière lui, telle une troupe de soldats fidèles, et les fait tous saluer d'un geste de la main. Colombano est comme un dieu, son toucher est indiscernable à l'œil, mais il dirige les musiciens comme des marionnettes.

Les gens sifflent, ravis, ils crient *Bravo bravissimo,* alors même qu'il ne s'agit que d'un concert pour touristes, à peine digne d'un salon. Colombano semble prendre plaisir à l'attention qu'il suscite. Le contentement de soi, la fierté qui gagnent son visage pendant les applaudissements sautent tellement aux yeux qu'ils ne peuvent pas être feints.

Jessica n'arrive pas à détacher de lui son regard.

Regarde-moi, chéri.

Jessica assise au milieu de la salle est sans doute la seule à ne pas s'être jointe au tonnerre d'applaudissements.

Oh, tu vas me voir.

Colombano fait encore faire un salut théâtral à ses camarades, puis il met l'archet dans la même main que le violon et pose ses doigts libres contre son cœur.

Regarde-moi, mon chéri.

Voilà : son regard navigue un instant sur cette mer de visages, puis s'arrête, comme cloué sur place.

Maintenant, tu me vois.

Son visage prend un air horrifié, comme s'il venait de voir un fantôme. Son sourire doucereux s'efface lentement, comme si quelque chose l'empêchait de bien comprendre la situation et de reconnaître ce visage. Puis il se force à ne plus regarder Jessica et son sourire revient, cette fois les commissures se tendent de force vers les oreilles, comme un clown triste. En quelques pas vifs, Colombano descend de la scène, se dirige vers la porte au fond de la salle, et jette un nouveau coup d'œil à Jessica quand il passe devant la rangée du milieu.

Je t'attends.

Le flot humain s'écoule hors de la salle de concert, les gens gloussent de plaisir. Un homme blond d'âge mûr, vêtu d'un blazer beige et d'un jean, jette un coup d'œil à Jessica par-dessus son épaule avant de disparaître par la porte. Il a l'air vaguement familier, mais elle a tôt fait de ne plus y penser.

Un instant plus tard, la salle est vide. Une femme aux pommettes saillantes ramasse les programmes, les bouteilles d'eau et autres déchets abandonnés sur les fauteuils. La scène est une réplique de cette soirée, quelques mois plus tôt, où Jessica s'est assise dans cette salle pour la première fois, pour écouter jouer cet homme séduisant, irrésistible. Comme à l'époque, la salle s'est d'abord remplie, puis vidée. Colombano a disparu dans les coulisses. Le silence a envahi les lieux. Comme à l'époque, Jessica ne perçoit que le martèlement de son propre pouls dans ses oreilles, et les pas de la femme hautaine qui résonnent dans la pièce déserte.

« Tu es déjà venue », l'invective la femme en italien.

Elle s'est arrêtée derrière Jessica.

« Oui », répond cette dernière sans tourner le regard.

Cela fait longtemps qu'elle ne parle plus à personne, sa gorge lui semble sèche.

« Tu étais... Tu étais avec Colombano », continue la femme en apparaissant lentement dans son champ de vision.

— Oui. »

Jessica ne sait pas quoi penser de cette femme, de ses questions, de la salle de concert vide, de rien. Mais cette fois, elle n'a pas l'intention de s'enfuir comme un animal blessé, de tituber sur la route pavée ni d'être sauvée par Colombano. Jessica sent que c'est elle qui a le dessus ; elle sait que, ce soir, elle est exactement au bon endroit. Pour la première fois depuis plusieurs mois, elle se sent vivante.

La femme écarte une mèche de cheveux de son front anguleux, regarde un peu inquiète la porte fermée au fond de la salle, puis dépose à ses pieds une large poubelle. Elle regarde Jessica d'un air rébarbatif.

« Tu devrais partir », ajoute-t-elle enfin.

Sa voix n'est pas hostile. On dirait plutôt un conseil d'ami.

« Je sais, dit Jessica sans détacher son regard de son interlocutrice.

— Je ne pense pas que…

— Ça va, je m'en vais. Je pars. Enfin. Je suis venue lui dire adieu », poursuit Jessica.

La femme cache un moment son nez entre ses paumes pressées l'une contre l'autre. *Temps mort. Parle si tu as quelque chose à dire.*

« Écoutez, chuchote-t-elle enfin en se rapprochant d'un pas. Je vous comprends.

— Que voulez-vous dire ? »

Son regard est mélancolique, et même apitoyé. Jessica sait qu'elle fait peur à voir, même sa belle robe de soirée noire ne peut dissimuler le fait que cela fait longtemps qu'elle n'a plus la force de se soucier de son apparence. La femme connaît suffisamment la vie pour savoir que tout est de la faute de Colombano. Jessica n'est pas la première. Elle n'est pas la seule.

« Ça ne me regarde pas », ajoute la femme en jetant toujours des coups d'œil vers la porte.

Elle s'assoit à quelques chaises de là.

« Mais vous n'allez pas bien, ça se voit…

— Vous avez raison. Ça ne vous regarde pas. »

Tout semble irréel, comme si elle suivait la conversation tout en étant ailleurs, loin.

La femme soupire, mais ne fait pas mine de s'en aller.

« Colombano… C'est ce qu'il fait. Je veux dire que… Il détruit tout.

— Ah bon ? », demande Jessica d'un air ironique.

Elle sent la douleur dans son genou, mais s'interdit de se laisser déconcentrer. *Évidemment. Tu me prends pour une idiote ?*

La femme a l'air triste, à présent. Elle sait qu'elle parle trop, qu'elle révèle quelque chose qu'elle devrait taire, mais elle n'arrive tout simplement pas à garder le silence :

« Et si vous êtes ici parce que... parce que vous voulez comprendre... Oubliez ça, poursuit-elle. Comprendre Colombano, c'est impossible. Il y a quelque chose qui ne tourne pas rond chez lui. Qui ne tourne vraiment pas rond. »

Elles restent assises un instant en silence, Jessica fixe du regard la femme, qui cherche ses mots, les yeux rivés au sol.

« Vous l'avez appris à vos dépens ? », demande Jessica, impassible.

Elle s'est regardée dans le miroir toute la matinée. A essayé de ressentir empathie, peur, pitié, espoir, mais n'a réussi à atteindre aucun de ces sentiments.

« Non. Mais je le connais depuis longtemps, murmure-t-elle en se mordant la lèvre, comme pour l'empêcher de trembler.

— Son charme n'a pas opéré sur vous ?, demande Jessica, et la femme secoue la tête avec de brefs gestes spasmodiques.

— Vous m'avez mal comprise. Colombano est mon petit frère. »

Au même moment, la porte s'ouvre et l'écho de pas pesants emplit la salle. La femme se lève et s'enfuit à petits pas, comme un chien qu'on vient de gronder.

93

Nina Ruska raccroche. Elle prend quelques photos de la peinture, puis se hâte de retourner dans le couloir. Le nom de Camilla Adlerkreutz lui semble vaguement familier, comme si quelqu'un l'avait mentionné au cours de l'enquête, mais aucun moyen de se rappeler à quel propos.

Elle s'empresse de rejoindre le bureau de Luoma, mais ralentit le pas en y entendant des voix. *Il discute avec une femme.*

Nina frappe à la porte entrouverte, l'ouvre et voit, assise en face de Daniel Luoma, une femme vêtue d'un épais blouson et d'un bonnet. Elle semble avoir pleuré. Le visage de Luoma exprime lui aussi une sorte de choc.

« Excuse-moi, voici... la police, se dépêche de dire Luoma.

— Ruska. Nina Ruska.

— Ah oui. Je vous présente mon épouse, Emma Luoma.

— Bonsoir », salue Nina, nerveuse.

Elle jette un œil sur la liste de noms qui se trouve sur la table, devant la femme, là où Nina l'a laissée un peu plus tôt. Puis à cette femme en train de se moucher ; ses joues rouges couvertes de taches de rousseur.

« Emma aussi travaille ici comme médecin, explique Daniel Luoma avec gravité.

— Et Camilla Adlerkreutz ? Elle aussi est médecin ?

— Oui, mais cela fait longtemps qu'elle est à la retraite. Peut-être quinze ans.

— Elle a soigné Roger Koponen ?

— Oui. Camilla a fondé ce centre médical », confirme Luoma en se frottant le front.

Nina le regarde brièvement. Elle ne sait pas trop quoi penser de tout cela.

« Il faut que j'y aille, dit-elle en se dirigeant déjà vers la porte, mais elle se rend compte qu'elle a négligé la femme éplorée. Excusez-moi, vous aviez quelque chose à dire ?

— C'est peut-être ma faute... répond-elle tout bas.

— Quoi donc ?

— Le fait que Koponen ait pris les médicaments.

— Comment cela ?

— Il est très persuasif.

— Qu'est-ce qui s'est passé ? », la presse Nina en retournant vers la table.

Il se passe tellement de choses en même temps que garder la tête froide devient difficile.

« Roger est venu ici il n'y a pas longtemps et m'a dit qu'il lui fallait quelque chose. Qu'il suffisait que j'ouvre la porte de la réserve de médicaments et que je regarde ailleurs pendant un instant, avoue Emma Luoma en regardant Nina avec ses yeux rougis.

— Quelque chose ?

— Je pensais qu'il voulait des calmants. Il en avalait avec de l'alcool. Il savait quoi chercher. Et j'étais persuadée qu'il prendrait juste quelques comprimés pour son propre usage. Jamais je n'aurais cru...

— Je ne comprends pas. Pourquoi ne pas avoir fait une prescription ?

— Parce qu'ils sont amants », ajoute soudain Daniel Luoma en enfouissant son visage dans ses mains.

Puis poussant un profond soupir, il reprend, plus calme :

« Voilà, c'est dit. Emma et Roger Koponen ont une relation. Contre toute éthique professionnelle, contre les règles de la morale, et hors les liens du mariage.

— Daniel... supplie Emma Luoma avec un cri étouffé.

— Les demi-vérités n'ont pas leur place ici, Emma. Il faut qu'on soit francs avec la police. »

Nina aspire dans ses poumons l'air vicié du bureau. Elle devrait retourner à Pasila avec Emma Luoma. Cette femme doit être interrogée dans les règles de l'art.

« Je sais où il se cache, ajoute soudain Emma Luoma.

— Quoi ? Où ça ?

— Il a une cachette à Laajasalo. Un second appartement qui n'est pas à son nom. C'est là qu'il écrit. Et invite des femmes.

— Vous avez l'adresse ?

— Non... Mais j'y suis allée plusieurs fois.

— Vous sauriez m'indiquer le trajet ?

— Bien sûr. »

Emma Luoma essaie de tendre la main vers son mari de l'autre côté de la table, mais celui-ci ne la prend pas.

« Tu l'as dit toi-même, chéri. Pas de demi-vérités. »

Pendant un instant, le couple ravale ses larmes.

« Roger est impliqué dans ces meurtres ? Il a tué sa femme ? », finit par demander Emma Luoma.

Nina ne répond pas. Elle réfléchit fébrilement à la suite des opérations.

« OK. Je veux que vous me montriez l'endroit. Sans plus attendre, lance Nina en enroulant son écharpe autour de son cou.

— Tout de suite ?

— Oui.

— D'accord, acquiesce la femme en s'essuyant les yeux sur sa manche.

— Je viens avec vous, renchérit son mari en se levant.

— Ça marche. Fermez bien vos blousons », ordonne Nina en sélectionnant le numéro d'Erne.

94

Erne parcourt le couloir à grands pas, les bras le long du corps, ce qui lui donne l'apparence d'un oiseau incapable de voler. Le mouvement des muscles de sa poitrine et de ses épaules rend ses poumons douloureux.

Il s'arrête entre les deux salles d'interrogatoire, se demande un instant à qui elles correspondent, puis frappe à l'une des portes. Mikael, qui semble parfaitement réveillé malgré l'heure et la situation, ouvre, sort puis referme derrière lui, mais Erne a le temps d'apercevoir Kai Lehtinen : un chauve au visage maigre, dont l'apparence est aussi glaçante que ce qu'Erne avait imaginé.

« Ça donne quelque chose ? questionne Erne

— Pas encore. J'ai dit à Nina que tu avais peut-être raison. On aurait peut-être dû rester un peu en observation, chuchote Mikael, bien que la porte soit insonorisée.

— Maintenant que c'est fait, il faut en tirer le maximum. Et puis Nina a peut-être trouvé quelque chose, sur le Bulevardi, l'informe Erne en regardant derrière pour vérifier que personne n'écoute. Fous encore un peu la pression sur ce branleur. On se voit en salle de réunion dans un quart d'heure, ajoute-t-il en lui donnant une petite tape sur l'épaule.

— Que de mystères, ironise Mikael.

— Ah, au fait, Micke, reprend Erne en se retournant. Le nom de Camilla Adlerkreutz, ça te dit quelque chose ?

— Hein ? Adlerkreutz ? Après Bunsdorf, ça commence à faire un sacré paquet de nobles.

— Alors ?

— Ça ne me dit rien. C'est qui ?

— Je t'expliquerai ça », dit Erne en repartant.

Il presse à nouveau le pas, mais ralentit avant d'entrer dans un grand bureau ouvert où s'affairent une demi-douzaine de collecteurs de données.

Il s'approche d'une femme plutôt jeune, iPhone à l'oreille, concentrée sur son écran, et pose sur la table un tirage de la photo que Nina a prise du tableau.

« Vérifie si cette femme est toujours en vie et où elle habite.

— On dirait une sorcière.

— Justement. »

95

Rasmus Susikoski laisse son menton reposer sur ses doigts croisés et regarde l'assemblage de photos et de notes qui orne le mur de la salle de réunion. La pièce est silencieuse. Exempte des ruminations de Micke, des soupirs de Nina, des sifflements de Jusuf, de la respiration râpeuse d'Erne ou des claquements d'ongles de Jessica. Il est enfin seul. Il a toujours aimé être seul : pendant ses études de droit, déjà, il préférait se plonger dans les livres, il laissait les combats de coqs et les mondanités à ceux qui s'en sortaient bien. Lui est un loup solitaire, qui ne s'est jamais senti faire partie de quoi que ce soit, pas même d'un groupe de travail.

Il sait qu'à bien des égards il est différent des autres : un rat de bibliothèque introverti qui ne desserre jamais la mâchoire quand il faudrait le faire. Il est toujours resté muet aux moments précis où dire les choses à voix haute orienterait les événements dans la bonne direction. C'est la plus grande tragédie de sa vie. Il se demande souvent si son manque de réussite avec les femmes est la cause ou la conséquence de cet état de fait. Sans doute un peu des deux.

Quelqu'un frappe à la porte.

« Susikoski », dit Riikka Woodward en entrant.

Le cœur de Rasmus sursaute. Pas tant parce que la secrétaire de l'enquête aurait de nouvelles informations sur l'affaire que parce que, lors d'une croisière de la police en octobre dernier, encouragé par quelques verres d'Ufo Shot, il l'a abordée avec certaines visées romantiques. Et s'est pris un méchant râteau.

La réponse toute simple de Rasmus manque de se coincer dans sa gorge.

« Oui ?

— Le rapport des services de l'eau est arrivé.

— Ça donne quelque chose ? », interroge Rasmus en ôtant ses lunettes.

Les branches semblent trempées de sueur au bout de ses doigts. Il se frotte les yeux, pendant un instant la pièce paraît floue. C'est sans doute ce qu'il espérait. Peut-être que maintenant elle non plus ne le voit pas bien.

« J'ai cherché un pic de consommation de 2 500 litres. Le problème, c'est que la plupart des copropriétés et des biens immobiliers ont un compteur à l'ancienne, contrôlé une ou deux fois par an. Alors que les compteurs connectés, qui envoient directement dans le cloud les données de consommation…

— Alors ? Tu as trouvé ?

— Oui. C'est une résidence secondaire à Kaitalahti. Autrement ils ont une consommation quasi nulle, mais il y a cinq jours ils ont fait couler de l'eau comme des malades. Environ 3 000 à 4 000 litres.

— Et…

— Et devine à quel nom elle est enregistrée ? Maria Koponen. »

Rasmus remet ses lunettes.

« Tu rigoles ? Comment elle a pu nous échapper, cette maison de campagne ? », lance Rasmus en se levant.

Soudain, toutes les pièces sont en place.

« Si ce n'est pas une histoire de tuyau percé…

— … Qu'ils auraient fait réparer le jour même…

— … C'est là que se trouve la piscine qu'on cherche. Pas le moindre doute. Faut aller fouiller tout de suite », ajoute Rasmus en ouvrant la porte.

Puis il rit d'un air incrédule.

« Pourquoi tu rigoles ?

— On va les choper, ces connards. Et grâce à l'idée de Micke, bordel ! »

96

Nina monte la température de l'air conditionné tandis que la voiture dépasse le pont qui sépare Herttoniemi et Laajasalo. La tension est palpable entre le couple de médecins assis sur la banquette arrière, c'est comme un gigantesque iceberg qui ne se décide pas à fondre malgré le réchauffement climatique. Nina jette un coup d'œil à la femme éplorée dans le rétroviseur. Il paraît franchement incroyable qu'une psychiatre non seulement couche avec un patient schizophrène, mais l'aide à voler des médicaments mortellement dangereux. Quoi qu'il advienne, la carrière d'Emma Luoma est sans doute terminée. Pour son mariage, c'est plus difficile à dire. Mais c'est sans doute mal engagé aussi.

Nina regarde le GPS de son téléphone. Elle est censée retrouver deux camionnettes pleines de types des forces d'intervention armés jusqu'aux dents, au niveau de la station Neste de Laajasalo, d'où ils poursuivront jusqu'à la cachette supposée de Koponen en suivant les instructions d'Emma Luoma. On arrête de prendre des risques. Maintenant on y va avec nos gros sabots.

Le nom d'Erne apparaît sur l'écran du téléphone fixé au support. Nina attrape l'appareil, elle ne veut pas utiliser la fonction mains libres avec les Luoma qui écoutent sur la banquette arrière.

« Salut Erne, je suis bientôt au point de contact », annonce Nina.

La rue Laajasalontie est complètement déserte, à l'exception d'une camionnette de l'armée.

« Tes passagers m'entendent ?

— Non.

— Bien. On a de nouvelles informations. Les services de l'eau ont trouvé un pic de consommation vers Kaitalahti. Quelqu'un a fait couler beaucoup d'eau il y a quelques jours. C'est une sorte de maison de campagne et elle est au nom de Maria Koponen. Quand on regarde sur Maps, la baraque a l'air normale, au niveau du sol il y a des fenêtres étroites dans le soubassement. L'Agence du bâtiment nous a fourni les plans. Il y a une grande cave située côté plage.

— *Fuck*.

— Ça doit être là que la psy est en train de vous amener, dit Erne.

— Oui sûrement. Mais tu penses qu'il faut vérifier quand même ?

— Écoute, on va laisser les Luoma dans une voiture de police à la station-service. On perquisitionne la maison de campagne de Kaitalahti avec les forces d'intervention, et si on n'y trouve rien, on réfléchira à nouveau. Mieux vaut ne pas y embarquer des civils si c'est vraiment une scène de crime.

— Je vois », acquiesce Nina en regardant à nouveau dans le rétroviseur.

Les médecins se tiennent désormais par la main. La force du pardon est sans borne. Surtout à un moment où le chaos prend le pouvoir et noie des soucis et des problèmes qui autrement paraîtraient insurmontables.

97

Erne raccroche et consulte le SMS qui vient d'arriver. C'est Jessica.

Helminen dit de la merde. On vérifie un truc et on t'appelle.

Rasmus est assis à la table de la salle de réunion, devant son ordinateur portable.

« Putain, s'exclame Erne en s'asseyant à côté de Rasmus.

— Micke sait que Nina va à Kaitalahti ?

— Pas encore. Il interroge les deux connards l'un après l'autre.

— Ça donne quelque chose ? »

Erne secoue la tête et prend des pastilles dans sa poche. Il regarde Rasmus pianoter dans la barre de recherche de son navigateur www.battre-morgondag.fi et ouvrir le site du centre médical.

« Il y a quelque chose qui déconne salement dans cette clinique si les patients ont accès à des médicaments mortels.

— La bonne femme va être poursuivie pour sa connerie », affirme Erne en fermant les yeux.

Il espère de tout son cœur que Roger Koponen est dans sa maison de campagne. Et que l'écheveau va enfin commencer à se démêler. Erne réfléchit un moment aux proportions de l'affaire, à quel point ils sont tous minuscules dans cet univers. En fin de compte, ces tarés ne réussiront à faire que bien peu de mal à cette planète. Et à la fin, eux aussi mourront et tomberont dans l'oubli.

En tout cas, quand l'affaire sera résolue, lui, Erne, raccrochera les gants et prendra un congé maladie dont il ne reviendra jamais.

Il sent un coup de coude de Rasmus.

« Erne… regarde, murmure Rasmus.

— Quoi ? »

Il ouvre les yeux et sait qu'il a bien failli s'endormir. La maladie lui prend sa force, sa capacité à résister à la fatigue.

« Alors ? » répète-t-il avec humeur.

Rasmus a ouvert sur le site la page Personnel, qui présente les employés de Bättre morgondag, avec des photos. Son index désigne une femme brune et souriante.

« Tu ne trouves pas qu'Emma Luoma ressemble à quelqu'un… »

Erne plisse les yeux vers l'écran, que Rasmus tourne dans sa direction.

« Maintenant que tu le dis… Peut-être un peu. Ça fait pas mal de femmes du même genre qu'on croise ces dernières vingt-quatre heures. »

Erne se tait, puis fixe Rasmus.

« Attends… Qu'est-ce que tu sous-entends ?

Pendant un court instant, Rasmus fixe la photo, comme s'il attendait qu'Emma Luoma qui lui rend son regard sur l'écran soit la première à cligner des yeux. Puis il glisse l'ongle de son pouce entre ses dents.

« Je suis à peu près sûr que… », s'interrompt Rasmus en se levant.

Il se dirige vers le grand tableau couvert de la carte mentale composée de photos, de coordonnées, de rendez-vous et de contacts.

« Tu cherches qui, au juste ?

— Oh putain, Erne. Si j'ai raison. Putain… »

Attentif, Erne regarde Rasmus prendre une photographie sur le tableau. Il retourne d'un pas hésitant s'asseoir à la table, et place la photo sur l'écran, à côté de la photo d'Emma Luoma. Erne jette un œil sur les deux photos juxtaposées. Au début, l'idée est trop impossible pour être vraie. C'est un tel renversement de perspective que déterminer la chaîne des événements potentiels impose de reprendre du début.

« Emma Luoma est la Madame X de Haltiala », déclare Rasmus.

La photo du visage de la femme écrasée sous des blocs de pierre jouxte celle de la médecin au sourire neutre. Une odeur âcre monte aux narines d'Erne. Rasmus s'est remis à transpirer.

« Elle n'a pas été portée disparue », marmonne Erne.

Silence. Ils comprennent tous deux ce que cela signifie. Pourtant, les secondes s'écoulent, dans un abattement complet.

Erne prend son téléphone dans ses mains tremblantes. Nina doit déjà être à la station-service, là où le commando des forces d'intervention attend. Elle doit être en sécurité.

« Parce que… son mari aussi est mort », ajoute Rasmus sous le choc, en regardant le sac en papier du restaurant, qui traîne sur la table. *Les dents de Monsieur X. Les dents de Daniel Luoma.*

« Ce n'est pas à un couple de médecins que Nina a eu affaire. »

Les secondes qui s'écoulent dans la pièce silencieuse semblent une éternité. Un spam de publicité pour Nicorette apparaît à l'écran, et Erne commence à avoir envie d'une cigarette.

« Oh seigneur, s'écrie Erne, téléphone à l'oreille, en se levant d'un bond, Nina ne répond pas ! »

98

Jessica frappe à la porte avec insistance. Jusuf se tient derrière elle. Ça ne paraît pas très correct de tirer une vieille femme de son lit à trois heures du matin, mais là ils n'ont pas le choix.

Jessica regarde la porte vert sombre et son cadre d'un blanc éclatant dont la peinture est étonnamment fraîche, comme s'il venait d'être repeint. La grande et splendide maison construite au sommet de la colline semble d'un autre temps, d'un autre lieu. Il doit s'agir d'une des maisons les plus vieilles de Kulosaari encore debout : un souffle du passé.

Jessica voit par la petite fenêtre la lumière s'allumer dans l'entrée. Elle entend une voix apeurée à travers la porte.

« Qui est là ?

— Police. Niemi et Pepple. Nous sommes passés chez vous hier soir. »

Pendant un instant, rien ne se passe. Puis la porte s'ouvre lentement, et dans l'entrée apparaît la vieille dame, l'air aussi effrayée qu'ensommeillée, vêtue d'un peignoir en soie bleu clair sous lequel on devine un pyjama de la même couleur.

« Je me souviens de vous », dit-elle sans pour autant les laisser passer.

Un vent froid secoue ses cheveux permanentés.

« Madame Adlerkreutz, pouvons-nous entrer ? C'est important.

— Quel est le problème ?

— Vous permettez ? répète Jessica le plus calmement possible, en faisant un signe de tête en direction de l'entrée.

— Vous avez choisi un drôle d'horaire, bon sang de bonsoir, marmonne la vieille dame en faisant signe à Jessica d'entrer.

— Je suis désolée d'avoir dû vous réveiller, mais c'est très urgent.

— Ben sûrement », ajoute Adlerkreutz tandis que Jusuf referme derrière lui.

Jessica entre, mais Adlerkreutz pointe le doigt vers ses chaussures et lève le doigt.

« Auriez-vous la bonté d'enlever vos chaussures ?

— Je... Bien sûr », dit Jessica en haussant les sourcils.

La veille encore, l'opinion d'Adlerkreutz sur la question était l'exact inverse.

« Il faudrait que je retourne voir dans votre chambre.

— On ne voit plus le texte de là-haut...

— Si vous êtes d'accord, j'aimerais tout de même jeter un œil », poursuit Jessica, puis elle enlève sa seconde chaussure et la place à côté de la première, sur le tapis de l'entrée.

Une odeur de vieille souris et d'humidité l'entoure.

« Je t'attends ici », suggère Jusuf, les mains sur les hanches, en regardant ses chaussures.

Jessica a un petit reniflement sarcastique. Il est trop paresseux pour défaire ses lacets pour les refaire peu après.

Elle se retourne vers la vieille femme.

« Ah… Allons à l'étage, alors, dit Adlerkreutz, légèrement renfrognée, en resserrant la ceinture de son peignoir. Vous avez découvert quelque chose ? », demande-t-elle tandis qu'elles grimpent les escaliers à un train de sénateur.

Si lentement que Jessica a le temps de s'intéresser aux photos fixées au mur de l'escalier. Comme à l'étage, il s'agit principalement de photos de groupe, en noir et blanc.

« Soyez sans crainte, madame. L'enquête va aboutir », soutient-elle sans savoir pourquoi elle tient à faire à cette vieille femme des promesses en l'air.

L'escalier grince sous ses pieds. Jessica l'entend bâiller en grimpant. Une lumière brille par la porte ouverte au bout du couloir.

« Vous vouliez voir la maison des Koponen… marmonne Adlerkreutz.

— J'ai juste besoin d'un instant à la fenêtre de la chambre. Ensuite, je vous laisse poursuivre votre nuit, assure la capitaine en marchant lentement vers la chambre à coucher, derrière la femme titubante.

— Eh bien, nous y voilà. Je n'ai pas fait le lit, pour des raisons évidentes. »

Jessica répond d'un rire muet, puis entre dans la chambre. Elle se dirige vers la fenêtre et pose les doigts sur l'encadrement.

Vous avez raté le plus important…

99

Les murs blancs du bureau semblent se rapprocher de la table à laquelle Erne est assis, l'oreille vissée à un radiotéléphone rouge connecté au réseau administratif et qui, avec ses longues antennes, rappelle les gros mobiles des années 1990. La sueur qui coule en filets sur son front trahit le stress, combiné à l'infection qui mitonne dans son organisme et qui a encore fait grimper sa température. Là, elle dépasse sans doute les 38 degrés. C'est sûr. Même si ça n'a plus d'importance. Il peut arrêter de prendre sa température. Maintenant que la sentence lui a été notifiée.

« Qu'est-ce qu'on fait ? »

La voix grave à l'autre bout du fil est celle du chef de groupe de l'unité d'intervention. Nina, qu'Erne vient à peine de nommer chef de l'opération sur le terrain, n'est pas arrivée au point de rendez-vous et ne répond pas au téléphone. Pendant quelques secondes, Erne observe par la fenêtre le chantier endormi cerné de grues, qui va se mettre à revivre dans quelques heures. Il serre le téléphone, puis jette un coup d'œil à Rasmus, qui le fixe avec des yeux effrayés, de l'autre côté de la table, les bras croisés et les doigts profondément enfoncés dans les plis de son pull. Il faudrait envoyer le groupe d'intervention chercher Nina. Elle ne peut pas être loin, avec sa Skoda rouge.

« Vous avez l'adresse ? » demande Erne.

Il remarque que sa voix tremble. Cette décision est la plus difficile de sa carrière.

« Oui.

— Continuez comme prévu. Informez-moi en temps réel.

— Bien reçu, terminé. »

Erne pose la radio Virve[1] sur la table et attrape son smartphone.

« Rasse, lance tout de suite un avis de recherche d'un fonctionnaire de police. Je veux que toutes les patrouilles disponibles cherchent la Skoda de Nina, qui est probablement à Laajasalo. Elle a eu le temps de me dire par téléphone qu'elle était tout près du point de rendez-vous.

— D'accord ! répond Rasmus en bondissant de sa chaise plus rapidement qu'on ne le croirait possible au vu de son apparence extérieure.

— Ah et demande à Micke de me rejoindre. Il va aller sur le terrain ! »

Rasmus acquiesce et disparaît dans le couloir. Erne presse à nouveau l'appareil contre son oreille et écoute brièvement la tonalité. *Putain, Jessica ! Qu'est-ce que tu branles ?*

Erne se masse la poitrine pour apaiser son pouls qui bat la chamade. Il choisit le numéro de Jusuf. Pas de réponse. Ça sent franchement le sapin.

On se calme. Quelqu'un va rappeler d'ici peu. Jessica et Jusuf sont ensemble. Ils ne risquent rien…

---

1. Virve est le système de télécommunication des autorités finlandaises.

Mais putain, pourquoi ne s'en est-il pas tenu à sa décision d'enfermer Jessica chez elle, sous bonne garde, jusqu'à ce que cet incroyable nœud soit enfin démêlé.

Jessica va me rappeler. Ou Jusuf.

« Erne ? L'avis de recherche est lancé, ça se met en route, dit Rasmus à la porte. On met en place un poste de contrôle dans le sens Laajasalo-Herttoniemi, sur le pont.

— Parfait. Et Micke ?

— Je ne l'ai pas vu…

— Trouve-moi Micke, merde ! » gronde Erne en toussant.

Rasmus disparaît à nouveau dans le couloir.

Erne secoue ses doigts au-dessus du clavier, saisit ensuite dans le moteur de recherche *bättre morgondag helsinki* et clique sur le premier résultat. Il se rend dans l'onglet *Personnel* et fait défiler les présentations de Daniel et Emma Luoma. La nausée s'empare de lui.

Les Luoma sont morts… L'avant-veille au soir, Daniel Luoma a été transporté à Savonlinna dans le coffre de Torsten Karlstedt. En vie, comme l'a confirmé la légiste. Ils ont arrêté la voiture de Sanna Porkka et les ont brûlés vifs, elle et Luoma. Pendant ce temps, quelqu'un a semé son ADN autour de la maison côtière de Koponen. Emma Luoma a été enlevée, sans doute en même temps que son mari, puis emmenée à Haltiala, près de Vantaa. Et enfin, un ou plutôt les assassins sont allés dans les locaux de Bättre morgondag sur le Bulevardi, avec les clés du couple de médecins, ont appelé la police et rencontré Nina. Et maintenant… c'est le foutoir.

Erne ouvre l'onglet *Informations* et étudie le bref historique.

Bättre morgondag, spécialisé dans le traitement et la thérapie des patients psychotiques... géré par une fondation du même nom instituée en 1959... la fondatrice et présidente, Camilla Adlerkreutz, psychiatre... Méthodes thérapeutiques alternatives, sans médicaments... Modèle du dialogue ouvert.

Une douzaine de photos noir et blanc ont été insérées dans cet historique exhaustif.

Tout en haut, une photo du premier établissement de soins, à Villa Morgon. Puis un portrait de la fondatrice, datant des années 1960. Son expression est la même que sur le tableau. Seul le fond change.

« Cible dans six minutes », retentit une voix dans la radio Virve.

Erne accuse réception et enfouit son visage dans ses mains.

100

Vous avez raté le plus important…

Bordel, on est censés voir quoi d'ici ?

Jessica se mord la lèvre et essaie de se concentrer. Elle est extrêmement fatiguée, mais elle veillera jusqu'au matin si nécessaire, à guetter depuis cette maudite fenêtre, au cas où ça permettrait de clore le dossier. Effacée par les températures positives, une nouvelle couche de neige et les traces des techniciens, le *Malleus Maleficarum* tracé sur le toit des Koponen n'est plus qu'un vague souvenir, comme un graffiti qu'on a essayé de faire disparaître et de recouvrir avec de la peinture. Jessica voit la rue, les maisons voisines, le grand terrain des Koponen, la mer gelée. Les îles à des centaines de mètres. *Bordel, qu'est-ce que je suis censée comprendre ?*

Elle regarde le devant de la maison, où elle a, la veille au soir, couru après le meurtrier en cape blanche. La haie de thuyas. Elle imagine revoir sur la glace la silhouette cornue qui lève le bras pour la saluer dans les ténèbres.

Au même instant, Jessica comprend que la lumière dans la chambre l'empêche de bien voir. Tout ce qui se passe à l'extérieur est un peu indistinct, se confond avec le reflet de la chambre à coucher de Mme Adlerkreutz. Le lit, le miroir, le secrétaire, la chaise, le fauteuil. Le tapis persan, le petit lustre. La vieille dame qui reste à la porte. Et Jessica elle-même.

« Excusez-moi, madame. Pourriez-vous éteindre la lumière de la chambre ? », demande Jessica tout en essayant de focaliser son regard sur l'extérieur. Il s'écoule quelques secondes, mais rien ne se passe.

« Vous pourriez éteindre la lumière, juste un moment ? »

Elle regarde à nouveau la vieille dame dans le reflet de la fenêtre. Puis elle se regarde. Le reflet est imprécis, comme une mauvaise copie d'elle-même, qui ne rappelle que de loin la femme qui porte le nom de Jessica von Hellens. Une femme qui n'existe pas. Ses orbites sont comme deux grandes soucoupes noires, de profonds puits qui mènent vers un lieu sombre et inconnu. Elle voit des cornes qui lui poussent sur la tête. Puis une fille qui gît immobile sur le lit de sa chambre d'hôtel à Murano, chacun de ses nerfs en feu, du bout des doigts aux orteils. C'est comme si elle gisait au milieu d'un bûcher enflammé. Elle scrute le plafond, ses ornements de stuc, et elle se déteste, elle déteste sa vie. Le fait qu'elle dispose d'une fortune colossale ne rend pas la chose plus supportable, c'est peut-être même le contraire. Tout ce qu'elle touche se transforme en merde. Elle sent le couteau à viande du plateau du service de chambre sur son poignet ; savoir que tout peut se terminer à n'importe quel moment est réconfortant. Un petit geste, et elle pourra se reposer éternellement dans la suite d'un hôtel médiocre, dans une ville qui pue la poissonnerie.

Ses yeux sont humides. Pas de chagrin ni d'émotion, mais de peur. Elle comprend qu'elle est venue dans cette chambre voir son propre reflet. Exactement comme sa mère l'y a incitée, dans son rêve. Elle regarde dans le miroir.

Elle se retourne lentement et pose la main sur l'étui de son pistolet. La vieille femme se tient toujours dans l'embrasure de la porte, les bras croisés sur la poitrine.

Mme Adlerkreutz ne regarde pas Jessica. Elle contemple sa chambre à coucher, satisfaite, puis ferme les paupières. Elle aspire dans ses poumons l'odeur de souris et de goudron de la vieille maison en bois. Jessica entend son téléphone sonner, mais elle ne répond pas. Elle sait qu'elle a besoin de ses deux mains. Il faut qu'elle sorte d'ici. Jusuf est toujours en bas.

« On va y aller, ajoute-t-elle en déglutissant avant de se diriger vers Adlerkreutz.

— Tu es exactement comme ta mère. »

La vieille femme lui adresse un sourire presque chaleureux. Jessica sent la chair de poule sur sa peau, et son cœur rater un battement avant de rattraper le coup en battant à tout rompre.

« Quoi ? » bredouille-t-elle en ouvrant l'étui du pistolet.

La vieille femme n'a plus rien de fragile ni d'ensommeillé.

« Toi aussi, tu l'as.

— De quoi parlez-vous ?

— Ton cerveau. Il est très particulier. C'est pour ça que tu es comme tu es.

— Je vais y aller. Jusuf ! crie Jessica d'une voix rauque, mais personne ne lui répond au rez-de-chaussée. Jusuf ! » répète-t-elle plus fort en se rapprochant d'Adlerkreutz.

Elle entend des pas quelque part. Mais pas dans l'escalier ; plus loin. Une porte grince.

« Theresa était malade, poursuit Adlerkreutz tandis que Jessica empoigne son pistolet.

— Jusuf !

— Elle était pourtant mon élève préférée, ricane la vieille femme.

— Putain, mais qu'est-ce que tu racontes ? », s'écrie Jessica d'une voix tremblante en dirigeant le canon de son arme vers Adlerkreutz et l'embrasure de la porte derrière elle. *Mon élève préférée.* Son esprit est envahi par les photos vues dans le couloir et dans l'escalier.

« Écarte-toi ! »

Jessica serre toujours plus fort le pistolet.

Au même instant, elle voit deux silhouettes apparaître dans l'embrasure. Elle distingue les cornes courbées dans le couloir et elle lâche un cri. L'arme tremble au bout de ses mains, tandis qu'elle recule vers la fenêtre.

« Jusuf !

— Jusuf ne viendra pas, dit Adlerkreutz pendant qu'un des deux hommes passe à côté d'elle et entre dans la chambre. Et ton pistolet, là... Tu peux le lâcher. On l'a neutralisé. »

Jessica sent la panique envahir tout son corps, faire siffler ses oreilles et troubler sa vue. Puis elle sent la douleur. Elle vise avec son pistolet la jambe du monstre cornu qui s'approche lentement, mais la détente refuse de bouger : le percuteur est bloqué. *Hein ? Mais Micke avait vérifié mon flingue.* Le pistolet tombe à ses pieds. Au même moment, elle sent autour d'elle les bras d'un homme de grande taille, et un linge humide sur son visage. Elle se débat de toutes ses forces et se sent tomber progressivement dans un gouffre, dans un étang bourbeux gagné par l'obscurité, abandonné par les rayons du soleil. *Tout va bien, mon trésor.*

101

Erne jette un coup d'œil à son téléphone toujours muet et croise les doigts derrière sa nuque. Nina est en danger, et quand bien même la moitié des flics de la région d'Helsinki se mettraient à sa recherche, quelque chose dit à Erne que ça ne se finira pas bien. Dans un instant, il va devoir expliquer à Mikael en salle de réunion pourquoi il a envoyé Nina faire un tour avec deux meurtriers. C'est la deuxième fois en quarante-huit heures qu'Erne incite quelqu'un à prendre un meurtrier dans sa voiture. Et où est Jessica, putain ? Après son message, elle n'a plus donné la moindre nouvelle.

« Cible dans deux minutes, dit la voix dans la radio.

— Bien compris », confirme Erne en déglutissant plusieurs fois.

Au même instant, Rasmus apparaît à la porte. Son air inquiet s'est mué en quelque chose qui ressemble à la perplexité.

« Qu'est-ce qui se passe ?

— Je ne trouve pas Micke…

— Comment ça, tu ne le trouves pas ?

— Il est… Il a quitté le commissariat.

— Quoi ? »

Erne ôte ses lunettes de son front ridé. Rasmus fait quelques pas et se tient au milieu de la pièce, mains sur les hanches. Sa voix ondule, incertaine.

« C'est ce qu'on m'a dit. Que Micke conduisait Karlstedt et Lehtinen menottés. Apparemment, ils ont pris l'ascenseur. Au rez-de-chaussée, on m'a dit qu'ils étaient sortis. Avec leurs blousons...

— Qu'est-ce qu'il fout à emmener les principaux suspects d'un dossier au milieu de la nuit ?

— Il a peut-être appris que Nina avait besoin d'aide ? Il est peut-être allé la chercher, hésite Rasmus.

— Avec les suspects ? Ça ne rime à rien. Et comment il aurait su pour Nina ? Tu lui as dit ?

— Bah non, je ne l'ai même pas trouvé... C'est peut-être Nina elle-même ?

— Bon là, c'est bizarre. J'appelle Micke.

— C'est déjà fait », dit Rasmus en secouant la tête.

Au même moment, on frappe à la porte ; Riikka Woodward passe la tête dans l'entrebâillement, un stylo entre les dents.

« Les infos que vous avez demandées, Erne », articule Woodward en passant la feuille à Rasmus qui tend la main.

Il fait quelques pas vers Erne, mais s'arrête pour lire le rapport, sourcils froncés.

« Camilla Adlerkreutz ? La présidente de la fondation ?

— J'ai demandé des infos... Ça dit quoi ? », interroge Erne.

Il s'est levé et s'appuie désormais de tout son poids contre la table. Woodward disparaît dans le couloir.

« Que son adresse est à Kulosaari. C'est juste en face de la maison des Koponen. »

Il tend la feuille à Erne.

« Attends... »

Erne se jette sur son fauteuil et pose la main sur la souris. Il fait apparaître une des photos de l'historique. Elle représente une belle et vieille maison en bois. *Villa Morgon.*

« Est-ce que ce serait la même maison... hésite Erne en tournant l'écran vers Rasmus... à l'étage de laquelle Jessica et Jusuf sont allés voir le toit de la demeure des Koponen...

— L'adresse correspond.

— Mais... »

Erne se relève. Il prend son pull gris, l'enfile, puis glisse les bras dans les manches de son blouson vert foncé.

« Tout à l'heure, j'ai demandé à Micke si le nom d'Adlerkreutz lui disait quelque chose, mais il m'a dit qu'il ne l'avait jamais entendu », explique-t-il.

Le radiotéléphone émet un signal. Erne l'attrape et le porte à sa poitrine. *Pointe appelle atelier.*

« Mais Jusuf avait bien fourni à Micke la liste de tous les voisins, marmonne Rasmus.

— Il n'a peut-être pas fait gaffe à ce nom.

— Ou sinon... »

Pointe appelle atelier.

« J'espère que c'est ça, Rasse, lance Erne en plaçant le radiotéléphone devant sa bouche. Atelier à l'écoute. »

102

Jessica ouvre les yeux et voit les flammes osciller dans le noir. Elle sent dans ses narines l'humidité de la pièce, mêlée à une âcre odeur d'essence. En dehors du souffle des flammes au sommet des poteaux, tout est silencieux.

Ses paupières sont lourdes. Mais elle n'a mal nulle part. Elle se sent légère comme un papillon sur un nénuphar. À quelques mètres de là, par terre, une grande couverture rouge foncé recouvre quelque chose.

« Jessica von Hellens, l'appelle une femme derrière elle.

— Quoi ? répond Jessica presque malgré elle.

— Bienvenue. »

Elle ne voit personne. Elle essaie de tourner les yeux, mais se rend rapidement compte que sa tête est prisonnière d'une minerve en bois qui l'empêche de regarder sur les côtés.

De primo, fratribus et sororibus.

Jessica fléchit les doigts. Ses poignets se heurtent à des chaînes. Au même moment apparaît un groupe d'individus à moitié nus. Ils passent à côté d'elle, des deux côtés de la chaise. Ils sont quatre, cinq, six, huit. Ils ne portent que des capes noires dont les grandes capuches couvrent leur visage. Leurs pas traînants sur le sol de pierre émettent un léger murmure.

Jessica comprend soudain qu'elle porte une robe de soirée noire. Des chaussures à hauts talons sont disposées sur le sol, près de ses pieds nus.

Ses pensées commencent à s'éclaircir. Sa respiration est oppressée, l'air est bloqué dans sa gorge.

« Qu'est-ce qui se passe ?

— Reste tranquille, Jessica », lui ordonne la femme.

Jessica regarde le corps maigre et nu, les grosses veines bleues qui courent sur les seins tombants.

Puis la femme lève sa main fragile et retire sa capuche. Le sourire que dévoile son geste est doux et presque distrait. Comme un instant plus tôt, dans la chambre à coucher.

« Je ne suis pas sûre que nous nous soyons vraiment présentées. Je m'appelle Camilla Adlerkreutz », annonce-t-elle en approchant de la chaise sur laquelle Jessica est assise.

Les autres restent immobiles. Jessica regarde les corps nus. D'hommes et de femmes.

« Tu as sans doute beaucoup de questions à poser », poursuit la vieille femme.

Jessica a la langue lourde, et dans la bouche une odeur inhabituelle, industrielle. Elle ferme les yeux. Tout est flou. Elle a du mal à fixer ses pensées.

« Je veux partir, chuchote-t-elle. Je veux voir Erne.

— Je sais que nous n'avons pas beaucoup de temps, Jessica. Surtout moi, mon temps commence à être compté. »

Adlerkreutz fait un pas de côté de façon que Jessica voie le mur au fond de la pièce.

Il est orné d'une peinture représentant une belle femme brune.

« Tu la vois ? demande Adlerkreutz. Ça pourrait aussi bien être toi. »

Elle a raison. La ressemblance est troublante.

« Mais ce n'est pas toi, Jessica. C'est moi. »

Elle semble beaucoup moins amicale, à présent.

« Je veux m'en aller, répète Jessica dans un murmure.

— Tu veux t'en aller. Le problème, Jessica chérie, c'est que tu ne sais pas ce que tu veux. Tu es vraiment comme ta mère, ironise Adlerkreutz, avant de faire quelques pas vers la capitaine et de s'agenouiller laborieusement devant elle. C'était une âme belle et innocente, mais aussi une salope d'égoïste qui nous a tourné le dos.

— Je sais pas de quoi tu parles », souffle Jessica.

Elle remarque qu'elle respire rapidement et superficiellement.

« Oui, ma chérie. C'est que tu ne sais pas tout… Ce monde dans lequel tu vis. Pour eux, tu serais sans doute malade, Jessica. C'est comme ça qu'ils appellent ça, une maladie. Toi et ta mère, vous avez reçu le don d'un esprit exceptionnel. D'un cerveau qui ne s'en laisse pas conter. D'une intelligence qui rejette les vérités que la société veut nous forcer à avaler. »

En un geste théâtral, Camilla Adlerkreutz porte ses mains à son front. Ses gestes sont fluides, sa main fragile et ridée s'élève, puis revient caresser ses cheveux gris.

« Nous… Moi, mes frères et sœurs ici présents… Ce que nous avons fait ces derniers jours peut te paraître cruel, mais en réalité nous voulons juste des lendemains meilleurs. C'est ce que nous représentons. Des lendemains meilleurs. Chacun des frères et sœurs qui se tiennent devant toi a juré de protéger cet idéal jusqu'à la fin des temps.

— Qu'est-ce que vous racontez... bredouille Jessica.

— Je te laisse la parole, *frater.* »

Adlerkreutz ferme les yeux. L'homme qui se tient à l'extrémité droite relève son capuchon et révèle son visage. Jessica le reconnaît, même si elle ne l'a jamais rencontré. Les pupilles de Roger Koponen sont grandes comme des soucoupes et son visage est rouge vif. Il donne l'impression qu'il risque d'éclater à tout moment.

103

Erne écoute les paroles de l'homme, mais n'a aucune envie de les entendre.

« Répétez.

— La cible est vide. »

Les mots résonnent à ses oreilles. Le micro du radiotéléphone pue la salive séchée.

« Et la piscine ?, demande Erne, constatant que son cœur bat fort.

— Il n'y a pas de piscine. La cave est pleine de bric-à-brac.

— C'est quoi cette merde…

— J'ai un peu l'impression que ce n'est pas la maison que nous cherchons.

— Mais c'est forcément la bonne, dit doucement Erne.

— On va examiner les environs, annonce la voix à la radio.

— Bien reçu. »

Erne pose la radio Virve sur la table, son cœur bat comme celui d'une musaraigne, à mille battements par minute. Le téléphone sur la table sonne à nouveau. *Ligne interne.* Le numéro de Lönnqvist, de la direction de la police, s'affiche sur l'écran.

« Qu'est-ce qui se passe ici, bordel ? s'exclame Erne, incapable de répondre à aucun des deux appels.

— Je crois que je sais, répond Rasmus, le front plissé, concentré sur son propre téléphone.

— Alors ?

— Il y a une nouvelle vidéo sur le Net... Cette fois, c'est sur Instagram, ajoute Rasmus en s'approchant d'Erne téléphone à la main.

— Putain, c'est quoi ça ? »

Ils voient un lit d'hôpital mal éclairé, une belle femme brune allongée dessus.

« Ce serait pas...

— C'est Laura Helminen. »

De nouveaux commentaires alimentent en permanence le bas de l'écran.

« C'est en direct ? » questionne doucement Erne.

Le bruit insistant des téléphones qui sonnent dans la pièce semble venir de loin.

« Oui... *@malleusmaleficarum*...

— Quelqu'un fait un direct dans la chambre de Helminen. Nom de Dieu, il n'y avait pas un garde à la porte ? fulmine Erne avant de se rappeler le message de Jessica : *Helminen dit de la merde*. Est-ce que... C'est quoi ce chiffre ? demande-t-il en indiquant le bas de l'écran.

— Le nombre de personnes qui regardent.

— Oh putain... »

Il y a des dizaines de milliers de spectateurs. *#malleusmaleficarum*. Et des centaines de commentaires, la plupart en anglais.

« Les commentaires parlent de quelque chose qu'elle a dit au début de la vidéo.

— Tu peux remettre en arrière ? »

Mais à ce moment-là un homme robuste vêtu d'un costume sombre apparaît à l'écran. Il s'arrête à côté du lit.

« Voilà le garde…

— Chut, écoute. »

Il faut malheureusement que je te prenne ton téléphone.

Pourquoi ?

Ce sont les ordres. Il est où ?

Là, sur l'étagère.

Elle pointe un doigt vers la caméra ; le garde tourne les yeux.

« Teo… », chuchote Erne.

Il le connaît depuis des missions au ministère de l'Intérieur. Un homme compétent, même si Jessica le considère comme un connard de frimeur.

Teo se dirige tranquillement vers le téléphone.

« Eh merde », chuchote Rasmus.

Erne met un instant à comprendre à quoi il fait allusion. Laura Helminen n'est plus dans son lit, elle vient de se faufiler subrepticement derrière Teo. Ses cheveux noirs emmêlés lui tombent sur les yeux.

« Qu'est-ce qu'elle fout cette… », commence Erne, mais aussitôt il lève la main devant sa bouche.

Tout se fait rapidement. La main de Teo se tend déjà vers le téléphone, mais son geste s'arrête soudainement. Son visage sûr de lui prend un air étonné, et quelques secondes plus tard un liquide rouge sombre se met à jaillir de son cou. Puis l'image ne montre plus que Laura Helminen, une expression froide et déterminée sur le visage.

Malleus Maleficarum.

104

Pendant un moment, la pièce est si calme que Jessica entend le souffle des flammes qui dansent au bout des torches de bois. L'odeur du combustible lui rappelle son enfance. L'autoroute ondulant sous la chaleur.

« *Mater pythonissam* » proclame Roger Koponen en se penchant sur la vieille femme.

Puis il tourne son regard effaré vers Jessica.

« Tout a une raison, Jessica. Nous venons de mettre en ligne un manifeste bref mais concis où nous exprimons notre inquiétude pour la société moderne corrompue par le néolibéralisme. Nous condamnons cette liberté qui grise les gens, qui les empêche de se concentrer ; d'apprécier ; d'approfondir quoi que ce soit », poursuit Koponen d'un air inexpressif, comme s'il récitait un discours.

Jessica sent à nouveau son corps s'engourdir, comme si un poison dans son organisme se répandait dans son corps par à-coups.

« Tu as… assassiné ta propre femme ? questionne Jessica en déglutissant, la gorge comme anesthésiée.

— Maria a scellé elle-même son destin. Elle représentait la résistance à la libre-pensée et aux Lendemains meilleurs. Je n'ai rien pu y faire. Je ne savais même pas qu'il fallait que ça arrive. J'aurais sans doute essayé de l'empêcher, Maria était tout de même ma femme… Mais maintenant tout va de soi. »

Jessica essaie de se libérer de ses liens. Elle tend ses muscles à l'extrême, mais ses mains et ses chevilles sont fermement attachées à la chaise.

« Écoute, Jessica. Tout est déjà écrit. Comme les livres de Roger. Tout était clair depuis le début, intervient Adlerkreutz.

— Mais… pourquoi ? »

Jessica sent une larme couler sur sa joue. La peur s'est frayé un chemin à travers les médicaments qui inhibent ses sentiments.

« Tout cela peut te sembler un peu surprenant, Jessica chérie… commence Camilla Adlerkreutz en faisant signe à Roger Koponen de rejoindre le rang. En réalité, tu n'as pas besoin de comprendre ce que nous cherchons à réaliser, il faut plusieurs années d'un travail studieux pour assimiler nos préceptes. Mais même si nous avons le plus grand respect pour les anciennes valeurs, nous sommes ouverts aux moyens modernes de diffuser efficacement notre message. La haine de Roger pour la société actuelle lui a inspiré une histoire parfaitement fascinante. Elle a été lue par des dizaines de millions de personnes dans le monde entier. Il serait vraiment stupide de ne pas profiter de l'occasion. Maintenant que les gens, grâce aux livres de Roger, ont enfin commencé à comprendre ce qui ne va pas dans la société actuelle, la façon dont elle traite les gens qui ont la faculté de voir par-delà le voile de brouillard qu'elle jette sur nous, nous devons poursuivre cet apprentissage. Sais-tu combien de lèvres évoquent en ce moment même le mouvement des

Lendemains meilleurs ? Le *Malleus Maleficarum*, le *Marteau des sorcières* est désormais un sujet brûlant dans des millions de foyers. Faire œuvre de missionnaire, de nos jours, est particulièrement simple, il suffit de savoir exploiter tous les outils dont nous disposons.

— Mais…

— Ce monde sécularisé s'efforce de réduire au silence ceux à qui Dieu a fait le don d'un esprit large. Et comme nous le savons, la capacité réelle à penser de façon critique et créative, à voir l'ensemble et pas seulement les détails, est une menace pour une société organisée. Les individus concernés sont stigmatisés, qualifiés de fous : on leur invente des diagnostics, on leur fait avaler des médicaments qui engourdissent leurs pensées. Le but de ma vie a été de veiller à ce que leur potentiel soit mis à profit, au lieu de les laisser croupir dans les hôpitaux et à la merci de leurs proches. Je n'ai jamais traité de gens malades, Jessica. J'ai certes joué mon rôle, en appelant les choses par les termes en usage dans la société. Mais juste pour qu'on me laisse faire mon travail tranquille. Non, je n'ai pas soigné de malades, car ces gens, vous qui êtes là autour de moi, vous n'êtes nullement malades. Vous êtes une étincelle de lumière au milieu de cet enfer chaotique et régi par le libéralisme. »

Jessica sent une larme salée à la commissure de ses lèvres. La main osseuse de la vieille femme l'essuie. Sa respiration se bloque. Un fourmillement s'insinue dans son dos et de brusques petits éclairs dans les terminaisons nerveuses des muscles de ses jambes.

Jessica aperçoit un éclat lumineux à la lueur des torches. C'est un poignard.

« Je suis la septième victime ? La dernière sorcière ? murmure Jessica.

— Toi ? répond Adlerkreutz légèrement amusée. Tu n'as donc toujours pas compris pourquoi nous avons fait tout cela ? »

Respirer est de plus en plus difficile. Ses narines sont pleines de mucus, et elle a une énorme boule dans la gorge.

« J'ai sauvé des dizaines d'âmes, Jessica. J'ai empêché leur âme de se laisser empoisonner. J'ai veillé à ce que la vie d'aucun de mes patients ne soit entravée à cause du diagnostic bâclé de prétendus spécialistes. Personne ne mérite d'être étiqueté malade mental. Pas même ceux qui me tournent le dos. Rends-toi compte, grâce à moi, des malheureux qui autrement auraient été gavés de médicaments et enchaînés à leur lit peuvent suivre librement une scolarité et la carrière de leur choix. Mes enfants ne se contentent pas de petits boulots médiocres. Ils sont partout. Sur terre, sur la mer et dans les airs, poursuit Camilla Adlerkreutz.

— Ma mère… ajoute doucement Jessica, mais la boule dans sa gorge étouffe ses paroles.

— Les Luoma ont longtemps été les meilleurs médecins de Bättre morgondag. Mais ils ont perdu la foi, ils ont vendu leur âme à l'industrie pharmaceutique. Tout comme Albert von Bunsdorf.

— Bunsdorf est mort parce qu'il ne croyait pas en Dieu ?

— Oh, Jessica chérie. Tu as mal compris. Le *Malleus Maleficarum* n'est qu'une couverture. Il n'est pas ici question de Dieu et du diable, mais du fait qu'Albert a peu à peu rejoint le groupe de ceux qui pensent qu'un fonctionnement cérébral qui sort de l'ordinaire nécessite toujours un diagnostic, des soins et un traitement. Les mots comme dédoublement de la personnalité, maladie, syndrome, hallucinations, psychose... sont une attaque contre la différence. »

Pendant un instant, elle semble perdue dans ses pensées. Puis elle ricane malicieusement, comme si elle se remémorait un souvenir amusant.

« Sans parler de cette petite écervelée de Blomqvist, continue-t-elle tout sourire. La thèse de ce jeune docteur compte parmi les travaux universitaires les plus ahurissants de ces dernières années, elle affirme qu'un fonctionnement cérébral sortant de l'ordinaire est non seulement une maladie, mais surtout une affection due à une saleté de parasite.

— Mais...

— Ne comprends-tu pas comment ce système fonctionne, Jessica ? Manifestement non, car tu n'as jamais eu besoin de comprendre. Crois-tu que tu aurais réussi dans la vie, si je n'y avais pas contribué ? Crois-tu que tu aurais pu passer au travers des vérifications effectuées par les services de renseignement ? Crois-tu que ton ami aurait pu passer au travers ?

— Hein ? » murmure Jessica avant de se mettre à pleurer.

Camilla Adlerkreutz pose son menton sur sa poitrine : un court instant, elle donne l'impression de prier. Puis elle se redresse et lève le bras en l'air.

« Detego. »

L'une après l'autre, chacune des silhouettes nues composant le demi-cercle enlève sa capuche. Un homme aux joues lisses dont le front s'orne d'une marque de naissance. Torsten Karlstedt. Kai Lehtinen. Roger Koponen... Une belle femme brune que Jessica ne reconnaît pas. Sans doute celle qui, la veille au soir, a frappé à la devanture du magasin d'Irma Helle et l'a tuée. Et enfin…

« Je suis désolé, Jessica », dit Mikael en croisant les bras devant lui.

Jessica n'arrive pas à respirer. *Parce que apparemment il y a quelqu'un près de vous qui est au courant de tout.* Elle se sent idiote. Soudain tout fait sens. Le compteur d'eau, le pistolet, le bloc-notes. L'interpellation de Karlstedt et Lehtinen sur l'insistance de Micke. Et le fait que Micke, avant-hier, ait voulu emmener Jessica en promenade après les deux heures à l'hôtel. Pour s'assurer qu'elle serait le premier flic sur le lieu du crime, à Kulosaari, au moment où la patrouille sonnerait l'alerte.

« Aide-moi, Micke », chuchote Jessica tandis que le choc se mue progressivement en haine.

Les mots semblent vains dès l'instant où elle les prononce.

« Détache-moi, espèce de connard ! hurle-t-elle à présent, mais Mikael demeure impassible en lui rendant son regard.

— Jessica, mon amie. Notre voyage s'achève aujourd'hui, mais le tien continue.

— Mais putain, Micke ? Tu as pété les plombs ? Tu as tué…

— Calme-toi, Jessica, reprend Adlerkreutz avec un sourire prudent. Tu t'abaisses à penser comme la plupart des gens. Tu regardes le monde aussi étroitement. Pour eux, nous sommes des malfaiteurs. Mais pour tant d'autres, nous sommes des héros. Notre mouvement est plus vaste que tu sembles l'imaginer. Nous avons des frères et sœurs accueillants dans le monde entier. Et il y en aura bientôt bien davantage. Les livres de Roger s'arrachent dans les librairies et notre manifeste a déjà été consulté des centaines de milliers de fois sur Internet.

— Putain, vous êtes des tarés…

— Tu vois ? Tu recommences, Jessica. Essaie de comprendre que tout cela, cette carte au trésor élaborée dans la peine n'a qu'un seul but, la diffusion de notre message. La diffusion du savoir. »

Camilla Adlerkreutz se retourne et se dirige vers la couverture rouge. La peau de la vieille femme semble irréelle à la lueur des torches, comme une masse de papier mouillé collée sur une silhouette en fil de fer.

Elle se penche sur la couverture, la saisit de ses ongles peints en noir ; un instant plus tard, elle découvre deux corps nus.

Jessica hurle d'horreur.

« Le poignard n'est pas pour toi, Jessica chérie, explique Camilla Adlerkreutz en se redressant péniblement. Ton destin n'est pas de mourir, mais de continuer à vivre même quand nous autres serons tous morts.

— Jusuf ! Nina ! hurle Jessica, mais aucun d'entre eux ne répond, tous deux gisent, inconscients, les yeux fermés, sur le sol de pierre froid.

— Maria a fait faire cinq belles robes, Jessica. Exactement les mêmes que celle dans laquelle ta mère s'est affichée à sa première soirée de remise de prix. Maria ne savait évidemment pas ce que j'en ferais, moi, la vieille dame d'à côté, mais elle a bien voulu m'aider.

— Nina, réveille-toi ! Jusuf… », bredouille Jessica, mais elle sait en son for intérieur que c'est inutile.

Soudain, un bruit indistinct en provenance du plafond.

« Ils sont ici, lance Mikael, le regard fixé sur les poutres.

— Le livre que ta mère lisait la nuit, dit Adlerkreutz en adressant un sourire à Jessica. Trouve-le.

— Le livre ? répète Jessica d'une voix tremblante.

— Je suis sûre que tu sais de quoi je parle. Et je refuse de croire que tu aies pu t'en débarrasser, répond Camilla Adlerkreutz en se levant.

— La nuit… »

Jessica regarde la femme dans les yeux, profondément, et soudain son esprit s'emplit d'images brumeuses, de souvenirs mêlés comme sur une bande-vidéo. Elle se voit enfant, en pyjama, se faufilant vers la cuisine dans laquelle elle entend des murmures. Il fait nuit dehors, les deux aiguilles de la grande horloge vont vers la droite.

Jessica jette un œil prudent dans la cuisine, voit une belle robe de soirée et les cheveux noirs de sa mère qui tombent sur un vieux livre épais. Ses lèvres forment des mots étrangers.

La vision se répète, Jessica se réveille encore et toujours. L'heure est toujours la même, mais Jessica sait que ce ne sont pas les mêmes nuits. Elle a l'impression que sa mère sait qu'elle la regarde, même si elle ne lève jamais les yeux de son livre.

Puis soudain c'est le jour, le soleil entre par les grandes baies et Jessica voit son père tendre le bras pour attraper quelque chose sur l'armoire de la cuisine. Il trouve le livre, l'étudie, exaspéré, puis, quand maman rentre de son travail, ils ont une grosse dispute. Papa veut savoir pourquoi maman a caché un livre pareil. Maman s'enferme avec le livre dans la salle de bains tandis que papa tape très fort à la porte.

« Tu sais où il est, Jessica, poursuit Camilla Adlerkreutz en posant la main sur le front de Jessica. Et tu sais que c'est ton livre. Ça a toujours été ton livre, depuis que Theresa nous a quittés. »

Les chocs qui résonnent à l'étage gagnent en intensité.

« Il faut nous hâter, *Mater pythonissam* », lance quelqu'un dans la pièce, mais Camilla Adlerkreutz paraît calme et tranquille.

Jessica voudrait hurler, s'assurer que les policiers trouveront cet endroit, sans doute la cave d'une grande maison en bois. Mais sa voix se coince dans sa gorge. Aucune des personnes nues en demi-cercle ne fait le moindre geste pour fuir.

Jessica voit le poignard jeter de nouveaux éclairs, cette fois dans la main d'Adlerkreutz.

« Certains d'entre nous restent. Certains partent. Mais toi, tu continues. Car toi, Jessica von Hellens, tout comme ta mère, tu es la *Mater pythonissam*. »

Jessica entend les individus derrière elle entamer un chant. Une mélodie qu'elle reconnaît vaguement. Puis un bruit sourd retentit tout près. Les larmes coulent à flots sur ses joues. Une chaleur se propage dans tout son corps, elle ferme les yeux. C'est la chanson que sa mère fredonnait dans la voiture, ce matin-là.

Respice in speculo resplendent, Jessica.

105

Jessica ouvre les yeux, mais ne regarde pas le nouvel arrivant. Elle attend jusqu'à sentir l'odeur de son après-rasage doucereux.

« *Zesika* », prononce Colombano. Il y a dans sa voix un soupçon de sarcasme, par lequel il essaie sans doute de dissimuler son étonnement et son manque d'assurance.

Jessica ouvre les yeux et les tourne vers lui. Il la regarde, les mains enfoncées dans les poches de son pantalon kaki ; il porte une chemise blanche à peine boutonnée au-dessus du nombril.

« Tu es revenue à Venise, dit-il pendant que sa sœur sort, les laissant tous les deux.

— Je ne suis jamais partie. »

Jessica se rend compte que sa voix tremble.

« Quoi ? rit Colombano.

— Je suis restée à Murano pendant tout ce temps. »

Il secoue brièvement la tête, comme si Jessica était complètement folle. Elle l'est peut-être, d'ailleurs. Non pas parce qu'elle est restée des mois dans sa chambre d'hôtel, complètement abattue, mais parce qu'elle est revenue.

« Écoute. Je suis désolé que notre histoire se soit terminée de cette façon.

— Je ne pense pas que tu sois désolé.

— Ah *Zesika*. Regarde-toi… Tu n'as pas l'air bien du tout. Comment une fille si belle et si soignée est-elle devenue… un troll malpropre et grassouillet ?

— Je ne suis plus ta princesse ? Quelque chose que tu veux partager avec tes amis ? »

Il éclate d'un rire pétillant.

« Je ne t'ai jamais partagée avec quiconque.

— C'est vrai. Ton ami a juste regardé pendant que tu me violais.

— Tu dis n'importe quoi. Allez viens, sortons.

— Je sais que la mort de Chiara n'était pas un accident, ajoute Jessica.

— Mais putain, qu'est-ce que tu racontes ?

— Je sais qu'elle s'est suicidée parce qu'elle n'avait plus la force. Parce que tu es un narcissique qui aspire tout l'oxygène. Tu as la faculté de faire que les femmes se sentent importantes, désirables, mais tu es encore plus fort pour les faire revenir sur terre, pour leur ôter toute estime d'elles-mêmes et leur dignité…

— Ferme ta gueule.

— Mais je voulais que tu saches… poursuit Jessica, et ses yeux se mouillent de larmes pour la première fois depuis longtemps, comme si l'insensibilité qui avait envahi tout son corps et son esprit venait de relâcher son emprise pendant qu'elle prononce cette phrase… que je vois à travers toi. Et je te méprise. Et ta sœur aussi te méprise.

— Tu en as du culot, s'esclaffe Colombano.

— Tu peux rire, on sait tous les deux que c'est de la frime.

— Tu ne sais rien du tout, sale pute », enrage-t-il.

Il se place vivement devant elle et lui tire le poignet pour la forcer à se lever.

« Tu sais ce que je crois, moi ? Je parie que tu es toujours tellement amoureuse de moi que tu n'arrives pas à quitter cette ville. Et donc tu es revenue vers moi comme un porcelet que le gel pousse à revenir au bercail, pas vrai ? Tu es venue reprendre un peu de ce que tu crois détester... mais qu'en réalité tu adores. »

Colombano prononce les derniers mots dans l'oreille de Jessica, de sorte qu'une salive chaude lui jaillit sur le cou. Elle le regarde dans les yeux et sent monter la panique en elle. Les doigts puissants de Colombano enserrent son fin poignet. Elle est venue de son plein gré, se livrant une nouvelle fois à ce sadique. Ils sont deux dans le théâtre et personne ne peut lui venir en aide.

« Viens » ordonne Colombano en tirant Jessica vers la porte, à travers la rangée de chaises.

Son genou heurte douloureusement une chaise et elle tombe.

— Non ! » s'exclame Jessica en serrant son petit sac de sa main libre.

Sa voix produit un écho dans la salle lugubre. La prise de Colombano ne fait que se renforcer et Jessica sent un picotement dans les doigts, son sang ne circule plus normalement. Il la traîne dans une plus petite salle, derrière les grands piliers, puis vers une porte entrouverte, au fond.

« Lâche-moi !

— Arrête ton cinéma, tu n'es pas venue ici juste pour discuter... »

Il ouvre la porte et la pousse à l'intérieur : elle tombe par terre, sur le ventre. Elle a le temps de voir la pièce, une sorte de bureau dont les murs sont couverts d'anciennes affiches de concert, au centre de laquelle se trouve une table avec un ordinateur, près d'un canapé défoncé et d'une porte de sortie.

Elle entend quelque chose frotter et cliqueter dans les mains de Colombano, puis sent une ceinture de cuir autour de son cou.

« Tu es venue juste pour me faire chier ! Pour gâcher mon concert... Nuire à ma concentration. »

Elle essaie de respirer, ses doigts tâtonnent au niveau de son cou, de la ceinture serrée. Elle sent Colombano qui relève sa robe noire et enfonce brutalement ses doigts dans la chair de ses fesses. Elle pousse un cri et tend le bras vers son sac à main tombé par terre. Ses doigts attrapent la lanière et cherchent la poignée en bois qui dépasse du sac.

« Tu ne mérites aucun règlement de comptes... Tu étais juste une gentille fille au cimetière. Tu crois que tu as été la seule ? Vous êtes toutes si prévisibles, si fragiles. Et bêtes ! Venir ici toute seule pour m'emmerder, me poser des questions stupides. Si je suis désolé ? Bah non, espèce de thon. Regarde-toi un peu. Tu as grossi ! Une petite idiote de vingt ans... Si ce n'était pas pour te donner une bonne leçon, je ne te toucherais pas même avec un bâton... »

La phrase de Colombano s'achève par un coup sourd et cinglant. Pendant un instant, tout est calme, puis il hurle et se dresse. Jessica sent la ceinture céder autour de son cou, et elle se retourne. Colombano fait quelques pas en arrière, il essaie de voir, l'air hébété, quelque chose vers quoi son regard n'arrive pas à se tourner, et aperçoit sans doute une partie du manche du couteau à viande qui dépasse à la verticale, sous sa clavicule. Plus haut sur son cou, des deux côtés de sa pomme d'Adam, il y a deux trous d'où jaillit le sang. Pendant un moment, on dirait qu'il a des cornes, mais ensuite, quand il avance d'un pas, l'affiche de *Faust* apparaît derrière lui.

« Putain, mais comment… », s'étrangle-t-il en saisissant le manche.

Le sang coule entre ses doigts. Ils se regardent, surpris, comme s'ils se rencontraient pour la première fois dans un lieu et à une heure inattendus. Le couteau ne sort de sa poitrine que d'un pouce ; Colombano grimace de douleur.

« Espèce de putain ! »

Tout calcul et toute détermination ont désormais disparu de ses yeux. Il n'y a plus que de la rage pure. Il fait quelques pas rapides et se jette sur Jessica de toutes ses forces. Elle sent le sang qui goutte sur son visage, les doigts rugueux et forts autour de son cou. Elle entend un cri animal dans ses oreilles. C'est alors seulement qu'elle comprend pourquoi elle est revenue dans ce bâtiment maudit, pourquoi elle a voulu revoir ce monstre. Elle a pensé que Colombano ferait ce qu'elle n'a pas eu la force de faire pendant les mois passés seule à l'hôtel. Dans un instant, ce serait terminé.

Il relâche sa prise. Jessica ouvre les yeux. L'homme qui un moment plus tôt pesait sur elle de tout son poids n'est plus là.

Tout va bien ?

Elle ne reconnaît pas la voix. On lui parle en finnois.

Elle entend alors le cri étouffé de Colombano. Un homme inconnu passe au-dessus d'elle. Jessica reste allongée à calmer sa respiration. Elle finit par essuyer son visage taché de sang puis s'assoit. La ceinture de cuir repose sur le sol, mais elle sent toujours la pression sur son cou.

Colombano gît à quelques mètres de là, le couteau dans la poitrine. Un homme âgé d'environ quarante ans est debout à côté du corps qui respire difficilement. L'homme que Jessica a vu plus tôt dans la soirée parmi les gens venus assister au concert. Ses doigts serrent une petite statuette avec laquelle il a visiblement frappé Colombano derrière le crâne.

« Qui... Qui êtes-vous ? » bredouille-t-elle. Elle remarque à quel point les mots de finnois ont l'air de mots étrangers quand c'est elle qui les prononce. Cela fait longtemps qu'elle n'a pas parlé cette langue.

« Jessica. Écoute, dit l'homme en essuyant le sang sur son front. C'était de la légitime défense. »

Il parle calmement ; elle pense distinguer un dialecte dans sa façon de parler.

« Il est...

— Je ne sais pas. Aucune idée... », dit-il.

Au même instant, le corps de Colombano se détend et ses bras retombent sur le côté, sans vie.

Jessica éclate en sanglots muets.

« Il faut qu'on file d'ici », reprend l'homme en jetant des coups d'œil aux alentours, l'air inquiet.

Il se dirige rapidement vers la porte par laquelle il est entré peu de temps avant, et vérifie que la salle de concert est vide. Puis il verrouille la pièce et rejoint la porte de sortie dans le mur d'en face. Il l'entrouvre prudemment, passe la tête dehors, et revient vers Jessica.

« Tu n'as pas envie de rester ici à régler tout ça avec la police vénitienne. Et moi non plus. Il faut que nous laissions tout ce bordel derrière nous. Et que nous rentrions à Helsinki.

— Nous ? Mais merde, vous êtes qui ?

— Je suis venu te chercher. Il y a quelqu'un qui s'inquiète pour toi.

— Qui ça ?

— Ta tante.

— Mais…

— Jessica… »

L'homme lui serre les épaules. Il pue le vieux tabac, avec une nuance de whisky. Son visage est dur et ridé, mais bienveillant.

« Il y a un lavabo, dit-il d'une voix ferme. Lave-toi le visage et sors par cette porte. Elle te conduira à un étroit canal où il n'y avait personne à l'instant. Mais vérifie quand même avant de sortir. Pas question que qui que ce soit te voie.

— Mais qu'est-ce qu'on… bafouille-t-elle tandis que l'homme pose un regard inquiet sur Colombano, allongé au sol, dont les yeux ouverts regardent au loin.

— Je vais nettoyer un peu ce bazar. Va à ton hôtel à Murano et attends-moi là-bas. J'arrive dès que je peux. Puis nous partirons. Je te promets que tout va s'arranger. »

Jessica le regarde en sanglotant. Elle comprend seulement maintenant que ce n'est pas un dialecte, qu'elle devine, mais un accent étranger.

« Qui êtes-vous ?

— Erne, répond-il en sortant de sa poche de poitrine une carte de policier. Tu peux me faire confiance. »

106

Erne Mikson s'accroupit près du cadavre qui gît sur le sol de pierre et essuie la sueur sur son front. Les flammes des torches fixées aux murs de la cave chauffent la pièce basse de plafond. La chaleur colle sa chemise à son dos, bien que des frissons glacés lui parcourent le corps. Erne n'a même pas envie de deviner le résultat que donnerait le thermomètre s'il se le mettait sous le bras en ce moment.

« Élargir l'ouverture du couloir va prendre un peu de temps, dit l'homme du groupe d'intervention à côté de lui.

— Et ils ne sont évidemment plus dans le couloir.

— Eh non »

Erne accuse réception d'un court message radio, puis se dirige vers le mur d'en face, dans lequel s'ouvre un trou d'un mètre de haut. Une peinture à l'huile représentant Camilla Adlerkreutz jeune est inclinée contre le mur, à côté du trou.

Erne ferme les yeux et respire l'odeur sucrée de la poudre. Il entend un murmure qui émane d'une douzaine de policiers, d'ambulanciers et d'enquêteurs, et des pas incertains et paresseux qui descendent de l'escalier.

« Erne. »

Il entend la voix de Rasmus, mais ne répond pas immédiatement.

« Erne, répète Rasmus.

— Quoi ? »

Rasmus entre dans la pièce, les mains enfoncées dans les poches de sa doudoune marron.

« L'ambulance est partie, dit-il.

— Et il y a un garde avec Jessica ?

— Oui.

— Bien.

— Je ne crois pas... Enfin je veux dire... S'ils avaient voulu tuer Jessica, ils l'auraient fait », assure Rasmus en baissant les yeux.

Erne se relève laborieusement et regarde Rasmus. Il a envie de lui dire d'arrêter de faire des suppositions, mais il sait en son for intérieur qu'il a raison. Adlerkreutz avait forcément une raison de se donner tellement de mal pour attirer Jessica dans le piège avant de se contenter de la relâcher en lui faisant une petite frayeur. Jessica doit s'en rendre compte. Erne, en revanche, est trop bouleversé pour y réfléchir plus avant. Ils réfléchiront plus tard. À deux, juste lui et Jessica.

« Je me suis procuré les plans auprès de la ville... ajoute Rasmus.

— Les plans du tunnel ?

— Oui, il n'y a pas de documents officiels, juste un projet et un permis de construire datant des années 1950. La ville d'Helsinki n'était pas au courant que le tunnel avait vraiment été creusé, ni quand ou par qui...

— Et c'est pour ça qu'on ne risquait pas de le chercher.

— D'après les plans, le tunnel passe sous le pont de Kluuvilahti jusqu'à l'abri souterrain de Kulosaari.

Les forces d'intervention viennent de vérifier, mais ils sont déjà partis. Une voiture les attendait sans doute.

— Caméras ?

— Non, réplique Rasmus en se grattant l'occiput.

— Sous le pont de Kluuvilahti… chuchote Erne. Ça explique comment Laura Helminen est remontée à la surface pile au niveau de la plage des Koponen.

— Et aussi comment le meurtrier de Maria Koponen a disparu comme cendre au vent », poursuit Rasmus en sortant de sa poche une petite boîte ronde.

Incrédule, Erne regarde son enquêteur si enclin à négliger son hygiène personnelle se mettre de la graisse au bout du doigt avant de l'étaler consciencieusement sur ses lèvres sèches.

« Le gel m'assèche…

— Quelles autres nouvelles du monde extérieur ? » l'interrompt Erne qui fait quelques pas vers le second cadavre.

Comme le premier, il a une plaie profonde et sanguinolente au niveau de la poitrine. Mais il n'y a pas de couteau à proximité.

« Bättre Morgondag… Le mouvement des Lendemains meilleurs a rendu les réseaux sociaux complètement fous. La vidéo que Helminen a diffusée à l'hôpital a déjà été supprimée d'Instagram, mais elle se répand sur Internet. Le manifeste mis en ligne sur le compte YouTube de Roger Koponen est une des vidéos les plus vues du jour à l'échelle mondiale.

— Qu'est-ce qu'il dit ?

— C'est un long texte…

— En résumé.

— L'anarchie, Erne… Mais pas au sens traditionnel. Une violente profession de foi réactionnaire contre une société trop libérale. Mais ils ont réussi assez génialement à faire de leur message une sorte d'ode à la différence. Un concept franchement comique et qui achoppe sur sa propre impossibilité…

— Si Roger Koponen est dans le coup depuis le début, est-il possible qu'il ait écrit ses livres en ayant ce projet en vue ? demande Erne doucement en s'accroupissant à côté de l'autre cadavre.

— Je ne pense pas, dit Rasmus à voix basse. Il aurait fallu qu'il puisse anticiper leur énorme succès complètement improbable. »

Erne acquiesce et prend son paquet de cigarettes dans sa poche.

« Ou alors il l'espérait seulement. »

Erne attrape une cigarette et la glisse entre ses lèvres. Il regarde les hommes morts qui gisent côte à côte. Il ne peut s'empêcher de se dire qu'il y a toujours eu sur le visage de Roger Koponen et de Mikael Kaarniemi quelque chose de vachement bizarre. Comme s'ils cachaient un grand secret au plus profond d'eux-mêmes.

107

Jessica ouvre les yeux, ses paupières sont lourdes. Elle voit un tableau qui représente un bateau à voile, des étagères en bois, la large porte des toilettes pour handicapés et une petite télévision suspendue au plafond. Elle sait qu'elle est toujours à l'hôpital et que Jusuf et Nina sont en vie, qu'ils sont dans les chambres voisines. Erne lui a tout expliqué ce matin, dès qu'elle s'est réveillée.

« Jessica » appelle une voix près d'elle.

Un visage familier, un chignon strict et quelques mèches de cheveux se détachant contre l'éclat du soleil.

« Tina ? »

Une main ridée serre la sienne. Une larme coule sur la joue maigre.

« Ça fait plaisir, après tout ce temps… »

Jessica regarde cette femme qui s'est teint les cheveux en rouge, et qui a l'air bien plus vieille qu'elle ne se la rappelait, malgré de nombreux liftings. Son apparence fière et ostentatoire s'est muée en mélancolie et en fragilité.

« Je ne sais pas combien de fois j'ai pensé à toi, Jessica.

— Qu'est-ce que tu veux ? » dit cette dernière en tournant le regard vers la fenêtre.

Le silence se fait dans la pièce. Tina n'a manifestement pas préparé de réponse. Elle a peut-être essayé, mais n'en a pas trouvé.

« Je veux que tu ne me considères pas comme ton ennemie », finit-elle par répondre en s'essuyant les yeux avec un mouchoir en dentelle qu'elle a sorti de son sac à main.

Jessica secoue la tête. Elle a du mal à comprendre pourquoi sa tante a choisi ce moment précis pour venir, après toutes ces années. Cela fait si longtemps qu'elles ne se sont pas vues que Jessica n'aurait pas reconnu la voix de Tina si elle n'avait pas vu son visage.

« Ce n'est pas le cas. Mais je ne te considère pas non plus comme une amie, Tina. »

Sa gorge la gratte, et parler de manière aussi directe lui semble étonnamment difficile.

« Mais… » chuchote Tina.

Jessica fait un geste de la main.

« Maman ne te faisait pas confiance. »

Elle remarque que sa voix se réduit à un murmure. Pendant un court instant, le silence règne.

« Ta mère était malade, murmure Tina d'une voix tremblante. Elle était la personne la plus douée et la plus belle du monde, mais elle était aussi très, très malade. »

Jessica détourne la tête et ferme les yeux. Elle a déjà entendu ces mots, mais ne se rappelle plus où.

« Qu'est-ce que tu veux dire ? »

Pendant un moment, Tina donne l'impression qu'elle se ravise et renonce aux mots qu'elle s'apprêtait à prononcer. Qu'elle referme encore le coffre de ses révélations pour les trente prochaines années.

Mais elle pousse un profond soupir, puis se lance dans un discours hésitant.

« Ta mère n'allait pas bien mentalement. Dès son plus jeune âge, on lui a diagnostiqué une schizophrénie paranoïde, dit-elle avec un vague sourire qui trahit son soulagement. Grâce aux médicaments, elle a quand même réussi à vivre une vie plutôt normale, et son travail d'actrice – on pourrait dire qu'elle s'en est très bien tirée, pas malgré sa maladie mais peut-être justement à cause d'elle. Mais dans une famille de la noblesse suédo-finlandaise des années 1970 comme les von Hellens, il n'était pas question de parler ouvertement des problèmes de santé mentale de leur fille. Pour que cela reste secret, Theresa a été orientée vers le centre privé de psychothérapie pour enfants et jeunes que dirigeait Camilla Adlerkreutz.

— Mais… marmonne Jessica, une sensation oppressante montant de son ventre à sa poitrine.

— Si l'on écarte sa légère paranoïa et ses brusques crises de rage, Theresa se débrouillait très bien au quotidien. À vingt ans, au grand effroi de nos parents, elle a réussi l'examen d'entrée de l'École supérieure de théâtre et a rapidement commencé sa carrière d'actrice qui, comme tu le sais, est sans égale à l'échelle de la Finlande. Theresa a rencontré ton père, metteur en scène au théâtre municipal d'Helsinki, et peu après tu es née. Puis Toffe deux ans plus tard. Puis vous avez déménagé aux États-Unis », poursuit Tina en buvant une gorgée d'eau dans sa tasse en plastique.

Les rides de son maigre cou rappellent une crête de coq.

« Pourquoi tu me racontes tout ça maintenant ?

— Ton père n'avait pas envie de partir aux États-Unis. Pour lui, rester à Helsinki aurait été un choix nettement plus sage. Ne serait-ce que pour vous deux. Ils avaient hérité de tellement d'argent que la réussite économique de l'autre côté de l'Atlantique ne changerait de toute façon rien à votre vie.

— Maman est partie à la poursuite de son rêve…

— Ce n'était pas la raison principale. Ta mère est partie parce qu'elle avait peur de rester.

— De quoi elle avait peur ?

— De Camilla Adlerkreutz. »

Tina fait une courte pause. Un chariot de vaisselle cliquette dans le couloir.

« Adlerkreutz a balayé les propos de Theresa en disant qu'elle vivait dans l'illusion. C'était parole contre parole. Tu peux deviner laquelle des deux les gens ont crue : une schizophrène ou une professionnelle reconnue de la psychiatrie ?

— Mais… Mais qu'est-ce que maman t'a dit au juste ? »

Tina regarde longuement Jessica puis a un petit ricanement, comme si tout était trop incroyable pour être vrai.

« Qu'Adlerkreutz pratiquait dans sa cave les sciences occultes, dans le but de faire du lavage de cerveau sur ses patients. Theresa disait qu'Adlerkreutz les obligeait à participer à des rituels où ils étaient plongés dans l'eau. Qu'ils avaient subi des agressions physiques, mais surtout psychiques. Et que ce que faisait Adlerkreutz, ça marchait bel et bien. Tous paraissaient être sous sa coupe.

— Sauf ma mère ?

— En tout cas pas si l'on en croit la résistance qu'elle lui a opposée et le fait qu'elle ait essayé d'expliquer à nos parents ce qui se passait vraiment dans cette thérapie. »

Tina éclate en sanglots muets. Elle regarde dehors par la fenêtre éclaboussée de lumière, se mouche et remet de l'ordre dans ses pensées.

« Une fois majeure, Theresa a refusé de se rendre aux séances. Mais le cercle d'Adlerkreutz ne la laissait pas tranquille. Theresa nous a prévenus que des gens la suivaient dans les rues, le soir, et lui passaient des appels bizarres. Ils la menaçaient de faire quelque chose de terrible si elle ne revenait pas.

— Paroles de paranoïaque.

— Exactement. Je ne sais pas si on peut en vouloir à nos parents de n'avoir jamais pris au sérieux ses propos. Et c'est pour ça qu'elle voulait partir. Le plus loin possible.

— Est-ce qu'elle a déjà dit pourquoi elle était si importante pour la secte ?

— D'après Theresa, Adlerkreutz l'avait choisie comme future dirigeante, comme l'héritière de son œuvre. Elle voyait en elle quelque chose d'unique. C'était peut-être lié à la sensibilité de Theresa et à sa manière d'irradier cette espèce d'énergie, de séduction autour d'elle. Aux traits de sa personnalité qui en ont fait ensuite une star de cinéma. Il y avait peut-être chez ta mère trop de potentiel qu'il ne fallait pas perdre. »

Pendant un moment, Jessica regarde fixement devant elle, impassible. Elle est à la fois choquée, pleine de haine et de chagrin, mais aucun de ces sentiments ne trouve de prise sur elle.

« Et… mon père savait ? finit-elle par demander.

— Theresa ne voulait pas que ton père apprenne la vérité. Au fil du temps, il a forcément découvert le côté instable de ta mère, mais je ne crois pas qu'il ait eu la moindre idée de ce qui causait ces soudains changements d'humeur et ces pertes temporaires du sens des réalités. Donc il s'est efforcé de toujours être là.

— À cause de moi et Toffe ?

— Sans doute ! Mais je suis sûre qu'il était amoureux de Theresa, ajoute Tina avant de vider son mug. Tout ce succès… la vie sous les feux de la rampe, les tapis rouges… Je ne sais pas si ça a rendu la vie de tes parents plus compliquée ou plus simple, en fin de compte, mais au bout de quelques années la situation s'était tellement aggravée que ton père a décidé de déménager. »

Soudain, le cœur de Jessica bondit.

« Ce matin-là… »

Sa gorge lui semble terriblement sèche.

« Le soir qui a précédé l'accident, ton père m'a appelée depuis Los Angeles. Je n'avais plus de nouvelles d'eux depuis des années, donc son appel m'a complètement prise au dépourvu. Ta mère avait fait de son mieux pour nous dénigrer, moi et tous les von Hellens, auprès de vous, mais quand la vie commune est devenue trop compliquée, ton père a finalement compris que le problème venait peut-être d'ailleurs. Il m'a brièvement expliqué que leur relation était dans une impasse depuis longtemps déjà, qu'il était tombé amoureux d'une autre, chez qui il s'apprêtait à déménager, à Palo Alto. Ta mère se préparait au tournage d'un nouveau film et ton père espérait pouvoir vous prendre avec lui, mais Theresa s'y opposait fermement. Bref, il m'a appelée, il espérait vraiment que je pourrais venir soutenir ma sœur et l'aider avec les enfants.

— Tu es venue à Los Angeles ?

— Bien sûr. Theresa était ma sœur. Mais malheureusement je suis arrivée trop tard…

— L'accident avait eu lieu. »

Jessica regarde par la fenêtre. Le gel a dessiné une belle étoile symétrique sur le carreau.

« Au moment de l'accident, j'étais encore dans l'avion… dans l'espace aérien du Nevada, en réalité, dit Tina en écrasant une larme avec la base de son pouce. Je n'ai été informée qu'après avoir attendu deux heures sur la banquette arrière du taxi, à la grille de votre résidence de Bel Air. Finalement, la police est venue me chercher, m'a expliqué la situation et m'a emmenée à l'hôpital. Personne ne pensait que tu t'en sortirais, Jessica. Je n'oublierai jamais à quel point tu paraissais petite, au milieu de tous ces appareils…

— Alors tu étais là…

— Chaque jour. Ils ont mis quatre semaines à te rafistoler. Tes grands-parents aussi sont venus. C'était vraiment dur pour eux aussi… Surtout parce qu'ils avaient perdu leur fille aînée et sa famille après une longue brouille. Sans la moindre chance de trouver un terrain d'entente, de se raccommoder. Mais ils n'arrivaient toujours pas à se reprocher le fait de n'avoir pas cru, à l'époque, aux histoires de Theresa sur la thérapie de Camilla Adlerkreutz.

— Mais toi tu y croyais ? » demande Jessica en regardant de nouveau par la fenêtre.

Cela fait longtemps que le soleil n'a pas autant brillé.

« Tu sais, Jessica. J'aurais voulu m'occuper de toi, mais ce n'était tout simplement pas possible.

— Parce que tu n'aimais pas les enfants ?

— J'étais trop jeune pour adopter et ma mère était trop faible à cause de son cancer du sein. La sœur de ton père était la seule possibilité logique. Et même si elle non plus n'aimait pas beaucoup les von Hellens, je savais que c'était la meilleure option pour toi. Les Niemi étaient des gens bien.

— Oui. Tu crois que je ne vis pas en me disant tous les deux jours que je suis maudite ? Que j'ai perdu mes deux parents ? Putain, mais qui dans ce monde arrive à vingt ans en ayant perdu son frère et ses deux parents ? C'est moi dans tout ça qui suis une vraie sorcière, lance Jessica, sans plus pouvoir se retenir de pleurer. Tu crois que l'argent rend les choses plus simples ?

— S'il y a quelqu'un de bien placé pour savoir que non, c'est moi, Jessi », dit Tina en caressant les cheveux de sa nièce.

Un geste qu'à sa grande surprise Jessica ne repousse pas.

« Et tu ne te souviens sûrement pas, mais on a essayé de rester en contact avec toi après que les Niemi t'ont adoptée. On pensait vraiment qu'un jour tu oublierais ta rancune envers nous et qu'on pourrait aller prendre une glace au parc d'attractions… Passer un bon moment.

— Et après la mort de ton mari, tu n'avais plus rien d'autre à faire que de me pister jusqu'à Venise…

— Tout le monde était inquiet, Jessica. Les cours à la fac avaient commencé, les charges de Töölönkatu n'étaient pas payées, tes factures allaient donner lieu à une saisie. J'étais bien forcée d'envoyer quelqu'un te chercher.

— Pourquoi tu es venue ?

— Parce que tu as vécu plus de trente ans de ta vie sans savoir la vérité. À ruminer diverses idées sur l'accident de tes parents. Tu savais que ta mère nous détestait. Tu as sans doute entendu des dizaines de raisons, dont la plupart étaient sûrement les fruits de son imagination. Et maintenant tu connais la vérité : elle nous détestait parce qu'on ne la croyait pas. On la considérait comme une schizophrène paranoïde – ce qu'elle était d'ailleurs sans doute – et on ne la croyait pas quand elle nous racontait ce qu'Adlerkreutz lui avait fait. »

Tina prend son sac gris sur le sol et y attrape une feuille pliée. Jessica l'observe un instant, la prend, un peu hésitante, puis l'ouvre.

Bureau d'enquêtes sur les accidents de l'État de Californie

Lieu : Los Angeles, 4280 Lincoln Blvd 33°58'41.1" N 118°26'08.9" W

Date et heure : 7:45 am 05/04/1993

Le silence règne, le vrombissement des appareils cesse, aucun pas ne résonne plus dans le couloir. Jessica comprend qu'elle a toujours su mais qu'elle ne voulait pas croire. Que si on enfouit quelque chose suffisamment profond, ça disparaît de la vue mais jamais complètement de l'esprit. Jessica sent son frère lui presser la main de plus en plus fort. Elle voit maman la regarder dans le rétroviseur. Ses yeux ne sont plus tristes, ils sont pleins d'espoir. Ils cherchent Jessica jusqu'à ce qu'ils se croisent. Les sourcils noirs de maman se lèvent, sa bouche esquisse un sourire. Le chagrin a disparu, comme si ses yeux aussi riaient. *Tout ira bien, mon trésor.* Papa regarde dehors, les yeux fixes, il se réveille quand la voiture franchit le terre-plein central. Il se retourne, pousse un cri et essaie d'agripper le volant. *Bientôt nous serons heureux à nouveau.* Un silence qui n'en finit plus. Un silence infini, blanc, sentant l'asphalte chaud et les gaz d'échappement, un néant qui la suit jusque dans cette chambre d'hôpital, où tout retrouve une signification.

108

Erne espérait que je dirais quelque chose aujourd'hui. C'est un grand honneur, et je lui ai dit que je pensais le faire dans tous les cas, qu'il le veuille ou non.

Nous aimions tous Erne, et pour le prouver, pas besoin de longs discours ou de milliers de mots étudiés. Car Erne est là, quelque part, assis, à jeter des coups d'œil intempestifs à sa montre. Un spectacle qui, comme chacun sait, nous incitait toujours à aller droit au but. Donc, je vais faire bref.

Notre dernière enquête commune, à Erne et moi, a été une affaire où l'un des coupables était un célèbre écrivain. Du coup, et aussi terrible que cela puisse paraître, je vais vous parler de l'écriture. Je crois en effet que nous sommes tous les écrivains de notre propre vie. Nous écrivons notre histoire, chaque jour, simplement en la vivant. En voyant, en entendant, en ressentant, en faisant des erreurs et en apprenant de celles-ci, du moins peut-on l'espérer. L'histoire de certaines personnes suscite l'admiration et la jalousie, celle d'autres la pitié ou même le mépris. Il y a une infinité de goûts en matière de littérature, et il y a donc aussi des critiques persuadés que leur mission est de critiquer la façon dont certains écrivent leur vie. Pour ma part, je pense que mon livre n'a pas besoin d'être un grand succès. Les critiques en penseront ce qui leur chantera. Mon histoire n'a pas besoin de toucher des dizaines, des centaines ou des milliers de gens. Un public clairsemé, c'est mieux, d'ailleurs : je n'ai pas envie que mon livre soit jugé fade ou futile uniquement parce que le lecteur ne me connaît pas assez bien. Et donc ici, comme dans beaucoup d'autres choses, la qualité est plus importante que la quantité. Je veux que celui qui ouvre mon livre estime et respecte son auteure en faisant abstraction du contenu. Je veux quelqu'un qui demande de pouvoir continuer la lecture même quand il n'y a plus rien à raconter. Je veux un lecteur qui soit fidèle à mon texte.

Erne a été le premier lecteur de ma vie d'adulte, mon éditeur et mon critique, tout ça à la fois. Nous n'étions pas toujours d'accord sur tout, mais je savais qu'il respectait mon texte. Malgré mon style papillonnant et digressif, il semblait toujours savoir dans quelle direction j'allais. Et le fait qu'il le lise généralement avec une expression sereine sur le visage m'indiquait que, malgré tout, je m'en sortirais très bien. Malgré les petites erreurs.

Maintenant que tu n'es plus là, continuer à écrire paraît difficile. Mais c'est bien pour cette raison qu'il faut le faire. Nos histoires, à nous autres, continuent, et la tienne vit en elles. Merci.

Mon cher Erne. Et bon voyage.

« Ça me laisse sans voix », soupire Erne quand Jessica pose la feuille sur la table.

Tous les deux s'essuient les yeux. Erne a du mal à parler, et tout indique que chaque syllabe lui coûte de grands efforts. Jessica se mouche puis sourit à un Erne amaigri dont les bras squelettiques reposent tranquillement sur les accoudoirs de son fauteuil roulant.

« Tu écris vraiment bien, Jessica. »

Elle rit malgré elle et souffle sur une mèche de cheveux qui lui tombe devant les yeux.

« Ça ne me rend pas spécialement joyeuse, là.

— Merci de me l'avoir lu.

— Je me suis dit que c'était… dit-elle, émue, en prenant la main d'Erne… important que tu puisses l'entendre. Parce que tous les autres l'entendront. Comme ça tu ne rates rien. D'autant plus que ça te concerne. »

Erne sourit entre deux quintes d'une toux crépitante.

« Bah, pas sûr qu'il y ait grand monde, ajoute-t-il en faisant un geste dubitatif de sa main maigre.

— Bien sûr que si, ne dis pas de bêtises. »

Elle lui tapote la main. L'eau frémit dans la bouilloire. Les haut-parleurs du salon diffusent *Fly Me to the Moon* de Frank Sinatra, la chanson préférée d'Erne.

« Tu veux du thé ?

— Non merci. Je pense que je vais aller me reposer.

— Tu es sûr ? Ou un sandwich ? »

Elle remarque dans sa voix une note de panique. Elle voudrait que cet instant ne s'arrête jamais. C'est effrayant de voir combien Erne a l'air calme et sûr de lui. Il est prêt. Il est en paix avec le monde qui l'entoure, il a accepté son insignifiance et son rôle microscopique dans un continuum de millions d'années.

« Je vais aller me coucher.

— Bien sûr… Attends, je vais t'aider.

— Jessica… »

Erne la prend doucement par le poignet en la faisant délicatement rasseoir.

Pendant un moment, ils sont assis là sans rien dire. Il la regarde au fond des yeux.

« Merci, Jessica.

— Il faut que tu te reposes, Erne. Les garçons vont venir demain, dit-elle d'une voix tremblante, mais Erne pousse un petit reniflement fatigué.

— Alors ils viendront me faire leurs adieux… Et puis ça fait longtemps qu'ils ne sont pas venus. »

Il baisse les yeux sur ses mains. En face, les moineaux gazouillent avec insouciance dans le parc du musée, dont les arbres voient depuis peu verdir leurs branches. Ce sont les plus beaux jours du printemps.

« Merci de m'avoir permis de passer ces semaines chez toi », confie enfin Erne en souriant.

Son regard serein explore la grande cuisine. Puis il ferme les yeux. Ses paupières ont l'air si lourdes en se fermant que les rouvrir sera sans doute épuisant.

Jessica déglutit et regarde l'éloge funèbre sur la table. La prochaine fois, Erne ne sera plus là pour l'entendre.

« Tu l'aimes bien, ce mec ? demande soudain Erne.

— Qui ça ? Fubu ? Oh oui, je crois. Il est marrant. Pas compliqué.

— Marrant, c'est bien.

— Mais ça ne suffit pas ? »

Erne sourit et secoue la tête.

« Promets-moi une chose, Jessi.

— Oui ?

— Ne regarde jamais derrière toi. Toujours devant…

— … parce que la vie est uniquement devant.

— Exactement. »

Un léger signal résonne et Erne va péniblement chercher le thermomètre sous son bras.

« Tu as de la température ? »

Le visage d'Erne affiche un sourire euphorique.

« 36,5.

— Merveilleux. Allez, viens, *Ser Davos*. Je vais t'aider à t'allonger, lance Jessica en lui pinçant la joue. Demain est un autre jour. »

109

Jessica.

Jessica ouvre les yeux. Il fait noir dans le salon, le programmateur a éteint la télévision. La box indique trois heures et demie. Le vent hulule dehors et fait grincer les fenêtres.

Quelqu'un a encore appelé Jessica. C'était la voix d'Erne. D'Erne en bonne santé, pas de cet homme fragile qu'une grave maladie à l'évolution rapide a brisé. Erne sur la tombe de qui elle a déposé un bouquet de pissenlits.

Jessica.

Elle ne sait plus trop si c'est la voix d'un homme ou d'une femme. Elle s'avise soudain qu'elle est debout. La serviette qu'elle a passée autour de son corps hier soir après la douche est tombée par terre. Elle fait un pas. Puis un autre. Ses membres sont légers, elle n'a mal nulle part. C'est comme si elle flottait au-dessus du parquet. Lévitant, sans frottement entre la plante de ses pieds et le plancher, sans contact avec la matière.

Viens ici, ma chérie.

Celui qui parle est à la fois une femme et un homme. Ça pourrait être Erne, Nina, Jusuf, Tina, papa et maman en même temps.

Jessica se dirige vers la longue table, vers les silhouettes assises bien droit tout autour. Une belle robe de soirée noire est étendue au milieu de la table, propre et repassée. La cinquième robe. À côté, les chaussures à talons, fines et brillantes. Ce sont sans doute les plus belles chaussures du monde.

Jessica s'arrête au milieu de son léger mouvement et tourne le visage vers le miroir. Quelque chose cloche. C'est comme si le reflet qui lui rend son regard réagissait avec un léger retard, comme si, au lieu d'être une imitation exacte, il réagissait spontanément à la réalité que représente Jessica.

Respice in speculo resplendent.

C'est moi.

Bien sûr que c'est toi, ma chérie.

Jessica voit du coin de l'œil une femme vêtue de la robe de soirée noire, en bout de table, lire un gros livre ancien. Camilla est assise à côté d'elle. Pas Mme Adlerkreutz en vieille dame fragile, mais la jeune Camilla, dont la force physique rayonne jusqu'au miroir.

Rappelle-toi ce que j'ai fait, Jessica. Rappelle-toi que je vous ai épargnés, toi et tes amis. C'est un cadeau que je peux reprendre à tout moment.

Jessica acquiesce. Camilla esquisse un sourire presque imperceptible et détourne le regard.

Soudain, Jessica est envahie d'un immense amour, d'un attachement enfantin pour ses parents ; elle veut leur faire plaisir. Elle veut que maman soit fière d'elle.

Apporte-moi le livre, maman. Moi aussi je vais le lire.

La femme se lève lentement. C'est bien sa mère. Ses gestes sont raides et mécaniques. Elle est comme le pantin d'un marionnettiste maladroit dont les fils se sont emmêlés. Jessica ferme les yeux ; quand elle les rouvre un instant plus tard, sa mère se dresse derrière elle. Son visage n'a plus rien de beau. Il a été massacré au point d'être presque méconnaissable, et le sang coule du haut de son crâne défoncé, coule sur son œil et vers son menton.

Jessica sent les larmes lui monter aux yeux.

« *Pourquoi tu pleures, ma chérie ?*

— *Je sais ce que tu as fait, maman. Ce matin-là, dans la voiture.*

— *Je ne voulais pas te faire pleurer, ma puce.* »

La main froide de sa mère sur la peau de son épaule.

« *Non. Je ne pleure pas parce que tu l'as fait.*

— *Pourquoi, alors ?*

— *Parce que je comprends.* »

110

Je regarde dans le miroir.

Remerciements

Capitaine Marko Lehtoranta, enseignant spécialiste des causes de la mort et des enquêtes relatives aux crimes violents, École supérieure de police.

Petra Maisonen, éditrice.

La bande de Tammi.

La famille et les amis.

Elina, Toomas, Nicole et Julia chez Elina Ahlbäck Literary Agency.

L'homme dans le miroir.

13608

Composition
PCA

Achevé d'imprimer en Slovaquie
par NOVOPRINT SLK
le 5 septembre 2022.

Dépôt légal : octobre 2022
EAN 9782290373644
L21EPNN000539-431438

ÉDITIONS J'AI LU
82, rue Saint-Lazare, 75009 Paris

Diffusion France et étranger : Flammarion